KB013205

세상의
모든 책
미스터리

BIBLIOMYSTERIES

옮긴이 김원희

서울대학교 국어국문학과 졸업. 오래도록 책 속의 낯선 미로를 따라 걸으며, 또 다른
미로 속 주민들과의 만남을 고대하고 있다.

BIBLIOMYSTERIES: Stories of Crime in the World of Books and Bookstores
Edited and with an introduction by Otto Penzler
Introductions and compilation copyright © 2017 by Otto Penzler
Korean translation copyright © 2020 by Booksphere
All rights reserved.
This Korean edition published by arrangement with The Mysterious Bookshop c/o Biagi Literary
Management through Shinwon Agency Co., Seoul

이 책의 한국어판 저작권은 신원에이전시를 통해 저작권자와 독점 계약한 북스피어에 있습니다.
저작권법에 의해 한국 내에서 보호를 받는 저작물이므로 무단 전재 및 무단 복제를 금합니다.

* 이 도서의 국립중앙도서관 출판예정도서목록(CIP)은 서지정보유통지원시스템 홈페이지(http://seoji.nl.go.
kr)와 국가자료공동목록시스템(http://www.nl.go.kr/kolisnet)에서 이용하실 수 있습니다.

세상의 모든 책 미스터리

BIBLIOMYSTERIES

북스피어

차 례

＊일러두기 : 본문의 모든 주는 옮긴이 주입니다.

세상의
모든 책들

테스 모너핸은 볼티모어 북부 25번가의 숱한 헌책방들 틈바구니에 자리 잡은 작고 톡톡 튀는 동화책 서점을 흠모했다. 문을 연 지 2년밖에 안 된 이 책방에는 감탄할 만한 점이 너무도 많았다. 햇볕 잘 드는 베란다를 개조한 공간엔 화사하게 페인트칠한 앙증맞은 흔들목마와 의자 모형이 옹기종기 모여 있고, 가게에서 기르는 구관조 한 마리가 "자기야, 안녕!"이나 "이보시오, 게 누구요!" 같은 말도 했는데, 그중 압권은 역시 "결코 아니라네 'Nevermore'. 에드거 앨런 포의 시 〈갈가마귀〉에서 화자의 질문에 갈가마귀가 반복하는 대답"란 읊조림이었다.

테스는 대문 맞은편에 큼지막하게 붙어 있는 아널드 로벨 미국의 동화

책 작가이자 일러스트레이터. 『개구리와 두꺼비』시리즈로 유명하며 뉴베리상과 칼데콧상을 수상했다 포스터가 무척 탐났다. 금방이라도 폭삭 무너질 듯 휘청거리는 책 더미 탑 속의 조그만 오두막집에, 어느 수염 난 괴물 아저씨가 흡족하고도 편안하게 앉아 있는 그림이었다. 이 책방에선 자질구레한 상품 판매가 정말로 곁가지라는 점을 여실히 알 수 있었다. 다시 말해 이곳은 전면적으로 책을 취급하는 가게고, 군데군데 봉제인형이나 '팬시 낸시'제인 오코너가 쓰고 로빈 프레이스 글래서가 그린 동화책 시리즈 깃털 목도리가 살짝 섞여 있는 정도였다. 연중 무료로 선물 포장을 해 주고 절판된 도서도 찾아 준다는 점이 퍽 고마웠다. 테스는 언제쯤 두 살배기 딸 카를라 스카우트가 토요일 구연동화 시간 내내 조용히 자리에 앉아 있을 만큼 자라나 싶어 속이 탔다. 혹시 딸이 대학에 입학하기 전에는 그런 날이 안 오는 게 아닐까 슬슬 겁이 나기까지 했다. 어쨌든 가장 존경스러운 점은, 웬만한 사람들이 모두 책이란 끝장났다고 치부하는 듯한 이 시점에 통념을 깨부수듯 서점을 열기로 결단 내린 그 패기였다.

다만 '어린이 책방' 주인이 실제로 어린이들을 좋아한다면 얼마나 좋을까 하는 생각이 들었을 뿐.

그날은 10월답지 않게 몹시 쌀쌀한 날이었다. 머리칼이 까마귀처럼 새카만 책방 주인이 카를라 스카우트에게 "조심해야지?" 하고 딱딱거렸다. 아이는 그림책이 꽂혀 있는 낮은 선반을 향해 '프랑켄슈타인' 괴물 같은 걸음걸이로 비틀비틀 걸어가는 중이었다. 솔직히 말해 카를라 스카우트의 손이 꼭 깨끗하다고 볼 순 없었다. 방금 전 모녀가 함께 땅콩이 잔뜩 든 다크 초콜릿을 먹어 치웠기 때문이었다. 에디네 가게에서 파는 초콜릿이야말로 엄마가 가장 즐기는 일탈이었다. 테스는 작은 냅킨을 들고 달려들며 책방 주인에게 변명하듯 미소를 보냈다.

"죄송해요." 테스가 말했다. "얘가 책을 구겨져라 꼭 붙들고 안 놔줄 정도로 좋아하는 아이거든요. 가끔은 말 그대로요."

"도움 필요하신 거라도 있나요?" 책방 주인이 물었다. 마치 테스를 한 번도 본 적이 없다는 듯한 태도였다. 테스의 신용카드 내역은 입장이 다를 텐데 말이다.

"아…… 괜찮아요. 생일 선물을 찾는 중인데, 벌써 생각해 둔 게 좀 있어서요. 제 이모가 학교랑 연동해서 운영되는 어린이 도서관 사서로 일하셨거든요."

이모가 시내 다른 지역에서 서점을 운영하고 있으며 테스한테 필요한 책이라면 뭐든 기꺼이 주문해 주리란 점은 덧붙이지 않았다. 그것도 원가로 말이다. 테스는 자기 집에서 훨씬 더 가까운 데 있는 이 책방이 번창하길 바랐다. 모든 지역 사업이 다 잘 돌아간다면 좋겠건만, 대부분의 원리 원칙과 마찬가지로 그 또한 실현되기 어려운 일이었다. 딸이 잠든 밤중에 고요한 집에서 마우스를 달칵 눌러 모든 게 너무도 간편한 온라인 쇼핑을 한다 해도 어쩔 수 없었다. 그렇잖은가?

"손님도 그런 분이신 모양이네요."

"어떤 사람이요—?"

책방 주인이 테스의 토트백 밖으로 삐져나온 아이패드를 가리켰다.

"아……, 아니에요. 그러니까 제 말은, 저도 물론 꼭 소장까지는 하고 싶지 않은 책 위주로 전자책을 사긴 하는데요. 읽기 앱은 주로 어마어마한 문서를 검토할 때 쓰죠. 제가 서류를 엄청나게 살펴보는 일을 하다 보니, 자료를 갖고 다니면서 언제든 불러올 수 있으면 참 편하더라고요."

주인이 눈을 굴렸다. "그렇겠네요." 그러더니 가게와 작업 공간을 구분하는 꽃무늬 사라사 커튼을 밀고 들어가 멀찍이 물러났다. 꼭 테스와 이야기를 나누기가 성가셔져서 그러는 것처럼.

죄송해요. 가게의 유일한 점원이 입 모양으로만 속삭였다. 새빨간 머리칼에, 여기저기 피어싱을 하고 왼쪽 팔뚝엔 제미마 퍼들덕 비어트릭스 포터의 그림책에 등장하는 상냥하고 순진한 물오리처럼 보이는 문신을 새긴 젊은 여자였다.

책방 주인이 다시 커튼을 휙 젖히고 나왔다. 옆구리에 지갑을 끼고 있었다. "커피 한잔하고 은행 다녀올게, 모나." 테스는 혹시 저 여자가 자전거에 올라타나 보려고 기다렸다. 무는 버릇이 든 못된 강아지들을 태울 수 있게 바구니가 달린 자전거일지도 모르지. 하지만 책방 주인은 머리를 숙이고 거센 바람을 맞으며 25번가를 걸어 내려갔다.

"사장님이 요즘 좀 힘드셔서요." 오리 문신을 한 여자애, 책방 주인이 모나라고 불렀던 직원이 말했다. "손님도 아실 거예요. 사장님을 돌아 버리게 만드는 건 디지털 리더기를 가지고 들어오는 사람들인데…… 아, 나쁜 뜻은 없이 말하는 거예요. 그런 사람들은 들어와서 사장님한테 도움만 얻고는 그냥 전자책을 다운로드하거나 온라인으로 같은 책을 더 저렴하게 주문해 버리거든요."

"사람들이 어린이 책까지 전자책으로 보고 싶어 할 거 같진 않은데요."

"알면 놀라실 거예요. 닥터 수스 칼데콧상과 퓰리처상을 수상한 미국의 동화책 작가이자 만화가 책이 인터랙티브 버전으로 나온 게 있는데 사실 꽤나 괜찮아요. 과연 스스로 읽기 기능까지도 괜찮은 건지는 잘 모르겠지만요. 아무래도 제 생각에는 여전히 부모님이 아이에게 직접 읽어 주는 게 중요한 것 같아서."

테스는 양심에 찔려 얼굴을 붉혔다. 자기 아이패드에도 게임 몇 가지와 함께 『합 온 팝』 그림과 함께 영어 단어와 발음을 익힐 수 있는 닥터 수스의 그림책이 들어 있었던 것이다. 물론 아직까지 카를라 스카우트는 엄마의 이메일을 열었다 지우는 데서 더 큰 재미를 느끼는 듯했지만 말이다.

"아무튼." 모나가 말을 이었다. "사장님은 갑자기 재고가 줄어든 것 때문에 심기가 불편하신 거예요. 하필 제일 비싸고 아름다운 책이었거든요. 『휴고』 같은 책들요. 같은 구획에 진열해 놓은 뉴베리 책들은 그대로인데 칼데콧 책만 많이 없어졌고요. 분명히 누군가 삽화가 들어간 책만 노리는 거예요. 진짜로 희귀한 책은 아니지만요. 희귀본은 열쇠로 잠가서 보관하니까요."

모나가 카운터 앞쪽으로 쭉 이어진 진열장을 가리켰다. 그 안에는 깨끗한 상태로 보관된 옛날 책들이 가득 들어차 있었다. 『엘로이즈 모스크바에 가다』, 모리스 센닥의 여러 책들, 『깊은 계곡의 에밀리』, 엘레노어 에스테스의 『내겐 드레스 백 벌이 있어』, 테스가 모르는 책 하나, 표지 그림에 차별적인 요소가 다분한 『에파미논다스와 이모』.

테스의 자아가 쩔쩔매던 아기 엄마에서 보안 문제를 상담해 주는 전문 사립 탐정으로 슬그머니 옮겨 갔다. 그녀는 주위를 자세히 살펴보았다. "이 작은 방들은 전부 아늑하기야 하지만, 좀도둑한테는 천국이나 마찬가지예요. 경보기도 있고 문이 여닫힐 때마다 알려 주는 벨도 달려 있는데, 정작 가게 안에 카메라는 없네요. 손님들 핸드백이나 배낭을 확인해 보는 방법은 생각해 보셨어요?"

"해 봤죠. 그랬더니 옥타비아 씨가 수량을 헷갈려서 허둥지둥했는데……. 음, 그분은 그런 상황에서 그다지 빠릿빠릿하지만은 않더라고만 말해 둘게요."

"옥타비아 씨요?"

"사장님이요."

그 순간 마치 이름을 부르자 뿅 하고 불려 온 것처럼 옥타비아가 문을 쾅 닫고 나타났다. 손에는 커피를 들고 있었다. "금요일 아니면 은행이 세 시에 닫는다는 걸 맨날 까먹는다니까. 별수 없지. 입금할 돈이 많지도 않았으니, 뭐."

그러더니 한결 다정하고 따뜻해진 표정으로 모나를 힐끗 쳐다보았다. 옥타비아는 테스가 생각한 것보다 젊었다. 마흔이 채 될까 말까 했다. 근엄한 태도와 검게 염색한 머리 때문에 더 늙어 보였던 것이다. "오늘 수표를 써 줄 수도 있는데, 혹시 금요일까지 기다릴 수 있으면……."

"당연하죠, 사장님. 이제 곧 핼러윈이잖아요. 금방 사람들이 명절 맞이 쇼핑을 하러 들이닥칠 거예요."

옥타비아가 한숨을 쉬었다. "가게에 사람들이 더 들어오면 더욱 더 난리통이 되고, 그만큼 빈틈을 노리기도 쉽겠지." 그러면서 카를 라 스카우트를 흘끔거렸다. 아이는 바닥에 앉아서 모 윌렘스_{칼데콧상을} _{수상한 미국 작가이자 애니메이터}의 책을 스스로에게 '읽어 주고' 있었다. 테스는 옥타비아가 자기도 모르게 아이에게 홀딱 반할 거라고 생각했다. 책 을 읽는 어린 소녀보다 더 사랑스러운 존재가 있을까? 이 여자애는 기특하게도 아빠의 흰 피부와 까만 머리를 빼닮은 데다가 풍성한 머 리칼을 벌써 어깨까지 늘어뜨렸으니 얼마나 사랑스럽겠는가. 더구 나 오늘은 갭 브랜드의 조그만 가죽 항공 점퍼에 빨간색 진 바지, 클 래시 티셔츠 차림이었단 말이다. 오늘만 해도 "따님이 정말 귀엽네 요"란 말을 적어도 마흔 번은 들었다. 테스는 마흔한 번째로 그런 선 언이 들려오기를 기다렸다.

옥타비아는 "저 애가 책에 초콜릿을 묻혔어요"라고만 말했다.

정말 그랬다. 『비둘기에게 버스 운전은 맡기지 마세요』는 집에 이 미 있는 책이었지만, 아이가 더럽혀 놨으니 책값을 물어낼밖에 별 도리가 없으리라. "이따가 저 책도 같이 계산해 주세요." 테스는 말 했다. 카를라 스카우트가 어떤 물건이든 붙들고 얌전히 푹 빠져들었 을 때는 억지로 떼어 놓으려 해 봤자 부질없는 짓이니까.

"도난 문제를 겪고 계신다던데요?"

"모나!" 책방 주인이 직원을 째려보았다. 테스라면 그런 눈초리에 기가 눌렸을 테지만, 어린 여직원은 그저 어깨를 으쓱할 뿐이었다.

"그건 부끄러운 일이 아니에요, 사장님. 우리가 나쁜 사람이라서, 아님 우리가 일을 어설프게 해서 도난을 당하는 것도 아니잖아요. 훔치는 사람들이 기회주의자인 거지."

"감시 카메라를 달면 문제를 해결하는 데 큰 도움이 될 거예요." 테스가 제안했다.

옥타비아는 콧방귀를 뀌며 말했다. "너저분하게 기계 장치 같은 건 안 써요." 그러고는 테스의 아이패드를 다시금 독한 눈빛으로 흘끔 쏘아보더니 살짝 누그러진 투로 덧붙였다. "게다가 지금 당장은 그런 지출을 감당할 여유도 없고요."

옥타비아의 솔직한 태도에 테스도 마음이 풀렸다. "이해해요. 어떤 패턴인지는 감이 잡히시나요?"

"매주 재고를 확인할 수 있는 건 아닌데……." 옥타비아가 입을 뗐다. 바로 그 순간 모나도 말했다. "토요일이에요. 토요일에 일이 벌어지는 건 거의 확실해요. 토요일은 구연동화도 하고 평소보다 책을 구경하는 사람들도 많아서 가게가 복작거리거든요. 보통 이혼한 아빠들이 와서 막판에 허겁지겁 선물을 고르거나 아이들의 환심을 살 만한 물건을 애타게 찾곤 하죠."

"제가 좀 도와드릴 수 있을 것 같은데요—."

옥타비아가 손을 들며 말했다. "그럴 돈도 없답니다."

"무상으로 해 드릴게요." 테스는 이렇게 내뱉어 놓고 스스로도 놀랐다.

"왜요?" 옥타비아가 미심쩍어하며 날 선 목소리로 물었다. 테스가 보기에 책방 주인은 며칠이나 월급이 늦어져도 이해해 주는 모나 같은 직원을 빼고는 타인의 친절에 익숙지 않은 사람인 듯했다.

"왜냐면 전 볼티모어 북부에 이 책방이 있어서 참 좋고, 제 딸이 이곳에 드나들며 자라나길 바라기 때문이에요. 자전거를 타거나 버스를 타고 여기 들러 자기가 볼 책을 알아서 고르면서 참된 도시 어린이로 자랐으면 해요. 『벳시와 테이시』, 『피글위글 아줌마』, 『검정새 연못의 마녀』 같은 책들이나, 에드워드 이거와 이디스 네스빗의 작품들, 제가 푹 빠져들었던 책들을 접하면서요."

"다들 자기가 어린 시절에 제일 좋아하던 걸 그대로 자식에게 물려주고 싶어 하죠." 옥타비아가 말했다. "그런데 내가 책방을 운영하면서 깨달은 게 있어요. 아이들이 참된 독자가 되길 바란다면 자기 마음에 쏙 드는 것을 애들 스스로 발견해 내야만 한다는 거죠."

"그래요, 맞아요. 하지만 아이가 좋은 책을 발견하길 바란다면, 서점이나 도서관을 누비며 둘러보는 것만큼 좋은 게 또 없잖아요. 무엇과도 바꿀 수 없는 뜻밖의 보물을 발견하는 순간이 찾아온단 말이죠." 때마침 딸을 향해 몸을 돌린 그녀는 카를라 스카우트가 또 다른 책에 지저분한 손을 뻗치는 걸 보았지만 딱히 제지하지는 않았다. "저 책도 사 갈게요."

다시 25번가로 나온 테스는 카를라 스카우트를 유아차에 붙들어

매고 한 손으로 잘 이끌어 보려 했다. 다른 한 손엔 휴대폰을 들고 이메일을 확인하던 중, 아니나 다를까 어떤 남자의 발뒤꿈치에 딱 부딪치고 말았다. 테스가 잘 아는, 적어도 얼굴은 눈에 익은 남자였다.

아이 아빠 크로와 얘기할 땐 이 남자를 뚜벅이라 불렀다. 어떻게 살아가는 사람일까, 무슨 수로 저렇게 시간을 들여 날마다, 날씨가 어떻든 상관없이, 어떤 사명이라도 띤 것처럼 볼티모어 북부를 한없이 걷는 걸까 종종 궁금해하기도 했다. 똑바로 서서 웃는 얼굴로 다니면 잘생겨 보일지도 모르겠는데, 저 사람은 결코 웃는 법이 없었고 아마 똑바로 서는 게 불가능한 것 아닐까 싶게 몸이 구부정했다. 남자는 테스와 부딪치자 잽싸게 몸을 휙 피했다. 그러다 늘 메고 다니던 배낭으로 테스를 쳤는데, 꼭 단단한 바위라도 든 것 같았다. 혹시 나쁜 자세를 교정해 보려고 그만 한 무게를 짊어진 게 아닌가 싶을 정도였다.

"죄송합니다." 테스가 말했다. 그러나 상대방은 부딪혔다는 기색조차 없이, 몸을 앞으로 C자마냥 구부린 채 평발인 듯 유별난 자세로 계속 걸어갔다. 뚜벅이의 걸음걸이에는 탄력도 활기도 없었다. 그저 끝도 없이 한 발짝 또 한 발짝 단호히 앞으로 내디딜 따름이었다. 테스 생각에 그는 꼭 동화나 전설 속 저주에 걸린 사람 같았다. 마법이 풀릴 때까지 쉼 없이 걸어야만 하는 저주 말이다.

책방에서 첫 토요일 근무를 하기 전에, 테스는 키티 이모와 상의를 했다. 이모도 가게에서 재고 '감소'를 숱하게 겪어 보았을 테니까.

"별로 그렇지도 않아." 이모가 말했다. "책은 슬쩍하기도 어렵고 되팔기는 더 어렵지. 물론 그런 일이 일어나긴 해도, 네가 말해 준 것처럼 특정 책들을 노리고 체계적으로 계획을 세워서 훔치는 경우는 본 적이 없는걸. 네 얘기는 거의 서점 주인한테 앙갚음을 하는 느낌인데."

테스는 옥타비아의 퉁명스러운 태도를 떠올렸다. 또 사장이 얼마나 괴팍해질 때가 있는지 모나가 말해 주었던 것도 생각났다. 그래도 손님이 불만을 품고 이런 짓까지 벌인다는 건 상상하기가 어려웠다. 웬만한 사람이라면 옐프 미국의 지역 기반 검색 서비스로, 소비자들이 지역 업체에 남긴 평점과 후기를 모아서 제공한다에 심술궂은 후기를 올리는 정도로 분이 풀리리라.

"이야기 하나 해 줄게." 키티 이모가 말했다. "몇 년 전에, 25번가에 헌책방이 지금보다도 더 많았던 시절에 말이야, 그 주변에 도난 사건이 기승을 부렸어. 어찌나 많이 없어지고 또 품목은 얼마나 마구잡이였는지, 책방 주인들도 믿을 수가 없을 정도였단다. 그런데 그러다 갑자기 뚝 그쳤어."

"왜 갑자기 멈춘 거죠? 범인이 붙잡혔나요?"

"내가 알기론 아니야."

"아무래도 같은 골목에 있는 다른 점주들한테도 가서 뭔가 낌새를 알아차린 게 있는지 확인해 봐야겠어요." 테스가 말했다. "그런데 전 왜 지금 이런 일이 일어나는지가 궁금하네요."

"아마 어떤 사람들은 책이란 게 얼마 못 갈 거라고, 아주 소멸할 거라고 걱정하겠지."

키티 이모 입장에서는 분명 농담이었지만 테스는 이렇게 묻지 않을 수가 없었다.

"그런가요?"

전화기 너머가 너무 오래 조용해서 혹시 전화가 끊긴 게 아닐까 싶어질 정도였다. 다시 입을 연 이모의 목소리는 평소의 명랑함이 사라진 채 낮게 깔려 있었다.

"내가 감히 미래를 예견할 수는 없어. 어쨌든, 난 종이 신문이 사라질 거라곤 생각지 못했거든. 그래도 종이 책을 찾는 사람들은 앞으로도 꾸준히 있을 거라고 믿어. 다만 그 규모가 어느 정도일지는 모르겠구나. 아는 거라곤 지금은 내가 살 만하다는 거 정도야. 난 건물도 가지고 있고, 탄탄한 단골 고객층도 확보하고 있어. 관광객들도 오며 가며 쏠쏠히 물건을 사 가고 말이야. 따지고 보면 다 사람들이 무엇을 가치 있게 여기느냐 하는 문제지.

사람들이 책을 가치 있게 생각할까? 모르겠구나, 테스. 지금까지 도서관에서 책을 무료로 볼 수 있었지만 그렇다고 책의 가치가 떨어지지는 않았지. 여기 볼티모어에 있는 '세상의 모든 책들'The Book Thing. 볼티모어에 실재하는 비영리 자선단체. 이 작품의 제목이기도 하다 은 원하는 사람 누구에게나 책을 그냥 나눠 주잖니. 무조건 무료로 말이야. 그래도 난 전혀 마음 상하지 않아. 수십 년 동안 사람들은 벼룩시장부터 스미스 대학 책장터까지, 어디서든 헌책을 구입해 왔고. 그런데 있잖니, 지금은 컴퓨터로 버튼 하나만 누르면 너무도 덧없는 걸 99센트에 구입하고 곧바로 휙 날아오게 할 수 있지. 그런 건 뭔가 좀 이상하더라. 『찰리와 초콜릿 공장』 기억나니?"

"그럼요." 대부분의 아이들과 마찬가지로 테스 역시 로알드 달의 어두운 이야기들에 매료되었다. 로알드 달도 카를라 스카우트가 읽어 보았으면 싶은 작가들 목록에 올려 둔 작가 중 한 명이었다.

"음, 윌리 웡카 로알드 달의 『찰리와 초콜릿 공장』에 등장하는 신비로운 초콜릿 공장장이자 기상천외한 과자 발명가 가 했던 일을 너도 할 수 있다면 어떨 거 같니? 달이 상상한 대로 텔레비전 속으로 손을 뻗어 초코바를 끄집어낼 수 있다면 말야? 언제든지, 아무 때나, 1년 365일 연중무휴로 네가 원하는 건 무엇이든 손에 넣을 수 있다면 어떨까? 지금은 거의 그렇게 되어 가고 있어. 삶이 꼭 원하는 것만 쏙쏙 골라 먹을 수 있는 메뉴판처럼 변했다고. 우린 원하는 게 있으면 뭐가 됐든 갖고플 때 가지지. 하지만 내가 보기엔 말이다, 그만큼 우리가 진정으로 원하는 게 뭔지 알아보기는 더욱 어려워진 셈이 아닐까 싶어."

"볼티모어에선 별 문제 없어요." 테스가 말했다. "배달시킬 수 있는 거라고는 피자와 중국 음식밖에 없으니까요. 심지어 내가 제일 좋아하는 가게 음식도 아니라고요."

"이런 암울한 얘기는 그만두라고 농담하는 거지."

"꼭 그런 건 아니에요." 테스는 농담을 하는 게 아니었다. 볼티모어의 음식 배달 사정은 정말 암담하니까. 하지만 활기 넘치는 이모가 이렇게 우울한 기색으로 얘기를 늘어놓는 게 영 어색한 것도 사실이었다. 그래서 카를라 스카우트의 관심을 끌어당기느라 장난을 칠 때처럼 이모의 주의를 딴 데로 돌리려 했다. 그리고 그건 실제로

효과가 있었다. 테스는 날마다 어린아이를 상대하다 보면 전반적인 세상사에 대처하는 데에도 아주 숙련된다는 사실을 알게 됐다.

미리 들은 대로 '어린이 책방'은 토요일에 정신없이 바빴다. 가게 통로가 연신 북적거리는 데 반해 계산대 앞은 눈에 띄게 한산했지만 말이다.

테스는 저번에 모나가 설명해 줬던 현상도 눈으로 확인할 수 있었다. 사람들은 각자 가상 공간에서의 필요를 채우기 위한 현실 공간의 쇼핑센터로 이 서점을 이용하고 있었다. 가게를 서성이는 동안 온갖 기기를 꺼내 쇼핑하는 이들, 보도로 다시 나갈 때까지 시간을 때우는 이들, 모종의 범죄를 저지르는 양 거의 남몰래 수그리고 휴대폰이나 전자 리더기를 들여다보는 이들 중에서 어느 쪽이 더 불쾌한지 딱 꼬집어 말하기가 참 어려웠다. 저들이 나쁜 짓을 한다고도, 그렇지 않다고도 볼 수 있다고 테스는 결론지었다. 그들의 행위는 불법이 아니었지만, 모나를 일종의 큐레이터로 이용해 먹으면서 그녀의 공간과 시간을 빼앗고 있기도 했으니 말이다.

한창 북적북적할 때 배달원이 책 상자들을 싣고 왔다. 그는 비좁은 통로로 손수레를 밀고 들어오다 어느 순간 맨 꼭대기에 있던 상자를 놓쳤다. 모범생풍으로 아주 잘생겼지만 엄청나게 칠칠찮은 남자였다. 낑낑거리며 가게 뒤편까지 가는 길에 상자가 한 번, 두 번, 세 번 떨어졌다. 한 번은 꼭대기에 있던 상자가 툭 열리더니 책 몇 권이 바닥에 쏟아지기까지 했다.

"죄송합니다." 배달원이 무릎 꿇고 책을 주우며 환하게 웃는 얼굴로 말했다. 그런데 — 방금 저 남자가 선반에서 책 몇 권을 슥 빼내 상자에 쓸어 담은 건가? 왜 그런 짓을 하겠어? 어쨌든 저 책 상자들은 여기로 배달되어 온 건데. 남자가 상자를 도로 가져갈 수 있는 거라면 또 모를까.

"테이트는 세상에서 제일 칠칠맞은 남자예요." 배달원이 떠나자 모나가 애정을 담아 말했다. "사랑스럽지만 아주 엉망진창이죠."

"그러니까, 번번이 저렇게 물건을 떨어뜨린다는 얘기죠?"

"떨어뜨리고, 주문을 헷갈리고, 말도 마세요. 하지만 옥타비아는 테이트한테 홀딱 빠졌어요. 그 보조개 하며……."

보조개까지는 미처 못 봤는데. 하지만 옥타비아가 거기 얼마나 푹 빠졌는지는 15분 뒤 배달원이 겸연쩍은 표정으로 돌아왔을 때 알 수가 있었다.

"테이트!" 옥타비아가 진심으로 기뻐하며 말했다.

"저 진짜 바보인가 봐요. 아까 두고 갔던 책 상자 중 하나는 저 위쪽 '로열 북스'에 배달할 거였어요."

"괜찮아요." 옥타비아가 말했다. "토요일에는 저녁 늦게 마감할 때까지 상자 풀어 볼 짬도 안 난다는 거 알잖아."

배달원은 자기가 놓고 간 상자 더미를 훑어본 다음, 옥타비아에게 '로열 북스' 주소가 찍힌 상자 하나를 보여 주고 어깨에 짊어졌다. 테스는 그 상자가 테이프로 전혀 봉해지지 않았다는 점을 놓치지 않았다. 개인 물건을 담아서 옮길 때처럼 상자 위쪽 뚜껑이 포개어져 접혀 있었던 것이다. 테스는 남자를 뒤따라 거리로 나와 어슬렁거리면서 그가 트럭에 상자를 넣고 출발하는 광경을 지켜보았다. 트럭은 '로열 북스'를 완전히 건너뛰고 서쪽으로 꺾었다가 북쪽 하워드가로 가 버렸다.

저 남자 누굴 닮았는데 말이지. 테스는 생각했다. 알긴 아는데, 잘은 모르는 사람. 누구 유명한 사람을 닮았나? 그냥 텔레비전에 나오는 어느 배우를 닮은 건지도 모른다.

서점으로 돌아온 테스는 자기가 어떤 의심을 품고 있는지 옥타비아에게 차마 말할 수가 없었다. 아까 옥타비아는 진짜로 얼굴을 붉히면서 테이트를 바라보았다. 게다가 테스가 무슨 증거를 잡은 것도 아니고. 아직은 말이다.

"그래서, 뭔가 알아내셨나요?" 마감 시간에 옥타비아가 물었다.

"그런 것 같아요. 오늘 없어진 게 있다면 이 선반에 있던 책일 거예요." 테스는 상자가 떨어져 책들이 쏟아졌던 자리 바로 옆의 낮은 선반을 가리켰다. 모나가 바닥에 쭈그리고 앉아 책들을 들쑤셨다. "컴퓨터로 확인해 보기 전에는 확실히 모르겠지만, 어젠 이 선반이 꽉 차 있었어요. 음, 가게에 늘 닥터 수스 책이 있었는데 지금은 없단 말이죠."

"그걸 보셨다면 왜 아무 말씀도 안 하신 건가요?" 옥타비아가 여느 유료 의뢰인만큼이나 까탈스럽게 따졌다. "아님 뭐라도 해 보든가 하셨어야죠, 참 나."

"제가 제대로 본 건지도 확실치가 않았고 누굴 불쾌하게 만들고 싶지도 않아서……. 모두 잠재적 고객이잖아요. 다음 주 토요일에 다시 올게요. 이건 두 명이 해야 하는 작업이에요."

인생은 불공평하다. 딸아이를 아기 띠로 감싸 들쳐 업은 테스 모너핸은 대부분의 세상 사람들에게 거의 보이지 않는 존재였다. 웬음흉한 남자들이 가슴 높이에 자리 잡은 아기를 곁눈질로 들여다보고는 "아주 상석에 들어앉았네" 따위의 소리를 하는 경우 빼고는 말이다.

그러나 크로가 아기 가방을 메고 아빠다운 가슴팍에 딸을 안아 들고 있으면, 온 세상이 사르르 녹거나, 그게 아니라도 최소한 세상의 절반인 여자들은 녹아 내렸다. 그래서 크로는 다음 주 토요일 아침 책방에 서서 자기를 둘러싸고 우쭈쭈 어르는 여자들에게 예의 바르게 대하려고 애쓰고 있었다. 지난 주 테스가 봤던 것과 비슷한 일이 일어나나 유심히 살피며 기다리는 중에도 말이다. 구연동화 시간이 한창 무르익었을 때 테이트가 다시 나타났다. 손수레엔 상자 여섯 개가 실려 있었다.

떨어뜨린 상자는 없음. 크로가 문자 메시지로 보고했다.

젠장. 테스는 생각했다. 모나의 심증으로는 도난 사건이 주로 토요일에 벌어졌다지만, 그 녀석이 날을 바꿔 가며 일을 벌일 만큼 영리할 수도 있었다. 어쩌면 모나가 착각을 했을지도 모르고, 어쩌면—.

문자가 또 왔다. 상자 하나를 도로 가져감. 실수로 카트에 올려놓은 거라고 말하는데. 근데 직접 목격한 건 없어. 유능한 놈일세.

테스는 자전거에 올라탄 채였다. 토요일에 볼티모어 북부에서 누구를 미행하기엔 이게 최선책이라고 판단했다. 일감이 적은 주말 업무라고 해도 배달부라면 짐을 내리느라 자주 멈춰 서야만 할 것이다. 그렇겠지? 테스는 놈을 따라잡을 수 있으리라고 계산했다. 그리고 정해진 노선을 따라 이동하는 배달원을 따라잡는 데 성공했다. 볼티모어 미술관 근처에서 뚜벅이를 거의 들이받을 뻔하긴 했지만, 계속해서 트럭을 뒤따라 달리며 배달원이 거래처마다 들러 상자를 내리는 것을 지켜보았다. 그러다 문득 자기 계획의 결함을 깨달았다. '어린이 책방'에서 가지고 나온 상자가 어느 것인지 어떻게 알아내지?

테스는 한숨을 쉬었다. 별수 없지, 다음 토요일도 또 '어린이 책방'에 헌납해야지 어쩌겠는가.

그다음 주도, 그다음 또 그다음 주 토요일도. 줄줄이 네 번의 토요일은 아무 사건도 없이 흘러갔다. 테이트가 매번 나타나 실수 없이, 바닥에 뭘 떨어뜨리는 일 없이 상자를 배달했다. 하지만 일주일 동안 손님들 요청을 처리하다 보면 분실된 재고가 속속 드러났다. 컴퓨터엔 재고가 있다고 뜨는데 막상 찾아보면 가게 어디에도 없는 것이었다.

다섯 번째 토요일이 되자 슬슬 크리스마스 대목에 접어드는 분위기였고, 안 그래도 어수선한 가게는 테이트가 당도하여 가장 외진 모퉁이에 상자를 떨어뜨리자 더욱 아수라장이 되었다. 그곳은 계산대에서나 베란다를 개조한 우묵한 구연동화 장소에서나 절대 보이지 않는 구석빼기였다. 테스는 길가로 나가 언제든 출발할 수 있게 자전거에 올라탄 채로 페이스타임 _{아이폰의 영상 통화 기능}을 통해 상황을 지켜보았다. 크로가 엉덩이 높이로 휴대폰을 들고서 모두 촬영하는 중이었다. 갑자기 현장이 흐릿해졌다. 이미 테스의 속내를 알고 있는 모나가 테이트를 도와주러 뛰어갔다. 테이트가 모나를 밀어냈지만, 이미 카를라 스카우트의 빨대 달린 유아용 컵이 우연히도 상자 위에 떨어진 뒤였다. 컵 뚜껑이 튕겨져 나가 빨간 색 주스가 마구 쏟아져 나왔다. 그 정도면 상자 옆면에 눈에 띄는 얼룩을 남기기엔 충분했다. 크로가 그 모습을 찍어 전송해 주었다. 길 건너에 있던 테스는 테이트가 짐을 싣는 동안 주시하다가 커다란 얼룩이 찍힌 상자가 들어가는 걸 잘 봐 두었다.

춥고 기나긴 오후 내내 테스는 쉴 새 없이 트럭을 쫓아갔다. 커피 한잔 마실 시간도 없었고, 뭐든 마셨다가는 화장실을 찾아 헤매게 될지도 모르니 그런 위험을 무릅쓸 생각도 없었다.

4시가 다 되어 겨울 햇빛이 약해져 갈 때쯤, 테이트는 롤런드 파크 주택가에서 제일 험하기로 유명한 언덕길로 올라갔다. 테스가 사는 동네와도 그리 멀지 않은 데였다. 밑에서 기다리고 싶은 마음이 굴뚝같았지만, 그랬다간 그가 책을 어디에 배달하는지 어떻게 알 수 있겠는가? 테스는 트럭이 5분 먼저 출발하게 놔두었다. 볼티모어 운전자 대다수가 그렇듯이 테이트도 자전거 타는 사람을 전혀 거들떠보지 않기를 바라면서.

테이트는 볼썽사납게 증축한 빅토리아 시대 주택 앞에 트럭을 세웠다. 볼티모어 시내를 꽉 채운 열기에서 탈출하려면 고작 10킬로미터나 20킬로미터 정도를 이동할 수 있던 시절에 지어진 케케묵은 여름 별장이 아닐까 싶었다. 그렇지만 이 집은 백만 달러짜리 집들이 즐비한 거리에서 당최 제 몫을 다하지 못하는 듯했다. 삼나무 지붕 널은 허물을 벗는 것처럼 떨어져 나갔고, 지붕은 군데군데 서투르게 대강 덧대어져 있었으며, 굴뚝은 당장이라도 책임 소송이 발생해도 이상하지 않을 꼴이었다. 진입로에서 배달 트럭이 공회전을 하는데, 운전석에 앉은 테이트는 아직도 나올 생각을 안 했다. 테스는 세 집 아래 진입로에서 자전거 옆에 쭈그려 앉아 바퀴를 수리하느라 바쁜 척했다. 드디어 한 남자가 나타났는데, 집이 아니라 진입로 맨 앞쪽의 마구간 안에 있다가 나왔다. 그 동네 다른 집들은 대부분 그런 별채를 새로운 용도로 개조하거나 헐어 버렸으나, 이 집만은 고스란히 내버려 둔 모양이었다. 안에는 불이 밝혀져 있었다. 문이 다시 쿵 닫히기 전에 테스가 언뜻 엿볼 수 있던 건 그게 전부였다.

저 남자는 낯이 익은걸. 테스는 생각했다. 테이트를 처음 보았을 때도 같은 생각을 했더랬다. 유명한 사람인가, 아님 내가 아는 사람인가?

테스는 지금 진입로 끝으로 걸어가는 저 남자가 누군지 깨달았다. 뚜벅이였다. 배낭은 안 메고 있지만 분명히 그 사람이었다. 평소에 지고 다니던 균형추가 없으니 어깨가 더 심하게 앞으로 굽었다. 뚜벅이가 테이트와 악수를 하는 순간 테스는 왜 자기가 테이트를 전에 본 것 같다고 생각했는지 퍼뜩 깨달았다. 테이트는 더 잘생기고 젊은 버전의 뚜벅이였던 것이다.

테이트가 뚜벅이에게 빨간 얼룩이 묻은 상자를 건넸다. 돈이 오가지는 않았다. 돈은커녕 아무것도 오가지 않았다. 하지만 어둑어둑한 가운데서도 얼룩은 선명하게 보였다. 뚜벅이가 낡은 마구간으로 상자를 가지고 들어가며 문을 다시 제자리에 힘껏 끼워 맞췄다.

테스는 예상치 못했던 기로에 직면하게 되었다. 테이트를 쫓아가 대놓고 따지는 방법도 있었다. 지금 잃을 게 가장 많은 사람은 일자리가 위태로워지는 입장인 테이트였으니 말이다. 그러나 상자 안을 살펴보기 전까지는 그가 절도범이라는 사실을 증명할 수가 없었다. 만약 테이트를 따라간다면, 돌아오기 전에 책들이 사라져 버릴지도 몰랐다. 그렇게 되면 무엇도 증명할 수가 없게 될 터였다. 저 상자 안에 뭐가 들었는지를 직접 봐야만 했다.

테스는 크로에게 문자를 보내 지금부터 무슨 일을 할 건지 알려주었다. 그리고 답장을 기다리지 않고 진입로를 걸어 올라갔다. 어차피 조심하라고 경고하거나 경찰에 알리라고 할 테니까. 하지만 고작 어린이 책방에서 나온 책 상자 하나일 따름이었다. 위험해 봤자 얼마나 위험하겠는가?

테스가 마구간 문을 노크했다. 몇 분이 흘렀다. 다시 노크했다.

"아까 봤어요." 테스가 어스름 속에서 혼잣말하듯, 저 안에 있는 남자에게 말하듯 중얼거렸다. "안에 있는 거 다 알아요."

다시 1분 남짓이 지났다. 어둠이 짙게 깔리고 추위가 몰려오는 지금 바깥에 서 있기엔 그 정도도 너무나 긴 시간이었다. 그래도 마침 내 문이 덜그럭 열렸다.

"누군지 모르겠는데요." 뚜벅이가 멍하고 무심한 어린애처럼 말 했다.

"저는 테스 모너핸이고요, 그쪽을 좀 알아요. 당신은 바로—."

거기서 아슬아슬하게 말을 딱 멈추었다. 뚜벅이는 자기가 뚜벅이 라는 걸 몰랐다. 적어도 이 사람은 자기 존재를 하나의 희한한 버릇 으로 압축시킨 적이 없다. 테스는 그 사실을 다소 뒤늦게 깨달았다. 이 남자가 누구든, 스스로를 뚜벅이로 규정하진 않았다. 그 역시 인 생이 있고 역사가 있는 사람이었다. 이런 환경이라든지 끊임없이 강 박적으로 걸어 다니는 모습을 보면 아마도 슬프고 우울한 생애였으 리라. 그러나 본인이 머릿속으로 생각할 때든 거울에 비춰 볼 때든, 이 남자는 그저 볼티모어 북부를 어슬렁거리기만 하는 뚜벅이가 아 니었다.

아니, 어쩌면 그럴지도?

"근처에서 당신을 본 적이 있어요. 저도 여기서 별로 멀지 않은 데 살거든요. 우리는 거의 이웃이나 마찬가지예요."

남자가 테스를 이상스레 빤히 쳐다보았다. 내내 아무 말도 없이 문틀에 팔을 괴고 선 채였다. 그러니 상대를 밀치고 지나가지 않고 서는 안으로 들어갈 수가 없었다. 이 남자는 그런 식의 접촉을 달가 워하지 않을 테고, 누가 자길 만지는 데 익숙지 않으리란 느낌이 들 었다. 테스는 자기가 유아차로 저 남자의 발뒤꿈치를 쳤던 날 그가 얼마나 잽싸게 몸을 홱 돌렸는지 떠올려 보았다. 대부분의 사람이라면 방금 자기를 밀친 사람 쪽으로 몸을 돌릴 텐데, 저 남자는 그냥 자리를 떠 버렸다.

"들어가도 될까요?"

남자가 팔을 문틀에서 뗐고 테스는 이를 들어오라는 뜻으로 받아들였다. 또 이 몸짓은 켕길 게 하나도 없다는 신호로도 읽혔다. 남자는 잘못을 저지르거나 죄책감을 느끼는 사람처럼 굴지 않았다. 하긴 테스가 책을 쫓아서 여기까지 왔다는 사실을 그야 모르지만.

주스가 묻은 상자는 작업대 위에 있었고, 전선줄이 길게 늘어진 천장 등이 그 위를 비추었다. 테스는 뚜벅이에게 등을 보이지 않으려 조심하며 상자 앞으로 걸어갔다. 뚜벅이 말고 다른 이름으로 부를 수 있다면 참 좋겠는데, 저 남자는 테스가 먼저 이름을 알려 주었는데도 본인 이름은 대지 않았다.

"이것 좀 봐도 될까요?" 테스가 상자를 가리키며 말했다. 그러면서 그 옆에 있던 커터를 집어 들었는데, 단지 상대방이 먼저 집지 못하게 하려는 의도였다.

"내 건데요." 뚜벅이가 말했다.

라벨을 들여다보니 이 집 주소가 찍혀 있었다. 위장이군. 꿍꿍이를 밝혀내야 하겠지?

"윌리엄 켐퍼 씨 맞으세요?"

"네." 남자의 태도가 영 이상하고 어색했다. 하기야 테스는 남의 집에 나타나 집주인 앞으로 온 상자를 조사하겠다고 우기는 사람이었으니. 어쩌면 그가 보기엔 테스 역시 그저 괴짜 같은 볼티모어 인간 중 하나일지도 몰랐다. 혹시 모르지, 뚜벅이도 테스의 한 가지 특징만 딱 집어 참견쟁이란 별명을 붙여 주었을지도.

"왜 안 열어 보세요?"

뚜벅이가 앞으로 걸어와 상자를 열었다. 안에 최소 12권은 넘는 책이 들어 있었고 전부 새것인 게 분명한 그림책들이었다.

"꽤 쓸 만한 책들입니다." 뚜벅이는 책을 꼼꼼히 살펴보더니 말했다.

"어디에 쓸 만한데요?"

그가 테스를 쳐다보았다. 이런 바보가 다 있느냐는 듯한 표정이었다.

"내 작업에요."

"무슨 작업을 하시는데요?"

"만들어 내는 거죠."

"저 책들을 가져다준 사람은……."

"내 동생 테이트입니다. 동생이 책을 갖다주죠. 걔가 책을 공짜로 나눠 주는 곳을 안대요."

"이 책들은 완전 새것 같은데요."

그가 어깨를 으쓱했다. 자세히 들여다볼 생각은 별로 없는 듯했다.

테스는 재차 물었다. "왜 동생이 책을 가져다주는 건가요?"

"동생은 내가 직접 가지고 오는 것보단 자기가 가져다주는 게 더

낫다고 말했습니다."

테스는 25번가에서 뚜벅이의 배낭에 철썩 부닥쳤던 일을 다시금 떠올렸다. 배낭이 어찌나 딴딴하던지 부딪힌 자리에 거의 멍이 들 뻔했다.

"그렇지만 지금도 가끔 직접 책을 구해 오기도 하죠?"

대답을 궁리하기까지 시간이 좀 걸렸다. 정직하지 못한 사람이라면 쭉 거짓말을 지어내는 중이었을 테고, 평범한 사람이라면 거짓말의 이해득실을 따져 보았을 터였다. 하지만 윌리엄 켐퍼는 그저 무척이나 곰곰이 말을 고르는 것뿐이었다.

"가끔씩 그러죠. 책들한테 내가 필요할 때만."

"책들한테 당신이 필요하다고요?"

"시간이 흐르면 책도 숨을 쉬어야 합니다. 걔네는 너무 오랫동안 기다려요. 갇힌 채로 기다리고 또 기다리는 겁니다. 딱 봐도 아주 오랫동안 아무도 걔들을 읽어 주지 않았다는 걸 알 수 있어요. 읽기는커녕 펼쳐 보지도 않았다는 걸."

"그래서 당신이 책들을 '해방'시켜 주는 건가요? 그게 당신 일이에요?"

뚜벅이, 그러니까 윌리엄이 테스에게 등을 돌리고 동생이 갖다준 책들을 꼼꼼히 살펴보기 시작했다. 그는 이제 테스와 볼일을 다 끝냈다. 혹은 그러려 했다.

"이 책들은 방치되거나 무시당한 게 아닌데요."

"네, 하지만 테이트가 얻어 올 줄 아는 건 딱 이런 책밖에 없습니다. 죄다 그림만 있는 것들. 그래도 아예 알맞지 않은 책이라고는 말하고 싶지 않아요. 아쉬운 대로 동생이 가져온 걸로 그럭저럭 때우고 필요할 땐 제가 보충을 하죠." 윌리엄이 한숨을 쉬었다. 동생이 엉망진창을 만들어 놓는 상황에 익숙한 형이나 지을 법한 한숨이었다. 테스는 테이트도 테이트대로 한숨을 쉬었을 거라 생각할 수밖에 없었다.

"윌리엄 씨, 한동안 어디 멀리 갔었나요?"

"네." 그가 책장을 넘기며 대꾸했다. 그림을 살펴보느라 테스한테도 지금 이 대화에도 별로 집중하지 못했다.

"교도소에 갔었나요?"

"그건 아니라고들 했어요." 팔락, 팔락, 팔락. "어쨌든, 전 결국 집에 돌아왔습니다."

"언제요?"

"두 겨울 전에요." 좀 이상한 표현이었다. 억지스러운 가짜 미국 원주민 말투랄까. 하지만 뚜벅이에게는 아마 계절이 좀 더 중요할 테지.

"그럼 여기가 윌리엄 씨 집이에요?"

"나랑 테이트의 집입니다. 세금을 낼 수 있는 동안은요. 우리가 할 수 있는 건 그게 전부입니다. 세금 내는 거."

테스는 그 말을 의심하지 않았다. 이 동네에서는 다 쓰러져 가는 쓰레기 더미라도 한 해에 최소한 만 5천 달러에서 2만 달러 정도의 세금이 나올 터였다. 하지만 윌리엄이 실제로 이 집에 사는 걸까? 이제 눈이 어둠에 적응하고 보니, 마구간은 일종의 아파트처럼 개조된 상태였다. 이 안엔 간이침대, 핫플레이트를 놓은 임시 부엌, 소형 냉장고며 라디오가 갖춰져 있었다. 욕실은 눈에 띄지 않았지만 윌리엄의 외모를 보면 제 몸과 옷을 깨끗하게 유지하는 방법이 있는 것 같았다.

그다음으로 테스는 뭐가 빠졌는지를 눈치챘다. 책들이 없었다. 방금 도착한 책 상자를 빼고는 눈에 띄는 책이 없었다.

"책은 다 어디 있나요, 윌리엄 씨?"

"저기 있는데요." 윌리엄이 잠시 당혹스러워하다가 말했다. 공식적인 병명이 뭐든 간에, 윌리엄은 말을 곧이곧대로만 해석했다.

"아뇨. 다른 책들 말이에요. 다른 책도 있잖아요. 맞죠?"

"집에 있습니다."

"좀 볼 수 있을까요?"

"거의 캄캄해졌는데."

"그래서요?"

"그러면 불을 켜야 된단 얘기니까요."

"집에 전등이 없어요?"

"그럴 만한 이유가 있습니다. 테이트 말로는 우리가 설비를 가만히 놔둬야 한답니다. 안 그랬다간 위험하다고 이웃들이 항의할 테니까. 수도, 가스, 전기 같은 거요. 하지만 우리는 세탁기 겸 건조기랑 샤워기 빼고는 그런 거 안 써요. 날씨가 정말 추워지면 집 안에서 지낼 순 있는데, 난방을 해도 계속 춥습니다. 집이 너무 커서. 중요한 건 아무도 항의하지 못할 정도로 깔끔하게 유지하는 겁니다."

윌리엄은 비교적 길게 말을 하고 나자 지친 듯했다. 테스가 여기 버티고 있다는 사실 자체가 그에게 스트레스를 준다는 게 느껴졌다. 그러나 발각되었다는 데서 오는 스트레스는 아닌 것 같았다. 즉 윌리엄은 딱히 겁을 먹지 않았다. 그저 타인을 마주하는 상황 자체에 불안감을 느끼는 것뿐이었다. 어쩌면 이 역시 뚜벅이가 계속 걸어 다니는 이유 중 하나 아니었을까. 아무도 자기를 붙들고 말을 트지 못하게 말이다.

"윌리엄 씨, 그 책들을 보고 싶습니다."

"왜요?"

"왜냐하면 제가— 원래 책 주인인 사람들 일부를 대표해서 왔거든요."

"그 사람들은 책에 애정을 주지 않았어요."

"그랬을지도 모르죠." 윌리엄과 입씨름을 할 필요는 전혀 없어 보였다. "책들을 보고 싶어요."

밖에서 보았을 때는 이 집이 얼마나 넓은지, 얼마나 부지 깊숙이 지어졌는지 가늠할 수 없었다. 이 동네의 일반적인 기준으로 봐도 거대한 규모였다. 부지의 평평한 땅은 거의 모조리 사용하고도 길고 가파른 비탈이 더 남아 있었다. 지대가 높아서 도시와 근처 고속도로가 한눈에 내려다 보였다. 윌리엄은 테스를 뒷문으로 데리고 갔다. 약간 구석이지만 평범한 세탁실로 통하는 문이었다. 안에 있는 가전제품들은 적어도 10년에서 15년은 묵은 것 같았다.

"이웃에서 경찰에 신고할지도 몰라요." 윌리엄이 초조한 목소리로 말했다. "불빛만 봐도 말입니다."

"사람들이 여기를 빈집이라 생각해서 그런 거예요?"

"우릴 쫓아내려고 무슨 짓이든 할 거라서 그렇습니다. 무슨 꼬투리든 잡아서요. 테이트는 사람들이 그러지 못하게 하는 게 중요하대요."

테스는 윌리엄을 따라 부엌으로 갔다. 전등은 여전히 꺼져 있었다. 이곳 역시 구식이지만 평범했고, 이용하지 않아 먼지가 조금 앉았을지라도 깨끗했다. 이제 두 사람은 어둑어둑한 복도로 왔다. 커다란 방으로 통하는 유리문이 닫혀 있었다. 윌리엄이 문을 열었다. 방 안도 어두웠지만 창문이 많아서 복도만큼 캄캄하지는 않았다.

"무도회장입니다. 제가 알기로 무도회를 연 적은 한 번도 없지만요." 윌리엄이 말했다.

무도회장이라. 진정 이 집이야말로 롤런드 파크의 으리으리한 옛 저택이라 할 만했다.

"그런데 책들은 어디 있나요, 윌리엄?" 테스가 물었다.

윌리엄이 놀라서 눈을 깜빡거렸다. "아, 빛이 좀 더 있어야 보이시겠군요. 다른 집에서 비치는 빛이면 될 줄 알았어요." 그가 스위치를 누르자 머리 위 샹들리에에서 뿜는 빛이 방 안을 가득 채웠다. 그런데도 방 안은 텅 비어 있었다.

"윌리엄 씨, 책들은요. 어디다 두셨어요?"

"사방에 있는데요."

그제야 방 벽에 덕지덕지 붙은 범상치 않은 벽지가 사실 책의 낱장이라는 게 눈에 들어왔다. 전부 한 장, 한 장, 한 장 뜯어낸 책장들이었다. 어떤 페이지엔 글자만 가득했다. 하지만 천장 높이가 적어도 6미터에서 9미터는 되는 대규모 작업을 진행해 가는 사이, 널따란 벽 어느 지점부터 어린이 책이 눈에 띄기 시작했다. 테스는 윌리엄이 한 일을 살펴보기 위해 좀 더 가까이 다가갔다. 공예가와는 거리가 먼 테스가 보아도 이건 일종의 데쿠파주 나무, 금속, 유리 따위의 표면에 그림을 붙이고 그 위에 바니시를 칠하는 장식 기법 아닌가 싶었다. 종잇장 위에는 방수제가 발려 있었다. 하지만 남향이라 햇빛을 제일 많이 받는 벽에 빛살 모양으로 바랜 자국이 있는 걸로 보아 자외선까지 차단된 상태는 아니었다.

아래를 내려다본 테스는 윌리엄이 바닥에도 같은 작업을 해 놓았다는 사실을 알아챘다. 원래의 마룻바닥 일부가 아직 눈에 띄는 걸로 봐서는 최근에야 손을 댔거나.

"집 전체가 이런가요?"

"아직은 아닙니다." 윌리엄이 말했다. "집이 원체 크다 보니까요."

"하지만 윌리엄 씨, 이 책들은 본인 물건이 아니잖아요. 윌리엄 씨는 남의 책을 망가뜨린 거예요."

"어째서죠?" 윌리엄이 물었다. "여전히 내용을 읽을 수 있는데요. 책장은 순서대로 붙어 있어요. 저는 쟤네가 살아가게 해 주는 겁니다. 저 책들은 표지에 갇혀서, 책꽂이에 끼어서 죽어 가고 있었습니다. 누구도 쳐다봐 주지 않았고요. 이제 쟤들은 영원히 활짝 열려 있지요. 언제나 읽힐 준비가 된 채로요."

"하지만 아무도 저 책을 볼 수 없는 건 여기서도 마찬가지인걸요." 테스가 말했다.

"내가 볼 수 있죠. 당신도 볼 수 있고요."

"윌리엄은 제 이복형이에요." 며칠 뒤 테이트 캠퍼가 말했다. 테스와 테이트는 '페이퍼 문'이라는 작은 식당에서 점심을 먹는 중이었다. 이곳은 볼티모어 북부에서 오래된 장난감의 성지 같은 장소로 통했다. "형은 저보다 열다섯 살 많아요. 잠깐 보호 시설에 들어간 적이 있고요. 그러다 저희 할아버지, 그러니까 아버지의 아버지께서 형을 돌보는 데 드는 비용을 내기로 하시고, 여기서 멀지 않은 데에 작은 아파트를 마련해 간호인을 두고 지내게 해 주셨어요. 할아버지께서 우리한테 집을 유산으로 남겨 주셨고 그 밖에는 전부 할아버지의 세 번째 부인이 가져갔죠. 엄마랑 저는 늘 쪼들렸으니까 저한테는 아무래도 별 상관없었어요. 하지만 아버지는 윌리엄 형이 어렸을 적엔 아직 부자였죠. 그래서 형이 성인이 되고 나서 어떻게 자기 몸을 건사할지에 관해서는 아무도 걱정하지 않았어요."

"그 집을 팔았더라면 윌리엄 씨를 보살피는 데 드는 비용을 수월하게 낼 수 있었을 텐데요. 적어도 한동안은요."

"맞아요. 경기가 좋지 않더라도, 구조가 구식이고 가전이 낡았다고 해도, 거의 백만 달러는 나갈 거예요. 하지만 형은 집을 팔지 말자고 간청했어요. 자기 혼자 살아 보게 해 달라고요. 형은 자기한테 잘 해 주었던 사람은 할아버지뿐이라고 했어요. 그건 형 말이 맞아요. 형 어머니는 죽었고, 아버지라는 망할 작자는 자기 아버지한테도 의절당하고 우리 인생에서 사라져 버렸으니까요. 그래서 저는 형이 마구간에 들어가 살게 했어요. 몇 달이 지나서야 형이 뭘 하고 있는지 깨달았죠."

"그런데 윌리엄 씨는 그 전에도 같은 짓을 했죠. 그렇지 않아요?"

테이트가 고개를 끄덕였다. "네. 형은 몇 년 전에 책을 훔치다 잡혔어요. 몇 번이나요. 우리는 형이 상습범 관련 법에 저촉될까 봐 슬슬 걱정이 되었어요. 그래서 할아버지는 사법 거래의 일환으로 정신과 치료비를 대겠다고 제안했죠. 형이 사회로 나온 다음에는 간호인이 곁에서 지켜보면서 문제를 겪지 않게 도왔고요. 하지만 일단 형이 할아버지 집에 들어가게 되니까⋯⋯." 테이트가 윌리엄과 똑같이 한숨을 쉬며 고개를 저었다.

"이제까지 형 때문에 책을 몇 권이나 훔친 거예요?"

"오십 권, 아님 백 권쯤 되려나요. 여러 군데로 장소를 늘려 보려고 애는 썼는데요. 그런데 다른 책방 주인들은, 음, 다들 옥타비아 씨보다 더 예리하더라고요."

아니, 그저 다른 사람들은 네게 반하지 않았을 뿐이야. 테스는 이렇게 말하고 싶었다.

"배상을 해 주시겠어요?"

"시간을 두고 해야죠. 하지만 무슨 소용이 있겠어요? 그래 봤자 형이 더 많은 책을 훔칠 텐데. 저는 꼼짝달싹도 못 해요. 게다가……."
테이트는 반항적으로 보였다. 으스대는 듯도 했다. "형이 하는 작업
은 그 나름대로 아름다운 것 같아요."

테스는 동의하지 않았다. "문제는, 테이트 씨가 붙잡히든지 직장
을 잃든지 여하튼 테이트 씨한테 무슨 일이 생기면 둘 다 망한다는
거예요. 계속 이렇게 살 순 없어요. 그리고 테이트 씨는 옥타비아 씨
한테 배상을 해야 돼요. 저를 통해서 익명으로 하세요. 형편이 되는
만큼이라도. 그러면 어떻게 윌리엄 씨가 자기한테 필요한 책을 다
무료로 얻을 수 있는지 제가 가르쳐 줄게요."

"저는 모르겠는데요ㅡ."

"날 믿으세요." 테스가 말했다. "한 가지 더 말해도 되나요?"

"물론이죠."

"옥타비아 씨한테 커피를 마시러 가자거나 뭐 어쨌든 데이트를 하
자고 하면 안 돼요? 딱 한 번만?"

"옥타비아 씨라고요! 만약에 제가 데이트를 신청할 거라면 그건
아마ㅡ."

"모나 씨겠죠, 알아요. 하지만 테이트 씨, 그거 아세요? 아무나 오
리 문신을 한 여자를 사로잡을 수 있는 게 아니랍니다."

다음 토요일에 테스는 윌리엄의 집 밖에서 그와 만났다. 윌리엄은
등에 배낭을 멨고, 테스도 테스대로 앞쪽에 아기띠를 짊어졌다. 안
에는 빨대 달린 컵을 든 카를라 스카우트가 편안히 자리 잡았다. 카

를라는 또래에 비해 몸집이 작아서 11킬로그램도 채 되지 않았지만, 그래도 들쳐 업고 한참 걷기에는 제법 무거운 짐이었다.

"같이 걸어갈 준비는 다 됐어요?"

"보통은 혼자 걸어 다니는데." 윌리엄이 말했다. 그는 이 타협안이 마뜩잖았고, 테이트가 명령하다시피 한 뒤에야 간신히 받아들인 참이었다.

"다음부터는 다시 윌리엄 씨 혼자서 걸어 다니면 돼요. 그런데 오늘은 제가 어디 좀 데려다 드리고 싶어요. 거의 5킬로미터는 되는 거리예요."

"그 정도는 별거 아닙니다." 윌리엄이 말했다.

"돌아올 때는 가방이 더 묵직해질지도 몰라요."

"자주 그래요." 윌리엄이 말했다.

어련하시겠어. 테스는 생각했다. 테이트의 생각과 달리 윌리엄은 아마 책 도둑질을 한 번도 관둔 적이 없었을 것이다.

테스와 윌리엄은 동네를 지나서 쭉 남쪽으로 걸었다. 나뭇가지가 앙상하고 하늘엔 구름이 잔뜩 끼었더라도 멋진 풍경이었다. 놀랍게도 윌리엄은 대로변으로 걷는 것을 더 좋아했다. 사람들을 몹시 꺼리는 기질을 감안하면 덜 붐비는 골목길로 슬쩍 피해 다니고 싶어 할 줄 알았다. 오늘 갈 길과 많은 부분 나란히 겹치는 스토니 런 공원의 녹지를 통과할 거라고 말이다. 하지만 윌리엄은 가장 북적거리는 길거리를 고집했다. 테스는 운전자들이 차창 밖을 힐끗 내다보며 '오, 뚜벅이 남자한테 이젠 뚜벅이 여자에 뚜벅이 아기까지 생겼네'

라고 생각하지나 않을까 궁금했다.

월리엄은 말을 하지 않았을뿐더러 테스가 대화를 해 보려 시도하는 족족 튕겨 내 버렸다. 마치 혼자인 듯이, 굳어진 얼굴에 한결같은 걸음걸이로 그저 걷기만 했다. 딱 봐도 일행을 따라가야 한다는 상황 때문에 불안해하는 기색이 역력했다. 그래서 테스는 방향이 바뀔 때마다 경로를 말해 주기 시작했다. 그렇게 윌리엄이 몇 발짝 앞서서 걸을 수 있게 해 주었다. "롤런드가를 따라 유니버시티 공원길까지 갈 거예요. 바클리까지 쭉 가서 왼쪽으로 꺾을 거고요." 윌리엄의 걸음걸이는 테스 기준으로 보자면 느린 편이었지만, 어차피 그는 어딘가에 도달하려고 걷는 게 아니었다. 월리엄은 그저 걸으려고 걸었고, 하루하루를 채우기 위해 걸었다. 테이트 말에 따르면 월리엄의 공식적인 진단은 강박 장애가 겹친 조울증인데, 그래서 적절한 약물 배합을 찾는 게 까다롭다고 했다. 월리엄은 본인 표현대로 '작업'을 할 때에 그 어느 때보다도 평정을 유지하는 듯했다. 테이트도 그 때문에 이를 다 받아준 것이었다.

한 시간쯤 뒤, 드디어 일행은 파란색과 분홍색 콘크리트 블록 건물 앞에 도착했다.

"여기예요." 테스가 말했다.

"뭐 하는 덴데요?"

"들어가요."

둘은 책이 가득한 창고로 들어갔다. 더구나 여기 있는 건 그냥 아무 책이 아니라, 월리엄이 주장하는 것처럼 전부 사랑받지 못한 책들이었다. 모두 이곳 '세상의 모든 책들'이라는 볼티모어의 독특한 단체에 기증된 도서들이었다. 여기서는 무슨 책이든지 단 한 가지 조건만 걸고 받아 주었다. 기증 도서는 누구나 무료로 가져갈 수 있다는 것.

"책이 수만 권이나 있어요." 테스가 말했다. "전부 공짜예요. 주말마다."

"한도가 있습니까?"

"네." 테스가 말했다. "한 번에 열 권까지만요. 그렇지만 그보다 더 많이 가져갈 수도 없을걸요." 사실, '세상의 모든 책들'의 다소 엉뚱한 웹사이트에는 한도가 15만 권이라 나와 있었다. 하지만 저번에 키티 이모는 사람들이 손쉽게 가질 수 없는 것에 더 높은 가치를 부여하게 마련이라고 했고, 테스 역시 그 말이 옳다고 봤다. 매주 딱 10권만 가질 수 있다고 생각한다면, 윌리엄에게도 더욱 의미 있는 일이 되리라.

윌리엄은 책등을 뚫어지게 살펴보며 통로를 따라 걸었다. "어떻게 얘네를 전부 다 구하지?" 윌리엄이 말했다.

"매주 차근차근 하는 거예요." 테스가 말했다. "하지만 앞으로는 여기를 윌리엄 씨의 유일한, 음, 공급원으로 삼겠다고 약속해 줘요. 만약에 다른 데서도 책을 구하게 되면, 더 이상 이곳에 못 들어오게 될 거예요. 윌리엄 씨, 무슨 말인지 알겠어요? 그대로 지킬 수 있겠어요?"

"어떻게든 해 볼게요." 윌리엄이 말했다. "이 책들한텐 정말로 제가 필요합니다."

윌리엄이 첫 번째 책으로 『다기관의 숙명』이라는 자동차 엔진 작동법 안내서를 집어 들기까지 45분이 걸렸다.

"진짜요?" 테스가 물었다. "이게 해방되어야 하는 책인 거예요?"

윌리엄은 이런 답 없는 무식쟁이가 다 있느냐는 듯 측은한 눈길로 테스를 쳐다보았다.

"그 사람은 책을 고르느라고 다섯 시간이나 거기 죽치고 있었어." 그날 저녁 일찌감치 식사를 하며, 테스는 크로에게 얘기해 주었다. 크로가 토요일 저녁에 일을 하기 때문에, 토요일에는 더 많은 시간을 함께 보내기 위해 저녁을 일찍 먹었다.

"조금이라도 죄책감은 안 느꼈고? 그 양반은 그냥 책을 찢어서 망가뜨릴 거잖아."

"그런가? 과연 책을 망가뜨린다고 봐야 하는 걸까? 아니면 혹시 윌리엄의 동생이 주장한 것처럼 뭔가 아름다운 일을 하고 있는 걸까? 생각이 오락가락하네."

크로가 고개를 저었다. "정서적으로 불안한 남자가 있어. 집구석에서 가위를 들고 책을 오려 내는 그 남자가 당신이랑 우리 딸아이랑 같이 산책을 한다 이거지. 아이의 중간 이름은 스카우트이고 말이야. 그런데 당신은 같이 있는 내내 한 번도 '부 래들리'하퍼 리의 『앵무새 죽이기』에 등장하는 인물. 집에만 틀어박혀 사는 괴짜이지만 사실 선량하고 따뜻한 사람이다. 또한 소설 속 화자가 '스카우트'라는 어린 소녀이기에, 크로는 윌리엄과 카를라 스카우트를 소설 속 두 인물과 연결 짓고 있다 운운하는 농담을 안 했다고?"

"한 번도 안 했어." 테스가 말했다. "당신은 목욕해. 내가 뒷정리할 게."

하지만 바로 정리를 하진 않았다. 테스는 아늑한 일광욕실에 책꽂이를 줄지어 세워 마련한 자기만의 서재로 들어갔다. 여기서 책을 읽으며 임신 기간 대부분을 보냈건만, 그때 다 못 읽은 책들은 아이를 낳은 뒤 세 달 만에 거의 들춰 보지도 못하게 됐다. 아직 안 읽은 책이 이렇게나 많다는 게 부유한 상태라고 늘 생각했는데, 윌리엄의 관점에서 보자면 테스는 책을 계속 가둬 두고 있는 셈이었다. 또 자기나 크로 말고는 누구도 이 책들을 볼 수가 없었다. 테스의 서재가 윌리엄의 방과 뭐가 그리 다른 걸까?

물론 테스는 책값을 지불했다. 엄밀히 말해 예외는 있었지만. 지구상의 애서가들이 거의 모두 그렇듯이, 테스도 친구한테서 빌렸다가 끝내 돌려주지 않은 책들을 갖고 있었다. 동시에 테스가 가장 좋아하는 책 몇 권도 친구 집에서 굴러다니는지 다시는 볼 수 없었고 말이다.

테스는 아이패드를 집어 들었다. 겨우 70권의 책만이 들어 있었다. 겨우. 대부분은 업무에 필요한 책이지만, 영유아의 신비를 밝혀 주겠노라 장담하는 자기계발서도 간혹 끼어 있었다. 70권의 책 중 40권은 사실상 손도 안 댄 채였다. 테스는 카를라 스카우트의 방 안을 서성거렸다. 책 더미 속에 살고 있는 수염 난 괴물 아저씨 그림이 이젠 아이 방에 붙어 있다. '어린이 책방'에서 온 아널드 로벨의 포스

터였다. 옥타비아가 보수이자 선물로 이 그림을 주었다. 옥타비아는 테스가 어떻게 책 도난을 막아 냈는지 몰랐고, 자기가 짝사랑하는 사람이 이 일과 관련이 있다는 것도 전혀 몰랐다. 카를라 스카우트를 정해진 일과대로 재우는 동안 테스는 포스터 앞에 멈춰서 거기 인쇄되어 있는 구절을 읽고 자기만의 대구를 덧붙였다. "책으로 만든 집에 산다는 건 / 눈에 보이는 만큼이나 재미있답니다."

중요한 것은 책 속에 들어 있답니다. 역시나 책이 빼곡한 책꽂이가 가득 찬 딸아이의 방에 서서, 테스는 자기가 제일 좋아하던 이야기 속의 인물을 머릿속에 되살렸다. 그 인물은 더운 여름날 성경책을 부채로 사용하는 데 반대하는 사람에게 저렇게 말했다. 그러나 이젠 그게 어떤 이야기였는지 떠올릴 수가 없었다. 그렇다면 그 책이 테스에게서 아주 사라져 버렸다는 뜻인가? 테스가 기억해 내려 하는 책은 바로 이 방 안에 있을지도 모를 일이었다. 어린 시절 좋아했던 모든 책과 더불어, 언젠가 카를라 스카우트가 발견해 주기만을 기다리면서 말이다. 하지만 아이가 그 책을 전부 거들떠도 안 보면 어쩌지? 옥타비아가 예언한 대로 자기만의 신화와 전설만 고집한다면? 이 가운데 얼마나 많은 책들이 5년, 또 10년 안에 절판될까? 램프에 갇힌 채 다시 세상으로 나가 사람들의 소원을 들어주고 싶어 몸부림치는 지니처럼, 책이 전자기기 안에서 빛을 내며 살 수 있게 된 세상에서 절판된다는 게 무슨 의미일까?

젖은 머리카락이 반짝반짝 빛나고 뺨은 분홍색으로 물든 카를라 스카우트가 방으로 불쑥 뛰어 들어왔다.

"채." 카를라가 말했다. 이건 아이가 '책'을 가리키는 말이었다. '치즈'라든가 '치마'를 가리키는 말이 아니라면. "채, 해 줘."

아이는 아직 잠옷도 입지 않고 모자 달린 타월에다 기저귀만 차고 있었다. 아이를 구슬려 우주복 모양 잠옷을 입히고 여기저기 흩어진 장난감들을 주워 모으게 하려면 책을 읽어 주겠노라 약속해야 하리라. 언제까지 딸내미를 책으로 꼬드길 수 있을까? 더 새롭고 반짝이는 다른 장난감이 총애를 받게 되면 책 역시 벨벳 토끼 인형 마저리 윌리엄

스의 동화『벨벳 토끼 인형』은 크리스마스 선물로 어느 소년에게 온 벨벳 토끼 인형이 우여곡절 끝에 버림받지만 소년

의 사랑과 마법의 힘으로 '진짜'가 되는 이야기이다 처럼 구석에 처박히게 될까? 과연 딸애가『벨벳 토끼 인형』을 읽기나 할까? 문득 책이 한 권도 없는 집에서도 꾸역꾸역 잘 살아가는 사람들보단 차라리 윌리엄 켐퍼가 덜 괴상하게 느껴졌다.

"오늘 밤엔 세 권 읽어 줄게." 테스가 말했다. "세 권 골라 봐. 딱 세 권이야, 카를라 스카우트. 하나, 둘, 셋. 세 권 고르는 거야."

그날 밤 둘은 다섯 권을 읽었다.

작가의 말: 세상의 모든 책들(The Book Thing)은 실제로 존재하는 곳이며 영업시간과 방침은 여기 서술한 대로이다. 25번가의 '어린이 책방'이나 모든 등장인물은 내가 창작한 것이다.

모든 것은
책 속에

공저자의 말: 나는 미키가 타자기로 쳐 둔 미완성 원고를 발전시켜 이 소설을 썼다. 그가 언제 원고를 쓰기 시작했는지는 분명치 않지만, 작품 내적 증거로 보건대 1980년대가 아닐까 싶다. 따라서 나는 이야기의 배경을 그 시절로 잡았다.

M.A.C.

경찰은 언제나 둘씩 찾아온다. 문은 한 명이 노크하겠지만, 들어오기는 쌍으로 들어온다. 당신이 난폭하게 굴 경우에 대비해 2인 1조로 호흡을 맞춰서 말이다. 제복을 입은 부류라면 한 놈이 경찰차를 몰고 다른 한 놈은 무전을 받는다. 사복형사라면 한 놈은 질문을 하고, 다른 한 놈이 메모를 하겠지. 경찰이 혼자 어딜 가는 경우는 치과밖에 없다는 생각이 가끔 든다. 아님 잠자리에 들 때나, 자살하러 갈 때 정도일까.

나는 전화 통화를 마치고 대기실로 나가, 10분 동안 기다리던 고객에게 고개를 끄덕였다. 키가 180센티미터도 넘는 그는 벌써 일어서 있었다. 갈색 구두에 갈색 정장, 눈동자도 머리칼도 갈색인 남자였다. 이름까지 브라운은 아니어서 그나마 다행이었다.

"이제 이야기 나눠 볼까요, 핸슨 씨."

내담실 문 한편의 접수처에 앉은 벨다가 자기도 대강 낌새를 챘다는 뜻으로 명랑한 표정을 살짝 지어 보였다. 흑발 미인인 벨다는 오늘 흰 블라우스에 검은 치마 차림이었다.

핸슨 씨가 알았다며 고개를 끄덕였다. 그 남자는 초조한 웃음도, 불안한 기색도 전혀 내비치지 않았다. 사설탐정을 찾는 사람이라면 보통 불안해하는 법인데 말이다. 내가 다가가자 핸슨은 악수를 하려고 손을 내밀었다. 하지만 난 상대 곁을 그냥 지나쳐 출입구까지 뚜벅뚜벅 걸어가서는 문고리를 당겨 열었다.

핸슨의 파트너는 보초처럼 뒷짐 진 자세로 벽에 등을 대고 서 있었다. 그는 핸슨보다 키가 약간 작았고, 색조가 다른 갈색 옷에다 정신 사납게도 노란색과 하얀색이 섞인 줄무늬 넥타이를 맸다. 물론 이 남자는 제 파트너보다 더 젊었다. 서른 살쯤 되었을까. 핸슨은 마흔이 다 되어 갈 테고.

나는 "들어와서 동료랑 함께하시죠"라 말하고, 어서 앞장서시라는 몸짓을 해 보였다.

이 녀석도 웃지 않았다. 고개를 끄덕이지도, 입을 벙긋하지도 않고 그저 나를 물끄러미 쳐다보더니 걸어 들어와 핸슨 옆에 섰다. 꼭 둘이서 나란히 억울하게 총살대로 끌려오기라도 한 듯한 꼴이었다.

문을 닫고 나서 경찰 둘을 내 개인 사무실로 데려가는데, 그 모습이 우스웠던지 벨다가 예쁜 입술 한끝을 살짝 씰룩였다.

나는 책상 뒤로 들어가 앉아 손님용 의자 쪽을 손짓하며 녀석들보고 앉으라고 권했다. 하지만 둘은 그대로 우뚝 서 있었다. 경찰이란 권유받는 걸 싫어하니까.

나는 의자에 몸을 기댄 채 건들거리며 말했다. "여러분은 지금 영장 하나 들이대지 않잖습니까. 즉 이번 방문 목적은 수색이나 체포가 아니란 뜻이죠. 그러니 좀 앉으시지 그래요."

두 경찰이 쭈뼛쭈뼛하며 앉았다.

핸슨의 파트너가 불쾌하다는 기색으로 물었다. "어떻게 알아봤죠?"

수수께끼 같은 표정은 지을 줄 모르는 나로서는 이렇게 말할 수밖에 없었다. "관둡시다."

"우리가 그냥 사업가일 수도 있잖아요."

"사업가는 엉덩이에 총을 차고 다니지 않습니다. 혹시 그런다고 해도, 총이 가려지게끔 정장을 맞춰 입을 여유는 있을걸요. 당신네는 깡패라기엔 너무 말쑥하지만, FBI급은 또 아닌데. 뉴욕 경찰이거나 뉴저지에서 파견되어 온 경찰일 테죠."

이번엔 두 사내가 마주 보았고 핸슨은 어깨를 으쓱했다. 다퉈서 뭐 하나? 저들은 제 할 일을 하는 경찰관일 뿐인걸. 불쾌하게 만들 의도는 전혀 없었다. 핸슨이 웃옷 호주머니에 불쑥 손을 넣어 반 접힌 백 달러짜리 지폐를 꺼내더니 책상에 탁 내던졌다. 후한 팁이라도 주는 듯 말이다.

"좋습니다." 내가 말했다. "이제 호기심이 좀 생기네요."

"우리가 선생을 고용하고 싶습니다."

상대가 진저리를 내며 말을 내뱉으니 나도 태연한 표정을 유지하기가 힘들었다. "'우리'가 누구길래?"

"선생이 아까 말한 대로입니다." 핸슨이 말했다. "뉴욕 경찰." 그는 거의 목이 멘 채로 간신히 그 말을 내뱉었다.

나는 책상 위 지폐를 가리켰다. "이 돈은 뭡니까?"

"이 사안을 합법적으로 처리하기 위해서입니다. 기밀을 확실히 지키기 위해서요. 뉴욕주에서 내 준 면허 계약에 따라, 보수를 받아들이면 선생은 의뢰 내용을 기밀에 부치기로 약속하는 겁니다."

"그럼 제가 그 제안을 거절하면요?"

나는 두 사람이 드디어 웃을 거라고 잠시 생각했다. 하지만 안도의 기색만 살짝 스쳤을 뿐, 둘은 굳이 웃어 보이지 않았다.

흥미롭군 ─, 녀석들은 내가 거절하길 바랐나 본데.

그래서 나는 백 달러를 집어 들고, 영수증을 써서 핸슨에게 건넸다. 그는 영수증을 꼼꼼히 들여다보고 반으로 접어 지갑에 밀어 넣었다.

"이게 다 뭔 일이랍니까?" 내가 물었다.

핸슨이 마음을 침착하게 가라앉히고 두 손을 무릎 위에 모았다. 큼지막하지만 유연한 손이었다. "본부의 아이디어는 아니었습니다."

"그렇겠지요."

핸슨은 말을 고르느라 잠시 뜸을 들였다. "해머 씨도 알 거라고 믿습니다만, 정부에는 경찰서장이나 시장보다 더 영향력이 막강한 사람들이 있습니다."

나는 고개를 끄덕였다. 구구절절 설명할 필요도 없었다. 젠장, 핸슨이 무슨 말을 하려는지는 우리 둘 다 잘 알았으니까.

아주 짧은 정적이 흘렀고 핸슨의 시선은 내 전화기를 거쳐 방 여기저기로 떠돌았다. 그가 채 묻기도 전에 나는 말했다. "맞아요, 의뢰인 면담을 녹음하려고 장치를 달아 뒀습니다……. 아뇨, 스위치는 안 눌렀습니다. 지금은 괜찮아요."

하지만 두 경찰은 서로를 똑같이 흘끔 쳐다보았다.

내가 말했다. "그렇게 걱정되시면 밖에 나가서 말해도 됩니다……. 길거리에서라면 얘기할 수 있겠죠."

핸슨이 벌써 자리에서 일어나며 고개를 끄덕였다. "그럼 그렇게 합시다."

우리 셋은 대기실로 나갔다. 나는 잠시 멈춰 서서 벨다에게 시간이 얼마나 걸릴지 모르겠다고 말했다. 경찰인 게 분명한 한 쌍과 내가 함께 나가는 것을 보자 벨다의 검은 눈에서 즐거운 기색이 사라졌다.

우리는 뒷문으로 빠져나가 계단을 내려갔다. 관리인이 쓰레기를 비울 때나 오가는 터라 반쯤 전용하는 계단이었다. 드디어 길거리로 나왔다. 여기야말로 이야기를 나눌 수 있는 장소다. 북적이는 자동차와 행인이 도청기를 교란해 주고, 계속해서 움직이면 엿듣는 귀를 멀찌감치 떼 놓을 수도 있으며, 저 숱한 사람들 사이에 끼여서 최대

치의 프라이버시를 누릴 수 있으니 말이다.

우리는 어슬렁어슬렁 거닐었다. 화창하지만 선선한 봄날 아침이었다.

한 블록 반쯤 지나 핸슨이 말했다. "상원 의원 한 분이 유엔 회의에 참석하기 위해 맨해튼에 와 계십니다."

"누군가는 해야만 하는 더러운 일이겠지요."

"그분께서 시내에 있는 동안 해머 씨더러 물건 하나를 찾아 달라고 하십니다."

상원 의원이든 뭐든 간에, 갑자기 이게 그리 대단치 않은 일로 느껴졌다.

나는 눈살을 찌푸리며 말했다. "뭡니까, 단순 강도 사건?"

"아뇨. 이 상황에 대해서라면 '단순한' 부분은 전혀 없습니다. 그러나 이 일에 해머 씨가…… 적임자라고 할 만한 측면은 좀 있죠."

세상에나. 저 친구는 그 점을 인정하기가 싫은 모양이군.

"당신네 경찰들도 벌써 이 일에 뛰어들었습니까?" 내가 물었다.

"아뇨."

"왜죠?"

"해머 씨가 상관할 바 아닙니다."

내가 상관할 바가 아니다?

길모퉁이 빨간 신호등에 멈춰 섰을 때 내가 또 물었다. "수사할 일이 있다면, FBI는 뭘 하는 겁니까? 상원 의원쯤이나 되면 그 정도 뒷배는 동원할 수 있을 텐데요."

"이건 지역 사건입니다. 엄밀히 말해 뉴욕 소관이지요."

하지만 뉴욕 경찰이 처리할 능력은 없단 말이지.

신호등이 바뀌었다. 우리는 복작거리는 보행자들 틈바구니에 끼어 교차로를 느릿느릿 건너기 시작했다. 핸슨이 '찾는다'고 표현한 게 뭔가 좀 심상찮았다. 강도 사건이 아니라면, 베일에 싸인 이 물건은 단순히…… 분실된 건가? 아니면 혹시 내가 뭔가를 훔쳐 오길 바라는 건지도 몰랐다. 나는 일부러 발걸음을 늦추고 가게 진열창을 들여다보기 시작했다.

핸슨이 말했다. "그 상원 의원이 누군지 안 물어 보시는군요."

"엄밀히 뉴욕 문제라고 말씀하셨으니, 두 명으로 좁혀지지요."

"둘 중 누구인지 궁금하지 않으십니까?"

"넵."

핸슨이 얼굴을 찡그렸다. "왜요?"

"때가 되면 말씀해 주실 테니까요. 아니면 내가 직접 만나 보게 되든가."

경찰은 얼굴 표정으로도, 말투로도 화가 난 기색을 전혀 드러내지 않았다. 오로지 이런 말로만 표현했을 뿐. "해머 씨, 무슨 놈의 사설 탐정이 이래요? 뭐 다른 질문은 없습니까?"

나는 갑자기 우뚝 멈춰 서서 진열창에 등을 돌리고 두 일행을 하나하나 쳐다보았다. 스쳐 지나는 사람들이 우릴 보면 친구 셋이 어디 가서 간단히 요기하거나 목을 축일지 고민하는 중이라고 생각했으리라. 우리가 외투 아래 육중한 총이 잘 가려지게끔 일거수일투족을 신경 쓴다는 점, 또 순전히 지나가는 이들의 시선을 의식한 표정만 짓고 있다는 점은 뭘 좀 아는 사람이나 눈치 챘을 테고.

"여러분이야 당연히 열 받겠죠. 전문 기술을 갖춘 뉴욕 경찰을 제쳐 두고, 상원 의원이 나를 불러다가 행방불명인 허섭스레기를 찾아내기로 작정하다니. 포복절도할 만한 일이지." 나는 말했다.

핸슨이 이번엔 정말로 약간 목이 멘 채 말했다. "해머 씨, 이…… '허섭스레기'가 크기는 작을지 몰라도, 저 위에서부터 요란한 풍파를 일으키고 있습니다."

"분명 저 높이 상원 의원님 집무실까지 쭉 올라가는 일이겠군요."

핸슨은 아무 말이 없었지만, 침묵은 그 자체로 대답인 셈이었다.

나는 "그보다 더 위에는 뭐가 있죠?"라고 물었다. 순간 머리에 번뜩이는 게 있었다.

미친 소리였지만, 어느 결에 나는 이렇게 묻고야 말았다. "대통령……이 아니라면?"

핸슨이 침을 꿀꺽 삼켰다. 그러더니 또 어깨를 으쓱했다. "난 그런 말은 안 했습니다, 해머 씨. 하지만…… 그분이 보스인 건 맞죠. 그렇잖습니까?"

나는 끅끅대며 웃었다. "요즘은 그렇지도 않은걸요."

이자들이 FBI였더라면 아마 나는 반역이나 선동 혐의, 아니면 멍청하다는 죄목으로라도 기소됐을지 모른다. 하지만 이 두 녀석—흠, 적어도 핸슨—은 이미 답을 알고 있었다. 좌우간 나는 녀석들에게 답을 알려 준 것이다.

"요즘은……." 나는 말했다. "정당과 돈줄과 로비스트 같은 인간들이 꽉 잡고 있습니다. 아무리 정치인이 중요하다고 해 봤자, 돈이 도는 판의 장기말일 뿐이다 이 말씀입니다. 백악관의 대통령 집무실에 들어앉은 위인께서도 예외가 아니고요."

핸슨의 파트너가 끼어들었다. "그건 냉소적인 관점인데요, 해머 씨."

스케이트보드를 탄 아이가 코앞을 지나갔다. 나는 아이가 멀어진 다음에 말했다. "무슨 놈의 물건 하나 찾는 일이 이따위로 압박을 준답니까?"

우리는 다시 걷기 시작했다.

"그렇게 됐네요. 어쩌겠습니까. 우린 다 그냥 졸인데요. 그렇죠, 해머 씨? 자, 갑시다." 핸슨이 말했다.

"어딜요?"

"의원님을 만나 뵈러요."

윤기 나는 원목 패널과 푹신푹신한 가구, 동양식 양탄자만 놓고 보자면 꼭 웨스트체스터 저택의 호화로운 거실에 앉아 있는 것만 같았다. 그러나 여기는 센트럴 파크 남쪽 세인트 모리츠 호텔의 귀빈실에 불과했다.

나를 초대한 사람은 왕좌처럼 으리으리한 안락의자에 앉아 있었지만, 대통령까지는 아니고 그저 세 번째 연임 중인 미국의 상원 의원이었다. 크고 뚱뚱한 몸집에 안색이 창백한 휴 보일런 의원은 할아버지 요정처럼 눈을 반짝였다. 나만큼이나 이 장소에 어울리지 않아 보였다. 대충 다린 황백색 시어서커 정장에다 빨강과 파랑 줄무늬 넥타이를 아무렇게나 맸는데, 이발할 때가 적어도 일주일은 지난 텁수룩한 은발 머리와 잘 어울리는 차림새였다. 숱 많고 짙은 눈썹은 옆으로 누운 느낌표 같아서, 투실투실하니 육감적인 입술과 대조적으로 강건해 보였다.

상원 의원은 우리 둘이 맥주를 마실 수 있게 미리 준비해 두었다. 잔에 붓지 않은 병맥주로 내와서 제법 서민적인 느낌이었다. 맥주는 우리 사이의 나지막한 대리석 탁자 위에 컵받침 없이 놓여 있었다. 나는 거기다 내 모자를 벗어 던져 놓고 바로 옆 소파에 앉았다. 고급 콜걸보다도 더 풍만한 곡선미를 뽐내는 소파였다.

보일런이 의자 앞쪽으로 몸을 당겨 앉았다. 연한 파란색 눈은 부드럽게 반쯤 감겨 있고 심히 핏발이 선 상태였다. 그가 퉁퉁한 손가락으로 손짓을 했다. 손이 어찌나 부드러운지 이 사내가 찢어지게 가난한 환경에서 컸다는 사실을 망각시킬 정도였다. 상원 의원이 항만 노동자로 지냈던 시절은 머나먼 과거로 흩어졌다.

"해머 씨, 우리가 여태껏 단 한 번도 못 만났다니 참 이상한 일이군요." 유리잔에 들이붓는 기네스 맥주처럼 우렁차고 굵직한 목소리였다. "아마 정치적인 견해가 달라서 그런 게 아닌가 싶네요."

"저는 어떤 정치적인 견해도 갖고 있지 않습니다, 의원님."

그루초 마르크스 미국의 코미디언이자 영화배우(1890~1977). 형제들과 함께 '마르크스 브라더스'라는 이름으로 활동하며 브로드웨이와 영화계에서 인기를 끌었다 같은 시커먼 눈썹이 텁수룩한 앞머리 위로 치켜 올라갔다.

"해머 씨는 내 동료 중 보수파인 재스퍼 의원과 끈끈한 사이인 걸로 유명하던데요. 선생이 재스퍼 의원 경호원으로 러시아에 함께 갔던 때 꽤 악명 높은 사건이 있었지요."

"그건 그냥 제 업무였을 뿐입니다, 의원님."

"그렇다면 선생은 이번 일을 하는 데에도 아무 거리낌 없으시겠군요……. 진보 진영 관리를 돕는 일 말이에요."

"의원님께서 저를 설득하려 들지만 않으신다면."

"좋아요." 그가 키득거리며 말하더니 다시 의자에 편안히 기대앉아 텐트처럼 뾰족하게 양 손끝을 맞댔다. "우리 위대한 고장의 주민으로서, 내가 유권자들을 위해 싸우고 당파 싸움을 몰아내려 애쓴다는 점을 선생이 알아봐 줬으면 좋겠군요. 내가 소속 정당과 수시로 각을 세우면서까지 사람들의 이익을 위해 활동했다는 것도요."

"의원님, 저한테 영업하실 필요 없습니다. 섭섭하게 듣지는 마시고, 다만 저는 투표 안 한 지가 벌써 한참이나 됐거든요."

보일런이 투실투실한 얼굴 한구석을 찡긋하며 미소 지었다. "난 그저 해머 씨가 나를 적이라 여기지 않기만 바랄 뿐이에요. 내가 열심히 활동해 온 데에 약간이라도 관심을 가져 준다면 좋겠다 이거죠 뭐."

"의원님은 솔직한 분이자 투사이십니다. 저와는 상당히 거리가 멀지요."

의원의 창백한 뺨이 붉게 달아올랐다. 내가 의도치 않게 신경을 건드렸나?

"고맙군요." 그가 점잖게 말했다.

얇은 커튼 사이로 햇빛이 비쳐 들자 공중에 떠다니는 먼지가 눈에 보였다. 세인트 모리츠 호텔에도 먼지는 떠다녔다. 밑에서 자동차 경적이 울렸지만 그저 희미하게 들릴 뿐이었다. 저 바깥의 도시는 존경할 만한 관리와 왕년에 타블로이드판을 장식하던 호걸에게는 아무 관심도 없었다.

"어젯밤에 니콜라스 지랄디가 죽었어요." 보일런이 말했다.

뭐 하자는 거지?

돈 스페인이나 이탈리아에서 남자 세례명 앞에 붙이는 경칭이자 마피아 두목을 일컫는 말 니콜라스 지랄디는 뉴욕의 소위 6대 마피아 가문 가운데 하나의 우두머리로서, 어제 오후 세인트 루크 병원의 개인실에서 잠든 사이에 사망했다. 그 소식은 석간신문을 비롯해 온갖 언론 매체에 보도되었다. '닉 영감님', 무자비한 족속 중에선 가장 자비로웠던 자가 영영 떠났다고 말이다.

"저도 들었습니다." 내가 말했다.

보일런은 마치 말 안 듣는 교구민을 축복해 주는 사제처럼 미소 지었다. "선생은 지랄디와 알고 지내셨죠. 이따금씩 지랄디가 부탁한 일을 맡아 주기까지 하셨다는 소문도 있습니다. 그자가 선생을 신뢰했다고들 하던데요."

나는 내 몫의 밀러 라이트를 한 모금 홀짝이며 어깨를 으쓱했다. "뭐 하러 거절하겠습니까? 그런다고 제가 마피아 따까리가 되는 것도 아닌데요. 의원님 일을 맡는다고 제가 진보주의자가 되는 게 아닌 것과 마찬가지죠."

의원이 쿡쿡 웃었다. "그랬을 거라는 뜻은 아니었습니다. 내가 보기엔 뭔가……. 실례지만, 해머 씨…… 내가 보기엔 한때 조폭들을 죽여서 대서특필되던 사내가 그런 부류와 손잡는다는 게 좀 이상하게 느껴져서 그래요."

"손잡는다는 표현은 지나칩니다, 의원님. 저는 지랄디한테서 사소한 일 몇 가지만 받아서 했을 뿐입니다……. 그 양반의 사업과는 무관한 일들이죠. 자기 패거리가 더럽히지 않길 바라는 문제들요."

"좀 더 구체적으로 얘기해 주실래요?"

"아뇨. 고객이 죽었다고 해서 기밀 유지 의무가 폐기되는 것은 아니죠. 여기 오기 전에 제가 백 달러 지폐를 받고 서명한 영수증이 있는데, 지금 다른 방에 있는 핸슨 경관한테 드렸습니다. 관심이 있으시면, 거기 깨알같이 적힌 항목이 있으니 한번 들여다보시죠."

시커먼 눈썹이 위아래로 씰룩거렸다. "사실, 퍽 안심이 되네요. 제가 선생께 지금 여쭤 보려는 건 그 기밀 위에서 아슬아슬하게 줄타기를 해야 하는 문제거든요, 해머 씨. 하지만 대답해 주셨으면 좋겠습니다. 그리고 선생이 저 역시 신중한 인간이라는 걸 믿어 주시길 바라요."

"물어 보셔도 됩니다."

보일런이 막 소원을 들어주려는 참인 거대한 아일랜드 지니처럼 팔짱을 꼈다.

"선생은 늙은 두목이 죽기 직전에…… 아니면 죽는 순간에…… 그 사람한테서 뭔가 받은 게 있습니까?"

"아뇨. 받았다 친다면 그게 뭐였을까요?"

"책입니다. 아마도 원장부요."

나는 맥주병을 다시 탁자 위에 내려놓았다. "못 받았습니다. 의원님께서 지금 찾아내려는 물건이 그건가요? 원장부?"

그가 고개를 끄덕였다. 이제는 거의 속삭이다시피 이야기했다. "그리고 선생의 분별력 있는 태도가 이 일을 풀어 갈 실마리입니다. 그 두목은 아주 오랫동안 권력을 쥐었어요……. 40년대 후반까지 거슬러 올라가니 말이에요. 현대적인 기준으로 볼 때 그자의 방식은 한물갔지요. 끝까지 말입니다. 들자 하니, 돈 지랄디 특유의 유독 고루한 습관 한 가지는 자기가 했던 모든 거래, 모든 계약을 손으로 기록해 남기는 거라더군요. 그 장부에 뭐가 적혔는지는 아무도 정확히 몰라요. 국세청에 낼 용도로 만들어 둔 다른 장부들도 있었습니다. 대체로 꾸며 낸 회계 기록이죠. 하지만 이 장부책에만큼은 사업상 거래라든지 실제로 있었던 일을 있는 그대로 기록했다고들 합디다. 그런 문제에 대해 누가 물으면 '모든 게 다 책 속에 있다'라고만 답했다죠."

나는 어깨를 으쓱했다. "저도 소문은 들었습니다. 지랄디가 책을 자물쇠로 채워 보관하거나 어디 금고에다 잘 넣어 뒀고, 영감의 모든 비밀이 그 물건 안에 고스란히 적혀 있다는 얘기요. 하지만 저는 전혀 믿지 않았습니다."

"왜죠?"

나는 무시하듯이 허공에다 손을 휘저었다. "그 양반은 뭘 적어 놓기엔 너무 약삭빠른 인간이었다고요. 그게 엉뚱한 사람들 손에 넘어갔다간 자기 발목을 꼼짝없이 붙잡을 텐데요? 그럴 리 없죠. 허무맹랑한 얘기입니다, 의원님. 만약 저를 보내서 찾아내시려는 게 그거라면, 저는 그냥 잊어버리시라고 조언해 드리겠습니다."

그러나 보일런은 커다란 머리통을 좌우로 흔들며 말했다. "아니에요, 해머 씨. 그 책은 진짜로 있습니다. 올해 초 건강이 악화되기 시작하자 닉 영감이 가장 가까운 친지들한테 말했답니다. 자기가 가장 신뢰하는 사람에게 그 책을 줄 거라고 말이에요."

나는 얼굴을 찌푸렸지만, 어깨도 으쓱해 보였다. "그럼 제가 틀렸군요. 어쨌든, 그 사람이 저는 아닙니다. 영감이 저한테 그 빌어먹을 책을 보내지 않았단 말씀입니다. 그런데 '가장 가까운 친지들'이 들은 얘기를 의원님께서 어떻게 아십니까?"

"FBI 도청으로 알았죠." 그의 미소에 익살스러운 기색이 감돌았지만 눈빛은 유리처럼 날카로웠다. "해머 씨, 그 장부책을 찾아낼 수 있겠습니까?"

나는 어깨를 으쓱했다. "여긴 대도시입니다. 모래밭에서 바늘 찾는 짓은 저리 가라일 정도입니다. 한데 그 물건으로 대체 뭘 하시렵니까? FBI는 그 장부에 적힌 내용으로 뭔가 사건을 엮어 낼 요량이 있습니까?"

그가 목이 잠긴 듯 침을 삼켰다. 갑자기 나한테서 시선을 피하며 말을 이었다. "해머 씨, 장부에 적힌 이름과 날짜, 세세한 정보들이 지역이며 연방 사법 기관의 관심을 끌리라는 데는 의심의 여지가 없습니다. 또 늙은 두목의 후계자들에게 장부가 얼마나 중요할지 역시 의심의 여지가 없지요."

나는 고개를 끄덕이며 말했다. "자기들 치부는 덮어 버리고, 다른 마피아 패거리나 부패 경찰, 수두룩한 유명 인사에 대한 아주 쓸모 있는 정보를 얻을 수 있겠죠. 공갈 협박 가능성 하나만 놓고 봐도⋯⋯."

그러나 나는 말을 끝맺지 않았다. 상원 의원이 고개를 숙인 채로 잠시 눈을 감았고, 순간 나는 알았으니까.

난 알 수 있었다.

"의원님께서는 항상 올곧은 분이셨죠. 하지만 의원님은 재력이 뒷받침되는 분은 아니셨습니다. 초창기에 일을 막 시작할 때는 지원이 필요하셨을 테죠. 의원님께선 두목한테 돈을 받으신 겁니다, 그렇지 않습니까?"

"해머 씨⋯⋯."

"제기랄. 돈을 받은 건 다른 사람도 마찬가지고 말입니다." 나는 음정이 맞지 않는 '대통령 찬가'ᴴᵃⁱˡ ᵗᵒ ᵗʰᵉ Cʰⁱᵉᶠ. 미국 대통령의 의전곡 몇 소절을 고약하게 흥얼거렸다.

"해머 씨, 당신의 조국은 앞으로 매우—."

"됐습니다. 저는 태평양에서 시간을 보내지요. 여러분 모두 난리법석을 치게 놔둬야겠어요. 그냥 가만히 앉아서 웃고 또 웃으며, 워터게이트1972년 닉슨 대통령의 재선을 노리는 비밀공작반이 워싱턴 워터게이트 빌딩에 있는 민주당 본부에 침입하여 도청 장치를 설치하려다 발각된 사건. 이로 인해 닉슨 정권의 부정부패가 낱낱이 드러나고 결국 1974년 닉슨은 대통령직을 불명예스럽게 사임했다가 본편 시작 전에 틀어 주는 만화에 불과한 양 이번 일이 터지라고 하죠."

그 옛날 몹시도 고된 난관을 거쳐 온 이 남자는 이제 아주 유해 보였다. "정말로 그러고 싶으신 겁니까?"

나는 한숨을 쉬었다. 그다음 정말로 웃었는데, 그 웃음에 유머라고는 전혀 없었다. "아뇨. 저는 의원님께서 어떤 구정물 속을 헤쳐 나가야 하는지 압니다. 그리고 아직까지 의원님의 공적인 경력은 괜찮습니다. 대통령께서 의원님을 보내와야 하는 형편이라니, 우스운 일이군요. 의원님과 그분의 정치적 입장은 더없이 상극입니다. 하지만 두 분 다 똑같이 진창에 빠져 옴짝달싹 못 하시는 거 아닙니까? 타르 구덩이에 빠진 공룡들처럼 말이죠."

그 말을 듣더니 상원 의원은 슬픈 미소를 지었다. "해머 씨, 우리가 그냥 썩어 문드러지게 내버려 두고 가실 겁니까?"

"그러지 말라는 법 있습니까?"

"글쎄요. 우선 닉 영감이 신뢰했던 사람들이 저 어딘가, 대도시, 더 나아가 이 나라 전체에 있어요. 선생 같은 사람들, 마피아 때문에 타락하지 않은 사람들 말입니다. 이제 심각한 위험에 처한 사람들이기도 하지요."

일리 있는 말이었다.

"또 있어요, 해머 씨. 우리가 당신한테 접촉한 방식은 다른 이해관계자들이 수색에 나서는 방식과는 비교가 안 됩니다. 예를 들어 다른 다섯 가문이 어떻게 나올지 생각해 보세요. 놈들은 당연히 선생부터 털기 시작할 겁니다."

나는 끅끅 웃었다. "그러니 제가 의원님께 크게 감사의 말씀을 올려야겠습니다. 적어도, 이 일을 두고 누군가 저를 표적으로 삼을 줄은 전혀 몰랐을 테니까요. 잘 알아먹었습니다."

"좋아요, 좋아." 보일런이 이제야 처음으로 맥주를 한 모금 마시고는 약간 육감적으로 생긴 입술에 묻은 거품을 핥았다. 다시 할아버지 요정 같은 눈빛이 돌아왔다. "그러면 보수는 만 달러로 하면 어떨까요, 해머 씨?"

"납세자들이 낸 세금에서 만 달러다 이 말이죠?" 나는 일어나서 모자를 척 썼다. "좋죠. 안 될 게 뭐랍니까? 하여튼, 이런 식으로라도 드디어 제가 냈던 세금에서 얼마 돌려받을 수 있겠군요."

"책을 가지고 와요, 해머 씨." 그의 미소는 듬직했지만 눈빛은 다시금 날카로워졌다. "우리한테 책을 갖다줘요."

"한번 두고 보자고요."

깡패들은 언제나 둘씩 찾아온다. 이탈리아계 코쟁이 사내놈들은 두목이 사업상 모임에 갈 때, 대개 레스토랑까지 따라간다. 가끔은 두목과 함께 앉기도 하고, 어떤 때는 가까운 식탁에 앉기도 한다. 아니면 한 놈은 옆에 앉고 또 한 놈은 밖에서 대기하며 차 운전대를 잡고 출입구를 주시하거나. 그것도 아니라면 레스토랑 뒤쪽 골목에 차를 대 놓는 게 더 똘똘한 처신일 수도 있고. 마피아 감시원들은 항상

2인 1조를 이룬다. 암살자들도 마찬가지다.

이번에 해커드 빌딩의 내 사무실 밖 복도에서 기다리던 남자는 이십 대로 보였다. 하늘색 정장에 옷깃이 뾰족한 노란색 셔츠를 받쳐 입고 넥타이는 매지 않았는데, 총을 찬 낌새는 느껴지지 않았다. 하지만 틀림없이 저 아래 총 한 정이 있었다. 이 녀석은 코가 기형적으로 부러져서 조각가가 미처 다 다듬지 못한 점토처럼 붙지만 않았더라면 잘생긴 인상이었으리라. 검은 머리는 헤어스프레이로 부풀렸고 구레나룻은 목캔디 통 _{수염이 풍성한 형제의 얼굴을 로고로 사용하는 '스미스 브라더스' 목캔디 제품을 가리키는 것으로 보인다} 에 그려진 남자를 쏙 빼닮았다.

요즘 깡패들이로군.

"들어가서 보스랑 동료와 함께하시지그래." 내가 말했다.

"뭐라고?" 놈의 목소리는 우스꽝스러운 고음이었으며 눈은 작고 아둔해 보였는데, 그나마도 얼굴을 찌푸리자 거의 안 보였다.

나는 짐작 가는 바가 있어 찔러 보았다. "너 소니 지랄디 일당이지. 소니와 네 짝패는 안에서 기다리고 있고. 나는 해머라고 하네." 그리고 엄지손가락으로 문을 휙 가리켰다. "훤히 들여다보이는 거 같지?"

내가 먼저 들어가 문을 잡아 줄 때까지도 놈은 머리를 굴리고 있었다.

돈 니콜라스 지랄디의 조카이자 후계자로 추정되는 존 '소니' 지랄디는 진료를 기다리는 환자처럼 측벽을 끼고 앉아 있었다. 키가 작고 호리호리했으며 피부는 올리브색이었다. 좁다란 얼굴에 코는 매부리코였고, 크고 검은 눈은 의뭉스레 나른한 분위기를 풍겼다. 복도에 있던 놈보다 몸집이 더 큰 다른 경호원 한 놈도 옷깃이 뾰족한 셔츠 차림에 구레나룻이 수북한 디스코광 스타일이었다. 이마가 툭튀어나오고 턱은 가냘프게 생긴 그 녀석은 자신과 두목 사이에 놓인 의자에까지 비스듬히 걸쳐 앉았다.

그나저나 소니는 날렵하게 재단한 회색 정장에 검은 셔츠와 회색 실크 넥타이를 맞춰 입었는데, 이탈리아 디자이너가 의상을 대준 듯싶었다. 조르지오 아르마니일지도 모르고. 소니의 옷 아래 어디에도 총을 감출 데라곤 없었다. 이자는 부하들에게 무기를 맡긴 것이다.

"해머, 내 생각에는." 소니가 말했다. 라디오 아나운서 같은 중저음의 목소리는 그의 작은 골격에 비해 너무 크게 울렸다. "플라비오가 복도로 나가 자기 자리를 지키게 해 주는 게 더 좋겠네만. 지금은…… 음…… 과도기라서 말이지. 나 때문에 달갑지 않은 손님이 꼬일 수도 있거든."

"좋습니다. 플라비오 씨가 보초를 서게 하지요. 빌어먹을, 원치 않는 손님이라면 제가 아주 빠삭합니다."

그 말에 벨다가 책상 너머에서 입가를 살짝 씰룩이며 미소 지었다. 하지만 그전까지는 딱지를 끊는 주차 단속원만큼이나 얼빠진 듯 무심히 앉아 있었다. 지랄디파의 유력 후계자는 이 조각 같은 미인이 지금 책상 밑에 숨겨진 오른손에 엄연히 권총을 쥐고 있다고는 의심하지 못했으리라.

나는 플라비오 앞에서 문을 닫고 돌아섰다. 그리고 내담실 문 쪽으로 걸어가며 "지랄디 씨, 당신만 들어오십시오. 자문을 구하러 여기 오신 걸로 받아들이겠습니다"라고 말했다.

소니가 일어나 내게 고개를 끄덕였다. 이제 보니 이탈리아제 로퍼를 신었다. 옆에 앉아 있던 경호원에게는 그대로 있으라고 손바닥을 들어 보였다. 벨다가 머리를 살짝 돌렸고 나는 그녀에게 눈빛으로 만반의 준비를 해 두라는 신호를 보냈다. 벨다는 거의 티도 안 나게 고개를 살짝 끄덕이며 화답했다.

나는 문을 닫고 들어와 소니 지랄디에게 손님석을 가리켜 보이고 내 책상 뒤로 들어가 앉았다. 그동안 소니는 재킷에서 은제 담뱃갑을 꺼냈다. 그렇게 딱 맞는 옷에서 총을 꺼내 들 리야 없었다. 소니가 깔끔하게 다듬어진 가느다란 손을 뻗어 담배 한 대를 권했으나 나는 고개를 저었다.

"끊은 지 몇 년 됐습니다." 내가 말했다. "나 같은 인간이 무슨 수로 이렇게 오래 살 수 있었다고 생각하십니까?"

소니가 미소 지었다. 하도 맛깔나게 웃어서 거의 맛을 음미하는 듯 보였다. "뭐, 우리 쪽 사람들 중에서도 희한하다고 생각하는 사람들이 많긴 했지. 해머, 내가 왜 찾아왔는지 알겠나?"

"삼촌의 원장부를 원하시는 거죠."

"맞아. 갖고 있나?"

"아뇨. 다음 질문으로 넘어갑시다."

그가 담배에 불을 붙이며 다리를 꼬았다. 각별히 강인해 보이는 건 아니었지만 그렇다고 딱히 유약한 것도 아니었다. "왜 자네가 장부책을 갖고 있을지도 모르겠다고 생각했는지는 감이 잡히고?"

"그래요. 당신 삼촌께서 숨을 거두시기 전에 그분이 신뢰하는 누군가한테 그 물건을 넘겨줄 거라고 말씀하셨지요."

소니가 좁다란 얼굴에 박힌 크고 까맣고 나른한 눈을 내게 고정하고서 천천히 고개를 끄덕였다. "자네는 우리 보스를 위해서 몇 가지 일을 해 줬지. 삼촌이 자기 사람들한테 맡기긴 못 미덥다고 느꼈던 일들 말이야."

"어느 정도는 사실입니다."

"삼촌이 어째서 해머 자네를 신뢰한 거지? 그리고 자네는 왜 그분 밑에서 일을 한 건가? 자네는 '라 코사 노스트라'La Cosa Nostra. 이탈리아계 미국 마피아 의 적으로 유명하잖아. 칼 에벨로, 알베르토 보네티. 여섯 가문 중 두 가문을 대표하는 우두머리들을 다 자네가 죽였지. Y와 S 사교 클럽에서 벌어졌던 대학살 말이야. 하여간 대체 거기서 졸자들을 몇 명이나 쏴 죽인 건가? 한 서른 명?"

"내가 한 짓인지는 전혀 증명된 바 없는데요. 좌우간, 누가 그런 걸 일일이 세고 앉았겠습니까?"

또 한 번 맛깔난 웃음이 터졌다. 소니는 금반지들을 잔뜩 낀 손으로 내 책상 위에 놓인 손님용 재떨이에다 재를 톡톡 떨었다. 입은 옷은 아르마니일지 몰라도, 본질적으로 놈의 내면은 여전히 천박한 이탈리아계 깡패 나부랭이에 지나지 않았다.

"그런데도 돈 니콜라스, 우리 닉 삼촌께서는 자네를 살려 놓았을 뿐만 아니라 일을 맡길 정도로 신뢰했단 말이지. 왜일까?"

"왜 나를 살려 뒀느냐고요? 어쩌다 한 번씩 난 그분의 경쟁자들을 죽였습니다. 그렇게 그분의 수고를 덜어드렸죠. 내가 왜 닉 영감님의 일을 맡아 했느냐 하면…… 그냥 그분이 가끔씩 제 부탁을 들어주었다고만 말해 두죠."

"어떤 부탁 말이지, 해머? 아님 혹시 '마이크'라고 불러도 되나? 어쨌든 자네랑 내 삼촌은 짝짜꿍이 잘 맞았거든."

"그렇게 친했던 것도 아닙니다만, 아, 마이크라고 불러도 됩니다…… 소니 씨. 제가 가끔 그쪽 바닥에서 궁지에 몰리면 소니 씨 삼촌께서 거기서 빠져 나올 수 있게 도와줬다고만 해 둡시다."

반쯤 감긴 눈이 실처럼 가늘어졌다. "자네가 살 보네티와 부두에서 총격전을 벌인 뒤 피신할 수 있게 삼촌이 도왔다고들 하던데."

나는 아무 말도 하지 않았다.

지랄디가 담배 연기를 내뿜더니 한쪽으로 후 불어 날려 버렸다. 사려 깊기도 하지.

"정부가 자네한테 뭘로 대가를 지불하는 거지?" 그가 물었다.

"정부라니요? 저한테 무슨 대가를 준다는 겁니까?"

"마이크, 자네는 세인트 모리츠까지 미행당했어. 보일런 의원이 거기 묵고 있지 않나. 정부에서 그 책을 얻으려는 게지—. 우리를 궤멸시키려는 걸 수도 있고, 아님 그 안에 자기들 이름이 적혀 있을지도 모르지. 어느 쪽이든지 난 쥐뿔도 신경 안 써, 마이크. 그냥 그 장부책을 원한다고."

"당신한테는 떼거리가 있잖습니까. 난 그냥 단신이고요. 직접 찾아보십시오."

그가 또 한 번 한쪽 구석으로 연기를 내뿜었다. 무덤덤한 태도였지만 딱 봐도 지금 바짝 긴장했다는 것을 알 수 있었다.

"그게 어디 있는지 자네라면 알 수도 있을 거라는 느낌이 들어. 직감이라 해야 하나. 하지만 누가 됐든 가족 사업에 속한 사람이 그 책을 받은 것 같진 않아. 나는 삼촌이랑 친한 사이였지. 그걸 나한테 줬어야 된다고!"

그러더니 조그만 주먹으로 내 책상을 쾅 내리쳤고 재떨이가 튀어올랐다. 그렇다고 나까지 펄쩍 뛰진 않았지만.

소니가 조용조용 거듭 말했다. "그걸 나한테 줬어야 돼."

나는 의자에 몸을 기대고서 건들거렸다. "가족 말고 외부인이라면 그 책을 어디다 쓸까요?"

"모르지. 솔직히 나도 모르겠군, 마이크."

"그게 진짜로 존재하기는 합니까? 소니 씨 삼촌이 무슨 장부에다가 주요 계약이나 핵심적인 거래 내역을 전부 다 적어 놨다고 정말 믿어요?"

그가 앞으로 바짝 앉았고 이제 커다란 두 눈은 전혀 졸려 보이지 않았다.

"삼촌이 장부를 갖고 있는 걸 내 눈으로 봤어. 책은 진짜로 있다고. 그 양반은 그리 덩치 큰 사내가 아니었어. 나랑 별 차이 없었지. 우리 업계에 널리고 널린 게으름뱅이 뚱뚱보랑은 아주 달랐어. 늘 흠잡을 데 없이 차려 입고 다니는 작달막한 늙은이였지. 희끗희끗했던 머리는 말년에 다 벗겨졌고. 삼촌은 그러고서 서재에 앉아 있곤 했는데 꼭…… 고대의 두루마리를 들여다보는 수도사 같았어. 무슨 큰일이 일어난 다음이면, 삼촌은 서재에 틀어박혀 그 망할 책 위로 몸을 쭈그리고 앉았지."

"책이 어떻게 생겼던가요?"

"장부였어. 회계사가 쓰는 것처럼 크기가 큰 건 아니고, 더 작고 메모장처럼 생긴 거였는데, 또 그렇게 작지는 않았지. 가로세로 길이가 15센티미터, 10센티미터 정도 될까. 닳아빠진 듯한 갈색 표지는 가죽이었던 것 같고. 그런데 어쨌든, 두께가 7센티미터도 넘게 두꺼웠어."

"그분이 책을 어디다가 보관하던가요?"

"글쎄, 서재에 있는 금고에도 없고, 자물쇠로 잠근 서랍에도 없었어. 우리가 집 안 구석구석을 샅샅이 찾아봤는데." 그가 앞으로 고쳐 앉으며 최대한 진지해 보이려고 기를 썼다. "마이크, 지랄디 가문이 닉 삼촌과 같은 길을 쭉 고수할 참이라고 말하는 게 자네한테 뭐라도 의미가 있을까?"

"매춘, 도박, 고리대금, 뭐 그런 거 말입니까? 내가 소니 당신을 자랑스러워하기라도 해야 돼요?"

"닉 삼촌이 마약 밀매는 절대 안 했다는 거 알잖나. 삼촌이 말하는 '사악한 사업'에 손대지 않은 건 여섯 가문 중에 우리뿐이었다니까.

아동이나 게이 포르노도 취급 안 하고, 미성년자 매춘부도 안 써."

놈들이 양심적인 협잡질을 한 공적으로 노벨상을 받았는지 궁금하군그래.

소니가 허겁지겁 말했다. "그리고 우리—나는 앞으로도 꾸준히 리틀 이털리 이탈리아계 주민들이 많이 거주하는 지역 에 있는 성 패트릭 구 성당을 통해서 자선단체에 기부할 거야. 우리는 고아원이나 약물 중독 치료 센터라든가 온갖 좋은 일에다 자금을 댄다고, 마이크. 자네도 알 텐데. 여섯 가문 중에 우리만이 그런 일을 한다니까."

"알겠습니다. 그러니 당신네 지랄디 가족은 나쁜 놈들 중에선 그나마 제일 나은 거네요. 그게 나랑 뭔 상관이랍니까?"

그가 어깨를 으쓱했다. "내가 보기엔 그렇기 때문에 자네가 내 삼촌을 위해 흔쾌히 일을 맡아 줬던 거 아닌가 싶은데. 살 보네티 그 미친놈한테 거의 죽을 뻔했던 때 꽁무니를 빼게 도와줬기 때문만이 아니라."

나는 한쪽 입꼬리만 올려 씩 웃어 보였다. "소니 씨, 나한테는 그 책이 없습니다."

"하지만 어딜 뒤져 봐야 할지는 알지. 마이크, 그 책을 나한테 넘겨주면 십만 달러를 떼어 주겠어. 현찰로."

"무슨 내용이 들어 있는지도 잘 모르는 장부치고는 상당히 거금이군요."

"찾아내, 마이크. 찾아내라고."

소니가 재떨이에 담배를 비벼 끄고 일어서더니 재킷을 매만졌다.

"노인네가 꼽은 믿을 만한 지인 목록에 자네가 들어 있다는 걸 아는 사람이 나밖에 없을 거 같나? 그리고 말이야, 나머지 다섯 가문은 그 물건을 찾아다니지 않을 거 같나?"

갑자기 정부가 약속한 만 달러가 사실 그리 엄청난 돈도 아닌 것 같았다. 소니가 준다는 십만 달러조차도 별로 후하지 못한 듯했다.

"당연히 자네 혼자 처리할 수 있을 거야, 마이크. 자네가 이 특수한 책을 찾아다니는 일에 딱 맞는 이유지. 또 도중에 자네가 나머지 다섯 가문 일원 중 누구든 공교롭게 해치우게 된다면, 뭐, 우리 둘 다한테 보너스인 거고."

소니 지랄디는 뒷면에 근무 시간 이후에 쓰는 개인 전화번호가 적힌 명함을 건넸다. 그러고 나서 고개를 끄덕여 작별 인사를 하며 나갔다. 굳이 나까지 화답하지는 않았다.

나는 그저 곰곰 생각하며 앉아 있었다. 사무실 현관문이 닫히는 소리가 들렸다. 그러더니 벨다가 방으로 들어왔다. 그녀는 손님용 의자를 빙 둘러서 다가와 책상 위에 손바닥을 짚고 섰다. 검은 눈에 걱정이 가득했다.

"이게 무슨 일이야, 마이크? 처음엔 경찰이 오더니, 이제 마피아까지? 다음엔 뭐냐고?"

"점심을 걸렀네." 내가 말했다. "이른 저녁 먹는 건 어때?"

벨다가 헛웃음을 지으며 고개를 절레절레 흔들었다. 까마귀 날개처럼 검은 머리채가 활 모양을 그리며 흔들렸다. "이런 상황에 밥 먹을 생각을 하는 건 당신밖에 없을 거야."

"패트에게 전화해서 30분 있다가 블루리본에서 만나자고 해."

"왜 당신이 전화 한 통 한다고 강력계 경감이 만사 제쳐 두고 올 거라고 생각하는 거지?"

"네가 전화하니까 만사 덮어놓고 오는 거지, 예쁜이. 경감이 너한테 마음이 있단 걸 잊지 말라고. 그리고 또 내가 누구냐? 경감이 맡는 사건의 절반은 해결해 주는 남자거든."

점심과 저녁 사이 시간이라, 웨스트 44번가에 있는 블루리본 레스토랑에는 손님이 뜸했다. 그런지라 바에 모여 있는 레스토랑 직원들이 우리 자리와 젠장 맞게 가까웠다. 벨다와 나는 평소에 앉던 구석 테이블에 앉았다. 어깨 너머 벽에는 유명 인사들이 사인을 남긴 사진이 가득했다. 나는 크나부어스트 향신료 맛이 강한 짧고 굵은 독일식 소시지 요리를 우걱우걱 먹어치우고 벨다는 샐러드를 먹었다. 그야 나보다 몸매 관리에 열심인 사람이었으니까.

푸릇푸릇한 채소를 반쯤 먹다 옆으로 밀어 놓더니, 벨다가 몸을 숙이고 물었다. "그래서…… 당신은 이 장부를 찾을 수 있을 거 같아? 무슨 단서 잡은 거라도 있어?"

"딱 두 가지."

"어떤 건데?"

나는 밀러 필스너 맥주를 벌컥벌컥 마셨다. "음, 한 가지는 리틀 이털리의 만다노 신부야."

"그럴 듯하네." 벨다가 고개를 끄덕이며 말했다. "돈 지랄디가 그 신부 교구의 주된 후원자였으니까."

나는 한 번 웃었다. "후원자. 딱 좋은 표현이지."

"돈으로 천국행 표를 사는 건가?"

"이 조폭 녀석들이 진짜로 신을 믿는다고는 생각지 않아. 좌우간 웃대가리들은 안 믿을걸. 호감을 사는 거라 보는 편이 더 정확하겠지. 시카고의 카포네 '알 카포네'. 1920년대부터 시카고를 기반으로 활동하던 이탈리아게 마피아 보스가 대공황 시절에 무료 급식소를 열었던 것처럼 말야."

"그럼 당신은 이 독실한 신부와 이야기를 해 보겠네."

"그래야지."

"그게 한 가지 단서겠고, 마이크. 두 개가 있다면서."

나는 유리잔 가장자리 너머로 벨다를 능청스레 쳐다보았다. 그리고 거의 속삭이듯이 말했다. "우리가 20년 전쯤에 닉 영감을 위해 했던 일 기억해? 그 이주 작전 말야?"

벨다가 곧바로 능청맞게 미소로 답하며 고개를 끄덕였다. 그녀도 나처럼 목소리를 낮췄다. "맞아. 그건 확실히 단서라 할 만하네. 내가 같이 가 줄까?"

"그럼 좋지. 그 여자는 널 좋아했으니, 네가 옆에 있으면 더 스스럼없이 얘기할 거야. 하지만 신부하고는 나 혼자서 이야기하겠어."

"좋아." 벨다가 히죽거리며 말했다. "고해실엔 단둘만 들어갈 수 있지."

그때 패트가 회전문을 밀고 들어와 곧장 우리한테 걸어왔다. 우리가 어디 있을지 알았으니까. 패트는 봄날 오후를 만끽하느라 가벼운

황갈색 정장에 초콜릿색 넥타이를 하고 모자는 쓰지 않은 차림이었다. 패트와 나는 뉴욕 사람들 중에서 아직도 꾸준히 모자를 쓰고 다니는 희귀한 축에 들었는데도. 그가 카운터에 멈춰 조지에게 맥주 한 잔을 받아 들고는 이쪽으로 건너왔다. 그리고 왼쪽엔 나를, 오른쪽엔 벨다를 두고 사이에 앉았다.

"나 신경 쓰지 말고 드셔." 내가 반쯤 먹은 걸 보더니 패트가 말했다. "어서 먹으라고."

"내가 30분이라고 했을 텐데요." 나는 말했다. "경감님은 45분 걸렸네요. 사람이 밥은 먹고 살아야죠."

"그래. 소문 들었네. 이게 무슨 일인지 자네가 얘길 안했으니 내가 자네한테 말해 주지. 돈 지랄디 영감이 드디어 꼴까닥 돼졌고, 그 인간이 부리던 개가 됐든 누가 됐든 다들 어디로 사라졌는지 모를 전설적인 장부책을 찾아다니는 중이다 이거지."

"패트, 전설적이라고요?"

표정은 친근했지만 그의 푸른빛 도는 회색 눈은 날카로웠다. "특정 집단 내에서 유명하기로만 치면 전설에 가깝지. 하지만 이탈리아 패거리 사이에 이 난리를 일으킨 걸 보면 난 그게 아주 실재적인 물건이라고 생각해."

"나머지 가문들 말입니까?"

"사실 딱 한 군데, 피에를루이지 패거리야. 닉 영감이랑 가장 끈끈하게 연합했던 가문이지. 두 패의 구역은 진짜 서로 얽혀 있었던 거 알잖아. 조직범죄 팀 사람들이랑 얘기해 보니까, 닉 영감이 마피아 두목 중 제일 인정 많은 인물이라는 평판은 다 개소리라고 하던걸. 구체적으로 말하면, 닉이 피에를루이지를 통해 마약 밀매에 투자했다고 하데. 게다가 다른 추잡한 범죄 사업들도 말야. 까발려졌더라면 리틀 이털리 근방에서 늙은 두목이 그렇게나 인기를 누릴 순 없었겠지."

"그 말인즉슨, 두목이 정말로 거래 내역을 기록해 두었다면……." 내가 말했다. "피에를루이지 일당이 그 책에 관심이 아주 많겠네요."

"바로 그거야. 하지만 그 패거리만 눈독을 들이는 게 아니야. 늙은 두목이 죽었으니 이참에 치고 올라가려고 벼르는 이인자들이 지랄디 가문에 두어 명 있어."

"그러니까 지금 소니 지랄디가 두목 자리를 꿰찬 게 아니란 말씀이죠."

"가능할지도 모르지…… 놈이 그 책을 손에 넣는다면. 그래서 말야, 마이크." 패트가 활짝 웃었는데 눈빛은 여전히 날카로웠다. "자네가 갖고 있을 만도 한데?"

"글쎄요, 이제 좀 늙었을지는 몰라도, 내가 아직 쓸 만하다면 좋겠군요[*]. 벨, 네가 보기엔 어때? 나 아직은 쓸 만한 놈인가?"

[*] '물건을 가지고 있느냐(Do you have it?)'는 질문에 '아직 기운이 있다(I still have it.)'는 말장난으로 응수하고 있다.

"그런 것 같은데." 벨다가 말했다.

"코미디도 할 줄 아는군." 패트가 말했다. "자네가 닉 영감한테 호감을 품었던 건 다들 안다고, 마이크."

"다 헛소리입니다, 패트. 난 그 늙은이가 어떤 인간인지 착각한 적 없습니다. 영감은 자기 세계에선 으뜸이었을 테지만, 그게 얼마나 더럽기 짝이 없는 세계입니까, 안 그래요?"

패트가 맥주를 홀짝거린 다음 거의 속삭이듯 말했다. "늙은 두목이 신임했던 사람에게 그 책을 넘겨줬다는 소문이 떠돌고 있어. 자네가 그 사람인가, 마이크?"

"아뇨. 핸슨이라는 작자에 대해 말해 보십시오."

"핸슨? 웬 핸슨?"

"경찰청에 있는 핸슨이요. 나한테 배지를 보여 주지는 않았지만 그럴 필요도 없었지요. 같이 온 동료가 하나 있는데, 이름은 못 들었고, 더 젊은 남자였습니다."

"브래들리 경감일 거 같은데."

나는 씩 웃었다. "경감이라고요! 대단한데요? 젊은 녀석이 그렇게 높은 계급을 따내다니. 감동이 크셨겠는걸요, 패트."

"개소리 집어치워, 이 친구야. 핸슨이야 똥구멍 잘 빨기로 유명하지. 아, 미안해요, 벨다 씨. 그리고 옛날부터 정치질에 능했거든. 서른다섯 살에 감찰관이 됐으니 뭐. 자네는 전에 핸슨이랑 마주친 적이 한 번도 없나?"

"없습니다."

"그럼 아까 말한 건 언제 봤다는 거야?"

나는 질문을 무시하고 말했다. "그럼 이 핸슨이라는 인간은 정확히 말해 뉴욕 경찰 본부 소속인 겁니까? 내가 모를 만도 하네요. 한데 정직한 인간인가요?"

"정직하다는 기준이 뭔데."

"패트, 놈이 타락한 인간이에요? 약간 그런 거 말고, 완전히요?"

패트가 고개를 저었다. "그런 거 같진 않네."

"어째 별로 확신이 없는 것 같은데요."

"핸슨이랑 나는 활동 범위가 안 겹친단 말이야. 마이크, 핸슨이 부패했다는 소문은 들어 본 적 없지만, 그렇다고 있을 수 없는 일은 아니지. 무슨 말이냐면, 놈은 천생 정치꾼이거든."

나는 패트를 보며 심술궂은 미소를 희미하게 지었다. "핸슨 감찰관 이름이 그 장부에 올랐을까요?"

패트가 맥주를 한 모금 마시며 곰곰 생각해 보았다. "만약에 핸슨이 타락한 놈이 맞다면, 물론 적혀 있을 수 있지. 하지만 거기 적힐 만한 미꾸라지 같은 자식들이 부지기수야. 뭐, 그 작자가 책을 찾으러 왔었나?"

나는 이 질문도 무시했다. "내가 보기엔 이 책이 누구 도서관에 꽂혀 있든 간에 총을 찬 인간들이 몰려 와 대출을 받겠다고 줄을 설 거 같군요."

"아이고, 농담이 아니라니까."

나는 그의 어깨에 손을 얹었다. "패트, 이 독일 소시지 한 그릇 대접하겠습니다. 제가 사 드리는 겁니다."

"어쩐 일로 그리 인심이 좋으쇼?"

"그냥 나 같은 평범한 시민들이 더러 시간을 들여 경감님 같은 공직자의 꿋꿋한 노고에 제대로 감사를 표하지 않는다는 게 애석하다는 생각이 들었거든요."

"꿋꿋하다고, 응? 보통은 내가 '개소리''baloney'에는 허튼소리라는 뜻과 함께 볼로냐소 시지라는 뜻도 있으므로, 이 장면에 등장하는 독일 소시지 요리와 비교해 말장난을 하고 있다 라고 하겠지."

하지만 그 대신에 패트는 크낙부어스트를 먹었다.

1870년대에 건축된 5번가의 성 패트릭 대성당은 프린스 거리와 모트 거리가 만나는 지점에 있는 성 패트릭 구 성당에 비해 늦게 등장했다. 기존의 성 패트릭 성당은 갑자기 도심에 새 성당이 세워지기 전에 족히 70년은 리틀 이털리에서 영혼을 구원해 왔다.

나는 프린스 거리 사제관의 사제실에서 만다노 신부와 마주 앉았다. 성 패트릭 구 성당에 미사가 없는 수요일 밤이었다. 벨다는 바깥 응접실에 앉아서 오래 묵은《가톨릭 다이제스트》를 들춰 보았다. 평소라면 벨다 대신 수녀가 앉아 있어야 할 책상은 지금 비어 있었다. 다들 퇴근하고 난 이른 저녁이었다.

어깨가 떡 벌어진 신부는 평상시대로 흰색이 살짝 들어간 검은 옷을 입었다. 그러고서 책상 위에다 굵은 손가락을 기도하듯 포개고 앉았는데, 책상 위 압지는 소박한 줄무늬의 가장자리에 화려한 장식이 달려서 그 자체로 모순 덩어리처럼 보였다. 호화로운 나무 패널과 아치형 창문으로 꾸며진 사제실 한쪽에는 회의용 테이블이 자리 잡았고 사방에 책꽂이가 있었다. 뱅커스 램프황동 스탠드에 초록빛 유리 갓을 씌운 탁상용 전등으로 도서관에서 널리 쓰인다 와 벽에 고정된 전등 몇 개가 널찍한 방을 은은히 비추었다.

신부는 돈 지랄디의 장부만큼이나 리틀 이털리에서 전설적인 존재였다. 이 늙은 사제는 억세지만 공정한 사람이라 알려졌고, 도량이 넓기로 유명했다. 게다가 칠십 대에 들어섰는데도 얼굴에 기름이 잘잘 흘렀고 눈빛은 축구 코치처럼 엄했으며, 하얗게 센 머리를 군인처럼 짧게 깎았다. 각진 머리에 균형 있게 자리 잡았던 이목구비는 늙어 가면서 점점 쭈그러들었다.

"당연히 저도 이 악명 높은 장부에 대한 이야기는 들어 보았답니다, 마이클." 그가 설교로 단련된 낭랑한 바리톤 조로 말했다. "하지만 고인이 된 두목은 그걸 제게 맡기지 않았습니다."

"분명 오랜 세월 동안 지랄디와 숱하게 만나셨을 겁니다, 신부님. 그 사람이 자기 장부책을 누구한테 맡겼을지 짐작 가시는 바가 있으실까요?"

신부가 고개를 한 번 저었다. 엄숙하고도 확고부동한 몸짓이었다. "제가 지랄디 씨와 만나는 일은 지극히 드물었습니다. 여러 해 동안 그분 부인인 앙투아네타 여사만 마주 대했지요. 아주 훌륭하고 신실한 여성분이셨습니다."

"어떻게 신실하면서 마피아 보스와 결혼을 할 수가 있죠?"

"하느님 아버지의 집에는 저택이 많은 법입니다 내 아버지 집에 거할 곳이 많도다.'라는 요한복음 14장 2절의 변용."

"그래요. 거기엔 칸막이도 많겠군요. 게다가 마피아가 벌어들이는 돈이면 저택을 엄청나게 많이 지을 수 있고요."

신부는 알아차리기 어려울 정도로 희미하게 미소 지었다. "언제 마지막으로 미사에 참석했나요, 마이클? 제가 보기엔 신앙이 있는 분 같은데요. 아일랜드계 청년이니."

"저는 벌써 한참 전부터 '청년'이 아니었습니다, 신부님. 또 해외에서 돌아온 뒤로는 한 번도 미사에 간 적 없습니다."

"전쟁이 당신을 바꿔 놓았군요."

"전쟁은 신이 우리에게 쥐뿔도 신경을 쓰지 않거나 유머 감각이 고약하다는 점을 분명히 가르쳐 주었죠. 제 솔직한 말을 용서해 주시길 바랍니다, 신부님."

이제 신부의 검은 눈은 그렇게 엄격해 보이지 않았다. "용서하는 게 제 직업이랍니다, 마이클. 당신은 인간의 죄악을 신의 탓으로 돌리시는군요?"

"신부님, 전쟁을 말씀하시는 거라면 히틀러처럼 사악한 악마와 싸우는 건 죄악으로 간주되지 않죠, 그렇지 않나요?"

"그렇지요. 하지만 인간의 행위에 대해 신께 책임을 묻는 건 위험한 철학이라고 충고를 해 드려야겠습니다. 그리고 당신 말로 미루어 보니, 마이클 당신이 정말로 하느님을 믿는다는 걸 알겠어요."

"믿습니다."

이제는 그리 어렵지 않게 미소를 알아볼 수 있었다. "여러 해 전에, 당신의 파란만장한 활약이 대서특필되었지요. 사악한 무리에 맞서 싸운다고요. 당신은 교회에서 자랐으니 당연히 자기 이름이 어디서 유래했는지 알고 계시겠지요. 대천사 미카엘 말예요."

"그렇습니다. 복수의 천사죠."

"음, 그렇게 보는 건 지나친 단순화일지도 몰라요. 무엇보다도, 미카엘은 신의 군대를 이끌고 사탄의 앞잡이들, 지옥의 권세에 대적합니다."

"저는 그런 일에서 거의 은퇴했습니다, 신부님. 제 고해성사까지 들으실 겨를은 없으시다고 치고요. 한데 분명 닉 영감한테는 아주 대단한 얘기를 좀 들으셨을 텐데요."

미소가 사그라들었고 사제의 얼굴은 다시금 엄숙해졌다. "니콜라스 지랄디 씨는 고해성사를 하러 온 적이 없습니다. 한 번도요."

"뭐라고요?"

"아, 지랄디 씨는 축성된 땅에 묻힐 겁니다. 저는 그분이 세인트 루크 병원에서 임종을 맞기 전 병자 성사를 해 주었습니다. 하지만 그 사람이 여기 와서 고해성사를 받은 적은 없어요. 그리고 마이클, 당신께 고백하겠는데, 앙투아네타 여사가 사망한 뒤 지랄디 씨가 계속해서 부인이 하던 자선 사업에 자금을 지원하는 걸 보고 저는 깜짝 놀랐습니다. 거기서 자기 입지를 공고히 하려는 것 이외에 다른 목적을 찾는다면, 부인을 추모하기 위해서였을지도 모르지요."

"늙은 두목은 리틀 이털리에서 돈으로 호감을 듬뿍 샀습니다."

"정말 그랬죠. 하지만 저는 그분이 베푼 선행이 용서를 구하는 일과 상관이 있다고는 생각지 않습니다. 그리고, 돈 지랄디 같은 자들이 낸 기부금을 어떻게 받아들일지 당신이 제게 묻기 전에, 영적인 사람, 하느님의 종이라 해도 이 현실 세계에서 살아가야만 한다는 말씀을 드립니다. 그런 기부금을 받아서 세상의 고난을 덜어 낼

수 있다면 저는 그 속죄 행위를 받아들일 겁니다. 신실하든 냉소적
이든 상관없어요. 당신은 이 자체를 냉소적인, 심지어 이기적인 관
습이라고 여기실지도 모르겠습니다, 마이클. 하지만 우리는 여기 이
곳에 던져진 몸입니다. 여기, 이······."

"눈물의 골짜기 말씀이십니까, 신부님?"

"눈물의 골짜기요, 형제님. 우리는 문제를 해결해야 하는 이 세계,
이 실재적인 연옥에 던져졌습니다. 여기서 우리의 자유 의지를 발휘
하라고 말이에요. 그리고 부정한 돈을 주님께 영광 돌리는 일로 바
꿔 놓을 수 있다면, 저는 그렇게 할 겁니다. 부끄러움 없이."

안 될 게 뭐 있겠나? 신부가 해야 할 일이라고는 이런저런 계층들
의 고해를 받아 주고 성모송을 몇 소절 읊어 죄를 사해 주는 것뿐인
데. 하지만 나는 그렇게 말하진 않았다. 위선적이든 아니든, 만다노
신부는 이제껏 수많은 사람들을 도왔다. 신부는 실리적인 사람이었
고 내 지론으로 그런 건 죄가 아니었다.

나는 모자를 손에 쥐고 일어섰다. "촉박하게 찾아왔는데도 귀한
시간 내 주셔서 감사드립니다, 신부님. 저, 그런데, 혹시나 그 장부에
대한 정보를 듣게 되시면 저한테 알려 주십시오. 저 밖의 길거리에
서 총격전이 벌어질 수도 있거든요. 무고한 사람들이 죽을지도 모르
고요."

"그리고 당신은 그 문제로 애를 먹고 있죠, 그렇지 않습니까, 마이
클?"

"착각하지 마세요, 신부님. 저한테 이건 그냥 업무일 뿐입니다. 이

번 일을 완수하면 저는 어마어마한 보수를 지급받게 된다고요. 이 책 한 권이 아주 값어치가 비싼 물건이죠."

"마이클, 제 분야에서는……." 신부가 말했다. "진정 가치 있는 책은 단 한 권뿐이랍니다."

서퍽 카운티의 윌콕스는 풍요로워 보이는 작은 바닷가 도시고 오로지 관광 산업으로만 굴러가는 고장이었다. 현재 7천 명 정도인 인구는 한 달 뒤면 셀 수도 없이 불어날 테고, 상권이 살아나 밤늦게까지 떠들썩할 터였다. 지금은 저녁 8시 반에도 유령도시 같지만.

실라 버로스는 골목길에 있는 방 두 개짜리 벽돌 단층집에 살았다. 우거진 나무들을 배경으로 작지만 멋지게 꾸민 마당이 자리 잡고 있었다. 아마 1950년대에 지은 집 같았고, 화려하진 않아도 관리가 잘 된 상태였다. 집 바로 뒤편에는 벽돌집과 어우러지는 독립형 벽돌 차고가 있었다. 집 앞에다 차를 세웠다. 우리가 찾아가기로 미리 약속했기에, 현관문 너머엔 불이 켜져 있었다.

차에서 내린 나는 신사 노릇을 좀 해 보려고 벨다 쪽으로 갔다. 그러나 숙녀분은 이미 알아서 내리고 있었다. 검은색 바지 정장에 회색 실크 블라우스로 갈아입은 벨다는 아주 사무적으로 보였다. 아니면 그녀의 풍만한 몸매와 쭉 뻗은 다리와 어깨에 찰랑이는 새까만 머리카락 등등을 감안한 만큼만 사무적이랄까. 벨다는 어깨끈이 달린 큼지막한 검은색 손가방을 멨다. 가방 안엔 22구경 권총과 같은 온갖 여성용품을 넣을 공간이 넉넉했다.

"미행당했다는 느낌을 떨칠 수가 없네." 벨다는 왔던 길을 뒤돌아보며 말했다.

"빌어먹을 고속도로에서 어쨌는지는 분명하지 않아." 나는 인정했다. "하지만 시골길에선 아무 낌새도 느껴지지 않았어."

"아무래도 내가 밖에 남아서 감시할까 봐."

"아냐. 안에서 널 써 먹을 데가 있다고. 예전에 너랑 더 죽이 잘 맞았던 걸로 기억하는데. 내 기억에 이 여자는 날 무서워했단 말이야."

이제 벨다는 벽돌집을 살펴보았다. "뭐, 그 사람은 당신도 돈 지랄디 똘마니 중 하나인 줄 알았고, 딱히 빠져나갈 길도 없는 입장이었으니 어쩌겠어. 그리고 당신 태도에서 은연중에 자기를 '천박한 년'이라 생각한다는 티가 났을지도 몰라."

"그때는 내가 별로 교양이 없는 인간이었어."

"옳지." 벨다가 빈정대며 말했다. 우리는 발걸음을 뗀 참이었다. "우리 아가, 장족의 발전이네."

20년 전쯤, 벨다와 나는 실라 버로스를 롱아일랜드 주변 지역으로 이주시켰다. 실라 버로스는 그때 바꾼 이름이다. 또 이사를 오느라고 파크 애비뉴의 전망 좋은 고급 아파트도 떠나야만 했다. 돈 지랄디가 왜 정부를 증발시키려고 했는지 자세한 내막은 알 수 없었다. 하지만 어렴풋이 짐작은 했다.

문간에서 우리를 맞이한 여자는 왕년에 브로드웨이 코러스 걸이었다고는 믿기 어려운 모습이었다. 이 여자가 **린든 존슨**1963년 11월 케네디가 암살당한 뒤 당시 부통령이던 린든 존슨은 대통령직을 승계해 제36대 미국 대통령으로 취임했으며, 1964년 압도

^{적인 지지를 받아 재선되었다} 이 아직 대통령이던 시절에 우리 도움으로 이사한 아가씨라니. 그 시절에는 자그마하고 볼륨 있는 몸매에 연한 금발 머리였거늘, 이제는 뚱뚱하고 살집이 불룩 튀어나온 데다 칙칙한 갈색 머리가 되어 있었다. 살짝 화장을 한 이목구비는 코니 스티븐스를 닮아 예뻤지만 그마저도 공처럼 둥근 얼굴에 갇힌 듯 보였다.

"두 분을 다시 뵈어 반갑네요." 실라가 우리를 안으로 안내하며 말했다. 핑크색 상의에 청바지, 샌들 차림이었다.

이 집엔 현관 복도가 없어서 우리는 곧장 거실로 들어서게 됐다. 겉면이 플라스틱인 가구가 빼곡하고 격식 차린 공간이었다. 커다란 금테 액자가 오른편 벽에 붙여 둔 소형 피아노를 굽어보았다. 집주인이 가슴 풍만한 금발 미녀였던 찬란한 시절의 모습을 담은 파스텔 초상화였다.

실라는 목재 찬장과 신식 가전제품이 갖춰진 자그마한 주방 옆의 아담한 거실 공간으로 재빨리 우리를 데려갔다. 침실로 이어지는 짧은 복도가 뒤쪽에 있었다. 우리는 원형 단풍나무 테이블 앞 등받이 나무 의자로 안내받았다. 테이블 중앙에는 봄 느낌이 나는 조화가 놓여 있었다.

실라가 커피를 내 왔다. 커피에 우유와 설탕을 넣어 젓는 동안, 나는 가까운 벽을 힐끗 보았다. 표면이 거친 패널에 사진 액자가 다닥다닥 걸려 있었다. 거기 붙은 사진들은 두 가지 흐름을 보여주었다. 하나는 실라가 점점 살찌는 과정이었고, 또 하나는 아들이 태어나 청소년기를 거쳐 청년이 되어 가는 과정이었다. 아기 놀이방부터 어

모든 것은 책 속에 ✿ 91

린이 놀이터까지, 고등학교 뮤지컬에서 농구장까지, 졸업식부터 뉴욕 대학교 내부로 보이는 사진까지 전부 거기 있었다. 마지막 사진은 딱 봐도 최근에 찍은 듯했는데, 대학교 건물 앞에 잘생긴 젊은 남자와 매력적인 여자가 함께 서 있었다.

"저 애가 우리 아들이에요." 실라가 숨소리 섞인 낮은 소프라노 톤으로 말했다. 옛날 옛적에는 섹시하게 들렸겠지.

"우리는 당신이 임신한 거라고 짐작했더랬어요." 벨다가 살짝 웃으며 말했다.

실라의 연한 파란색 눈이 움찔했다. "정말? 알고 계셨다고요? 어머, 임신하고 몇 개월밖에 안 된 때였는걸요. 거의 티도 안 났는데."

"그냥 혈색에 그런 기운이 감돌았어요."

실라는 키득키득 웃었다. "부종이라고 하는 게 더 맞는 말일걸요. 그런데 어떻게 그렇게 매력 넘치는 외모를 쭉 유지하고 계시는 거예요, 스털링 양? 아님 혹시 이젠 두 분이 결혼하셨을까요?"

"결혼 안 했어요." 벨다가 말했다. "딱 그렇진 않아요. 아직은요."

"벨다는 샐러드를 엄청 많이 먹습니다." 내가 말했다.

내 말을 듣더니 실라 버로스가 움찔 놀랐고, 벨다는 나를 째려보았다. 내가 영 무례하게 굴었던 게지. 그럴 생각은 아니었지만, 자기도 모르게 그리 되는 일들도 있는 법.

나는 말했다. "우리를 다시 보게 될 거라고는 꿈에도 생각 못 하셨겠지요."

"정말 그래요." 실라가 대답했다. 그리고 커피를 한 모금 홀짝였다. "그렇지만 두 분 연락을 받고 꼭 그렇게 놀라지는 않았어요."

벨다가 물었다. "왜죠?"

"니콜라스가 죽었으니, 뭐든 후속 조치가 있을 거라고 생각했으니까요. 예전엔 오랫동안 어느 변호사님이 재정적인 부분을 처리해 주셨어요. 시먼스라는 좋은 분이셨죠. 그분이 반년에 한 번 들러 안부를 확인하곤 했어요. 우리 아들에 대해서도 물어보시고요."

나는 물었다. "여기로 이사하신 뒤에 돈 지랄디와 직접 접촉한 적이 있으십니까?"

"아뇨. 그게, 처음에는 무척 놀랐어요. 닉이 태어난 뒤에 저는…… 아, 우리 아들도 이름이 니콜라스거든요……. 어떻게든 우리 관계를 다시 잘해 볼 수 있지 않을까 생각했었어요. 니콜라스 지랄디는 굉장히 매력 있는 남자였답니다, 해머 씨. 아주 우아하고 정중했죠. 내 일생일대의 사랑이었어요."

"그 사람이랑 그렇게 오래 붙어 있진 않았잖습니까? 얼마나 됐죠, 고작 오륙 년?"

"그래요. 하지만 정말이지 황홀한 시간이었는걸요. 우리는 함께 여행을 다녔죠. 한번은 유럽에 가기도 했어요. 그리고 그이는 몇 년 동안 사실상 저와 함께 살았고요. 신혼 때 몇 년 빼고는 그이가 부인이랑 관계를 가진 적도 없었을 거라고 생각해요."

"부부 사이에 딸이 셋이나 있는데요."

"그래요." 실라가 다소 방어적으로 대답했다. "하지만 우리 닉이 태어난 이후론 없죠."

그녀가 그렇게 고집스레 '우리 닉'이라는 식으로 아들을 부르는 게 우스웠다. 애 아빠 쪽에선 어떤 직접적인 만남도 피해 왔는데 말이다. 그리고 한때는 아름다웠던 이 여자, 무대 위에서든 평소에든 매력이 넘쳤던 여자가 주부이자 어머니, 교외에 사는 소박한 아주머니가 되었다는 점도 우스운 일이었다. 남편도 없이 말이다.

벨다가 말했다. "아들이 태어난 뒤에, 왜 니콜라스가 실라 씨에게 돌아올 거라고 생각했는지 알겠어요. 이유가 뭐든 간에, 그 사람이 정말로 당신을 자기 삶에서 빼 버리고 싶었다면, 실라 씨가 이렇게 자기 집 가까이에 살게 하지 않았을 거예요."

"윌콕스는 브로드웨이에서 멀리 떨어져 있잖아요." 실라가 좀 애석한 듯 말했다.

"그렇다고 지구 밖에 있는 것도 아니죠." 내가 말했다. "저는 이렇게 추측했습니다. 두목은 두 사람이 너무 가까워지는 바람에 자기에게 불리하게 쓰일 수 있는 것들까지 당신이 알게 되었다고 생각한 게 아닌가 하고요."

실라의 눈이 다시 한 번 움찔했다. "어머머, 저라면 절대로—."

"실라 씨가 아니라, 다른 사람들이 이용하겠죠. 경찰이나 FBI, 사업상 경쟁자들이 될 수도 있고. 하지만 두목이 자기 아들을 보호하려 했다는 점은 분명해요. 그 아이가 자기한테 불리하게 이용될 수 없게 말이죠."

실라가 고개를 끄덕였다. "맞아요. 그이가 절 보내 버리기 전에 그렇게 말해 줬어요. 우리 아들의 존재를 혹시 누가 알게 되면, 아이가 위험한 상황에 처할 거라고요. 하지만 그이가 늘 어린 닉을 지켜 줄 거라고 했죠. 언젠가는 닉 앞에 멋진 미래가 펼쳐질 거라고 말예요."

벨다가 말했다. "니콜라스와 직접적인 접촉은 전혀 없었다고 하셨잖아요. 그러면…… 간접적인 접촉은 하셨다고 이해하면 될까요?"

포동포동한 살에 파묻힌 예쁜 얼굴에 기쁨이 차올랐다. "아, 그럼요. 일 년에 한 번쯤, 항상 다른 방법으로요. 있죠, 우리 닉은 아주 재능이 풍부한 아이랍니다. 이젠 재능 있는 젊은 남자라 해야죠. 닉은 학교에서 예술 쪽으로나 운동 쪽으로나 활약을 했어요. 또 어찌나 명석했던지, 수석 졸업을 다 했답니다! 하기야 제 아버지가 천재였으니까요. 그렇지 않아요?"

내가 물었다. "'일 년에 한 번, 항상 다른 방법'이란 게 무슨 말씀이시죠?"

실라는 내 너머로 사진이 걸린 벽을 바라보며, 여전히 가늘고 우아한 손가락을 허공에 뻗어 기억을 더듬었다.

"사진 속 니콜라스를 보면……." 그녀가 말했다. "음악회나 운동 시합에서나 학교 연극을 할 때 참 의기양양해 보이죠. 너무 잘난 척하는 것처럼 들릴지 몰라도, 닉이 예술에 소질이 있는 건 날 닮은 거 같아요. 제일 좋았던 건, 니콜라스가 졸업식에 와서 자기 아들이 연설하는 걸 들었다는 거예요."

벨다가 물었다. "두 사람이 만났던 거예요?"

"아니요." 실라가 벽에 붙은 사진 한 장을 가리켰다. "저 사진 눈여겨보셨나요? 저 위에, 왼쪽 맨 앞에 있는 사진이요."

맨 위에 걸린 아기 사진 몇 장 앞에 군복을 입은 젊은이의 근엄한 사진이 보였다.

"베트남전에서 사망한 청년의 사진이에요." 그녀가 말했다. "시먼스 변호사님이 제게 서류와 함께 저 사진이랑 다른 사진들도 갖다주셨어요. 저 청년의 이름은 에드윈 버로스였고 제가 한 번도 본 적 없는 사람이죠. 버로스는 육친이 없는 외동이었대요. 은성 훈장을 포함해서 훈장도 정말이지 여럿 받았더라고요. 저게 바로 닉이 자라면서 자랑스럽게 생각해 온 아버지의 모습이에요."

내가 물었다. "의심은 하지 않던가요?"

"우리 애가 왜 의심을 하겠어요? 어렸을 적에 닉은 그렇게 영웅적인 분이 자기 아버지라서 무척이나 자랑스러워했답니다."

"어렸을 적에만요?"

"뭐랄까…… 남자애들 잘 아시잖아요. 자라면서 이런 데선 관심을 끄니까요."

꼭 그렇진 않지만, 일단 그냥 넘어가 주었다.

"버로스 부인." 나는 앞으로 고쳐 앉으며 말했다. "혹시 우편물 중에 돈 지랄디한테서 온 것처럼 보이는 물건 있었습니까?"

"아니요……."

"구체적으로 말씀드리면 원장부입니다. 장부책이요."

"아뇨." 실라가 숨기는 기색 없는 눈으로 쳐다보며 말했다. "없어요. 시먼스 씨가 돌아가셔서 반년마다 있던 방문이 끊긴 뒤에, 다른 변호사가 딱 한 번 들렀어요. 그때 전 돈을 넉넉히 받았고 앞으로는 알아서 살아가라는 말을 들었죠. 그리고 닉에게는 뉴욕 대학교를 졸업하면 탈 수 있는 신탁 기금도 있거든요."

"최근에 아드님과 얘기 나누신 적 있으십니까?"

실라가 고개를 끄덕였다. "적어도 일주일에 한 번은 전화해요. 어머, 참, 바로 어제 우리 애랑 얘기했네요."

"닉이 아버지한테서 장부를 받았다는 식의 얘기는 전혀 안 하던가요?"

"해머 씨, 아니래도요. 제가 아까 분명히 말한 것 같은데, 닉한테만큼은 에드윈 버로스라는 베트남전 영웅이 그 애의 아버지라니까요."

"그렇죠." 내가 말했다. "이제 잘 들어 보세요."

그리고 실라에게 장부책에 대해 얘기해 주었다.

이 여자가 지금은 교외에 사는 가정주부일지 몰라도, 한때는 마피아 보스의 정부인 몸이었다. 실라는 한 번도 말을 끊지 않고 이따금 고개를 끄덕이며 내 설명을 쉬이 따라잡았다.

"실라 씨는 아주 유력한 후보로 꼽히고 있습니다." 내가 말했다. "돈 지랄디가 소중히 여기고 신뢰했던 사람들 중에서도요. 여전히 부인이 그 장부를 받게 될 수도 있는 일입니다. 그리고 아주 나쁜 놈들이 그 책을 찾으러 들이닥칠 수도 있습니다."

실라가 고개를 절레절레 흔들자 칙칙한 갈색 곱슬머리가 통통 뒤듯 흔들렸다. "그럴 일은 없을 것 같네요……. 이렇게나 세월이 흘렀는걸요. 전 제가 안전하다고 생각했어요……. 닉이 안전하다고 생각했는데."

"가장 중요한 문제를 짚어 주셨습니다. 저는 아드님이야말로 두목이 그 책을 보냈을 만한 인물이라고 봅니다."

실라가 걱정이 되어 얼굴을 찡그렸지만 아무 말도 하지 않았다.

나는 계속 이야기했다. "두 가지 일을 해 주셨으면 합니다, 버로스 부인. 그리고 어떤 입씨름도 하고 싶지 않습니다. 일단 부인을 북부에 있는 모텔로 몰래 옮겨 드리게 해 주십시오. 우리가 이용하는 안전한 장소입니다. 이 일이 끝날 때까지 거기 계세요. 차 있으십니까? 벨다가 부인을 그리 데려다드리고 제 지시가 있을 때까지 부인과 함께 머물 겁니다. 얼른 짐을 싸십시오."

실라가 침을 삼키고 고개를 끄덕였다. "또 한 가지는 뭐죠?"

"아드님께 당장 전화를 걸어 주세요." 내가 말했다. "그리고 제가 아드님을 뵈러 간다고 전해 주십시오. 제가 직접 아드님과 잠깐 이야기를 하겠습니다. 그래야 제 목소리를 알 수 있으니까요. 만약 두 명 이상이 아드님 집 앞에 나타날 경우, 그중 하나가 저라고 주장하더라도 아드님은 문을 열어 주면 안 됩니다. 만약 그런 일이 생긴다면, 아드님은 최대한 빨리 집 밖으로 빠져나와 도망쳐야 합니다. 전부 다 확실히 아시겠어요?"

실라가 엷게 익살맞은 미소를 지었다. "있잖아요, 해머 씨. 오랫동안 제가 해머 씨에 대해 품은 인상이 틀렸던 것 같아요. 완전히요."

"그런가요?"

"해머 씨는 정말로 친절하고 세심한 사람이네요."

나는 벨다를 흘끔 보았다. 그녀는 터져 나오는 웃음을 굳이 참지 않았다.

"그래요." 내가 말했다. "그런 말 자주 듣습니다."

저녁 8시 반의 월콕스가 유령 도시라면, 11시쯤의 이스트 빌리지는 괴기 쇼였다. 건물은 죄다 허물어져 가고, 길을 걷는 사람들만큼 노숙자도 많은 거리 풍경이 펼쳐졌다. 과자 가게에서는 스니커즈 초코바나 헤로인 3.5그램을 살 수 있고, 아침이 오면 총에 맞아 여기저기 구멍이 났거나 개수는 적어도 치명적인 총상을 입은 시체들이 보도나 골목길에 널려 있곤 했다. 수거해 가라고 내놓은 쓰레기 더미나 마찬가지로 말이다.

톰킨스 스퀘어 공원은 이 동네에서 중점적으로 사람들이 모여드는 장소였다. 프랭클린 루즈벨트_{미국의 제 32대 대통령(재임 1933~1945). 미국 역사상 유일무이한 4선 대통령이다}에게 투표했고 예전부터 식당이나 세탁소 같은 가게를 운영해 온 옛사람들부터 인생 경험도 할 겸 싼 셋방을 찾는 학생, 펑크족, 예술가, 시인까지 이리로 몰려들었다. 공동 주택 앞에 딸린 공간마다 갤러리가 터를 잡은 듯, 하나같이 비참하지만 파란만장한 이 주변 길바닥 삶에서 영감을 얻은 작품을 선보였다.

뉴욕 대학교 학생인 닉 버로스는 아파트 2층에 살았다. 그 아래에는 어느 예술가의 작품을 파는 갤러리가 있었다. 캔버스마다 가득 찬 그래피티는 내가 보기에 무보수로 골목 담벼락에 갈겨 놓은 낙서와 별반 다르지 않았다.

닉이 사는 집 초인종은 잘 작동했다. 이 동네에선 흔치 않은 일이었다. 올라오는 계단만큼이나 부실한 층계참에서 닉과 만났다. 스무 살쯤 된 이 남자애는 검은색 CBGB 1973년 개업한 뉴욕 맨해튼의 음악 클럽. 상호는 'Country, Blue Grass, and Blues'의 약자이다 티셔츠와 청바지에 스니커즈를 신고 있었다. 아버지처럼 다부진 체격이지만 키가 더 컸고, 어머니를 닮아 얼굴에 귀염성이 있었다. 짙은 눈썹 덕에 예쁘장한 이목구비가 남자답게 보였다.

닉이 손을 내밀어 악수를 했다. 전구 한 개짜리 노르스름한 전등 빛이 우리를 어렴풋이 비추었다. "저희 어머니를 도와주셔서 감사드립니다, 해머 씨. 저기, 탐정님에 대해 들어 본 적 있는 것 같아요."

"많은 사람들이 나에 대해 들어 본 적 있다고 생각들 해." 내가 말하며 아이를 지나쳐 아파트로 들어갔다. "정말 들어 봤던가 긴가민가할 뿐이지."

닉의 아파트는 중고 매장에서 산 가구들, 원자력 발전이 각광받던 1950년대엔 현대적으로 여겨졌지만 이젠 진기해 보이는 물건들로 꾸며진 전형적인 대학생 방이었다. 널빤지와 시멘트 블록으로 만든 책꽂이를 벽에 일렬로 세워 두었는데, 꽂혀 있는 건 대부분 문고판 책과 교과서였다. 벽돌 벽에는 이스트 빌리지 미술 전시회나 공연 광고 포스터가 군데군데 테이프로 붙어 있었다. 한쪽 구석에 작은 부엌이 있고, 문짝 없는 문틀 너머로는 물침대가 놓인 침실이 보였다. 우리는 얄팍한 쿠션에다 반짝이는 청록색 덮개를 씌운 소파에 앉았다. 닉이 담배를 권했으나 난 사양했다. 한 대 피워 문 닉은 한 팔을 쿠션 위에 얹으며 뒤로 기대앉았다. 그리고 똑똑한 대학생다운 시선으로 나를 관찰했다. 내가 그와 긴히 나눌 이야기가 있다는 건 미리 어머니가 전화로 알려주었다. 그때 나 역시도 닉과 짧게 이야기를 했지만, 책에 대해서는 언급하지 않았다.

그렇지만 위험이 도사린다는 말을 들었는데도 닉은 침착해 보였다. 강단 있는 사내 녀석이었다.

"넌 진짜 아빠가 누군지 알고 있지, 닉?"

닉이 고개를 끄덕였다.

나는 씩 웃었다. "너처럼 영특한 애라면 베트남전 영웅 같은 헛소리를 꼬치꼬치 캐 보았을 거라 생각했지. 두목이 너한테 연락을 취한 적 있어? 가끔 학교 행사에 찾아간 모양이던데."

닉이 담배 연기를 토해 냈다. "연락을 취했냐고요? 아뇨, 자기가 누군지 얘기한 적은 없어요. 하지만 연주회나 농구 경기가 끝난 다음에 나를 찾기 시작했는데, 다가와서는 그냥 '오늘 저녁에 정말 훌륭했어'라든가 '나가서 참 잘하더구나' 같은 말을 했죠. 두어 번은 악수까지 했고요."

"그래서 그 사람한테 주목했구나."

"네. 그리고 나이를 더 먹었을 때 그 아저씨가 누군지 알아보았어요. 그게, 그 사람은 어쩌다 한 번씩 신문에 났잖아요. 저 혼자서 깊이 캐 보았죠. 옛날 신문철 같은 것들을 뒤져서요. 엄마랑 그 사람이 함께 찍힌 사진도 우연히 보게 됐고요. 엄마가 끝내주는 미인이었던 시절 사진요. 엄마는 말이죠, 신문에 나온 것과는 달리 그냥 코러스

걸이 아니었어요. 대사가 있는 역도 맡았다고요. 가끔 가다 평론에 언급되었거든요."

"어머니는 네가 이런 것들을 알고 있는지 전혀 모르시잖아."

"뭐 하러 엄마 속을 태우겠어요?"

"닉, 너희 아버지가 써 왔던 장부 때문에 내가 여기 온 거다. 그 책에 그분의 모든 비밀이 담겨 있다고들 하지. 그분이 세상에서 가장 신뢰하는 사람한테 그걸 넘겨주기로 마음먹었다는 말이 돌았어. 네가 그 사람이니?"

닉이 한숨을 쉬더니 거리낌 없이 은밀한 미소를 지었다.

그다음에 이렇게 물었다. "맥주 좀 드실래요? 보아하니 맥주 한잔이 딱 필요해 보이시는데요."

"고단한 하루였지."

그래서 닉이 시원한 맥주 캔을 두 개 가져왔다. 아이가 등을 기대고 앉았고 나도 따라 했다. 그러자 닉이 자기 얘기를 들려주었다.

2주 전, 돈 니콜라스 지랄디가 닉에게 전화를 걸었다. 숨소리가 섞인 목소리엔 죽음이 임박했다는 기운이 감돌았다. 그는 아들 닉에게 세인트 루크 병원의 어느 병실로 와 달라고 부탁했다. 전화로는 자기가 닉의 아버지라는 말을 하지 않았다.

"하지만 내가 그 사람 머리맡에 서 있었을 때……." 닉이 말했다. "그 사람이 말했어요. '내가 네 아버지다'라고요. 아주 신파조로 말이에요. 〈스타워즈〉 보셨어요? '루크, 내가 네 아버지다' 아시죠? 그런 식으로요."

"그래서 넌 뭐라고 했지?"

닉이 어깨를 으쓱했다. "그냥, '알아요. 몇 년 전부터 알고 있었어요'라고 했죠. 노인네는 그 말을 듣고 충격을 받은 모양이었지만, 같이 얘기를 나눈다거나 자세한 사정을 물어 보거나 뭐가 됐든 할 수 있는 기력이 남아 있질 않았죠. 그 사람은 '대학 졸업하고 나면 너한테 돈이 들어오게 될 거야'라고만 말했어요."

"신탁 기금이 있는 줄 몰랐나?"

"몰랐죠. 아직도 거기 얼마나 들어 있는지는 몰라요. 얼마가 됐든 기꺼이 받을 거예요. 아버지도 없이 자랐으니, 저한텐 그럴 자격이 좀 있다고 생각하거든요. 제가 사업을 시작하기에 충분한 돈이라면 좋겠어요. 예술가입네 하는 이 동네 분위기에 속지 마세요, 해머 씨. 저는 경영학 전공이거든요."

"닉 영감님이 염두에 두었던 게 그건가? 네가 너만의 사업을 시작하는 거?"

이 젊은 녀석은 얼굴을 찡그리며 고개를 가로저었다. "잘 모르겠어요. 그 사람은 제가 자기 역할을 이어받기를 원했을지도 몰라요……. 자기 조직에서요. 아니면 제 마음대로 살아가든 말든 신경 안 썼을지도 모르고. 난들 알겠어요? 아무튼 그 사람은 '너한테 줄 게 있다. 살아가며 무슨 일을 하든지, 네게 아주 유익할 거다'라고만 했어요."

"그 책 말인가?"

닉이 끄덕였다. "그 책이요, 해머 씨. 그때 병실에서 바로 제게 줬어요. 자기 비밀이 담긴 책을요."

내가 앞으로 바싹 앉았다. "네 아버지가 아는 모든 정보, 그가 해온 모든 부정한 짓에 대한 기록, 또 그가 꾸몄던 일일이 셀 수도 없게 많은 범죄가 전부 다 들어 있는 책이지."

"그렇다고 볼 수 있죠."

나는 고개를 흔들었다. "얘야, 바른 길로 갈 거라 해도 그 책은 유익할 거야."

닉이 끄덕거렸다. "유익하죠, 그래요. 하지만 전 갖고 싶지 않네요, 해머 씨. 저는 그 책에 관심 없어요. 아님 그 책이 대변하는 세계에 관심 없다고 할 수도 있고."

"그 물건을 어떻게 할 셈이지?

"탐정님께 드리겠습니다." 닉이 어깨를 으쓱했다. "탐정님께서 원하는 대로 처리하세요. 그 답례로 저는 딱 한 가지만 바랍니다."

"그래?'

"저희 어머니를 안전하게 보호해 주세요. 어머니가 아무 위험에도 처하지 않게요. 그리고 가능하다면 제 안전도 지켜 주시고요. 하지만 엄마는…… 저를 위해 정말 많은 일을 해 주셨어요. 모든 걸 희생하고, 제게 인생을 바치셨거든요……. 어머니가 무사하셨으면 좋겠어요."

"그거라면 내가 책임질 수 있을 거야."

닉이 악수를 하려고 손을 뻗었고, 나는 맞잡아 주었다.

아이가 일어나 창문 아래 널빤지와 시멘트 블록 책꽂이 쪽으로 갔다. 저 아래 거리에서 네온 불빛이 깜박거렸다. 나도 따라갔다. 닉은 아무렇게나 수북이 쌓아 놓은 책 무더기에서 엄청 오래되어 보이는 양가죽 표지의 책을 골라냈다. 그때 포악한 발길질에 문이 박살나 열리더니 총을 쥔 두 사내가 불쑥 들이닥쳤다.

한 놈은 플라비오였다. 아직도 하늘색 정장에 깃이 뾰족한 노란 셔츠를 입고 있었다. 한데 놈의 동료는 이름이 뭔지 당최 듣지를 못했네. 턱이 가늘고 이마는 네안데르탈인처럼 튀어나온 덩치 큰 녀석 말이다. 하여간 소니 지랄디 같은 놈들 밑에서 일하는 깡패들은 꼭 둘씩 오는 법이다.

놈들은 주먹에 357매그넘 위력이 강한 9.1밀리 탄환 이 들어맞는 커다란 총을 꽉 쥐고 있었다. 이 부근에서야 어차피 총성이 비일비재하게 울리는 데, 뭐 하러 소음기를 단 22구경 자동 권총을 쓰겠는가? 덩치 큰 놈이 마치 이스트 빌리지의 예술품처럼 네모난 문틀 저편에 물러나 있었다. 플라비오는 우리 둘에게 권총을 겨누며 안으로 두 걸음 더 들어왔다. 어린 닉과 나는 한데 뭉쳐 있었다.

플라비오가 우스꽝스럽게 새된 목소리로 외쳤다. "저게 그 장부야? 그 망할 놈의 책 내 놔!"

"가져가시죠." 닉이 말하며, 두렵다기보다는 넌더리가 나 눈살을 찌푸렸다. 그러고 나서 앞으로 걸어가 작고 두꺼운 책을 내밀었다. 그동안 닉의 몸이 나를 가렸다.

나는 그 기회에 45구경 권총을 어깨 밑에서 잽싸게 뽑아 들고는 아이를 바닥으로 밀쳐 내 몸으로 누르며 총을 쐈다.

플라비오가 357매그넘을 쥐고 있을지 몰라도, 45구경이 더 쉽게 이길 수 있는 패다. 특히나 첫 발을 먼저 쏠 경우, 더구나 머리에 명중시켜 더는 어떤 짓거리도 못 하게 해 줄 경우 더 그렇다. 그 자식의 골통이 박살나며 뼈와 피가 비처럼 쏟아져 동료의 경악한 면상에 튀겼고, 그 네안데르탈인 같은 녀석은 피투성이 파이에 처맞기라도 한 듯 반응했다. 그 참에 나는 총 한 발을 쏠 0.5초를 확보하여 놈의 툭 튀어나온 이마를 산산조각 냈다. 피가 튀며 바깥 층계참 벽돌 위에 추상화를 그려 냈다. 어느 이스트 빌리지 갤러리에든 걸릴 만한 작품이었다.

이젠 닉이 겁을 먹었다. 자기 집 문간이 피투성이로 난장판이 된 걸 보았으니.

"세상에, 이럴 수가! 이제 어떡할 거예요?"

"경찰 불러야지. 전화기 있나?"

"네, 그래요, 경찰들을 불러요!" 닉이 손가락질했다. "전화기 저기 있어요."

나는 양가죽으로 씌운 책을 바닥에서 집어 들었다. "아니, 경찰들을 부르는 게 아냐. 경찰 한 명이지."

그리고 패트 체임버스에게 전화를 걸었다.

나는 새벽 3시쯤 사무실로 돌아온 뒤에야 소니 지랄디에게 전화했다. 일단 그 책을 내 사무실 금고에 넣어 두고 싶었다.

늙은 두목의 후계자는 나 때문에 잠에서 깬 척을 했지만, 그가 자기 똘마니들한테 연락이 오길 기다리던 중이라는 건 불 보듯 빤히 알았다. 어쩌면 소니의 수족으로 포섭된 경찰이 이미 전화해서 이스트 빌리지의 아파트 침입이 실패했다고 알려 줬을지도 모르지. 그런 경우라면 저번에 받은 개인 번호로 내가 전화 걸었을 때 소니가 한창 푹 자던 중은 아닐 것 같았다.

나는 쾌활하게 물었다. "플라비오와 그 대갈통 큰 친구가 오늘 밤에 시체 안치소로 직행하는 공짜 표를 얻었다는 거 알고 계셨습니까?"

"뭐라고?"

"내가 두 사람을 안치소로 보내 버렸죠. 당신이 버로스란 남자애 아파트에 놈들을 보낸 것처럼요. 그놈들이 나를 미행한 거 맞죠? 내가 정말 늙어 가는 게 틀림없군요. 벨다는 미행을 알아챘는데, 난 여태 몰랐어요."

라디오 아나운서 같은 목소리가 혼란에 빠져 뒤죽박죽으로 말을 뱉었다. "해머, 내가 그 녀석들을 보낸 게 아니라네. 놈들은 내 라이벌이나 뭐 그런 쪽 밑에서 일한 게 분명해. 나는 자네를 전적으로 정직하게 대했다고. 하늘에 맹세코 정말이야."

"아뇨, 그렇지 않습니다. 당신은 내가 책을 갖다 주길 바랐잖습니까. 그런데 그 책을 가지고 있다면 누가 됐든 죽여야 되는 거죠. 거기 뭐가 들었는지 아니까. 일을 깔끔하게 정리하려면 나 역시 죽어야 했고 말입니다. 그렇죠? 게다가 나 같은 늙고 한물간 사설탐정 따위 없어진다고 누구 섭섭해할 사람이나 있겠습니까?"

"믿어 주쇼, 해머, 나는—."

"나는 당신 안 믿습니다, 소니. 그렇지만 당신은 날 믿어도 괜찮을 거야."

사실 나는 막 뻥을 치려는 참이었지만, 놈은 절대 모를 터였다.

내가 계속 말했다. "이 책은 어디 멀리 떨어진 은행의 안전 금고에 들어갈 테고 내가 죽을 때까진 다시 꺼낼 일 없을 겁니다. 내가 편안하고 평화롭게 죽게 된다면 책을 태워 버리라는 지시를 남기고 갈 겁니다. 만약 내가 아주 언짢게 이승과 송별회를 할라 치면, 책은 FBI한테로 직행하는 겁니다. 알아듣겠습니까?"

"알아들었네."

"그리고 버로스 부인과 아들 말입니다. 그 사람들은 여기서 빠지는 겁니다. 둘 중 하나한테라도 나쁜 일이 생기면, 그 책은 좀약 냄새 나는 상자에서 나와 연방 수사관 손에 떨어지게 돼요. *카피시* Capeesh. '이해하다'라는 뜻의 이탈리어 'capisce'에서 온 표현으로 이탈리아계 미국인들이 '알아듣겠어?' 라고 물을 때 자주 사용한다?"

"*카피시.*" 놈이 침울하게 답했다.

"그럼 이제 내 수수료 문제가 남았군요."

"자네 수수료라고! 대체 뭔 놈의—."

"소니, 나는 당신을 위해서 책을 찾아냈어요. 당신은 나한테 십만 달러를 지불해야 합니다."

놈의 목소리가 가늘고 심술궂게 변했다. "해머, 자네에 관한 나쁜 말을 많이도 들었지. 하지만 네가 남 등쳐서 돈이나 뜯어내는 양아

치란 얘기는 못 들어 봤는데."

"뭐, 주의를 기울이다 보면, 날마다 새로 배우는 게 있는 거지요. 만다노 신부가 선정한 자선 단체 어디에든 십만 달러가 기부되었으면 합니다. 소니 씨, 작고한 삼촌이 리틀 이털리에서 하던 자선 활동을 이어받았을 때 당신이 얻게 될 훌륭한 평판을 한번 생각해 보십시오."

그리고 나는 전화를 뚝 끊었다.

경찰은 언제나 둘씩 찾아온다고들 하지만, 다음 날 아침 핸슨은 자기 친구를 바깥 대기실에 두고 내 개인 사무실에 들어왔다. 이름이 뭔지 모를 그 남자는 밖에 앉아 케케묵은 잡지를 읽었다. 벨다는 아직 접수처로 돌아오지 않았지만 곧 올 터였다.

"앉으시죠, 감찰관 나리." 내가 책상 앞에 앉으며 말했다.

책등이 낡고 갈라진 갈색 양가죽 책은 내 장부 위에 무심하게 비스듬히 놓여 있었다. 핸슨이 방문할 줄 알고 미리 거기다 던져 놓았다.

"저게 바로 그 책이군요." 그가 눈을 크게 뜨고 말했다.

"저게 그 책입니다. 만 달러에 깔끔하게 넘겨드리겠습니다."

"좀 봐도 될까요? 그가 물으며 손을 뻗었다.

"그러시지요."

핸슨이 엄지손가락으로 책장을 넘겼다. 얼굴에 떠올랐던 흡족함은 당혹감으로, 다시 충격으로 바뀌어 갔다.

"이런 맙소사……." 그가 말했다.

"가치가 있는 물건입니다, 암요. 그래도 내가 전문가는 아니니까, 감찰관님이 바가지를 쓰시는 건지도 모르겠네요. 한동안 그 책을 보관하고 계시는 게 좋을 겁니다."

"뭐 이런 기가 막힌 일이 다 있나." 핸슨이 책을 휙휙 넘기며 말했다.

"알려진 대로, 늙은 두목이 알던 모든 더러운 꼼수와 남 등쳐 먹는 기술이 이 안에 다 담겨 있습니다. 사기꾼부터 경찰, 국회의원, 대통령한테도 들어맞는 내용이죠."

핸슨이 여전히 시선을 책에 고정한 채 머리를 절레절레 흔들었다.

"물론, 우리는 이게 장부인 줄 착각하고 있었죠. 이건 또 한 명의 이탈리아 깡패가 쓴 지침서에 가까워요. 영어로 번역된 초판본이긴 해도요. 1640년판이라고 적혀 있네요."

"마키아벨리 _{이탈리아의 정치 사상가이자 외교가, 역사학자(1469~1527). 저서 『군주론』에서 국가의 유지, 발전을 위해서는 어떠한 수단이나 방법도 허용된다는 국가 지상주의적 정치사상을 주장하였다} 라는 이름의 깡패군." 핸슨이 무미건조하게 말했다.

"그리고 책의 이름은……." 내가 말했다. "『군주론』이지요."

용인할 만한
희생

수요일

어젯밤에 처음 만난 그들은 아침나절이 되어서야 겨우 좀 풀어지고 누그러져 서로를 신뢰하기 시작했다. 아니, 거의 신뢰하기 시작했다고 해야 할까.

암살이라는 임무에 낯선 이와 파트너로 엮이면 이런 식으로 굴러가는 법이다.

"늘 이렇게 덥습니까?" P.Z. 에번스가 이글거리는 섬광 때문에 괴로운 듯 눈을 찡그리며 물었다. 레이밴 선글라스의 짙은 렌즈로도 어찌할 수가 없었다.

"아뇨."

"거 참 다행이군요."

"보통은 더 덥다는 소리예요." 알레호 디아스가 현란한 악센트를 보탠 영어로 대꾸했다.

"지금 장난해요?"

때는 5월이고 기온은 36도쯤이었다. 그들은 그림처럼 멋진 사라고사 광장에 있었다. 에번스가 알기로는 어느 장군들이라는 두 근엄한 남자의 조각상이 우뚝 서 있었고 대성당 또한 높이 솟아 있었다.

그리고 햇볕이 내리쬐었다…… 활활 타는 휘발유처럼.

에번스는 멀리 출장 갈 일이 없을 때면 늘 지내는 워싱턴 D.C.에서 에르모시요 멕시코 북서부, 소노라주에서 가장 큰 도시이자 주도로 날아왔다. 북쪽—그러니까, 미국—의 수도는 기온이 24도로 딱 좋았다.

"여름엔 좀 따뜻할 수도 있는 거죠." 디아스가 인정했다.

"따뜻하다고?" 에번스가 빈정대는 투로 따라 했다.

"아니 그럼…… 애리조나 애리조나는 사막으로 유명하다에는 안 가요?"

"전에 한번 스코츠데일 휴양지로 유명한 애리조나의 도시에서 골프를 친 적은 있는데."

"글쎄, 스코츠데일도 여기서 수백 킬로미터나 북쪽에 있는 데니까. 생각해 보세요. 우리는 사막 한가운데 있잖아요. 더울 수밖에 없죠. 당연한 거 아니에요?"

"6라운드만 쳤었는데." 에번스가 말했다.

"뭐라고요?"

"애리조나에서 말입니다. 딱 6라운드 친 게 전부인데…… 아주 죽 겠더라고요. 게다가 아침 7시에 시작했는데도. 골프 칩니까?"

"내가요? 당신 미쳤어요? 여긴 너무 덥다고요." 디아스가 싱글거 렸다.

에번스는 마시기 전에 병목부터 물티슈로 성심성의껏 닦아 놓은 콜라를 홀짝홀짝 마시고 있었다. 짐작건대 소노라주의 주도인 에르 모시요가 멕시코에서 유일하게 수질을 관리하는 도시일 것이다. 말 인즉 음료 병을 담가 놓은 얼음이 안전하리란 얘기다.

아마도.

에번스는 병목과 자기 입을 다시 훔쳐냈다. 소독용으로 쓸 잭 다 니엘 미니어처를 가져오면 좋았을 텐데. 물티슈에서 쓰레기 같은 맛 이 났다.

디아스는 커피에 설탕 서너 스푼을 넣어서 마시는 중이었다. 아 이스 커피도 아니고 뜨거운 커피로. 에번스로서는 도통 이해할 수가 없었다. 본국에서는 스타벅스 중독자이고, 숱한 제3세계 지역을 오 가며 커피를 마셨던(끓인 물을 마신다고 이질에 걸리진 않으니) 에 번스지만 에르모시요에서는 커피를 건드리지도 않았다. 뜨거운 음 료를 다시는 못 마시게 된다 해도 상관없었다. 땀이 팔 밑이며 관자 놀이를 타고 흐르고 사타구니에도 맺혀 근질근질했다. 귀에서까지 땀이 나는 게 분명했다.

두 사람은 등교하는 학생들, 사무실이나 회의 장소로 갈팡질팡 향 해 가는 회사원들을 둘러보았다. 쇼핑하러 나온 사람들은 없었다.

쇼핑하기엔 너무 이른 시간이었으니. 다만 유아차를 밀고 가는 엄마들이 좀 보였다. 정장을 입지 않은 남자들은 청바지와 부츠, 자수 셔츠 차림이었다. 에번스가 알기로, 소노라에선 카우보이 문화가 인기였다. 구식 미국 차량과 픽업트럭이 사방에 깔려 있었다.

두 남자는 어렴풋이 서로 닮았다. 삼십 대이고, 다부진 체격에, 건장하고, 얼굴은 둥글었다. 디아스의 얼굴엔 곰보 자국이 있었지만 피마족 미국 애리조나주의 힐라강과 솔트강 유역에서 살아온 아메리카 인디언의 한 종족 혈통이 드러나는 우락부락하니 잘생긴 외모를 손상시키지는 않았다. 둘 다 머리색은 검었다. 에번스의 얼굴이 물론 더 매끈하고 창백했다. 다만 눈빛이 게슴츠레한 것이, 약간 상태가 안 좋아 보였다. 모험을 좋아하는 도전적인 여자들에게 먹힐 만한 스타일로 잘생기기야 했지만.

둘은 청바지에 운동화를 신고, 반팔 셔츠를 바지 밖으로 빼 입고 있었다. 허리에 찬 무기를 가리려는 차림새겠으나, 오늘은 무기를 소지하고 있지 않았다.

지금까지는 누구도 둘을 해칠 이유가 없었다.

앞으로는 상황이 바뀌겠지만.

관광객들 몇 명이 지나갔다. 에르모시요는 미국에서 소노라 서해안으로 여행할 때 많이들 들르는 중간 기착지였다. 자가용으로, 또 버스로.

버스라…….

근처에는 아무도 없었지만 에번스가 목소리를 낮추었다. "오늘 아침에 당신 정보원이랑 얘기해 봤습니까, 앨?"

처음 만났을 때 에번스는 멕시코 요원의 이름을 한번 줄여서 불러 보았다. 어떻게 반응하는지, 혹시 짜증 내거나 방어 태세를 취하거나 적대적으로 나오진 않나 볼 셈이었다. 그러나 디아스는 웃어넘겼다. "앨이라고 불러도 돼요." 그가 폴 사이먼의 노랫말 〈You Can Call Me Al〉 미국의 싱어 송 라이터 폴 사이먼이 1986년 발표한 곡명을 따서 말했다. 그렇게 농담하는 분위기가 되었고 에번스는 이 녀석을 좋아할 수 있겠다고 판단했다. 또 유머는 신뢰의 기반을 두텁게 만들어 주기도 했다. 비밀리에 일하는 사람들은 대개 '씨발' 같은 말이나 여자에 관한 농담이 신뢰감을 불러일으킨다고 생각한다. 아니다. 유머가 불러오는 거다.

"시 Sí 스페인어로 '네'. 그리고 정보원 말을 듣자니까…… 우리 일 말이에요, 쉽지가 않을 것 같아요." 디아스가 커피 컵 뚜껑을 열고 후후 불어 식히며 말했다. 에번스 눈에는 아주 우스꽝스러운 모습이었다. "그 작자 경비가 아주 철저합니다. 호세라는 출중한 경호원이 항상 옆에 붙어 있어요. 뭔가 공작이 이루어지는 걸 그자들이 안다는 소문도 있고."

"뭐라고요?" 에번스의 얼굴이 딱딱하게 우그러졌다. "정보가 샜나?"

이번엔, 디아스가 우스워할 차례인 듯했다. "아, 언제나 새지요. 멕시코는 달걀이란 달걀엔 죄다 금이 가 있는 곳이라고요. 놈들이 우리에 대해 정확히 모를지는 몰라도 누가 자기를 죽이러 와 있다는 소린 들은 거죠. 시, 그 작자가 들었고말고."

여기서 '그 작자'란 스페인어로 '칼'을 뜻하는 쿠치요라는 별명으로

더 유명한 알론소 마리아 카리요였다. 그 별명이 어디서 나왔는지는
좀 논쟁이 있다. 라이벌들을 제거할 때 칼을 사용했기 때문은 아닐
것이다. 강력 범죄는 말할 것도 없고 어떤 범죄로도 체포된 전적이
없으니까……. 그가 비상하기 때문에 생긴 별명이라고 보는 게 더
그럴 듯했다. 쿠치요처럼 예리하기에. 사람들은 그가 어느 소노라 카
르텔의 배후라고들 했다. 소노라주는 이웃한 시날로아주와 함께 멕
시코 마약 범죄 조직들의 터전이 되는 곳이다. 규모는 작을지언정,
에르모시요 카르텔은 그중에서도 가장 지독하고, 천 명이 넘는 사람
을 죽음에 이르게 한 조직이었다……. 그리고 엄청난 양의 마약이
생산되는 곳이기도 했다. 코카인뿐 아니라, 따끈따끈한 새 수익원으
로 슬그머니 퍼져 나가는 메스암페타민까지 거래했다.

　그러고도 기소를 피할 만큼 쿠치요는 교활했다. 연방 정부군은 카
르텔을 운영하는 남자들이 바지 사장일 뿐이라 확신하고 있었다. 대
외적으로 쿠치요는 UCLA에서 수학하고 경영학과 영문학 학위를 받
은, 혁신적인 사업가이자 자선가였다. 그는 노동자를 잘 대우하며
환경 면으로나 재정적으로나 책임을 다하는 합법적인 회사들을 통
해 재산을 모은 것으로 보였다.

　그러므로 적법한 절차로는 그에게 법의 심판을 내릴 수 없었다.
이런 까닭에 알레호 디아스와 P.Z. 에번스가 합동 작전에 나선 것이
다. 워싱턴에서든 멕시코시티에서든 대외적으로는 존재하지 않는
작전이지만.

　"그러니까." 에번스가 말했다. "누가 자기를 노린다는 낌새를 차렸

다 이거지. 무슨 말이냐, 우리한테 연막작전이 필요하단 거죠. 엉뚱한 데로 주의를 돌려놓고 그 작자가 계속 집중하게 만드는 겁니다. 우리가 뭘 하고 있는지 파악하지 못하게."

"그래, 그래, 맞아요. 적어도 연막 하나둘 정도는 필요하겠죠. 그렇지만 또 다른 문제가 있습니다. 우린 놈을 밖으로 끌어낼 재간이 없어요."

"왜요?"

"내 정보원 말로는 그자가 다음 주 내내 경내에 머무른다네요. 더 오래가 될 수도 있고. 안전하다는 생각이 들 때까지."

"빌어먹을." 에번스가 투덜거렸다.

그들의 임무는 빠듯한 기한에 딱 걸려 있었다. 쿠치요가 관광버스를 덮칠 작정이라는 첩보가 들어와 있었기 때문이다. 놈은 차량을 멈춰 세우고, 쇠줄로 차문을 둘러쳐 꽉 닫은 다음 버스를 불사르리라. 습격은 이틀 뒤인 금요일, 멕시코 대통령이 카르텔과의 전쟁 선포를 기념하는 행사날 발생할 것이다. 그러나 보고는 거기서 끝났고, 짐작건대 제보자의 목숨 역시 멎었으리라. 그러니 어느 버스가 표적이 될지는 알 수 없는 노릇이었다. 수백 대의 버스가 매일매일 수많은 노선을 운행하는데다 관리 회사만 해도 수십 곳이 되는데, 대부분은 운행을 일시 중단하거나 법 집행에 협조한다며 승객들의 불안을 부추기는 걸 부담스러워했다. (이번 임무를 위한 사전 작업으로 버스 회사를 조사하던 에번스는 공통점을 발견했다. 모든 광고가 '멕시코는 안전합니다!'라는 말의 변주로 시작한다는 점.)

어떤 버스가 표적이 될지 명확히 알지 못한다 하더라도, 디아스와 에번스는 습격을 멈출 방도를 찾아냈다. 시날로아와 소노라의 큰 카르텔들은 폭력에서 발을 빼고 있었다. 신상에 해롭다는 건 말할 것도 없고, 어쩌다가 관광객을 죽이기라도 하면 평판이 아주 나빠지게 마련이었다. 무고한 사람들, 특히나 미국인을 고의적으로 공격하는 것은 마약계 거물의 인생을 생지옥으로 만들 수도 있었다. 물론 라이벌이든 조직 내부자든 쿠치요에게 직접적으로 반기를 들 사람은 아무도 없을 터였다. 다만 요원들이 파악한 바로는, 만에 하나 쿠치요가 사고를 당하기라도 할 경우 하수인들이 굳이 위험한 습격을 강행할 이유도 없었다.

하지만 만일 버스가 바싹 그을린 뼈대만 남고 타 버린 다음까지도 쿠치요가 저택에 은신한다면, 디아스의 정보원 말이 맞게 된다. 임무는 쉽지 않으리라. 드론으로 정찰해 본 결과 저택은 20제곱미터 넓이에 전선이 덮인 높은 담장으로 둘러싸여 있으며, 센서로 가득 차 있는 앞마당을 감시 카메라가 주시하고 있었다. 넓은 집과 독채로 된 도서관, 따로 떨어진 차고 등 모든 건물에 두터운 방탄 유리창이 설치되어 있으므로 저격은 소용없을 것이다. 또 건물 사이의 산책로는 저격수가 조준할 만한 위치를 확보할 수 없게 비껴 나 있었다.

후끈거리는 땡볕에 익어 가며 앉아 있는 동안, 에번스는 날이 무더워질수록 정신은 둔해지는 건가 생각했다. 김이 피어오르는 질척질척한 오트밀이 머리에 떠올랐다.

그는 이마를 닦고 콜라를 홀짝거린 다음 쿠치요의 직업 이력과 사생활에 대해 좀 더 자세히 물어보았다. 디아스는 제법 많은 정보를 알고 있었다. 그 작자는 지난 한 해 동안 조사를 받았다고 한다. 고개를 끄덕이며 에번스는 전부 흡수했다. 그는 한때 특수 부대에서 유능한 전략가였다. 지금 직장에서도 역시 유능한 전략가이고. 에번스가 콜라 한 병을 비웠다. 오늘만 벌써 세 번째 병이었다.

빌어먹을 아침 9시 45분이고.

"그 작자 약점은 뭔지 말해 보십시오."

"쿠치요? 그 인간은 약점이 없어요."

"뭔 소린지? 누구한테나 약점은 있습니다. 약물이나 여자, 아님 남자일 수도 있고? 술? 도박?"

에번스를 사업가라 친다면 남의 약점이란 탄알이나 C4 Composition-4의 약자. 가소성이 있는 군사용 플라스틱 폭약 만큼 요긴하고 잘 먹히는 사업 수단이었다. 보통 요긴한 정도가 아니었다.

디아스는 컵에 커피가 아주 조금밖에 남아 있지 않은데도 설탕을 한 스푼 더 넣더니 8자를 그리며 정성껏 휘저었다. 그가 한 모금 마시고서 얼굴을 들었다. "딱 하나 있을지도 몰라요."

"뭡니까?"

"책이요." 멕시코 요원이 말했다. "책이 그자의 약점일지도 모릅니다."

✦

5월 저녁 워싱턴의 날씨가 좋길래 그는 야외 테라스가 있는 스타벅스를 골랐다……. 왜냐고 묻는다면, 안 될 이유는 또 뭐란 말인가?

여기는 워싱턴의 여피_{'젊은 도시 전문직(Young Urban Professional)'에서 유래한 용어로 1980년대 초부터 사용되기 시작했다. 고등교육을 받고 대도시 근교에 살며 고소득 직업에 종사하는 젊은 성인을 일컫는다} 구역이었다. 여피족이 아직 존재한다면 말이지만. 피터 빌링스의 아버지가 예전에 여피족이었는데. 젠장, 오래 전 일이군.

빌링스는 레귤러 사이즈 커피를 마시고 있었다. 블랙으로, 샷 추가나 우유 거품이나 별별 추가 토핑 없이. 그는 사람들이 가끔은 그저 소리 내어 이것저것 추가 주문하는 것 자체를 즐기는 거라고 남몰래 믿고 있었다.

스콘도 하나 샀는데, 칼로리가 높았지만 별로 신경 쓰지 않았다. 게다가, 절반만 먹을 테니까. 오늘밤엔 베데스다_{미국 노스캐롤라이나주 더햄카운티에 있는 자치구}의 집에서 아내가 린 퀴진_{네슬레사의 저지방 저칼로리 냉동식품 브랜드}을 먹일 테고.

빌링스는 스타벅스를 좋아했다. 거기서는 투명 인간이 되었다고 믿을 수 있으니까. 상사 몰래 이력서를 쓰는 회사원들, 애인에게 이메일을 쓰고 있는 유부남 유부녀 들.

그리고 뭐랄까, 민감한 사안을 다루는 정부 첩보 요원들의 회의.

가게 안에 있으면 스팀 머신이 잔뜩 만드는 소음에, 밖에 있으면 자동차 소음에 대화가 묻혀 버린다는 점에서도 스타벅스가 좋았다. 적어도 워싱턴의 거리에서는 말이다.

빌링스는 스콘을 조금 먹고 남색 정장과 하늘색 넥타이에 묻은 부스러기를 털어 냈다.

잠시 후 한 남자가 맞은편에 앉았다. 그 남자도 스타벅스 커피를 들고 있었지만, 아몬드, 헤이즐넛, 휘핑크림, 스프링클 등등으로 음료를 완전 개조해 놓았다. 족제비 같은 녀석이네. 빌링스는 곰곰이 생각했다. 나이가 40줄인데 누가 널 보자마자 족제비라는 단어부터 떠올린다면, 아마 본인 이미지를 재고하고 싶어질걸. 살 좀 찌우시지.

스콘을 먹으라고.

빌링스가 해리스에게 "안녕하십니까" 하고 인사했다.

해리스는 목례를 하고서 테이크아웃 잔 끝에 묻은 휘핑크림을 핥았다.

빌링스는 족제비같이 날름거리는 그 혓바닥이 혐오스러웠다. "이제 계속 진행할지 그만둘지 기로에 와 있습니다."

"맞습니다."

"남쪽에 있는 당신네 요원 말입니다."

"애덤 말이죠."

에르모시요에 있는 해리스의 청부 요원을 가리키기에는 더없이 좋은 닉네임이었다.

현재 그는 쿠치요라고도 알려진 알론소 마리아 카리요의 뒤를 밟고 있었다. 물론 해리스는 그의 본명을 입에 올릴 생각이 없었다. 워싱턴 거리의 자동차 소음은 카푸치노 머신처럼 그저 시끄럽기만 할 뿐이다. 소리를 덮기만 하지 아예 지워 주지는 않는다. 게다가 해리스와 빌링스 둘 다 알고 있다. 공중을 잠시 맴도는 동안 꽃의 꿀을 쪽

빨아 먹는 벌새처럼, 혼잡한 소음 속에서도 위법을 입증할 말소리를 정밀하게 추출해 내는 음향 기사들의 존재를.

"통신은 잘 됩니까?" 빌링스가 거의 속삭였다.

대답 없음. 물론 통신은 잘 될 것이다. 해리스와 그의 수족들은 최고였다. 고개를 끄덕일 필요조차 없다.

빌링스는 스콘을 한 입 베어 먹고 싶었지만, 공식적인 기록만 없다 뿐이지 사람을 적어도 십수 명은 죽인 남자의 코앞에서는 왠지 그러기가 꺼려졌다. 해리스는 많은 사람들을 간접적으로 죽였다. 하지만 일대일로 죽인 경우는? 다람쥐만 딱 한 마리 죽여 봤다. 고의로 그런 것조차 아니었다. 빌링스는 이제 목소리를 더 낮게 내리깔았다. "애덤이 목표물과 접촉했습니까?"

목표물 Person In Question.

쿠치요.

"아뇨. 준비 작업을 하는 중입니다. 멀찍이서."

"그럼 경내에 있는 무기나 제품은 못 봤단 말이군요?"

"그렇습니다. 애덤과 멕시코시티에서 온 파트너 둘 다 거리를 두고 있어요." 해리스가 이어서 말했다. "정찰은 전부 드론으로 하고 있습니다."

그거야 빌링스도 이미 보았고, 별 도움이 되지 않았다.

가까운 테이블에 있던 한 커플이 일어나서 쇼핑백을 챙기는 동안 둘은 침묵에 잠겼다.

빌링스는 질문을 좀 더 정교하게 하자고 스스로를 타일렀다. 해리스가 막 호기심을 보일락 말락 하는 참이었는데, 그렇게 되면 영 좋지 않을 터였다. 빌링스는 몇 시간 전 새로운 첩보가 들어온 후로 쭉 자신을 괴롭히는 문제를 상의할 준비가 안 되어 있었다. 빌링스의 부서가 애먼 사람을 암살하라는 하청을 맡겼을지도 모른다는 것.

쿠치요가 에르모시요 카르텔의 숨겨진 두목이라는 데에 이젠 의심이 일었다.

카르텔 마약을 수송하는 줄 알고 가로챈 물건들은 알고 보니 쿠치요의 공장에서 제조해 미국 회사로 보내는 합법적인 제품이었다. 그의 케이맨 군도흔히 조세회피처로 사용되는 국가 중 하나 계좌에 들어 있던 어마어마한 예금 역시 완벽히 합법적이었다. 돈세탁을 의심했지만, 쿠치요가 소유한 텍사스 목장을 팔아서 나온 돈이었다. 또한 쿠치요가 살해 지령을 내렸다고 확신했던 인근 마약 공급원의 죽음은 음주 운전자가 얽힌 교통사고로 밝혀졌다. 빌링스의 부서가 목표물 처리를 의뢰하기 위해 근거로 삼았던 이런저런 사건 기록들은 여전히 명쾌하지가 않았다.

혹시 소노라 현지에 가 있는 애덤이, 쿠치요가 카르텔을 굴린다는 그들의 믿음을 확인시켜 줄 증거를 발견하지 않았을까 기대했건만.

그렇지 못하다는 사실만 분명해졌다.

해리스가 휘핑크림을 다시금 핥으면서 스프링클 몇 점을 혀로 낚아챘다.

빌링스는 다시 그를 살펴보았다. 그래, 족제비과야. 하지만 이게 꼭 모욕이라고만은 할 수 없지. 결국 비열한 족제비나 고귀한 늑대나 별반 다르지 않다.

적어도 먹잇감을 쫓아 코를 킁킁거릴 때만큼은.

해리스가 직설적으로 물었다. "그래서, 애덤 보고 계속 진행하라고 전하면 되겠습니까?"

빌링스는 스콘을 한 입 베어 먹었다. 그에게는 구해야 할 버스 승객들의 목숨이 있었다……. 그리고 자기 경력 역시 보호해야 했다. 스콘 부스러기를 털어 내면서 고민해 보았다. 그가 수학한 시카고 대학 법학과에서는 비용 편익 분석 이론이 심층적으로 전개되어 왔다. 그 이론은 이러하다. 불상사를 방지하는 비용 대 불상사가 발생할 가능성을 견주어 보고, 그것이 발생했을 때 초래될 결과의 심각성과도 견주어 볼 것.

쿠치요 암살에서 빌링스는 두 가지 선택지를 숙고했다. 첫 번째 시나리오: 애덤이 쿠치요를 죽인다. 쿠치요가 카르텔의 우두머리가 아니고 무고한 시민이라면 버스 습격이 일어날 것이다. 다른 배후가 있기 때문이다. 쿠치요가 유죄라면 버스 사건은 일어나지 않을 것이며 향후에도 발생할 일이 없을 것이다. 두 번째 시나리오: 애덤이 암살을 포기한다. 자, 쿠치요가 무고하다면 버스 사건은 일어난다. 그가 유죄일 경우 역시 버스 사건은 일어날 테고 향후에도 이와 유사한 사건들이 더 일어날 것이다.

엄연하고 냉정한 수치가 작전을 진행하라고 부추겼다. 쿠치요가 무고하다 할지라도.

그러나 만약 무고하다면……, 그리고 발각되기라도 한다면 빌링스가 희생될 수도 있다는 게 명백한 단점이었다.

확실한 해결책 하나가 떠올랐다.

아, 이거 맛있었어. 빌링스가 스콘을 마저 먹었다. "그래요, 애덤은 그대로 진행하면 되겠어요. 하지만 딱 한 가지 숙지할 게 있습니다."

"그게 뭐죠?"

"애덤이 어떤 식으로 진행하든, 모든 흔적을 지워야 한다고 전하십시오. 철저하게. 그 무엇도 사건을 밝혀낼 수 없어야 합니다. 전혀요."

그러자 정말이지 족제비와 늑대의 잡종처럼 보이는 해리스가 고개를 끄덕이며 마지막 남은 휘핑크림을 쪽 빨아 먹었다. "전혀 문제없습니다."

✦

디아스와 에번스는 에르모시요의 번듯한 구역에 자리한 아파트로 돌아왔다. 아파트 대금은 북부 버지니아의 우편 사서함을 본사로 둔 회사의 자회사의 또 다른 자회사가 지불했다. 에번스 측에서 전문 기술만이 아니라 자금 역시 대부분 제공하고 있었다. 에번스는 카르텔에 대부분의 무기를 대 주는 게 미국이라는 점을 감안하면 미국인인 자신이 최소한 이 정도는 해야 한다고 농담 삼아 말했다. 멕시코에서는 합법적으로 무기를 사거나 소지하는 게 사실상 불가능하다고 봐야 한다.

오후 5시 무렵 에번스는 미국에서 애덤 앞으로 방금 보내온 암호화된 이메일을 읽고 있었다.

"됐어, 허락 떨어졌습니다." 그가 올려다보며 말했다.

디아스는 미소 지었다. "좋아요. 그 개새끼를 지옥에 보내 버려야 겠어요."

그들은 업무에 복귀해, 데이터마이닝 방대한 데이터베이스로부터 경향과 규칙을 발견하고 의사 결정에 이용하는 과정. 데이터에 숨겨진 패턴과 관계를 찾아내어 광맥을 찾듯이 정보를 발견해 내기 때문에 광물을 캐낸다는 뜻의 마이닝(mining)이란 용어로 부른다 기술로 얻은 쿠치요의 생활 전반에 대한 자료를 하나하나 유심히 들여다보았다. 그의 사업과 동료들, 직원들, 집안일을 맡는 사람들, 친구들과 정부들, 저녁에 죽치던 레스토랑들과 술집들, 무엇을 구입했는지, 무엇을 다운로드했는지, 어떤 컴퓨터 프로그램들을 사용했는지, 어떤 음악을 즐겨 들었는지, 무엇을 먹고 마셨는지 등등. 멕시코와 미국의 정보 부대가 수개월에 걸쳐 정보를 수집해 왔으므로 정보는 아주 방대했다.

그리고, 맞았다. 이 정보의 상당 부분이 책과 관련되어 있었다.

약점이라…….

"앨, 들어 봐요. 작년에 그놈이 책을 사는 데만 백만 달러도 넘게 썼습니다."

"페소 말이죠?"

"달러 맞아요. 이봐요, 냉방 줄였습니까?"

에번스는 늦은 오후의 열기가 후텁지근한 물결처럼 느릿느릿 아파트 안으로 밀려들고 있음을 느꼈던 것이다.

"약간요." 디아스가 대답했다. "에어컨 말인데, 그다지 건강에 좋지 않아요."

"온도가 낮다고 감기에 걸리지는 않죠." 에번스가 유식한 척하며
말했다.

"그건 알아요. 내 말은, 곰팡이요."

"네?"

"배관 속에 생긴 곰팡이. 위험하다고요. 건강에 안 좋다고 한 건
그런 뜻이에요."

아하. 에번스는 인정했다. 실제로 여기 도착한 뒤로 기침을 많이
하고 있었다. 그가 콜라를 또 한 병 집어서 병목을 닦고 홀짝거렸다.
입에 묻은 물티슈를 뱉어 내고, 기침했다. 그리고 에어컨 온도를 조
금 더 내렸다.

"더위에 적응해요."

"그건 불가능하겠는데요. 겨울이나 봄, 가을을 가리키는 단어가
멕시코에도 있습니까?"

"하, 거 웃기네요."

두 사람은 데이터마이닝 정보를 다시 들여다보았다. 입수한 신용
카드 내역만 모아 놓은 게 아니라 도서 다수의 보험 정보까지 포함
되어 있었다. 일부 도서는 수만 달러가 나가는 희귀본이었다. 전부
초판본인 모양이었다.

"이거 보세요." 자료들을 죽 훑어보며 디아스가 말했다. "그놈은
책을 절대로 팔지 않아요. 그냥 사들이기만 하지."

정말 그랬다. 에번스는 깨달았다. 판매 내역도, 책으로 표시된 자

산의 판매 수입에 잡힌 세금 신고서도 전혀 없었다. 자기가 산 책들을 전부 쟁여 놓고 있었다.

그자는 항상 책을 옆에 끼고 있으려 할 것이다. 몹시 탐낼 테고. 책 없이는 못 살 것이다.

마약 카르텔에 속한 인간들은 대부분 자기가 파는 상품에 중독되어 있는데, 쿠치요라는 놈은 아닌 듯했다. 어쨌거나 그놈도 중독은 되어 있었지만.

하지만 어떻게 이용한다?

에번스는 목록을 곰곰이 검토했다. 아이디어들이 모양을 잡아 가고 있었다. 언제나처럼.

"여기 봐요, 앨. 지난주에 그 작자는 디킨스의 친필 사인이 있는 『오래된 골동품 상점』을 주문했습니다. 가격은 6만이고요. 예, 이번에도 달러입니다."

"책 한 권에?" 멕시코 요원이 식겁한 표정으로 물었다.

"거기다 중고죠." 에번스가 짚어 주었다. "그 책이 하루 이틀 안에 도착할 예정입니다." 그는 잠시 생각하다가 마침내 고개를 끄덕거렸다. "아이디어가 하나 떠올랐는데, 아마 먹힐 거 같습니다…… 우리가 이 남자랑 연락하는 겁니다." 그가 데이터마이닝 자료 출력물에서 이름을 찾았다. "세뇨르Señor 남성의 성명 앞에 붙어 '씨, 님, 선생' 정도의 의미를 만드는 명사로, 영어로는 'Mr.'에 해당한다 다빌라. 이 사람이 쿠치요가 주로 거래하는 서적상 같아요. 우선 이 사람한테 가서 돈세탁하는 중 아니냐고 으박지르는 겁니다."

"아마 맞겠죠."

"그럼 그 자식은 바지에 오줌을 지리겠죠. 우리가 공표했을 때 쿠치요가 어떻게 나올지를 상상하면서……." 에번스가 검지를 자기 목에 대고 슥 그었다.

"미국에선 다 그렇게 해요?"

"뭐요?"

"있잖아요. 그 동작, 손가락, 목에다가 그렇게? 그런 거 난 나쁜 영화에서나 봤거든요. 로럴과 하디 20세기 초 무성영화 말기에서 유성영화 초기에 걸쳐 활약한 미국 코미디언 콤비."

에번스가 물었다. "누구요?"

알레호 디아스는 어깨를 으쓱했고, 에번스가 그 인물들을 들어 본 적 없다는 사실에 좀 실망한 것 같았다.

에번스가 하던 얘기를 계속했다. "그러니 다빌라는 우리가 하라는 대로 뭐든 다 할 겁니다."

그리고 덧붙였다. "그자가 할 일은 쿠치요한테 전화를 걸어서 디킨스 책이 일찍 도착했다고 말하는 게 되겠죠. 아, 또 판매자가 오로지 현금 거래만 고집한다고도."

"좋아요, 마음에 들어요. 그럼 대금을 받으려면 누군가 그놈을 직접 만나야겠네요."

"내가 그놈 집으로 책을 배달하러 갈 겁니다. 경호원은 아마 대면 상황을 꺼리겠지만 쿠치요는 책 배달을 받겠다고 우길 거예요. 왜냐하면 그 자식은─."

"중독자니까요."

멕시코 요원 디아스가 덧붙였다. "당신 말고, 내가 나가야 돼요. 당신 스페인어는 형편없다고요. 위에서는 왜 당신을 멕시코 임무에다 보낸 거죠?"

P.Z. 에번스를 분쟁 지역에 보내는 이유는 그의 언어 능력 때문이 아니었다. "난 탄산음료를 좋아하거든요." 그가 콜라를 또 한 병 따고 병목 닦는 짓도 반복했다. 그리고 목을 가다듬으며 기침을 눌러 참았다.

"아무튼 우리가 디킨스 책을 구하기는 해야 할 거예요." 디아스가 목록을 보고 고개를 끄덕이며 말했다.

"미국에 있는 우리 쪽 사람들한테 전화를 좀 돌려서 한 권 입수할 수 있을지 알아보죠."

"알았어요. 자, 내가 그 안에 들어갔어요. 그다음엔 어쩌죠? 내가 그놈을 쏘면, 그 자식들도 날 쏘겠죠."

"정답입니다." 에번스가 지적했다.

"에번스, 성공적인 계획을 잘 짜낸다더니만, 그렇지가 않잖아요."

"맞습니다. 그러니까 대신 당신이 할 일은 폭탄을 심는 겁니다."

"폭탄이라고요?" 디아스가 꺼림칙하게 말했다. "나 그거 진짜 싫어하는데."

에번스가 자기 컴퓨터를 손으로 가리키며, 방금 애덤의 이름으로 수신한 이메일을 보여 주었다. "흔적을 남기지 말라는 게 지시 사항입니다. 우리 보스들을 추적해 낼 만한 건 아무것도요. 그러니 폭탄

이어야만 돼요. 화끈하게 뻥뻥 터지는 걸로요."

디아스가 덧붙였다. "폭탄은 항상 부수적인 피해가 생겨요."

미국 요원은 어깨를 으쓱했다. "쿠치요한테는 아내가 없습니다. 자식도 없고요. 거의 혼자 지내죠. 그놈 주변에 있는 녀석들은 죄다 그놈만큼 죄가 많은 놈들일 겁니다." 에번스가 드론이 찍은 경내 사진을 톡톡 두드렸다. "뭐가 됐든, 누가 됐든, 이 안에 있는 거?" 한 번 으쓱. "그냥 용인할 만한 희생인 거죠."

✦

그는 자기 별명이 마음에 들었다.

알론소 마리아 카리요는 사람들이 영화에 나오는 마피아한테나 붙을 법한 별명으로 자기를 부르며 인정해 준다는 걸 정말 영광으로 여겼다. 조이 '더 나이프' 비텔리 식으로.

'쿠치요'—칼날처럼, 단도처럼. 그가 이 별명을 어찌나 좋아했던 지! 이건 아이러니하기도 했다, 왜냐하면 그는 불량배도 아니었고 토니 소프라노 미국 텔레비전 드라마 〈소프라노스(1999-2007)〉의 주인공으로, 범죄 조직과 가정 사이에서 일상적인 고민을 하는 뉴저지의 마피아 두목으로 그려진다 같은 인물도 전혀 아니었으니까. 그는 건장한 육체에, 그래, 강단이 있었다. 하지만 멕시코에서 사업하는 사람이라면 모름지기 강단이 있어야 한다. 그럼에도 목소리는 나긋나긋했고, 뭐랄까, 호기심이 풍부한 느낌이었다. 거의 순진한 느낌으로. 태도는 겸손했고, 기질은 차분했다.

쿠치요는 도시의 부유층이 사는 이달고 광장 구역에서 멀지 않은 자택 서재에 있었다. 경내가 높은 담으로 둘러싸여 있고 많은 나무가 으스대듯 서 있긴 했어도, 이 널찍한 방에서는 도시의 가장 장대한 산인 세로 데 라 캄파나 Cerro de la campana. 에르모시요의 관광 명소인 종 모양의 바위 언덕를 조망할 수 있었다. 300미터에 이르는 울퉁불퉁한 바위를 그렇게 표현해도 되는지는 모르겠지만 말이다.

그는 아침 6시부터 여기서 일하고 있었는데 곧 퇴근시간이었다. 휴식시간은 없다. 일거리를 치워 놓고 인터넷에 접속해 아이패드와 동기화할 새 아이폰용 앱들을 좀 다운로드했다. 쿠치요는 편리한 기계들을 아주 좋아해서, 사생활에서나 사업 면에서나 언제나 최신 기술을 빠삭하게 꿰고 있었다. (쿠치요의 회사들은 멕시코 전역에 영업 사원들을 두고 있었고, 그들과 꾸준히 연락을 주고받을 필요가 있었기 때문에 쿠치요는 클라우드 서비스를 사용했다. 클라우드야말로 최근 10년 사이 최고의 발명이 아닌가.)

하루 일과의 종료를 선언하며 책상에서 일어나다가, 그는 가까이에 있는 거울에 비친 자신의 모습을 우연히 응시하게 되었다. 늙은 남자치고는 그럭저럭 봐줄 만했다.

쿠치요는 175센티미터 정도 키에 다부진 체격이었고, 사업상 만난 이들의 입에 발린 말이긴 해도 멕시코의 가장 위대한 배우이자 감독인 페르난데스 에밀리오 페르난데스(1904-1986). 멕시코 영화감독이자 각본가, 배우. 멕시코 영화의 황금기라 일컬어지는 1940~1950년대에 왕성한 작품 활동을 했으며 1946년 〈마리아의 초상〉으로 칸 영화제 황금종려상을 수상했다를 닮았다고들 했다. 페르난데스가 숱한 영화에 나오긴 했지만, 절정기를 맞은 건 멕시코를 실로 진실하게 다룬 몇 안 되는 영화인 〈와일드 번치〉 샘 페킨파 감독의 1969년작. 수정주의 서부극의 걸작으로 꼽힌다. 기존 서부극의 두에서 마파체 역을 맡았을 때였다.

그는 자기 얼굴을 죽 훑어보았다. 검고 풍성한 머리카락. 예리한 갈색 눈. 쿠치요는 다시금 생각했다. 그래, 제법 쓸 만해…… 여자들은 여전히 그의 진가를 알아봐 주었다. 그래 뭐, 몇몇에게는 대가를 지불하기야 했다. 하지만 그 여자들과도 밀접한 유대 관계를 맺었다. 그는 여자들과 대화를 나눌 수 있었고, 귀 기울여 들었다. 또 몇 시간씩이나 사랑을 나누기도 했다. 쉰일곱 살이나 먹고 그럴 수 있는 사람이 많지는 않다.

"나이만 먹었지 아주 악동이라니까." 그가 속삭였다.

그러고는 제 자신의 허영심에 쓴웃음을 지으며 사무실을 떴다. 가정부에게는 집에서 저녁 식사를 할 거라고 말했다.

그리고 세상에서 제일 좋아하는 장소인 자신의 도서관으로 걸어 들어갔다. 도서관 건물은 가로 18미터에 세로 12미터로 널찍했고, 아주 시원했으며, 습도도 세심하게 조절되어 있었다(비 오는 날이 매년 이삼일밖에 없는 소노라 사막 중심부에선 아이러니한 일이었다.) 책 커버와 가죽 장정이 햇빛에 바래지 않도록 얇은 거즈 커튼도 드리워져 있었다.

천장은 지면에서 9미터 떨어져 있었고 공간 전체가 툭 트여 있었다. 1층엔 높은 서가들이 줄지어 서 있었고 그 둘레를 위쪽 층이 둘러싸고 있었는데, 철재 나선 계단을 올라가야 위층 좁은 통로에 닿을 수 있었다. 도서관 중앙엔 3미터 높이의 서가가 셋 나란히 서 있었다. 방 앞쪽엔 편안한 의자와 지나칠 정도로 푹신푹신한 안락의자, 따뜻한 노란색 빛이 나는 스탠드로 둘러싸인 도서관 테이블이 있었다. 아담한 미니 바는 최고급 브랜디와 싱글 몰트 스카치를 갖추고 있었다. 쿠치요는 쿠바산 시가를 즐겼지만 이 안에선 절대로 피우지 않았다.

이 건물은 장서 2만 2천 권의 보금자리였다. 거의 전부 초판본이었고 그중 대다수가 세상에 딱 한 권만 존재하는 책이었다.

혼자 온종일 일하고 난 오늘 같은 밤이면, 쿠치요는 비교적 선선한 저녁 공기를 쐬러 나가 소노라 스테이크에서 저녁을 먹은 다음 친구들과 루비스 바에 가곤 했다. 당연히 경호원을 달고. 그러나 이번만큼은 습격이 곧 닥쳐올 거란 소문이 무시하기 어려울 정도로 구체적이었기에, 그 위협의 실체가 좀 더 확실해질 때까진 경내에 머물러야 할 터였다.

아, 우리는 어떤 나라에 살고 있는 것인가. 그는 곰곰이 생각했다. 가장 인정 넘치는 사업가도, 가장 근면한 농부도, 그리고 가장 악질적인 마약계 거물도 전부 똑같은 대접을 받는다…… 공포를 대접받는 것이다.

언젠가는 달라지리라.

그러나 적어도 쿠치요가 오늘 밤 집 안에서, 그의 소중한 도서관에서 빈둥거리는 데는 아무 문제가 없었다. 그는 가정부를 불러다 저녁 식사로 마당에서 키운 유기농 채소와 허브를 넣어 만든 소박한 링귀네 프리마베라를 준비시켰다. 캘리포니아산 카베르네 프랑스 보르도

산 포도 품종으로 고급 적포도주의 원료가 된다 와인과 얼음물도 곁들여서.

고화질 소형 TV로 뉴스를 틀자, 가장 최근에 선포한 카르텔과의 전쟁을 기리기 위해 이번 금요일 멕시코시티에서 열릴 기념식에 대한 소식 몇 가지가 나왔다. 이 행사에서는 대통령과 마약 단속국 소속의 미국인 관리가 연설할 예정이었다. 치와와주 멕시코 북부에 있는 주에서는 마약 살인 사건이 추가로 일어났고, 그는 고개를 가로저었다.

30분 안에 음식이 도착했고 쿠치요는 식탁 앞에 앉아 넥타이를 벗어 놓은 다음—집에 있을 때조차도 일할 때와 똑같이 갖춰 입었기에—웃깃에 냅킨을 쑤셔 넣었다. 저녁을 먹는 동안엔 서적상 세뇨르 다빌라가 내일 보내 줄 디킨스의 책 생각에 푹 빠져들었다. 책이 일찍 도착했다고 해서 기뻤고, 애초에 합의했던 가격보다 더 저렴하게 얻을 수 있게 되어 흡족하기도 했다. 듣자하니 다빌라가 찾아낸 판매자는 현금이 필요한 모양이어서 쿠치요가 미국 달러로 결제한다면 5천 달러까지 깎아 준다기에, 즉시 그러겠다고 응했다. 다빌라는 그만큼 중개 수수료를 덜 받겠다고 말했지만 쿠치요는 전액 다 주겠다고 고집했다. 다빌라는 언제나 그에게 잘해 주었으니까.

문을 노크하는 소리가 나더니 경호실장인 호세가 들어왔다.

대번에 알 수 있었다. 나쁜 소식이구나.

"회장님, 연방 정부군에 있는 정보원한테서 들어온 소식이 있습니다. 이번 금요일 버스 습격에 대한 첩보입니다만. 관광버스 습격 말인데요, 회장님을 그 사건과 연결 짓고 있답니다."

"안 돼!"

"유감스럽습니다."

"빌어먹을!" 그가 투덜거렸다. 쿠치요가 살면서 추잡한 말을 내뱉은 건 손에 꼽을 정도였고, 지금 이 정도가 가장 심한 축에 드는 나쁜 말이었다.

"나를? 이거 어처구니가 없네. 깡그리 틀렸다고! 뭔 일만 있으면 사사건건 날 걸고넘어지는군!"

"죄송합니다, 회장님."

쿠치요는 흥분을 가라앉히고 이 문제를 고민해 보았다. "버스 회사들에 연락하고, 경호업체 사람들도 부르고, 누가 됐든지 필요하다 싶으면 싹 다 연락 돌려. 소노라에서 승객들의 안전이 보장될 수 있게 최선을 다해 주도록. 알겠지, 난 여기서 아무도 다치지 않을 거란 점을 확실히 하고 싶네. 무슨 일이라도 생겼다간 내 탓을 할 테니까."

"제 능력 닿는 한 최선을 다하겠습니다, 회장님. 하지만—."

그의 보스가 진득하게 말했다. "자네가 주 전체를 통제할 수 없다는 건 나도 알아. 그렇지만 우리 자원을 동원해서 자네 선에서 할 수 있는 건 뭐든 해."

"예, 회장님, 그렇게 하겠습니다."

경호실장이 급히 떠났다.

쿠치요는 마침내 노여움을 삭이고 저녁을 마저 먹었다. 그리고 와인을 홀짝홀짝 마시는 동안, 자기가 소장한 수많은 책들을 눈으로 즐기면서 통로를 서성거렸다.

2만 2천 권······.

그는 서재로 돌아와 지난 몇 달 동안 자신을 사로잡아 왔던 프로젝트를 좀 더 붙들고 앉았다. 도시 외곽에 자동차 부품 제조 공장을 또 한 곳 여는 문제였다. 여기 에르모시요에는 대규모의 미국 자동차 제조사가 있었고 쿠치요는 그 회사에 부품을 공급하여 돈을 많이 벌어들였다. 새 공장은 현지 노동자 400명에게 일자리를 제공할 것이다. 미국인들의 어리석음 덕택에 이득을 보긴 했지만, 그들이 왜 제조업을 자기 나라에서 멀리 보내 버리는지는 이해할 수가 없었다. 그라면 절대 그렇게 하지 않으리라. 사업이란—아니, 삶 전체가—곧 충직한 믿음이거늘.

밤 10시, 일찍 잠자리에 들기로 작정한 그는 씻고 나서 널찍한 침실로 걸어 들어갔다. 내일 손에 넣게 될 『오래된 골동품 상점』을 다시금 생각하니 기운이 샘솟았다. 잠옷으로 갈아입고 침대 머리맡 협탁을 흘끗 쳐다보았다.

지금 무슨 책을 읽어야 잠이 잘 오려나.

『전쟁과 평화』를 계속 읽기로 결정했다. 쿠치요는 이 제목이 멕시코에서 사업가로 사는 삶을 완벽하게 표현했다고 씁쓸히 생각했다.

✦

소유권이 복잡한 아파트 거실에서 P. Z. 에번스는 급조한 작업대 위로 등을 구부리고서 조심스레 폭탄을 조립하고 있었다.

지금껏 그럴 일이 없었다 뿐이지 그는 언제든 붉은 증기로 산화할 각오가 되어 있었기에, 여하튼 조심할 필요는 없었다. 다만 그의 손은 큼지막한 데 비해 회로와 배선들이 몹시 조그마할 뿐이었다. 예전 같았으면 그는 연결부를 납땜하고 있었을 것이다. 그러나 요즘 급조 폭발물 _{공식적인 절차를 걸쳐 만든 정규군의 폭발물이 아닌, 임의로 폭발 물질을 조달하여 만들어 낸 사제 폭탄}은 '플러그 앤드 플레이' _{기존 장비에 연결만 하면 별도의 설정 없이 자동으로 작동하는 기능} 방식이었다. 그는 외과수술용 메스로 가죽 커버를 갈라서 연 뒤 거기 채워 넣어 둔 아주 강력한 플라스틱 폭발물 시트에 회로를 배치하고 있었다.

밤 11시였지만 요원들은 하루 종일 한숨 돌릴 새도 없이 바빴다. 그들은 프로젝트에 필요한 핵심 품목들을 입수하는 데에 열두 시간을 썼다. 외과용 기구들, 전자 장치들, 그리고 프리드리히 실러의 희곡『군도』의 가죽 장정본 같은 것들. 그 책은 이제 새로운 파트너가 된 서적상 세뇨르 다빌라가 제안한 것이다. 쿠치요가 그 독일 작가를 좋아한다면서.

에번스는 오른쪽 눈 위에 보석세공용 확대경을 올리고 자기 작품을 검토하며 미세한 수정 작업을 했다.

근처 광장에서 울리는 중독성 있는 **노르테뇨** _{아코디언을 사용하는 북부 멕시코의 민속 음악. 스페인어로 '북쪽 사람'이라는 의미. 북부 멕시코인 갱단을 가리키는 속어이기도 하다}가 문밖에서 들려왔다. 아코디언 선율이 두드러졌다. 점점 선선해질 듯 말 듯 저녁 공기가 약을 올렸기 때문에 에어컨은 끄고 창문을 열어 둔 상태였다. 에번스는 기침 증세가 곰팡이 때문이었다고 확신했다.

가까운 데 앉아 있는 알레호 디아스는 아무 말도 없고 심란해 보였다. 폭탄 때문이 아니었다. 책 수집과 찰스 디킨스 분야의 전문가가 되어야 하는 임무가, 아무리 줄잡아 말해도 버겁다는 것을 분명히 깨달았기 때문이었다.

그래도 디아스는 조셉 코널리의 『현대 초판본 수집』을 읽다 가 끔씩 고개를 들어 폭탄을 바라보곤 했다. 에번스는 "으아, 망했다! 오…… 사…… 삼……," 소리 지르면서 마룻바닥으로 뛰어내리면 어떨까 생각해 보았다. 하지만 멕시코 요원이 아무리 유머 감각이 있다고 한들, 아무래도 선을 넘는 장난일 터였다.

30분 뒤 그는 장정 가죽을 원래대로 붙였다. "좋아, 됐어. 끝났다."

디아스가 그의 작품을 빤히 들여다보았다. "작네요."

"폭탄은, 그렇죠. 바로 그 점 때문에 요것들이 훌륭한 겁니다."

"요걸로 임무를 완수할 수 있을까요?"

잠깐 웃고. "아, 그럼요."

"좋아요." 디아스가 불안스레 되받았다.

에번스의 휴대전화에 암호화된 문자가 도착해 윙윙 울렸다.

"미끼가 왔습니다."

잠시 뒤 문을 두드리는 소리가 나자, 방금 받은 문자에 암구호가 다 들어 있었음에도 두 남자는 무기를 꺼내 들었다.

배달원은 공식적으로 그저 멕시코 북부 미국 영사관의 경제 개발 위원회 소속인 것으로만 되어 있는 사람이었다. 에번스는 예전에 그와 함께 일을 한 적이 있었다. 그 남자는 고개를 끄덕이며 에번스에게 작은 소포를 넘겨주고 돌아서서 떠났다.

에번스가 소포를 뜯어 찰스 디킨스의 『오래된 골동품 상점』 한 부를 꺼냈다. 여섯 시간 전만 해도 그 책은 뉴욕 워런 가에 있는 저명한 서적상의 가게에 놓여 있었지만 방금 배달 온 남자가 현금으로 구입한 다음 소노라까지 전세기로 모셔 왔다.

나쁜 놈들을 죽이는 임무는 위험하기만 한 게 아니라, 비싸기까지 하다.

미국 요원이 책을 다시 포장했다.

디아스가 물었다. "그러면, 다음 단계는 뭐죠?"

"뭐, 당신은— 당신은 그냥 책이나 계속 읽어요." 에번스가 디아스의 손에 들린 책을 향해 고개를 끄덕이며 말했다. "다 읽고 나면, 영문학의 역사를 전반적으로 한번 복습해 보는 것도 좋을 거 같은데요. 무슨 주제가 튀어나올지 모를 일이니까요."

디아스가 눈을 굴리더니 기지개를 켜며 자세를 바꿔 앉았다. "내가 학교에 꼼짝없이 갇혀 있는 동안 당신은 뭘 할 건데요?"

"나야 나가서 진탕 마셔야죠."

"진짜 불공평해요." 디아스가 지적했다.

"내가 누구랑 눈 맞아서 섹스를 할지도 모른다는 점을 감안하면 더더욱 불공평하죠."

목요일

에번스의 계획 뒷부분은 실현되지 않았다. 뭐 거의 될 뻔도 했지만.

에번스가 근처 술집에서 만난 매력적인 젊은 여자 카멜라는 좀 과할 정도로 열성적이었다. 혹시 훤칠한 데다 직장도 있는 듯한 미국인 남편을 꿰찰 속셈 아닐까 하는 경고벨이 울렸다.

아무튼 데킬라만 진탕 퍼마셨지, '우리 나갈래요?' '어디 가서 좀 쉴까요?' 운운하는 수작을 주거니 받거니 하는 일은 전혀 일어나지 않았다.

이제 아침 10시였고, 당연히도, 공기는 벌써 달궈진 다리미처럼 뜨거웠다. 에어컨은 틀지 않았는데, 적어도 에번스는 기침이 떨어졌다.

디아스가 파트너를 살펴봤다. "꼴이 엉망이네요. 이봐요, 찰스 디킨스의 인기 있는 소설 다수는 처음에 연재소설이었다는 거, 또 그가 빅토리아 시대 고딕풍 대중소설에서 영향을 받은 스타일에다가 기발한 터치를 가미했다는 거 알죠?"

"당신 그런 식으로 떠들면서 들어갔다간 다 조지는 겁니다."

"디킨스 책 한 권 읽을래요. 스페인어로 번역된 거 있나요?"

"그럴 걸요. 잘 모르겠네요."

에번스는 어제 사서 위장 칸을 마련해 놓은 서류가방을 열었다. 그는 이 좁은 공간에다 어젯밤 손봐 놓은 실러의 책을 넣고 밀봉했다. 그런 다음 영수증, 가격 안내서, 종이 쪼가리 등등 서적상이 수집가와 만나러 갈 때 들고 다닐 법한 것들을 몽땅 더했다. 완충재로 포장된 디킨스 책도. 그리고 디아스가 몸에 지니고 있을 아이패드로 통신용 앱을 테스트했다. 화면은 절전 모드로 보일 테지만 내내 초고감도 마이크가 쿠치요와 디아스 사이에 오가는 모든 대화를 잡아낼 것이다. 장치는 잘 돌아갔다.

"좋아." 그다음으로 에번스는 9밀리 베레타 권총을 점검한 뒤 허리띠에 슥 밀어 넣었다. "연막 준비 완료. 폭탄 준비 완료. 해치웁시다."

그들은 주차장으로 걸어 내려갔다. 에번스는 거대한 구형 머큐리 앞으로 걸어갔다―그렇다, 진짜 머큐리였다. 차량 등록 정보를 추적할 수 없는 색 바랜 갈색 머큐리. 디아스의 차는 '다빌라 콜렉터블북스' 명의로 등록된 짙은 남색 링컨이었는데, 세뇨르 다빌라는 거의 울먹이면서 그들에게 차를 빌려주기로 신속히 합의했다.

이렇게 한 시간 내에 누가 죽을지도 모르는 임무를 시작할 때는 행운을 빈다든가, 잘 될 거라든가, 같이 일해서 즐거웠다는 소리는 한마디도 하지 않는 것이 불문율이었다. 악수를 하는 일은 더더욱 없었다.

"이따 봅시다."

"시."

둘은 차에 올라타 시동을 걸고 주차장에서 급히 빠져나갔다.

✦

쿠치요의 저택 부지로 차를 몰고 가는 동안 알레호 디아스는 버스를 떠올릴 수밖에 없었다.

내일 이 도살자가 놓은 덫에 걸려 타 죽게 될 사람들, 관광객들. 그는 어제 P. Z. 에번스가 한 말을 떠올렸고, 이 사람들 역시—쿠치요에게는—용인할 만한 희생이리라 생각했다.

이런 인간들이 자신의 조국에 무슨 짓을 하고 있는가 생각하자 디아스는 문득 분노에 휩싸였다. 그렇다, 이곳은 덥고 칙칙했고 경제는 휘청거렸으며, 미국—멕시코인들이 사랑하는 동시에 증오하는 나라—에 있는 저 거대한 베헤모스의 구약성서에 등장하는 거대한 육지 괴수. 어원은 히브리어 '짐승'의 강조복수형으로, 거대한 크기를 나타내기 위해 복수형을 사용한 것이다 그림자 속에 영원히 머물렀다.

그러나 이 땅은 우리의 집이라고 그는 생각했다. 그리고 집이란, 아무리 흠이 있다 하더라도, 존중받아 마땅하다.

알론소 마리아 쿠치요 같은 인간들은 순전히 경멸뿐인 태도로 멕시코를 대했다.

물론, 쿠치요를 만났을 때는 이런 혐오를 깊이 숨겨 놓아야만 할 것이다. 그는 단지 점주의 조수일 뿐이었고, 그 마약왕 역시 그저 책을 사랑하는 한 명의 부유한 사업가일 뿐이었으니.

만약 그가 일을 망친다면, 수많은 사람들이—디아스 자신을 포함하여—죽게 될 것이었다.

이제 경내에 들어왔다. 그는 천천히 열리는 대문을 통과해 입장했고 수수한 현관 근처에 차를 댔다. 권총을 차고 있는 게 훤히 보이는 까무잡잡하고 땅딸막한 남자가 사근사근하게 맞아 주며 출입구 탁자 쪽으로 가 달라고 청했다. 또 한 명의 경비원이 예의 바르지만 철두철미하게 그의 몸을 수색했다.

그러고는 서류가방을 뒤졌다.

디아스는 1분 후면 총에 맞을지도 모른다고 생각하면서도, 놀라우리만큼 침착한 태도로 수색 광경을 지켜보겠노라 마음먹었다.

하지만 경비원이 눈살을 찌푸리며 가방을 파헤치자 그 초연함은 오간 데 없고 그의 심장은 맹렬히 쿵쾅거렸다.

이런 제기랄······.

남자가 눈을 크게 뜨고 디아스를 빤히 쳐다보았다. 그러더니 씩 웃었다. "이거 새로 나온 아이패드입니까?" 그가 기기를 끄집어내 다른 경비원에게 보여 주었다.

가까스로 숨을 들이쉬고 내쉬며, 디아스는 고개를 끄덕이고 경비원이 묻는 소리에 도청중인 에번스의 고막이 터지지나 않았을지 생각했다.

"4G 됩니까?"

"서버가 있다면요."

"몇 기가죠?"

"32기가요." 디아스가 간신히 말했다.

"우리 아들도 이거 있는데요. 아들 건 용량이 거의 다 찼지요. 뮤직비디오 때문에." 남자가 아이패드를 제자리에 내려놓고 서류가방을 돌려주었다. 실러의 소설책은 발견되지 않은 채였다.

숨을 고르려 애쓰면서, 디아스는 말했다. "제 건 영상이 별로 안 들어 있어요. 주로 업무용으로 써서요."

몇 분 뒤 디아스는 거실로 안내받았다. 물도 다른 음료수도 모두 사양한 멕시코 요원은 홀로 무릎에 서류가방을 올리고 앉았다. 그는 다시 가방을 열어 자연스럽게 실러 책을 빼내 허리춤에 슬쩍 끼워 넣었다. 자기 페니스에서 불과 5센티미터 떨어져 있는 폭발물에 대해 멍하니 생각하며. 혹시 있을지 모르는 눈이나 감시 카메라는 열린 가방 뚜껑이 가려 주었다. 그는 디킨스 책을 꺼내고 가방을 닫았다.

잠시 후 마룻바닥에 그림자가 드리워지자 디아스는 눈을 들어 쿠치요가 조용한 걸음걸이로 찬찬히 다가오는 것을 보았다.

'칼'. 수백, 어쩌면 수천 명을 죽인 학살자.

다부진 남자가 미소 지으며 성큼성큼 가까워졌다. 그는 약간 심란한 듯했지만 그런대로 쾌활해 보였다.

"세뇨르 아브로사." 어제 전화했을 때 다빌라가 붙여 준 가명이었다. 디아스는 어제 인쇄해 둔 명함을 건네주었다. "안녕하세요. 만나 뵈어 반갑습니다."

"저도 이렇게 세뇨르 다빌라의 고매하신 고객님을 만나 뵙게 되어 기쁩니다."

"세뇨르 다빌라는 잘 계신지요? 그분이 직접 오실지도 모른다고 생각했는데요."

"안부 전해 달라십니다. 사장님은 18세기 성경책 경매를 준비하고 계십니다."

"그래요, 그래, 맞아요. 내가 수집하지 않는 몇 안 되는 책이죠. 애석한 일입니다만. 플롯이 아주 흥미진진하다고 알고 있습니다."

디아스가 웃었다. "캐릭터들도 흥미롭지요."

"아, 디킨스네요."

그 남자는 책을 경건하게 집어 완충재를 벗기고 책의 부피를 살피더니 책장을 휙휙 넘겨보았다. "디킨스 본인이 바로 이 책을 들고 있었다고 생각하니 짜릿하네요."

쿠치요는 책에 푹 빠져들었다. 감탄과 경의를 품은 눈빛으로. 욕심이나 소유욕이 아니라.

고요한 가운데 디아스는 주위를 둘러보고 이 집이 숱한 예술 작품과 조각으로 가득 차 있다는 점을 알아차렸다. 전부 취향이 고상하고 은은했다. 이곳은 천박한 마약왕의 소굴이 아니었다. 쿠치요는 이 안에서 충만하게, 몸매가 훤히 드러나는 옷을 아슬아슬하게 걸친 아름다운 여자들이 차고 넘치는 가운데 지내 온 것이다.

그때 디아스에게 갑작스레 난처한 생각이 떠올랐다. 우리가 실수했을 가능성이 만에 하나라도 있었던가? 이 차분하고 교양 있는 남자는 우리가 포악한 개새끼라고 굳게 믿는 인간이 아니라든가? 어쨌든, 쿠치요가 많은 이들의 믿음처럼 마약왕이라는 확실한 증거는 전혀 없었다. 단지 부유하고 강단이 있다는 이유만으로 곧 그 사람을 범죄자라고 단정할 수는 없었다.

유죄라고 지명한 첩보가 정확히 어디서 나왔을까? 얼마나 신용할 만한 것일까?

그는 쿠치요가 호기심 어린 눈으로 자신을 바라보고 있다는 사실을 깨달았다. "세뇨르 아브로사, 당신은 정말 내가 아는 서적상이 맞습니까?"

디아스는 모든 의지력을 총동원하여 안면에 미소를 유지하고, 호기심을 보이며 한쪽 눈썹을 살짝 내렸다 올렸다.

쿠치요는 힘차게 웃어젖혔다. "돈 달라고 하시는 걸 잊어버리셨잖아요."

"아, 가끔 제가 책 자체에 너무 몰두한 나머지, 맞아요, 이게 사업인 걸 깜빡하네요. 책의 진가를 알아봐 주는 사람한테는 개인적으로 그냥 책을 선물한 셈 친 적도 있답니다."

"당신이 그런 말을 했다고 고용주에게는 절대로 얘기하지 않겠습니다." 그가 주머니에 손을 넣어 두툼한 봉투를 꺼냈다. "미 달러로 5만 5천입니다." 디아스는 다빌라의 회사명이 인쇄된 영수증을 건네고 'V. 아브로사'라고 서명했다.

"감사합니다. V…… 성함이?" 쿠치요가 한쪽 눈썹을 올리며 물었다.

"빅터입니다." 디아스는 서류가방에 돈을 넣고 닫은 다음 주위를 둘러보았다. "선생님 댁이 아주 멋지네요. 이 동네의 집들이 어떤지 늘 궁금했었죠."

"고맙습니다. 좀 둘러보실래요?"

"좋죠. 가능하다면 선생님의 수집품도 보고 싶습니다."

"물론이죠."

이내 쿠치요가 그를 이끌고 집 구경을 시켜 주었다. 거실과 마찬가지로, 집 안 곳곳에 절제된 우아함이 가득했다. 아이들 사진도 있었는데, 멕시코시티와 치와와에 사는 조카들이라고 했다. 그는 아이들을 자랑스러워하는 기색이었다.

디아스는 다시 궁금해질 수밖에 없었다. 실수였을까?

"자, 이제 저의 도서관을 보여드리지요. 한 명의 애서가로서, 당신이 감동받는다면 좋겠군요."

부엌을 지나던 쿠치요는 잠시 멈춰 서서 가정부에게 병든 어머니는 좀 어떠신지 물었다. 그녀가 대답하자 고개를 끄덕이며, 필요하면 언제든 휴가를 내라고 말해 주었다. 그는 진심 어린 연민으로 눈을 찌푸리고 있었다.

실수인가……?

그들은 뒷문으로 나가, 저격수로부터 그를 지켜 주는 쌍둥이 벽돌 담장의 그늘을 지나서 도서관으로 들어갔다.

애서가가 아닌 입장에서도, 디아스는 감동을 받았다. 감동을 받은 것 이상이었다.

그 장소는 그를 경악케 했다. 드론이 찍은 사진으로 규모는 알고 있었지만, 이렇게 꽉 채워져 있으리라곤 상상하지 못했었다. 사방이 책들이었다. 마치 벽이 책으로 만들어진 것 같았다. 전부 다른 크기와 색깔과 질감을 가진 다채로운 타일들처럼.

"뭐라고 말해야 할지 모르겠네요, 선생님."

그들은 시원한 방 안을 천천히 거닐었고 쿠치요는 수집품들 중 특히 진기한 것들 몇 가지에 대해 이야기했다. "나의 슈퍼스타들이죠." 그가 말했다. 걷는 동안 그는 몇 가지를 가리켰다.

코난 도일의 『바스커빌 가의 개』, T.E. 로런스의 『지혜의 일곱 기
둥』, F. 스콧 피츠제럴드의 『위대한 개츠비』, 비어트릭스 포터의
『피터 래빗 이야기』, 그레이엄 그린의 『브라이튼 록』, 대실 해밋의
『몰타의 매』, 버지니아 울프의 『밤과 낮』, J.R.R. 톨킨의 『호빗』, 윌
리엄 포크너의 『소리와 분노』, 제임스 조이스의 『젊은 예술가의 초
상』, 마르셀 프루스트의 『잃어버린 시간을 찾아서』, 프랭크 바움의
『오즈의 마법사』, J.K. 롤링의 『해리 포터와 마법사의 돌』, 하트 크
레인의 『다리』, J.D. 샐린저의 『호밀밭의 파수꾼』, 존 버컨의 『39계
단』, 애거사 크리스티의 『골프장 살인사건』, 이언 플레밍의 『카지노
로얄』.

"그리고 우리나라 작가들도 물론 있습니다―. 저쪽 벽 전체에 말
이죠. 전 모든 책을 사랑하지만, 멕시코에 사는 우리에게는 우리 민
족의 목소리를 자각하는 것이 중요하지요." 그는 앞으로 성큼성큼
걸어가 책 몇 권을 꺼내 보였다. "살바도르 노보, 호세 고로스티사,
하비에르 비야우르티아, 그리고 비할 데 없는 옥타비오 파스. 당신
도 읽어 보았겠죠, 당연히."

"물론이죠." 디아스가 말했다. 쿠치요가 파스의 책들 중 한 권의
제목을 대 보라고 하지 않기만을 기도하면서. 플롯이나 주인공은 말
할 것도 없고.

디아스는 그 남자의 호화스러운 안락의자 가까이에 있는 책을 눈
여겨보았다. 그것은 진열장 안에 있는 제임스 조이스의 『율리시스』
였다. 어젯밤 저 책에 대한 정보를 희귀서적 웹사이트에서 언뜻 읽

었다. "저거 1922년 원판인가요?"

"네, 맞아요."

"약 15만 달러 값어치가 있는 책이죠."

쿠치요가 미소 지었다. "아뇨. 아무 값어치도 없습니다."

"없다니요?"

그가 방 안을 가리키며 팔로 천천히 원을 그렸다. "이 수집품들 전체가 아무 가치도 없어요."

"무슨 뜻입니까, 선생님?"

"물건은 그 소유자가 팔고자 하는 가격만큼의 값어치를 가집니다. 저는 절대로 한 권도 팔지 않을 겁니다. 대부분의 책 수집자들은 이렇게 생각하죠. 그림이나 자동차나 조각의 경우보다 훨씬 더."

그 사업가가 『몰타의 매』를 집어 들었다. "제 소장품 중에 스파이와 탐정 소설들도 있는 걸 보고 아마 놀라셨겠죠?"

요원은 자기가 읽었던 정보를 읊었다. "아무렴, 보통 인기 있는 상업 소설이 문학 작품보다 더 귀한걸요." 그는 자기가 바르게 짚었기를 바랐다.

그런 모양이었다. 쿠치요가 고개를 끄덕이고 있었으니. "하지만 저는 수집품으로서의 가치 때문만이 아니라 내용 자체로도 그 책들을 즐깁니다."

이 점은 흥미로웠다. 요원이 말했다. "어떤 면에서 범죄란 예술의 한 형태라는 생각이 드는데요."

쿠치요가 고개를 기울였다. 그는 당혹스러운 듯했다. 디아스의 심장 박동이 더 빨라졌다.

수집가는 말했다. "그런 뜻은 아니고요. 내 말은 범죄 소설이나 대중 소설가들이 종종 소위 문학가들보다 더 솜씨 좋은 장인이라는 얘기입니다. 독자들은 이걸 알아요. 독자들은 허세 부린 기교보단 좋은 이야기를 높이 평가해요. 제가 방금 산 책,『오래된 골동품 상점』을 한번 보세요. 이 소설이 주간 연재 방식으로 처음 나왔을 때, 뉴욕과 보스턴 사람들은 영국에서 최신 연재분이 오기로 한 때면 선착장에 나가 기다리곤 했습니다. 사람들은 선원들에게 '말해 줘요, 우리 넬이 죽었어요?' 하고 소리쳤죠." 그는 진열장을 힐끗 쳐다보았다. "『율리시스』때문에 그렇게 군 사람들은 별로 없지 않았을까 싶은데요. 그렇지 않아요?"

"동감입니다, 선생님. 맞아요." 그러더니 디아스는 얼굴을 찡그렸다. "그런데『골동품 상점』은 월간 연재되지 않았던가요?"

잠시 후 쿠치요가 미소 지었다. "아, 옳은 말씀이십니다. 제가 정기 간행물은 수집하지를 않아서, 항상 그걸 헷갈리네요."

혹시 그냥 떠보는 건가? 아니면 말 그대로 헷갈린 건가?

분간할 수가 없었다.

디아스가 쿠치요 너머를 흘끔 보고 선반을 가리켰다. "저건 마크 트웨인인가요?"

그는 쿠치요가 몸을 돌린 틈에 가방에서 개조된 실러 책을 잽싸게 빼내, 마야왕의 안락의자 곁,『율리시스』바로 위의 선반에 슬쩍 올려놓았다.

쿠치요가 다시 몸을 돌리려는 바로 그 순간 그가 팔을 내렸다. "아뇨, 저건 없고요. 몇 권 갖고 있긴 하지요. 『허클베리 핀』 읽어 보셨습니까?"

"아니요, 수집가들이 찾는 품목이라고만 알고 있습니다."

"어떤 사람들은 이 소설을 가장 위대한 미국 소설이라고 치지요. 나는 이 소설이 어쩌면 남아메리카와 북아메리카를 통틀어 가장 위대한 소설일 수도 있겠다고 생각합니다. 또 우리에게 교훈을 주기도 하죠." 그가 고개를 가로저었다. "그리고 빈곤한 우리나라 사람들에게 교훈이 좀 필요하다는 것을 주님은 아십니다."

거실로 돌아오자 디아스는 가방을 헤집어 아이패드를 꺼냈다. "세뇨르 다빌라가 막 입수한 새 품목들을 좀 보여드릴게요." 그는 에번스가 자기 목소리를 듣고서, 동료가 발각되지 않았으며 구제받을 길 없는 소노라 사막의 무덤으로 쥐도 새도 모르게 끌려가지 않았다는 걸 알고 한시름 놓았으리라 짐작했다.

그는 사파리 아이폰 기본 웹 브라우저를 불러와 웹사이트에 접속했다. "자, 우리한테―,"

그러나 그의 가짜 판촉 활동은 엄청난 굉음에 사람들이 깜짝 놀라면서 뚝 끊겼다. 근처 창문의 방탄유리에 총탄이 부딪혀 튕겨 나가 있었다.

"세상에! 저게 뭐지?" 디아스가 외쳤다.

"방 밖으로 나가세요, 창문에서 물러나시고! 어서!" 경호원 호세가 그들에게 출입구를 손짓해 보이며 앞장서서 거실을 빠져나갔다.

"방탄 창문들이잖아." 쿠치요가 주장했다.

"하지만 저들이 그걸 눈치채면 방탄유리를 관통하는 탄환을 사용할지 모릅니다! 움직이세요, 회장님!"

모두 황급히 흩어졌다.

✦

P.Z. 에번스는 총을 쏠 기회가 별로 없었다.

그와 디아스가 저번에 완곡한 표현으로 쿠치요가 '사고'를 당할 가능성을 언급하긴 했지만, 사실 사람들을 제거하는 데는 자연스러운 사망으로 연출하는 방식이 더 선호되었다. 경찰은 종종 테러리스트나 범죄자의 사망을 두고 우연이 아니라고 의심하지만, 능력 있는 기술자는 그 이상의 수사를 원만하게 피해 갈 만큼 믿을 만한 시나리오를 창조해 낼 수 있다. 계단에서의 추락사, 자동차 충돌 사고, 풀장에서의 익사.

그러나 총신이 기다란 이탈리아제 권총을 뽑아 탕탕 쏴 버리는 것만큼 재미있는 건 또 없었다.

그는 쿠치요의 구역에서 46미터쯤 떨어진 곳, 고급 아파트 단지 뒤편의 대형 쓰레기통 위에 서 있었다. 사격수는 근력이 좋아야 하는 법이니 그는 버팀대 없이도 굳건했고, 목표로 잡은 창문을 쉽게 명중시켰다. 유리창을 통해서 안쪽이 제법 또렷이 보였다. 만에 하나 창문이 방탄이 아닐 경우에 대비해서, 첫 한 방은 누구도 서 있지 않은 위치를 겨냥했다. 그러나 총알들은 아무에게도 피해를 입히지 못하고 강화 유리에 퍽퍽 부딪혔다. 그는 탄창을 하나 비우고 재장

전한 다음, 쪽문이 열리고 쿠치요의 경호원들이 조심스럽게 내다보려는 찰나 쓰레기통에서 뛰어내려 자동차로 전력 질주했다. 에번스는 그들이 계속 몸을 낮추고 있게 다시 한 번 벽에 한 발 발사한 다음 그 구획을 돌아 나가 저택 반대편으로 차를 몰았다.

이쪽엔 대형 쓰레기통 같은 건 없었지만, 차 지붕 위로 올라가 쿠치요의 침실 창문을 향해 총 세 발을 쏘았다.

그리고 차에서 껑충 뛰어내려 운전석에 올라탔다. 다음 순간 그는 거침없이 미끄러져 나가고 있었다.

창문은 닫고, 에어컨은 빵빵하게. 만약 자동차 환기구에 곰팡이가 있다면 그냥 운에 맡길 것이다. 그는 사우나에 한 시간 들어앉은 것처럼 땀을 흘리고 있었다.

✦

사격수가 사라지고 평정—상대적 평정—을 되찾은 뒤, 집 안에서 쿠치요는 알레호 디아스가 깜짝 놀랄 행동을 했다.

그는 경호실장에게 경찰을 부르라고 지시했다.

아무리 봐도 마약왕이 할 법한 행동처럼 보이지가 않았다. 보통은 가능한 한 관심을 끌지 않으려고, 또 가능한 한 당국과의 접촉을 피하려고 할 텐데 말이다.

한데 20분 뒤 에르모시요 경찰서장이 제복을 입은 경찰관 네 명을 대동하고 도착했을 때, 쿠치요는 단호하고 화난 태도를 보였다.

"또 한 번, 나는 표적이 되었습니다! 사람들은 내가 그냥 사업가에 불과하다는 것을 받아들일 수가 없는 거예요. 내가 출세했기 때문에 범죄자라고 치부하고 그렇기 때문에 총 맞아 죽어도 싸다고 생각하죠. 이건 부당합니다! 열심히 일하고, 책임감 있고, 나라와 고장의 발전에 기여하고…… 그런데도 사람들은 가장 나쁜 이야기만 믿는다니요!"

경찰이 간단히 조사를 해봤지만 사격수는 물론 사라져 버린 지 오래였다. 아무도 아무것도 보지 못했다. 안에 있던 사람들은 전부 경호실장이 지시한 대로 서재로, 침실로, 또 욕실로 달아나 숨어 있었다. "유감이지만 저는 본 게 거의 없습니다. 정말 아무것도요. 저는 바닥에 엎드려 숨어 있었어요." 디아스의 응답이었다. 그는 자신의 비겁함에 다소 민망한 듯 어깨를 으쓱했다.

경찰관이 고개를 끄덕이며 그의 말을 적었다. 경찰은 그를 믿지 않았지만, 디아스에게 더 자세히 답하라고 요구하지도 않았다. 멕시코에서는 다들 '본 게 거의 없고, 정말 무엇도 못 본' 목격자들에게 이골이 나 있었다.

경찰이 떠난 뒤 쿠치요는 디아스에게 작별 인사를 건넸다. 쿠치요는 이제 화가 나 있진 않았지만 다시금 심란해졌다.

"지금은 세뇨르 다빌라의 책들을 찬찬히 살펴볼 기분이 안 드네요." 그가 아이패드를 향해 고갯짓하며 말했다. 그는 나중에 웹사이트를 확인하겠다고 했다.

"물론이죠. 감사드립니다, 선생님."

"아무것도 아닌데요뭐."

디아스는 그 어느 때보다도 더 격심하게 마음의 갈등을 느끼며 떠났다.

열심히 일하고, 책임감 있고, 나라와 고장의 발전에 기여하고……, 그런데도 사람들은 가장 나쁜 이야기만 믿는다니…….

세상에, 그는 잔인무도한 마약왕이었을까, 아니면 아량 넓은 사업가였을까?

그리고 쿠치요가 유죄든 무죄든 상관없이, 가장 무방비한 상태로, 자기가 좋아하며 낙으로 삼는 일, 즉 독서를 하는 중인 한 남자의 목숨을 빼앗을 폭탄을 자신이 방금 심었다고 생각하자, 디아스는 후벼 파는 듯한 죄책감으로 속이 쓰라렸다.

✦

한 시간 뒤 쿠치요는 방탄 유리창 위로 블라인드가 내려진 자기 서재에 앉아 있었다. 습격에도 불구하고, 그는 안도감을 느끼고 있었다.

사실, 바로 그 습격 덕분에 안도하고 있는 것이다.

그는 지난 며칠 동안 들었던 소문들, 단편적인 첩보들이 뭔가 획기적이고 음흉한 살해 계획, 그가 예측할 수 없는 어떤 계획에 관한 것이라 생각하고 있었다. 그러나 사실은 단순한 총격이었음이 드러났다. 계획은 방탄유리 때문에 좌절되었고, 암살자는 분명 이 지역을 빠져나갔을 것이다.

호세가 노크를 하고 들어왔다. "회장님, 습격에 대한 단서를 하나 찾은 것 같습니다. 루비스의 카멜라한테 들었습니다. 그 여자가 어떤 미국 남자랑 거의 엊저녁 내내 같이 있었답니다. 그 남자 말로는 사업가라더군요. 그자가 술에 취해서 뭔가 이상한 말들을 하더랍니다. 카멜라가 총격에 대해 듣고 제게 전화를 했습니다."

"카멜라." 쿠치요가 씩 웃으며 말했다. 그녀는 살짝 불균형해도 아름다운 아가씨였는데, 당분간은 자기 외모를 이용해 그럭저럭 살아갈 수 있겠지만 빨리 남편을 낚지 않는다면 곤경에 처할 것이었다.

쿠치요가 여자의 결혼을 기다리는 건 아니었다. 그는 가끔씩 그녀와 잤다. 아주, 아주 끼가 넘치는 여자였다.

"그럼 그 미국 남자는?"

"남자가 카멜라한테 이 동네에 대해 물어봤답니다. 이 근방 집들에 대해서요. 혹시 근처 어디에 호텔이 있는지도. 바로 전까지 자기가 술집 근처에 머물고 있다고 말해 놓고도요."

무질서하게 팽창하는 에르모시요 시내엔 볼거리들이 꽤 있지만, 쿠치요의 저택은 별 개성 없는 주택가에 있었다. 여기엔 사업가나 관광객을 끌어들일 만한 게 아무것도 없을 터였다.

"호텔이라." 쿠치요가 생각에 잠겨 혼잣말했다. "사격하기에 유리한 고지를 얻으려고?"

"저도 바로 그 점이 궁금했습니다. 그래서, 술집에서 그 남자의 신용카드 정보를 입수해 데이터마이닝을 시도해 봤습니다. 더 많은 정보가 나오길 기다리는 중이지만 위조된 신원이라는 점은 분명합니다."

"그러니까 그자는 공작원이군. 하지만 어디에 고용된 거지? 북쪽의 마약 카르텔? 시날로아 놈들이 고용한 텍사스 출신 살인 청부업자? ……미국 정부?"

"조만간 더 알아낼 수 있을 거라 생각합니다, 회장님."

"고맙네."

쿠치요가 디킨스 책을 들고 일어나 도서관을 향해 걸음을 뗐다.

그가 멈춰 섰다. "호세?"

"예?"

"버스 계획을 변경하고 싶어."

"그러십니까, 회장님?"

"내가 금요일에 소노라의 모든 버스 승객들에게 안전한 피난처가 있으면 좋겠다고, 이곳의 승객들에게 아무 일도 일어나선 안 된다고 말했지."

"맞습니다, 주 경계를 넘어 시날로아로 들어갈 때까지 대기하다가 습격하라고 사람들에게 말해 두었습니다."

"이제, 그 사람들한테 내일 아침 여기서 버스를 들이받으라고 전해 줘."

"소노라에서 말씀이십니까?"

"맞아. 배후에 있는 게 누구든, 내가 겁먹지 않으리란 점을 반드시 알아야 해. 누구든 내 목숨을 노리는 자는 응징을 당할 것이야."

"알겠습니다, 회장님."

쿠치요는 경호원을 주의 깊게 쳐다보았다. "자네는 내가 이렇게 해야 한다고 생각하지 않지, 그렇지?" 그는 자기 밑에서 일하는 사람들이 의견을 밝히도록 독려했다. 심지어―특히―자기와 다른 의견이라도.

"솔직히 말씀드리면, 회장님, 그렇습니다, 관광버스는 안 됩니다. 민간인은. 제 생각에 이건 우리에게 손해가 될 것 같습니다."

"내 생각은 달라." 쿠치요가 차분하게 말했다. "우리가 강경한 입장을 보여 줄 필요가 있어."

"물론입니다, 회장님. 그게 회장님께서 원하시는 바라면."

"그래, 그걸 원하네." 그러나 잠시 후 쿠치요는 얼굴을 찡그렸다. "하지만 잠깐만. 자네 말에도 일리가 있어."

경호원은 두목 쪽을 쳐다보았다.

"자네 부하들이 버스를 습격하면, 불 지르기 전에 여자들과 아이들은 내리게 해. 남자들만 태워 죽이고."

"예, 회장님."

쿠치요는 자신의 결정을 우유부단하다고 여겼다. 그러나 호세의 주장은 일리가 있었다. 그렇다, 때로는 평판을 계산에 넣을 필요가 있는 것이 새로운 현실이었다.

✦

그날 저녁 8시 쿠치요는 자기 도서관에서 전화를 한 통 받았다.

그는 전화 보고를 받고 흡족해졌다. 부관 중 한 명이 설명하기를 사격조가 준비를 마친 상태이며 내일 아침 바이아 데 키노 방면 26번 고속도로를 타는 대형버스를 급습할 거라고 했다.

그들은 차량을 멈춰 세우고, 남자들을 태운 채로, 철망을 둘러 문을 폐쇄한 다음 차에 휘발유를 잔뜩 붓고 창문에서 뛰어내리려는 자는 누구든 쏠 것이다.

사격조의 연락 담당은 반드시 불이 꺼지기 전에 도착해서 영상과 사진을 찍게끔 기자들에게 연락해 둘 것이다.

쿠치요는 감사를 표하고 전화를 끊었다. 그 뉴스를 빨리 보고 싶어서 어찌나 제 몸이 달았는지 생각하면서.

그는 자기에게 총을 쐈던 놈도 뉴스를 보길, 그리고 희생자들이 겪을 고통에 대해 책임감을 느끼길 바랐다.

안락의자에 앉아 흘깃 올려다보니, 언뜻 책 한 권이 삐져나와 있는 게 눈에 띄었다.

그 책은 『율리시스』가 들어 있는 진열장 위의 선반에 놓여 있었다.

쿠치요는 일어나 가죽 장정의 책등을 살펴보았다. 『군도』. 실러가 어떻게 여기 나와 있는 거지? 그는 어떤 종류의 무질서든 싫어했는데, 특히나 책 수집에 있어서는 더 심했다. 가정부 중 한 명이 그랬겠지.

그가 선반에서 책을 끌어내리는 순간, 문이 벌컥 열렸다.

"회장님!"

"뭐야?" 그가 재빨리 호세에게 몸을 돌렸다.

"여기 폭탄이 있는 것 같습니다! 서적상 다빌라가 보낸 남자는 가짜입니다. 그자가 그 미국인과 같이 일하고 있었습니다!"

그의 눈길은 우선 디킨스 책에 꽂혔지만, 아니, 저번에 끝까지 홀홀 넘겨보았고 안에 폭발물은 없었다. 암살자들은 그 책을 단지 쿠치요의 집 안으로 들어오기 위한 미끼로 사용했던 것이다.

그는 자기가 손에 쥐고 있는 것을 내려다보았다. 실러.

"왜 그러십니까, 회장님?"

"이 책…… 전엔 여기 없었어. 아브로사! 내가 구경을 시켜 주고 있을 때 그놈이 몰래 숨겨 놓은 거야." 그렇다, 쿠치요는 이 책이 엇 비슷한 크기인 여느 책보다 더 묵직하다는 것을 깨달았다.

"내려놓으세요! 피하십시오!"

"안 돼! 책들이!" 그가 도서관을 휘휘 둘러보았다.

2만 2천 권의 책…….

"폭탄이 당장이라도 터질지 모릅니다."

쿠치요가 책을 내려놓으려다가, 머뭇거렸다. "못해! 물러서, 호 세!" 그러더니 여전히 폭탄을 붙들고 밖으로 뛰쳐나갔다. 경호원도 충직하게 그의 곁을 지켰다. 일단 그들이 정원에 닿자, 쿠치요는 있 는 힘껏 멀리 실러를 던져 버렸다. 두 남자는 한쪽 벽돌담 뒤 땅바닥 에 납작 엎드렸다.

폭발은 없었다.

쿠치요가 살펴보니 책이 열려 있었다. 내용물―전기 장치와 흙색 의 폭발물 덩어리―은 굴러떨어져 있었다.

"이런 세상에, 세상에."

"회장님, 제발 이제 안으로 들어가십시오!"

그들은 급히 집으로 들어가 폭탄이 떨어져 있는 정원 쪽과 가까운 데 있던 직원들을 피신시켰다. 호세는 그네 패거리를 위해 폭탄을 제작해 주던 남자를 불러들였다. 그가 부리나케 달려와서 폭발물을 무력화시키거나 어떤 식으로든 장치를 처리할 것이다.

쿠치요는 커다란 스카치위스키를 따랐다. "이걸 어떻게 알아냈지?"

"술집에 왔던 남자, 카멜라와 술을 마셨던 미국인에 대한 데이터 마이닝 정보를 얻었습니다. 그가 서적상에게 전화를 걸었던 기록을 찾아냈습니다. 또 그자는 마을 공구점에서 신용카드로 전기 부품을 샀더군요. 급조폭발물에 쓰이는 것과 같은 종류의 회로들이었습니다."

"그래, 그래, 알겠어. 그놈들이 자기네한테 협조하라고 다빌라를 협박한 거야. 아니면 그 자식한테 돈을 줬거나. 그게 말이지, 나는 그 아브로사라는 녀석이 수상했네. 잠깐 동안은 수상하게 생각했지. 그러다 아니라고, 이 사람은 문제없다고 판단했어."

내가 그 디킨스 책을 너무나 갖고 싶었으니까.

"호세, 애써 줘서 고맙네. 정말 잘해 줬어. 자네도 한잔 들겠나?"

"아뇨, 괜찮습니다, 회장님."

여전히 차분하게, 쿠치요는 이마를 찌푸렸다. "그 미국 놈이 우릴 죽이려고 든 거나, 또 값을 따질 수 없이 귀한 책을 전부 날려 버릴 뻔한 걸 생각해 봤을 때, 우리가 26번 고속도로에 있는 사람들한테 버스에 불을 지르기 전 여자들과 아이들을 못 내리게 지시한다면 기분이 어떨까?"

호세는 미소 지었다. "탁월한 제안이라고 생각합니다, 회장님. 제가 연락하겠습니다."

✦

몇 시간 뒤 폭탄은 강철 폐기용 컨테이너에 미끄러져 들어가 어딘가로 실려 갔다. 기술자가 설명하길, 쿠치요 본인이 자기도 모르게 폭탄을 해제했다고 했다. 겁에 질려 내동댕이쳤을 때 기폭장치에서 전선이 뽑히면서 안전한 상태가 되었다는 것이다.

쿠치요는 폭탄 처리 로봇을 지켜보는 게 좋았다. 자기 공장의 부품 제조 시설이나 마약 합성 설비를 지켜보기 좋아하는 것과 마찬가지로. 기술이 작동하는 걸 지켜보는 게 좋았다. 그는 언제나 『코덱스 레스터』, 기계학과 과학에 대한 발명가의 사색이 담긴 다빈치의 원고를 갖고 싶었다. 몇 년 전에 빌 게이츠가 그 책에 3천만 달러를 지불했다. 쿠치요도 가볍게 지불할 수 있는 금액이었지만, 지금은 그 책이 매물로 나와 있지 않다. 게다가, 그런 구매 행위는 너무 많은 관심이 쏠리게 만들 테고, 수백 명을 고문해서 죽였으며 수천 명쯤은 자비심의 발로로 고통 없이 총탄으로 죽인 인간은 너무 많은 이목이 집중되는 것을 원치 않는 법이다.

쿠치요는 동료들과 전화 통화를 하며 밤 시간을 마저 보냈다. 그러면서 두 명의 암살자들과 혹시 있을지 모르는 한패에 대해 더 자세히 알아내려고 했지만, 다른 정보는 없었다. 내일이면 더 알게 되리라. 그가 마침내 토마티요 소스를 곁들인 닭구이와 콩이 차려진 소박한 저녁 식탁에 앉았을 때는 거의 자정이었다.

식사에 곁들여 아주 훌륭한 카베르네를 홀짝이며, 그는 지금 자기가 편안하고 묘하게 흡족한 상태라는 것을 깨달았다. 오늘 벌어질 뻔한 일에 대한 공포에도 불구하고. 자신도, 자기 사람들 누구도 이번 공격으로 다치지 않았다. 그의 장서 2만 2천 권도 무사했다.

그리고 그에겐 머잖아 실행할 프로젝트들이 있었다. 우선 다빌라 죽이기. 또한 그는 다빌라의 조수 아브로사라 사칭한 자의 이름을 알아낼 것이며, 총격을 가한 사격수도 찾을 것이다. 어설픈 연막작전이로군, 그는 지금 실감했다. 사격수가 아마 그 미국 놈이었겠지. 두 놈은 서적상처럼 빨리 죽이지 않을 것이다. 그들은 프리드리히 실러의 책 원본을 훼손했다(비록 책등에 물 얼룩이 생긴 3판이긴 해도). 쿠치요는 자기 이름에 충실하게 직접 칼을 사용할 것이다 — 도서관 아래 지하실의 특별 취조실에서.

하지만 무엇보다도 그가 애타게 고대하는 것은, 불타는 버스와 비명을 지르는 수많은 승객 프로젝트였다.

금요일

새벽 1시에 쿠치요는 씻고 나서 실크는 아니지만 고급스럽고 값비싼 면 재질의 보드라운 침대 시트 사이로 기어 올라갔다.

그는 오늘 밤 그를 재워 줄 잔잔한 글을 읽을 것이다. 『전쟁과 평화』말고.

아마도 시집 한 권.

그는 침대 머리맡 협탁에 있던 아이패드를 집어 들어 커버를 확 젖히고 아이콘을 탭해 전자책 리더 앱을 화면에 띄웠다. 물론 쿠치요는 주로 전통적인 종이 책을 더 좋아했다. 하지만 21세기를 사는 사람으로서 종종 전자책이 종이 책보다 더 편리하고 읽기 쉬울 때가 있다는 점을 알게 되었다. 그의 아이패드 라이브러리에는 거의 천 개는 되는 작품이 들어 있었다.

그런데 태블릿을 들여다보니, 아무래도 다른 앱 아이콘을 건드렸는지 전면 카메라가 켜져 있어서 스스로를 쳐다보는 자기 얼굴이 보였다.

하지만 쿠치요는 곧바로 카메라를 꺼 버리지 않았다. 그는 잠시 제 자신을 감상하는 시간을 가졌다. 그리고 웃음 지으며 저번에도 스스로를 평하는 데 썼던 말을 속삭였다. "제법 괜찮단 말이야. 나이만 먹었지 아주 악동이라니까."

✦

쿠치요의 저택에서 460미터 떨어진 곳에서, 알레호 디아스와 P. Z. 에번스는 커다란 머큐리의 앞좌석에 앉아 있었다. 그들은 장엄한 광경인 양 에번스의 노트북 화면을 들여다보며 몸을 앞으로 숙이고 있었다.

디아스와 에번스가 관찰하고 있는 것은 쿠치요가 얼떨결에 심취해 있는 것과 동일한 이미지—광각으로 잡은 쿠치요의 얼굴—였다. 그것은 에번스가 깔아 놓은 감시 앱을 통해 쿠치요의 아이패드 카메라에서 이 노트북으로 전송되고 있었다. 그들은 남자의 목소리도 들을 수 있었다.

나이만 먹었지 아주 악동이라니까…….

"저 인간, 혼자 침대에 누워 있습니다." 에번스가 말했다. "난 이만 하면 됐습니다." 그러더니 그는 디아스를 힐끗 보았다. "저 자식은 당신이 독차지하시죠."

"*시?*" 멕시코 요원이 물었다.

"넵."

"*그라시아스* Gracias. 스페인어로 '감사합니다'."

"*나다* Nada. 스페인어로 '별 말씀을'."

그리고 어떤 극적인 기교도 없이 디아스는 차고 문 개폐기처럼 생긴 물건의 버튼을 눌렀다.

쿠치요의 침실에서, 어젯밤 에번스가 강력한 소이탄 소이제를 써서 목표물을 불살라 없애는 데 쓰는 포탄이나 폭탄을 채워 만든 아이패드의 가죽 케이스가 폭발했다. 폭발은 미국 요원이 예상했던 것보다 훨씬 더 대규모로 일어났다. 방탄 유리창마저 산산조각 나 흩날렸고 화염이 만든 가스 구름이 밤하늘로 치솟았다.

그들은 불길이 침실을 완전히 집어삼킨 게 확실해질 때까지, 그리고 워싱턴으로부터 지령을 받은 대로 습격에 대한 증거들이 전부 타서 증기가 될 때까지 기다렸다. 그런 다음 디아스는 차에 시동을 걸고 천천히 밤을 뚫고 달렸다.

10분 동안의 침묵을 깨고, 디아스는 경찰이나 다른 추격자들이 있는지 어깨 너머로 돌아보며 말했다. "이 말은 해야겠는데, *아미고*

Amigo. 스페인어로 '친구', 당신 아주 좋은 계획을 짰어."

에번스는 흐뭇해하지 않았고, 짐짓 겸손한 척하며 부끄러워하지도 않았다. 그것은 정말 좋은 계획이었다. 데이터마이닝은 쿠치요에 대해 많은 사실을 밝혀냈다(대상이 부유하고, 그에 걸맞게 씀씀이가 큰 경우엔 대개 정보가 들어맞았다). 에번스와 디아스는 그가 수집용 책만이 아니라 첨단 문물도 많이 구입한다는 점에 주목했다. 아이패드, 애플 기기용 가죽 케이스를 비롯해 전자책 리더 앱과 많은 전자책들.

정보로 무장한 에번스는 아이패드를 복제해 치명적인 폭발물로 케이스를 채웠다. 디아스가 경내로 몰래 갖고 들어가 쿠치요의 아이패드와 바꿔치기한 이것이 실제 병기였다. 에번스가 해킹해 놓은 위치 추적 서비스 덕분에 그들은 아이패드의 위치를 정확히 집어낼 수 있었다. 디아스가 저택 내부에서 다빌라의 최신 도서 목록을 보여주려고 아이패드를 들고 있을 때, 에번스는 창문에다 총을 쐈다. 모두가 사방으로 흩어진 틈에 자기 파트너가 침실로 미끄러져 들어가 기계를 바꿔치기할 수 있게끔. 그는 침실 창문에도 총을 발사했다. 혹시 디아스가 혼자 있지 않을 경우에 대비해서.

총탄은 두 번째 목적도 달성했다. 쿠치요와 그의 경호원들이 이번 사격을 자기네가 경계하던 공격으로 믿게 하여 또 다른 습격이 다가오리란 의심을 경감시키는 것.

제거가 아니라, 경감하는 게 목적이었다. '칼'은 너무도 예리한 인간이니까.

그래서 두 번째 연막도 필요했다. 에번스는 카멜라가 거짓 정보를 흘리게 했다. 그 아름다운 여자는 루비스 술집에서 쿠치요의 수행원 역할을 하고 있었다(전화 기록상 쿠치요가 한 달에 한두 번 그녀에게 전화를 건 것이 확인되었다). 그는 자기와 디아스가 도서관에 몰래 폭탄을 설치했을 가능성을 암시하는 허위 데이터마이닝 자료를 던져 주었다. 또 실러의 『군도』 한 권의 속을 파내고 ─ 죄송합니다, 실러 씨 ─ 진짜 폭발물과 회로로 채웠다. 단 기폭장치 연결은 하지 않은 채였다.

쿠치요는 자기 도서관을 너무 속속들이 잘 알고 있어서, 디아스가 일부러 삐딱하게 놓은, 제자리에서 벗어나 있는 이 책은 그리 어렵지 않게 발견될 터였다.

이 장치를 발견한 뒤, 그들은 분명 더는 위협이 없을 거라 생각하고 긴장을 풀 것이다. 쿠치요의 침대 머리맡에 도사린 치명적인 아이패드를 의심하는 일은 없으리라.

디아스는 이제 고인이 된 마약왕의 경호실장 호세에게 전화를 해서, 갑작스레 청력손실을 입은 그에게 큰 목소리로 설명했다. 만약 버스 습격이 발생한다면 그는 자기 대장을 팔아치운 놈이라는 소문을 달고 철창신세를 지게 될 거라고. 경쟁 중인 카르텔 인사들 사이에 끼어 있는 쿠치요도 인기가 없었지만, 멕시코 감옥에서 밀고자보다 더 인기 없는 사람은 없으니까.

호세는 그들에게 습격은 없을 것이라 확언했다. 디아스는 호세가 자기 말을 알아들을 때까지 작별 인사를 세 번이나 해야 했다.

좀 복잡하긴 했지만, 좋은 계획이었다. 물론 드론 정찰로 쿠치요가 안에 있음을 확인한 다음 간단히 도서관에 폭탄을 투척해 터뜨렸더라면 일이 훨씬 더 쉬웠을 것이다.

그러나 그 아이디어는 논의조차 되지 않았다. 그들은 절대로 도서관을 파괴하지 않을 것이었다. 윤리적 쟁점은 제쳐 두더라도—그리고 P.Z. 에번스에게는 자기 기준이 있었다—만약 이 일을 조직한 두 요원의 신원에 대해, 그들의 고용주가 누구인지에 대해 말이 새어 나갔을 때 언론에서 그런 대폭발을 어떻게 다룰 것인가 하는 사소한 문제가 있었으니까.

마약왕과 그 심복들을 죽이고 처벌받지 않을 수는 있다. 한데 파괴된 2만 권의 명작들은 용인될 수 없는 희생이었다. 앞으로 일을 계속해 나갈 수 없게 만드는 흠이었다.

30분 안에 그들은 호텔로 돌아와 뉴스를 보았다. 뉴스는 쿠치요라 알려졌으며 에르모시요 카르텔의 두목이라는 혐의가 있는 알론소 마리아 카리요가 확실히 사망했음을 확인해 주었다. 이번 습격은 경쟁 카르텔의 소행으로 추정되는데, 시날로아 조직일 가능성이 높으며, 그 외에 이 습격으로 인한 부상자는 없었다.

에번스는 이 뉴스가 머리기사가 아니라는 점에 깜짝 놀랐는데, 쿠치요가 알면 아마도 심히 상처받았으리라. 그러나 어느 정도는 자업자득이기도 했다. 그는 멕시코에서 마약 사업이 널리 퍼지는 데에 일조했고, 그리하여 이 업계에서 죽음에 대한 이야기가 뉴스거리도 못 되게 만들었으니.

에번스는 뉴스가 책 수집과 같은 거라고 생각해 보았다. 초판본의 인쇄 부수가 더 많을수록 관심은 더 줄어들고, 가치는 더 떨어진다고.

텔레비전을 껐다. 그들은 저녁은 조금 먹고 데킬라를 왕창 퍼마시기로 결심했다. 쿠치요가 제일 아끼는 단골집인 소노라 스테이크나 루비스 바는 절대 안 갈 테지만. 시내 저 건너편 어딘가로 갈 것이다. 아마도 안전할 것이다. 에르모시요 카르텔은 무력화되었으니. 그래도, 두 남자는 밖으로 빼 입은 셔츠 밑에 무기를 차고 있었다. 그리고 왼쪽 주머니엔 여분의 탄창도 챙겼다.

커다란 구형 머큐리로 걸어가면서 디아스는 말했다. "도서관 안에 있던 그 책들을 당신도 봤어야 돼요. 내 평생 그렇게 책이 많은 건 본 적이 없다고요."

"으음." 에번스가 말했다. 딱히 관심 없다는 투로.

"그 소리는 무슨 뜻이지? 당신 책 안 좋아해요?"

"책 좋아하죠."

멕시코 요원이 짧게 웃는 소리를 냈다. "전혀 그렇게 안 들리는데요. 도대체 글을 읽기는 해요?"

"당연히 읽죠."

"그래서, 뭘 읽는데요? 말해 봐요."

에번스는 조수석에 올라타 픽업트럭이 세 대 지나가는 것을 센 다음에야 대답했다. "좋아요, 알고 싶어요? 신문 스포츠 면이요. 내가 읽는 건 딱 그것밖에 없어요."

디아스가 시동을 걸었다. "시, 나도요."

에번스가 말했다. "저 에어컨 좀 돌릴 수 있을까요, 앨? 도대체가 이 빌어먹을 동네는 시원해질 때가 있긴 합니까?"

제3제국의
프롱혼

챔프는 매일 아침 그랬듯 폴 파커의 목에 코를 파묻고 킁킁대며 다급하게 신호를 보냈다. 파커의 반려견 챔프는 귀도 안 들리고 눈도 안 보이는 늙은 래브라도 레트리버였다. 파커가 즉시 이불을 걷고 벌떡 일어나지 않으면 개는 일어날 때까지 컹컹 짖을 터였다. 그래서 그는 잠자리에서 일어났다. 예전에는 챔프가 미친 듯이 헐레벌떡 아래층으로 뛰어 내려가 원목 마룻바닥부터 뒷문까지 쭉 미끄러지곤 했는데, 이제는 커다란 코를 범퍼 삼아 벽에 부딪치며 느릿느릿 발로 더듬어 내려갔다. 더구나 계단마다 배가 쓸려서는 그르렁거렸다. 녀석은 박쥐처럼 초음파로 방향을 읽으며 자기 몸을 조종하는 게 아닐까. 그렇게 생각하니 슬퍼졌다. 개를 따라 내려온 파커는 하품을 하며 가운을 꽉 조였다. 챔프가 새 아침을 며칠이나 더 맞이할 수 있을까 궁금했다.

계단통 거울에 비친 스스로의 모습을 힐끗 쳐다보았다. 키 188센티미터에 짙은 회색 머리카락, 냉랭한 푸른 눈, 살이 축 처져 무너지기 시작한 턱선. 파커는 제 턱선이 꼴 보기 싫어서 무의식적으로 턱을 들어 늘어진 살을 팽팽하게 폈다. 피곤해 보인다는 점도 문제다. 지치고 피로해지니 웬 늙은이처럼 보였다. 요새는 법원을 들락거리다 보면 진이 빠졌다. 이기든 지든, 재판은 기력을 쭉 빨아들였고 재충전에는 점점 더 오랜 시간이 걸렸다. 눈앞에서 힘겹게 허우적거리는 챔프를 보며, 개가 제 젊음을 기억하는지 궁금해졌다.

부엌을 스쳐 지났다. 조리대 위에는 어젯밤 깜빡하고 뚜껑을 닫지 않은 버번 병과 당장은 못 써먹을 커피메이커가 있었다. 싱크대 위 창문을 내다보니 아직 어두웠고, 찌뿌드드한 하늘에선 눈이 흩날렸다. 매서운 바람에 앙상한 나뭇가지들이 우수수 떨렸다. 멀리 보이는 산 앞으로 먹구름이 블라인드처럼 낮게 드리워졌다.

파커는 챔프가 방향을 잡고 뒷문을 찾아내게 기다려 주었다. 얼음 같이 차디찬 바람이 얼굴로 훅 끼칠 테니 우선 심호흡을 하고 문손잡이에 손을 뻗었다.

라일과 후안은 시내 변두리에 있는 변호사의 집 뒷문 양쪽에 맥없이 구부정한 자세로 서 있었다. 어깨를 덮는 방한용 털모자에 코트를 걸치고 장갑까지 낀 차림이었다. 라일은 털모자 위로 때 묻은 회색 카우보이모자를 고정시켜 쓰고 있었다. 후안이 그 꼴을 보고 우스꽝스럽다고 말해 줬지만 소용없었다.

둘은 춥고 바람 부는 어둠 가운데 한 시간 동안 서 있었다. 후안이 계속 집중을 못 하긴 했지만, 라일은 자기네가 이런 상황엔 이골이 났다고 생각했다. 새벽녘 어스름 속에서 라일은 후안이 성가신 눈발 때문에 눈을 가늘게 뜨고서 산 쪽으로 난 뒤뜰을 멍하니 응시하는 것을 보았다. 마치 뭔가를 애타게 그리워하는 듯한 모습이었다. 치와와_{멕시코에서 면적이 가장 큰 주로 주도는 치와와. 멕시코 북서부에 위치하며 리오그란데 강을 사이에 두고 미국 뉴멕시코주, 텍사스주와 맞닿아 있다}의 따뜻한 날씨를 그리워하는지도, 아니면 그저 따뜻한 이불 속이 간절한지도 몰랐다. 라일은 몇 번이고 뒤쪽 베란다로 몸을 기울여 후안의 뒤통수를 찰싹 때리며 게임에 집중하라고 말해야 했다.

"뭔 게임인데?" 후안이 말했다. 거의 "뭔 게임인데에에에?"처럼 들렸다. 이유는 모르겠지만 추울 때면 후안은 몹시 센 억양으로 말을 했다.

집 안에 전등이 켜지자 라일은 팔을 뻗어 후안의 입을 틀어막았다. "그 자식 온다. 준비해. 집중하라고. 전에 얘기했던 거 명심하고."

후안이 잘 알아들었다는 표시로 눈을 찡그리며 고개를 끄덕였다.

라일은 뒤로 팔을 뻗어 장갑 낀 오른손으로 콜트 M1911 권총을 움켜쥐었다. 이미 총알 한 발을 걸어 놓았기 때문에 슬라이드를 당길 필요도 없었다. 해머를 젖히고 허벅지에 총을 붙여 쥐었다.

베란다 건너편에 있던 후안은 브이넥 후드 티 앞주머니에서 357 매그넘 리볼버를 빼 들었다.

뒷문이 열리고 개 한 마리가 커다랗고 뭉툭한 머리통을 쓱 내밀었다. 앞을 똑바로 쳐다보고 있었다. 개는 후안이 제 머리에 권총을 겨누든 말든 아랑곳없이 그르렁거리며 베란다로 내려와 곧장 어기적어기적 걸었다. 개를 감시하다가 필요하다면 쏴 죽이는 게 후안이 맡은 일이었다.

라일이 손을 뻗어 바깥쪽 문손잡이를 꽉 움켜쥐고 홱 잡아당겼다.

폴 파커는 밖으로 굴러 떨어지며 엉덩방아를 찧었다. 가운이 휘날려 파리한 맨다리가 드러났다. 그가 눈 덮인 풀밭을 손과 무릎으로 휘적휘적 헤집으며 말했다. "하느님 맙소사!"

"신을 찾아 봤자," 라일이 권총으로 파커의 이마 한 지점을 겨누며 말했다. "여긴 우리뿐이야."

"원하는 게 뭡니까?"

"내가 넘겨받을 물건." 라일이 말했다. "내가 응당 받아야 할 물건이자 네가 빼앗아간 물건이지."

깨달음과 공포가 뒤섞인 표정이 파커의 얼굴에 스쳐 지나갔다. 라일은 변호사의 눈에서 두려움을 읽을 수 있었다. 라일 입장에서야 보기 좋은 모습이었다. 파커가 물었다. "라일인가? 맞아요?"

파커는 라일이 원하는 게 무엇일까 생각했다. 집에는 딱히 값나갈 만한 게 없었다. 앵글러의 시골집에 빼곡히 들어찬 미국 서부 문학 컬렉션이면 모를까. 그럼 라일은 어떠냐고? 놈은 그 자체로 왜곡된 미국 서부 이미지를 대표하는 자였다.

"아가리 닥치고 일어나." 콜트 권총을 까딱거리며 라일이 말했다. "따뜻한 집 안으로 들어가자고."

파커 옆에는 챔프가 쭈그리고 있었다. 풀밭에 싼 오줌에서 김이 피어올랐다.

"저 개는 우리가 여기 있는 것도 몰라." 후안이 말했다. "참 대단한 경비견이구만. 편안하게 저세상으로 보내 줘야겠어." 펴어언안하게 에.

"제발 살려 주세요." 파커가 일어서며 말했다. "저 애는 그냥 사냥개일 뿐이고 그동안 참 좋은 녀석이었어요. 쟤는 당신들이 여기 있는지도 모르잖습니까." 라일은 파커의 맨 무릎에 마른 풀이 붙은 것을 보았다.

"변호사처럼 쫙 빼입지도 못하고 이런 꼴로 있으니 영 잘나가는 분처럼 보이지가 않네." 라일이 말했다.

"따끈한 커피 한잔하시면 좋겠군, 형씨." 후안이 파커에게 말했다.

"제가 끓이겠습니다."

"안에 부인 있나?" 라일이 물었다.

"아뇨."

라일이 마스크 밑에서 히죽히죽 웃었다. "널 떠난 거지, 응?"

"그런 게 아니에요." 파커가 거짓말했다. "아내는 셰리든에 사는 언니네 집에 갔습니다."

"안에 누구 없어?"

"없습니다."

"거짓말하지 마."

"거짓말 아닙니다. 이봐요, 뭐든지……."

"닥쳐." 라일이 권총으로 가리키며 말했다. "천천히 안으로 들어가고 허튼 수작 부릴 생각 마."

파커는 조심조심 계단을 올라가 라일이 붙잡고 있던 문에 손을 뻗었다. 라일이 뒤따랐다. 코트와 털모자로 무장했는데도 집 안의 온기가 몸을 감싸는 게 느껴졌다.

뒤에서 후안이 말했다. "개는 어떻게 할까?"

"쏴 버려." 라일이 말했다.

"하느님 제발." 파커가 망연자실하게 말했다.

몇 초 뒤 뒤뜰에서 요란한 굉음과 깽깽대는 소리가 동시에 울리더니 후안이 들어왔다.

폴 파커를 픽업트럭 조수석에 앉히고 라일이 바로 뒤에 앉아 그의 목뒤에 총구를 딱 들이댔다. 후안이 운전했다. 차는 고속도로를 벗어나 시내에서 29킬로미터 떨어진 비포장도로를 탔다. 언덕길 양옆으로는 산쑥이 무성했다. 일행은 삼사십 마리 되는 프롱혼 가지뿔영양과에 속하는 초식 포유동물로 미국, 캐나다의 대초원에 무리 지어 산다. 분류학적으로 영양과는 거리가 멀지만 외형이 흡사하여 북미에서 편의상 영양으로 줄여 부르기도 한다 한 떼에 가로막혔다. 거의 11월이 다

된 10월 말, 풀밭은 갈색이었고 간밤에 내린 눈이 얕은 산쑥 그늘에 고여 있었다. 영양이라는 동물은 이 황폐하고 을씨년스러운 풍경에 완벽히 들어맞았다. 갈색과 흰색 몸이 지형과 어우러졌고 때론 거기 아주 녹아드는 듯했다. 덜컹거리는 텅 빈 트레일러를 뒤에 매단 낡아 빠진 1995년식 포드 픽업트럭이 불쑥 난입해 심기가 불편해도, 영양 떼는 그저 녹은 용암처럼 언덕 너머로 흘러가 버리면 그만이었다.

"저기 또 온다." 후안이 라일에게 말했다. 트럭은 후안 것이었고 화물 트레일러는 여행용품점 주인한테 빌려 왔다. "여기다 영양들 엄청 풀어났네."

"집중해." 라일이 말했다. 마스크는 진작 벗어 코트 주머니에 쑤셔 넣어 두었다. 이젠 필요가 없었으니까.

파커는 앞을 똑바로 바라보았다. 라일 일당은 그에게 잠옷과 슬리퍼 위에 굵은 줄무늬 겨울 외투 하나만 허락했다. 또 지갑이나 다른 것들은 전부 놔두고 열쇠만 가져오도록 명령했다. 파커는 치욕스럽고 겁이 났다. 라일 피블스와 후안 마르티네스가 마스크를 벗었다는 건 이제 자기네를 알아보든 말든 상관이 없다는 뜻이고, 그건 아주 나쁜 징조였다. 챔프를 생각하니 고통스러웠다.

라일은 파커의 아침 입내와 겁에 질린 숨결을 맡을 수 있을 정도로 가까이 붙어 있었다. 코앞에서 보니 변호사는 피부가 안 좋았다. 법정에서는 전혀 눈치채지 못했는데 말이다.

"우리가 어디 가는지는 알겠지." 라일이 말했다.

"앵글러 대저택이겠죠." 파커가 말했다.

"맞아. 거기 가서 뭐 할 건지도 알겠어?"

긴 침묵 끝에 파커가 말했다. "아뇨, 라일 씨. 모르겠습니다."

"알 텐데."

"정말로요. 저는……."

"닥쳐." 라일은 이어서 후안에게 말했다. "저 앞에 대문이 있어. 거기 멈추면 내가 여기 계신 변호사님께 문 여는 걸 도와 달랄 거야. 우리가 뒤에서 닫을 테니까 너는 그냥 운전해. 이 자식이 개수작 피우려 들면 지 개새끼랑 똑같이 해 주면 돼."

"챔프." 파커가 딱딱하게 말했다.

"알았쓰." 라일이 답했다.

파커에게 후안 마르티네스는 수수께끼였다. 오늘 아침까진 본 적도 들은 적도 없는 인간이었다. 마르티네스는 몸이 다부지고 튼실했다. 머리카락은 풍성하고 짙은 남색이었으며 총잡이 스타일의 콧수염이 듬성듬성 나 지저분해 보였다. 날카로운 검정 눈에선 아무것도 읽을 수가 없었다. 그는 라일보다 어렸고, 딱 봐도 라일을 졸졸 따르는 모양이었다. 둘은 서로 허물없어 보였다. 오랜 시간 동고동락해 오며 편안한 동지애가 밴 게 아닐까 싶었다. 파커의 눈에 후안은 단순하고 사납고, 양심의 가책도 느끼지 못하는 둔감한 대상으로 비쳤다.

라일 피블스는 까무잡잡했고, 키나 몸집은 보통이지만 제 나이인 쉰일곱 살보다 더 늙어 보였다. 얼굴은 꺼칠하고 좁다랗고 초췌했다. 질기고 검은 얼굴 거죽은 햇볕과 바람에 평생 시달린 듯했다. 움푹 꺼진 볼은 술꾼들이 으레 그렇듯 회반죽 같고, 윗입술부터 두피까지 얼굴을 거의 반 가르는 얇고 흰 흉터가 있었다. 눈은 슬픈 동시에 오만했고 말 이빨처럼 길고 좁은 치아는 니코틴 때문에 누렇게 변색되었다. 굵은 목소리에는 시골 사투리가 살짝 남아 있었다. 말할 땐 입꼬리가 위로 당겨졌으나 그런 걸 미소라고 볼 순 없었다. 그에게는 비비 꼬인 위협적인 구석이 있었다. 라일 같은 인간이 인도를 내려오거나 철물점 통로에 서 있으면 슬쩍 피해 가고 싶게 마련이다. 고함을 치거나 대뜸 시비를 걸거나 불평을 늘어놓기 시작해서는, 경비원이 불려 올 때까지 멈추지 않을 것 같은 어둡고 불길한 기운이 어려 있었기 때문이다. 카우보이처럼 옷을 입고 행동하지만 내면엔 활활 타오르는 불만이 가득하달까.

재판이 끝났을 때 파커는 라일 피블스를 평생 다시 볼 일이 없길 바랐다.

파커는 시린 손을 코트 주머니에 찔러 넣고 비켜서 있었다. 바람이 슬리퍼 위로 드러난 헐벗은 발목을 에는 듯했고 목과 얼굴은 추워서 얼얼했다. 후안이 면밀히 감시하고 있다는 걸 알기에 어떤 수상한 행동도 하지 않고 속마음도 들키지 않으려고 조심했다.

그에게 무기라고는 양 주먹, 라일이 가져오라고 시킨 열쇠 뭉치밖에 없었다. 살면서 한 번도 주먹다짐을 해 본 적이 없었지만, 그는 손가락 사이에 열쇠들을 꽉 끼우고 슬슬 흔들어 보았다.

머리를 최대한 움직이지 않으면서 주변을 살펴보았다. 사방으로 초원이 펼쳐졌다. 어디에도 다른 차나 건물, 송전선이 보이지 않을 만큼 시내에서 멀리 떨어져 있었다.

"저것 좀 봐." 라일이 북쪽과 서쪽을 향해 고개를 끄덕이며 말했다. 파커는 몸을 돌려 얇은 벽 같은 눈을 밀어내며 육박하는 납빛 구름을 보았다.

"엄청난 폭풍이 몰려오겠는데." 라일이 말했다.

"돌아가는 게 어떨까요?" 파커가 제안했다.

라일이 조롱을 담아 콧방귀를 뀌었다.

파커는 그냥 대뜸 줄행랑을 치면 어떨지 고민했지만 뛰어갈 데가 전혀 없었다.

가시철조망이 둘린 흔해 빠진 목장 대문은 오랫동안 방치되어 뻣뻣했다. 케케묵은 울타리 말뚝의 철사 고리가 대문 가로대 위아래를 단단히 비끄러맸고, 묵직한 쇠사슬과 맹꽁이자물쇠 사이로 쫙 녹이 슬어 얼룩덜룩했다. "열쇠 갖고 있지." 라일이 권총으로 삿대질하며 말했다.

파커는 주머니에서 열쇠고리를 끄집어내곤 낡은 자물쇠 곁에 쭈그려 앉았다. 어떤 열쇠가 맞을지, 녹슨 걸쇠가 풀리기나 할지 알 수가 없었다. 자물쇠를 붙들고 끙끙대는 동안, 산쑥에서 떨어져 나온 비치볼만 한 회전초가 바람에 날려 허벅지 뒤쪽을 때렸다. 그 바람에 펄쩍 뛰자 라일이 웃어 댔다.

드디어 열쇠가 안에서 철컥 맞물려 돌아갔다. 파커가 자물쇠를 힘껏 홱 잡아채자 쇠사슬이 양쪽으로 떨어졌다.

"옆으로 비켜." 라일이 경고하는 눈초리로 쏘아본 다음 권총을 주머니에 넣고 대문에 기댔다. 이렇게 **빡빡한** 낡은 목장 문을 열려면 온몸으로 대문을 떠받치고 어깻죽지가 가로대에 딱 붙을 때까지 양팔을 철사 가닥에 꿰고 단단한 기둥 쪽으로 손을 뻗어 잡아당겨야 했다. 그러는 통에 라일은 무방비한 상태가 되었다.

파커는 만약 자기가 어떻게든 해볼 각오로 반격 태세를 갖춘다면 지금이 기회라고 생각했다. 후안이 픽업트럭에서 **빠져나오기** 전에 라일을 기습할 수 있을 것이다. 가슴팍이 팽팽히 긴장하고 슬리퍼 속에서 발가락이 주먹을 쥐듯 꽉 오그라드는 게 느껴졌다.

라일은 대문과 씨름했다. "거기 멀뚱히 서 있지만 말고." 얼굴이 벌게진 라일이 이를 악물고 파커에게 말했다. "이 우라질 문짝 열게 손 좀 보태."

파커는 발볼로 엉거주춤 서서 몸을 숙였다. 미사일처럼 돌진해 라일을 들이받고 열쇠로 면상과 눈을 마구 그어 볼까도 고민했다. 라일의 총을 낚아채 쏴 버리고 후안도 쏠 수 있을 테니, 행동력 있는 사람이라면 바로 이렇게 하리라. 영화나 텔레비전에 나오는 인물이라면 꼭 그렇게.

대신에 변호사는 허리를 숙여 라일과 어깨를 나란히 댔다. 그의 무게가 문기둥에 보태어지자 라일은 한결 가뿐히 손을 뻗어 철사를 위로 휙 걷어 내고 문을 열 수 있었다.

그들은 다시 픽업트럭에 타고 입을 떡 벌린 폭풍 속으로 달렸다. 폭풍이 어찌나 재빨리 차를 휩싸는지 경악스러울 지경이었다. 눈보라가 보닛에 빗발쳤고 금이 간 앞 유리에 튕겨 나갔다. 히터가 차 안에 뜨거운 공기를 내뿜자 냉각수 새는 듯한 냄새가 풍겼다. 파커는 이제 이가 덜덜 떨리진 않았지만 공포 때문에 배가 아팠고 손발은 차갑고 뻣뻣했다.

후안이 운전대 위로 몸을 숙이고 눈을 가늘게 떴다. 그러면 더 잘 보이기라도 하는 양.

"우리는 매일 이 모양 이 꼴로 산단 말이야." 라일이 파커에게 말했다. "후안이나 나는 날이면 날마다 이 좆같은 데서 구른다고. 우리는 으리으리한 사무실에 퍼질러 앉아 전화 받고 청구서나 보내지 않지. 바깥에서 구른단 게 바로 이런 거야."

파커가 뭐라 대꾸해야 할지 몰라 그저 고개를 끄덕였다.

"갈림길인데." 후안이 뒷좌석의 라일에게 말했다. "어느 길로 가야 되지?"

"왼쪽." 라일이 말했다.

"확실해?"

"빌어먹을, 후안, 이 길바닥에서 내가 몇 년을 굴러먹었는데?"

후안이 어깨를 으쓱하며 왼쪽으로 천천히 접어들었다. 사방 어느 쪽으로도 15미터 이상은 보이지가 않았다. 폭설이 세차게 휘몰아치며 차체 스프링이 휘청휘청 요동치도록 트럭 왼편을 뒤흔들었다.

파커가 물었다. "이번 일이 끝나고 당신이 원하는 게 뭐가 됐든 다 얻는다 칩시다. 그다음엔 어쩔 거죠?"

"아직 따져 보고 있습니다요, 변호사님. 지금은 그 집까지 가는 데만 딱 집중하게 놔두쇼."

"당신 의중을 알면 좋을 텐데요." 파커가 목을 가다듬으며 허물없는 투로 말하려 애썼다. "그러니까 제 말은, 저도 이 일에 끼었으니 댁네 계획을 알아야 더 잘 도울 거란 얘기죠."

라일이 총을 들지 않은 쪽 손등으로 변호사의 귀싸대기를 호되게 후려쳤다. 파커가 움찔했다.

"도착할 때까지 아가리 닥쳐." 라일이 말했다. "네가 씨불이는 소리는 접때 법원에서 평생 들을 걸 다 들어서 신물이 나거든. 그러니까 그냥 입 닥치고 있지 않으면 뒤통수에 빵꾸 뚫릴 줄 알아."

후안이 얼굴을 찌푸리는 것 같았지만 파커는 그게 쓴웃음 같은 거라고 단정했다.

라일이 파커에게 말했다. "너 앵글러 영감탱이네 밀실 열쇠 갖고 있는 거 맞지? 아무도 들여보내 준 적 없는 방 있잖아? 책 있는 방?"

"얼마나 가야 돼?" 후안이 물었다. 그들은 시속 8킬로미터 밑으로 달리고 있었다. 눈발이 너무 빽빽해서 구름 속에 있는 것 같다고 파커는 생각했다. 길 양쪽으로 불과 몇 걸음 떨어진 데 높다랗게 자란 산쑥이 회색 쉼표처럼 보였다. 덤불 너머로는 온통 흰색과 하늘색이 뒤섞여 있었다.

"길에 뭐가 있는 거지?" 후안이 속도를 더 늦추려고 브레이크를 누르며 물었다.

파커는 앞을 보았다. 예닐곱 개의 길쭉한 그림자가 눈발 사이로 나타났다. 꼭 공중에 매달린 듯했다. 혹은 가느다란 죽마 위에 궤짝이 놓인 것 같달까.

픽업트럭이 조금 전진하자 희부연 형상이 좀 더 선명해졌다. 프롱혼 영양이었다. 아까 그 무리에서 빠져나왔을지도 모른다. 수컷 한 마리와 놈을 따르는 암컷들이 폭풍 속에서 버티고 서 있었다. 트럭을 의식하지 못한 채로. 후안이 영양 떼 쪽으로 바짝 차를 모는 바람에 파커는 거죽을 덮은 빳빳한 털과 까만 눈, 염소 같은 얼굴에 눈이 쌓인 것까지 볼 수 있었다. 수컷의 긴 속눈썹에 눈송이가 내려앉았다. 뿔은 기다랗고 양쪽으로 쭉 뻗었으며 뒤로 굽은 끝은 우윳빛이었다.

"지랄 맞은 영양." 라일이 말했다. "밀어내든지 그냥 들이받아 버려."

후안은 그러는 대신 경적을 울렸다. 경적 소리는 바람 속에서 아스라하고 미약하게 웅웅거렸지만 프롱혼들은 바로 반응했다. 궁둥이에 바짝 힘을 주더니 머리를 홱 숙이고 쏜살같이 도망쳤다. 마치 처음부터 거기 없었던 것처럼.

파커는 나도 저렇게 도망칠 수 있다면 하고 바랐다.

"이제 금방이야." 라일이 말했다. "아치 입구 밑으로 지나갈 거야.

왜, 그 아치 짓는 걸 내가 도왔잖아."

"그건 몰랐네." 후안이 말했다.

"나랑 후안은……." 라일이 파커에게 말했다. "그동안 같이 일했지. 뭐냐, 12년 됐나?"

후안이 말했다. "12년, 맞아. 12년이지."

"제일 엿 같은 데를 전전했지." 라일이 말했다. "와이오밍과 몬태나 방방곡곡 말이야. 아이다호에서도 두어 군데. 사우스다코타 한 군데. 대부분은 지주가 딴 데 가 있고 등신 새끼를 감독으로 앉혀 놓은 목장이었지. 그런 등신 새끼들이 최악이야. 지들이 주인 아니라고 아주 그냥 힘자랑밖에 할 게 없거든. 등신들한테 완장을 채워 주면 일꾼을 아주 똥개같이 부리는 거야. 안 그래, 후안?"

"맞는 말씀 Eres right. 후안은 스페인어를 섞어서 대답하고 있다."

이 세상에 인간이라곤 우리밖에 안 남은 것 같군. 파커는 생각했다. 바로 오늘 아침까지만 해도 저 밖에 있었던 세계─경치가 좋고 산이 보이고 사람들과 자동차, 사무실과 회의가 있었던 세계─는 사라지고 이 꼴로 전락했다. 픽업트럭에 올라 아무것도 안 보이는 눈보라 속을 복장 터지게 느릿느릿 달리는 세 남자. 사방이 백색으로 탁 가로막힌 세계에서 차 안에는 냄새와 흉기와 두려움뿐, 차창 밖에는 맹렬히 휘몰아치는 폭설뿐이었다.

달갑지 않지만 억지스러운 친밀감 같은 게 생겨났다고 파커는 생각했다. 그는 땡전 한 푼 없는 무지막지한 농장 일꾼 둘과 같은 처지로 떨어졌다. 라일 일당은 총이 있었고 유리한 입장을 꿰찼다. 그러나 놈들한테 똑똑한 데가 있다면 그건 코요테 따위의 포식자를 닮은 구석에 불과했다. 어떻게 살아남아야 하는지 선천적으로 알고 있으나 그 이상으로 어떻게 치고 올라가야 할지는 전혀 모른다는 점에서 말이다. 그는 법정에서 라일이 어눌한 말로 더듬더듬 진술하는 것을 들어 알고 있었다. 그리고 아흔여덟 살에 거동도 잘 못 하는 라일의 할아버지가 증언대에 섰을 때 모든 게 끝났다. 파커는 언어로 채찍질하듯 노인을 호되게 을러댔다. 다 삭은 뼈에 살점이 남아나지 않을 때까지.

아마 라일을 설득할 수는 없을 것이다. 그 점은 이미 알고 있었다. 코요테나 까마귀를 설득하려 드는 거나 마찬가지일 테지. 코요테는 절대로 개가 되지 않으리라. 마찬가지로, 까마귀가 명금이 될 수는 없는 노릇이었다. 라일 피블스는 절대로 합리적인 인간이 될 수 없을 것이다. 그자는 존재 자체가 불평불만에 뿌리를 둔 인간이었다.

"이거 점점 심해지는데." 후안이 앞 유리에 얼굴을 가까이 들이대면 더 잘 보이기라도 하는 양 앉은 자리에서 15센티미터 정도 고개를 쭉 빼며 말했다. 이이이거.

파커는 계기판을 꽉 붙잡았다. 눈이 점점 쌓이면서 차 밑에서 타이어가 굼떠졌다. 후안은 시각보다는 감으로 운전하고 있었다. 몇 번인가 파커는 차바퀴가 길의 움푹한 홈에서 헛도는 것을 느꼈고, 후안은 다시 제자리를 찾아 운전대를 획획 틀어야 했다.

"이거 날을 영 잘못 잡았네." 후안이 말했다. 이이이거.

"쭉 가." 라일이 말했다. "지금보다 훨씬 더 나빴던 적도 있잖아. 프라이어 산미국 서부 몬태나주와 와이오밍주에 걸쳐 있는 산맥 시절 기억나지?"

"시 Sí. 스페인어로 '응'. 지금만큼이나 나빴지."

"더 나빴다고." 라일이 딱 잘라 말했다.

금속음이 쨍그랑 울렸고 파커는 차체 밑에서 뭔가 날카롭게 긁는 소리를 들었다.

"저게 대체 뭔 소리지?" 라일이 후안에게 물었다.

"강철 말뚝 아닐까 싶은데."

"적어도 아직 도로 위에 있단 얘기지." 라일이 말했다.

"예이—예이—에." 후안이 휘파람을 불었다.

"우리 돌아갈 수도 있을 텐데요." 파커가 말했다.

"그럴 수도 있겠지." 후안이 동의했다. "적어도 흔적을 따라가면 돌아 나갈 수는 있거든. 이래서야 우리가 어디로 가는지도 알 수가 없다고."

"괜찮다니까, 썅." 라일이 말했다. "여기가 어디인지 나는 알아. 쭉 가. 이제 금방이라도 그 헐어 빠진 집이 나타날 거야."

파커가 조수석 창밖을 내다보았다. 눈이 다닥다닥 붙어 유리를 뿌옇게 뒤덮어 가고 있었다. 주먹만 한 틈으로 내다봐도 전혀 아무것도 보이지가 않았다.

어느 틈에 라일이 말을 걸어오기에 대꾸했다. "뭐라고 하셨죠?"

"오늘 이런 꼴이 될 줄은 전혀 몰랐을 테지, 라고 말했다. 안 그

제3제국의 프롱혼 ❋ 193

래?"

"맞습니다."

"너 같은 인간은 일단 판사가 뭐라고 말하면 그게 사실이라고 철석같이 믿을 거야, 그렇지 않아?"

파커가 어깨를 으쓱했다.

"우리 할아버지를 웃음거리로 만들고 나서 그걸로 다 끝냈다고 생각했지, 아냐?"

"이것 보세요." 파커가 말했다. "사람들은 다 자기가 맡은 일이 있는 겁니다. 난 내가 할 일을 한 거고요. 사적인 감정은 없었어요."

파커는 반박이 들어오길 기다렸지만 그 대신 왼쪽 귀에 매서운 타격이 꽂혔다. 아까까지는 오로지 흰 눈밖에 없었던 자리에 번쩍번쩍 별이 보였다. 스스로의 비명 소리가 차 안에 울리고 있었다.

그는 손으로 귀를 감싸 쥐고 돌아앉았다.

라일이 이빨을 드러내며 씩 웃어 보였다. 파커는 콜트 권총에 조그맣게 살점이 붙은 채 흔들리는 걸 보았다. 피가 흘러 내려 손가락이 뜨겁고 끈적거렸다.

"변호사 양반, 사적인 감정이 없었다고 하는데." 라일이 말했다. "날 봐. 날 보라고. 뭐가 보이나?"

파커는 고통 때문에 찡그리고서 어떻게 대답해야 할지를 모르겠다는 듯 머리를 천천히 흔들었다.

"네 눈에 보이는 건 말이지, 3대째 패배자야. 변호사, 네 눈앞에 있는 건 바로 그런 사람이라고. 토 달지 마. 그랬다간 피떡을 만들어 버릴 테니까. 다시 물어 본다. 뭐가 보이지?"

파커는 제 목소리가 떨리는 것을 느꼈다. "제게는 노동자가 보입니다, 라일 씨. 종일 고된 일을 하고 보수를 받는 선량한 노동자 말입니다. 저는 그게 뭐가 문제인지 모르겠군요."

"용쓴다." 라일이 뱀 혓바닥 날름거리듯 파커의 얼굴 앞으로 총부리를 들이댔다. 파커가 움찔거리자 다시 이죽이죽 웃었다.

"그 새끼가 할아버지를 엿 먹이는 바람에 일이 여기까지 굴러온 거야." 라일이 말했다. "그놈은 할아버지를 등치고 토껴 놓고는 제 돈과 변호사들 뒤에 숨어서 죽을 때까지 잘 먹고 잘 살았지. 우리 할아버지가 그렇게 인생을 조지지 않았더라면 어땠을지 상상이나 돼? 내 인생은 또 어떻게 달랐을지? 요 모양 요 꼴은 아니겠지. 이것만큼은 확실해. 왜 그딴 범죄자 새끼를 그냥 봐 줘야 하는데? 그런 나쁜 짓거리는 딱 한 번으로 끝나지 않는다는 걸 모르겠나? 몇 세대에 걸쳐서 돌아간다는 걸 모르냐고?"

"전 그냥 변호사일 뿐이에요." 파커가 말했다.

"난 그냥 무지렁이 노동자일 뿐이고 말이지." 라일이 말했다. "너 같은 인간들 때문에 내가 이 모양인 거고."

"이봐요." 파커가 귀에서 손을 떼고, 피가 긴 혓바닥처럼 목을 타고 옷깃으로 흘러드는 것을 느끼며 말했다. "새로운 정보를 추가해서 다시 재판을 받아 볼 수 있을 거예요. 그런데 새 정보가 필요합니다. 할아버지 말씀이나 나치에 대한 그분 추측만으로는 안 되고, 또……."

"그건 그냥 추측이 아니었다고!" 라일이 격분하며 말했다. "그게 사실이라니까."

"너무 오래된 일이에요." 파커가 말했다.

"그렇다고 사실이 가짜로 변하는 건 아니지!" 라일이 소리 질렀다.

"증거가 없었어요. 증거를 좀 대 주시면 제가 앵글러 측 대신 당신을 변호해 드리겠습니다."

파커가 백미러로 흘끔 보니 라일은 잠시 깊은 생각에 잠겨 있었다. 라일이 말했다. "재미있네. 내가 창녀는 수도 없이 많이 봤어도, 살다 살다 정장 입은 남창을 다 보네."

"라일." 후안이 울적하게 말했다. "길을 잃은 것 같아."

공판은 채 이틀도 걸리지 않았다. 폴 파커는 프리츠 앵글러의 유산 상속을 담당한 변호사였다. 앵글러 노인이 마침내 사망했을 때 상속인이라곤 휴스턴에 사는 재수 없는 혼외 딸밖에 없었는데, 유언장에 상속 재산에 대한 내용이 나왔던 것이다. 베니 피블스와 손자 라일은 불쑥 튀어나와서 앵글러가 남긴 상속 재산 대부분에 소유권을 청구하고 나섰다. 베니는 몇 세대 전에 농장 소유권을 빼앗겼으며 공정한 법 집행을 원한다고 주장했다. 그는 법정에서 다음과 같이 자초지종을 설명했다.

베니 피블스와 프리츠 앵글러는 이십 대 초반 시절 공동 소유로 라이언 _{1925년 설립된 미국 항공사. 단순히 승객을 실어 나르는 데 그치지 않고 항공기를 직접 개발하고 생산해 시장을 개척했다} 단엽 비행기를 가지고 있었다. '피블스/피블스 항공'의 비즈니스 모델은 북부 와이오밍의 목장주들을 상대로 비행 서비스를 제공하거나 비행기를 대여해 주는 것이었다. 목장주들은 이를 통해 소 떼를 감시하거나 상품을 배달하고, 의약품과 화물을 옮기기도 했다. 또 우편배달과 포식 동물 개체 조절 업무에 대해 연방 및 주 정부와 계약도 맺었다. 아직 젊은 나이였고 한창 대공황을 겪던 시기였지만, 두 사람은 코디 마을이 배출한 가장 잘나가는 사업가였다. 그렇다 해도 비행기로 벌어들이는 수입으로는 이런저런 대금과 간접비를 치르기에도 간당간당하여, 두 동업자는 대강 입에 풀칠만 하고 살았다.

피블스는 자신과 프리츠가 1936년 웬들 오크스라는 목장주에게 고용되어 소 떼를 몰았다고 증언했다. 이것은 별난 요청이었다. 둘은 오크스가 일꾼들에게 두 달 동안 임금을 체불했다가 그들 전부를 상대하느라 먹고 살 길이 막막해졌다는 것을 알게 되었다. 오크스는 이 같은 갈등으로 재산을 다 날렸다. 은행이 2천만 평에 달하는 토지를 압류하기 전 그에게 남은 유일한 자산은 헤리퍼드 종의 소뿐이었다. 2만 달러를 마련해 자기 터전을 지키려면 소라도 전부 팔아야 했고, 소를 팔려면 일단 한 데 그러모아야 했다. '피블스/피블스'에게 지불할 돈은 그 수입에서 나올 거라고 오크스는 확약했다.

베니 피블스는 프리츠 앵글러가 오크스 목장에 흠뻑 빠졌다고 말했다. 그 초원, 굽이치는 강, 수목, 그리고 오크스가 어마어마한 돈을 들여 지은 웅장한 빅토리아풍 저택까지. 프리츠는 베니에게 말했다. "본인이 아직 그 사실을 모른다 뿐이지, 저 양반은 내 목장에서 살고 있는 셈이야."

당시 베니는 프리츠가 무슨 말을 하는지 몰랐다. 베니의 표현에 따르면 비록 그의 동업자가 항상 '웅장함에 환장하는' 인간이긴 했지만.

프리츠는 베니더러 북쪽의 빌링스로 가서 울타리를 사 오라고 했다. 소를 몰아넣을 거대한 임시 우리를 지을 작정이었다. 프리츠는 베니가 떠난 동안 목장 위를 비행하며 소들이 다 어디 흩어져 있는지 파악하겠다고 말했다.

베니는 나흘 뒤 둘둘 말린 울타리와 강철 말뚝 다발을 잔뜩 실은 트럭을 달고 코디로 돌아왔다. 그러나 프리츠도, 비행기도 사라져 버린 뒤였다. 웬들 오크스는 노발대발했다. 은행원들이 압류를 위해 측량하려고 코디에서부터 그의 집으로 차를 몰고 오는 중이었다.

사흘 뒤, 베니가 일당을 주고 고용한 주민 몇 명과 함께 우리를 짓고 있을 때, 윙윙대는 비행기 모터 소음이 들려왔다. 소리를 알아들은 그는 프리츠 앵글러가 건초 목초지에 비행기를 착륙시키는 것을 올려다보았다.

베니가 따지기도 전에, 프리츠는 은행원 하나를 붙들고 한참 동안 얘기를 하더니 같이 차를 타고 시내로 나갔다. 베니는 단엽 비행기를 점검하다 프리츠가 더 많은 공간을 확보하려고 부조종사석을 떼어 내고 화물 구역을 분리하는 내부 구조까지 부숴 놓았다는 사실을 알아차렸다. 비행기 바닥은 하얗고 뻣뻣한 털과 동물 똥 범벅이었다. 눅눅하고 고약한 냄새가 났다.

베니가 다음으로 알게 된 것은, 보안관보들이 목장으로 내려와 웬들 오크스를 쫓아냈다는 것이다. 그다음에 그들은 베니와 일꾼들에게 사유지에서 나가라고 명령했다. 보안관, 은행, 그리고 새 농장 소유주인 프리츠 앵글러의 명령에 따라서 말이다. 프리츠는 밀린 대출금을 청산했고 이제 서류상으로도 오크스 목장을 차지했다.

눈 사이로 아치가 보였다. 후안은 그 아래로 차를 몰았다. 파커는 목장주 저택에 얼마나 가까이 왔는지 알고서 안심했으나, 이제 무슨 일이 일어날지를 생각하자 그만큼 겁도 났다.

라일은 흥분했다. "늙은 독일 놈 개새끼가 사과 한 번을 하지 않았다는 말이야." 그는 뒷좌석에서 열을 올리며 말했다. "그 새끼는 할아버지한테도 소유권이 절반 있었던 비행기로 협잡질을 해서 우리 가족을 여기서 쫓아냈다고. 그래 놓고 미안하다는 말 한마디조차 하지 않았지. 별일이 없었다면 여기서 절반은 우리가 가졌어야 되는데. 그러기는커녕, 우리 가족은 구질구질한 패배자 떼거리가 됐지. 그것 때문에 할아버지도 무너지고 아버지도 망가졌는데, 이제 여기서 얼마가 됐든 받아내는 문제는 나한테 달려 있어. 법정에서 네가 우릴 또 속여 먹었으니 어쩔 수가 없잖아?"

"저는 당신을 속이지 않았습니다." 파커는 격앙된 라일과 다투고 싶지 않아 부드럽게 말했다. "증거가 없었습니다……."

"어떻게 된 건지 할아버지가 너한테 말해 줬잖아!" 라일이 말했다.

"하지만 당신 측에서 해 준 이야기는……."

"할아버지는 거짓말하지 않아. 너 지금 우리 할아버지가 뻥을 쳤다는 말이야?"

"아닙니다." 파커가 참을성 있게 말했다. "제 말은, 제발요. 프리츠 앵글러가 프롱혼 새끼 백 마리를 끌어 모아서 비행기에 싣고는 전국을 다니며 동물원에 팔았다고 누가 믿겠습니까? 몇 마리는 아돌프 히틀러에게 팔았다? 뉴저지 레이크허스트까지 날아가서 베를린 동물원으로 가는 힌덴부르크 호 1930년대 독일 체펠린 비행선 회사가 제작한 길이 245미터의 초대형 비행선으로, 정식 명칭은 LZ 129이다. 나치의 지원을 받아 완성되었기에 꼬리 날개에 나치 깃발이 선명히 그려져 있었다. 1937년 독일 프랑크푸르트를 출발하여 미국 레이크허스트 기지에 착륙을 시도하는 도중 폭발하여 총 36명이 사망하는 대참사가 일어났다에 여섯 마리를 실어 보냈다고? 아니, 제발요, 라일."

"진짜야!" 라일이 외쳤다. "할아버지가 그런 일이 있었다고 말했으면 씨발 진짜 있었던 거야."

파커는 베니 피블스 노인이 증언대에서 웅얼거리는 동안 판사가 보였던 회의적이지만 인내심 있는 태도를 떠올렸다. 노인이 이야기하는 중에 몇 안 되는 방청인들 사이에서 한 번씩 킥킥거리는 웃음소리가 났다.

후안은 고개를 가로저으며 파커에게 말했다. "이 이야기는 전부터 들었어. 비행기와 영양에 대해서 수도 없이 들었지."

파커는 잠자코 있기로 결심했다. 싸워 봐야 소용없는 짓이었다. 라일의 말에는 광신자 특유의 정신 나간 열정이 가득했다. 정말이지 해괴한 이야기인데도 말이다.

라일은 말했다. "한번 둘러봐. 이 목장에 영양이 수천 마리가 있어, 1936년이랑 똑같이. 앵글러는 비행기를 이용해서 영양 떼를 절벽 밑 협곡으로 몰아넣고 붙들어 맸어. 어디서 그 짓을 했는지 할아버지가 보여 줬지. 놈은 짐승들을 라이언에 싣고 동쪽으로 출발해, 가는 내내 팔아 치운 거야. 그 자식은 독일 놈이기 때문에 히틀러와 연줄이 있었어! 일가친척은 아직 거기 있었고. 가족이란 놈들도 앵글러랑 똑같이 염병할 나치 새끼들이었지. 그놈은 어디다 연락해야 할지 알고 있었어.

놈은 영양 새끼 한 마리에 백 달러에서 2백 달러씩 받고 팔았어. 그 당시 와이오밍 바깥에선 영양이란 게 아주 희귀했으니까. 비행기로 한 번에 40마리까지 싣고 날아갈 수 있었으니, 놈은 뉴저지까지 갔다 오는 데 드는 비행기 연료 값을 내고도 웬들 오크스의 대출금을 싹 다 갚을 만큼 현금을 벌어들였던 거야. 나쁜 새끼가 이 모든 짓거리를 우리 할아버지랑 공동 소유한 비행기로 벌이고도 절대 그 지랄 같은 일에 끼워주지 않았지!'

빠르게 내뱉는 라일의 입가에 침방울이 맺혔다. "그다음엔 다른 목장까지 사들이기 시작하더군. 그러다가 빌어먹을 석유를 찾아낸 거지. 앵글러란 놈은 긴긴 세월 동안 우리 할아버지랑 아버지를 멀리 떼어 놓느라고 변호사나 깡패들한테 수천 달러를 뿌릴 만큼 부자였어. 우리가 가진 마지막 한 방이 오래된 나치 재산을 놓고 싸우는 거였는데, 네가 우릴 떨궈 버렸지."

파커는 한숨을 쉬며 눈을 감았다. 그 역시 코디에서 자랐고, 모든 게 팔자소관이라는 듯 현재 처지를 죄다 과거 탓으로 돌리는 인간들을 경멸했다. 서부의 삶이란 그야말로 자기 자신을 완전히 개조하는 것임을 라일은 몰랐던가? 집안의 유산 같은 건 아무 의미 없다는 것을?

"내가 이 농장을 가져갈 순 없어." 라일이 말했다. "소나 자동차나 산쑥을 아무리 가져가도 일을 바로잡을 순 없는 거야. 그런데 놈의 빌어먹을 책 무더기는 확실히 챙겨 갈 수 있지. 값이 수십 만 달러는 나간다던데. 그렇지 않아, 파커?"

"모르겠습니다." 파커가 말했다. "수집가가 아니라서요."

"그래도 넌 직접 봤잖아, 그렇지? 놈의 밀실에 들어간 적 있지?"

"딱 한 번요." 파커는 바닥부터 천장까지 책꽂이가 가득 있던 커다랗고 컴컴한 방을 떠올렸다. 종이 냄새와 케케묵은 냄새가 났다. 프리츠는 은은한 노란 빛이 나는 티파니 램프 스테인드글라스 갓을 씌운 램프. 보석 브랜드 티파니의 창립자 찰스 루이스 티파니의 아들이자 아르누보 예술가인 루이스 컴포트 티파니가 디자인한 유리 갓 전등에서 유래했다를 켜 두고 붉은 색 가죽 의자에 앉아 독서를 즐겼다. 책을 완전히 펼치는 법이 없었고 어떤 식으로든 책이 손상되지 않게 조심했다. 다 갖추는 데만 60년이 걸린 책 컬렉션은 대부분 가죽으로 장정된 초판본이었다. 프리츠의 소장품은 주로 미국 서부에 관한 책과 제3제국에 관한 독일어 원서였다. 파커가 선반을 훑어보는 동안 『나의 투쟁』 Mein Kampf. 아돌프 히틀러(1889~1945)가 자신의 반민주주의적 권력 사상과 반유대주의적 세계관을 피력한 자서전. 1925년에 제1권, 1927년 제2권을 발간했다 두 권이 꽂혀 있는 걸 보고 기겁했지만 노인에게는 아무 말도 하지 않았다.

"그런데 거기 뭐가 있었나?" 라일이 말했다. "내가 들어 봤을 만한 책들도 있었나? 루이스와 클라크 탐험 보고서 원본? 조지 캐틀린의 인디언 책? 어윈 위스터의 초판?"

"오웬 위스터입니다." 파커가 바로잡았다. "『버지니언』 서부극의 아버지로 불리는 미국 작가이자 역사가 오웬 위스터(1860~1938)의 대표작. 그래요, 그 책들을 봤습니다."

"하!" 라일이 의기양양하게 말했다. "그 인디언 책이 50만 달러가 나간다고 앵글러가 떠벌리는 걸 들었지."

파커는 두 가지 사실을 동시에 깨달았다. 흰 눈 사이로 으리으리한 고택의 고딕풍 윤곽이 보일 정도로 가까이 왔다는 것, 그리고 후안이 픽업트럭을 세웠다는 것.

"책이라고!" 후안이 쏘아붙였다. "지금 좆같은 책 가지러 온 거야? 보물을 털어 갈 거라고 형이 말했잖아."

"후안." 라일은 말했다. "책이 바로 그놈의 보물이야. 그래서 화물 트레일러를 끌고 온 거고."

"책이라면 한 권도 갖기 싫거든!" 후안이 으르렁거렸다. "나는 보석이나 총일 줄 알았지. 뭐냐, 희귀한 거. 구닥다리 책에 대해서는 아무것도 모른다고."

"다 잘 풀릴 거야." 라일이 후안의 어깨를 토닥거리며 말했다. "날 믿어. 인간들은 책을 수집하는 데 거금을 탕진한다고."

"그렇담 멍청이들이지." 후안이 머리를 흔들며 말했다.

"잔디밭을 쭉 가로질러서 가." 라일이 후안에게 일러 주었다. "우리가 여기까지 걸을 필요 없게 트레일러를 현관문에 최대한 바싹 붙여서 세워."

"썩어 빠진 책 나부랭이로 꽉 채우게 말이지." 후안이 이빨을 드러내며 말했다.

"진정해, *아미고*amigo. 스페인어로 '친구'를 뜻한다." 라일이 후안에게 말했다. "내가 언제 너를 나쁜 길로 꼬드긴 적 있었어?"

"한 천 번쯤은 되지, 아미고."

라일은 씩씩대며 웃었다. 파커는 후안을 유심히 살펴보았다. 그는 장단을 맞춰 줄 생각이 없어 보였다.

라일이 말했다. "내가 현관문 열 동안 변호사 놈 잘 감시해." 파커에게는 "열쇠 내 놔" 하고 말했다.

열쇠를 넘겨준 파커는 라일이 눈보라를 헤치며 힘겹게 현관 계단을 올라가는 모습을 지켜보았다. 바람이 맹렬히 휘몰아쳤다. 라일은 한 손으로 모자를 꾹 누르며 걸음을 옮기다 돌풍 때문에 현관에서 거의 굴러 떨어질 뻔했다. 눈발은 오히려 점점 더 거세게 내리붓고 있었다.

"책이라고." 후안이 낮게 중얼거렸다. "저놈이 날 속였어."

앵글러의 저택으로 들어가는 육중한 이중 현관문은 박공 구조의 석조 아치에 들어찼고 높이는 2미터가 넘었으며 철재 볼트 대가리가 점점이 박혀 있었다. 앵글러는 보안에 열을 올리는 인간이었다. 파커는 전에 여기 와서 열린 현관문 두께를 눈여겨보았던 게 기억났다. 두께가 5센티미터도 넘었다. 그는 라일이 열쇠구멍에서 눈을 쓸어 내고 장갑 낀 손으로 뒤퉁스레 열쇠고리를 만지작거리는 것을 지켜보았다.

"책은 보물이 아니지." 후안이 말했다.

파커는 빈틈을 공략했다. "맞습니다, 책은 보물이 아니죠. 당신네가 여기 있는 책들을 내다 팔려면 도난당한 책이어도 신경 안 쓰는 부유한 수집가들을 어떻게든 찾아내야 할 겁니다. 라일은 저 책들마다 장서표ex libre, 라틴어 'ex libris(책에서)'에서 나온 명칭으로, 서적의 소유를 명시하기 위하여 책표지 안쪽에 붙이는 표를 일컫는다. 책 소유자의 이름이나 문장을 미술적인 도안과 결합하여 주로 목판화나 동판화로 제작한다가 있다는 점을 잘 이해하지 못하고 있어요."

후안이 어리둥절하게 훑어보았다. "책마다 소유권 표시가 있거든요. 프리츠는 책을 팔려고 수집한 게 아니에요. 책을 사랑하기 때문에 모은 겁니다. 프리츠의 책을 공개적으로 파는 건 징글징글하게 힘들 거예요. 책 수집가들 세계는 좁으니까요."

후안이 욕설을 내뱉었다.

파커가 말했다. "영양이나 힌덴부르크 호에 대한 정신 나간 얘기와 다를 게 없어요. 저 사람은 자기가 무슨 말을 하는지도 모른다고요."

"저놈은 미쳤어."

"아무래도 그런 것 같군요." 파커가 말했다. "저 사람이 당신도 이 난리에 말려들게 했고요."

"난 아까 그 개 안 죽였수다."

"뭐라고요?"

"안 죽였어. 머리 옆을 쐈을 뿐인데 개가 깨갱거린 거야. 그런 늙은 개를 쏘긴 그렇더라고. 날 물려고 들지만 않으면 난 개가 좋아."

"고맙습니다, 후안." 파커는 시내에선 폭설이 그리 맹렬하지 않기를, 챔프가 안전한 곳을 찾아내기를 바랐다.

두 남자는 라일이 문을 열려고 끙끙대는 모습을 지켜보았다. 코트 옆구리는 이미 눈으로 덮여 있었다.

"이렇게 폭풍이 심하면 그냥 바깥에 있기만 해도 죽을 수 있어요." 파커가 말했다. 그리고 숨을 깊이 들이쉬었다 참았다.

"라일 저 놈은 미쳤어." 후안이 말했다. "저놈은 자기 일가를 바로 잡고 싶어 해. 어떻게 훌훌 털고 앞으로 나아가야 할지를 몰라."

"말 잘하셨습니다. 라일이 미친 짓을 하는 데에 당신까지 말려서 고생할 이유는 없습니다." 파커가 말했다.

"이보쇼, 지금 무슨 수작인지 알아."

"그렇다고 내 말이 틀렸다는 뜻은 아니죠."

후안은 말이 없었다.

"제 아내랑……." 파커가 말했다. "요새 문제가 좀 있어요. 대화를 하고 일을 바로잡아야 해요. 다시는 아내와 이야기를 할 수 없다는 건 상상도 할 수 없어요. 도대체가, 아내더러 마지막으로 한 말이 '문 잘 닫고 얼른 꺼져'라니."

후안이 코웃음을 쳤다.

"제발……."

"라일이 당신더러 도와 달라는데." 후안이 앞 유리 쪽으로 턱짓하며 말했다. 유리 너머 현관에서 라일이 손짓하고 있었다.

"우린 그냥 손 떼도 됩니다." 파커가 말했다. "집에 갈 수 있어요."

"저 인간을 그냥 여기 내버려두잔 말이야?"

"그래요." 파커가 말했다. "이 일에 대해서는 누구한테든 절대 입도 뻥긋하지 않을 겁니다. 맹세해요."

후안은 파커가 말한 방법에 대해 생각해 보는 듯했다. 현관 앞에서, 라일은 점점 더 분노하고 점점 더 광란에 사로잡혔다. 몸을 정면으로 들이받는 눈보라에 코트 소맷자락과 바짓가랑이가 펄럭였다. 모자가 돌풍에 휙 벗겨졌다. 라일이 팔을 허우적거리며 쫓아갔지만 모자는 그대로 날아가 버렸다.

"가 봐." 후안이 말했다.

"하지만 제 생각엔……."

"빨리 가." 그가 권총을 내보이며 말했다.

파커는 살벌한 폭풍에 어안이 벙벙했다. 눈이 그의 얼굴을 얼얼하게 쏘아 댔다. 방패 삼아 치켜든 팔로 머리를 숨기려 해 봤다. 맨살에 닿는 바람이 너무도 차가워서 거의 뜨겁게 느껴졌다.

"이 망할 놈의 문짝 열게 얼른 도와줘!" 라일이 고함 쳤다. "맞는 열쇠를 못 찾겠어." 그가 파커에게 열쇠고리를 넘겼다.

"뭐가 맞는 열쇠인지 모르는 건 나도 똑같아요." 파커도 고함 쳤다.

"씨발 그냥 해 보라고, 변호사!" 라일이 권총으로 쿡 찌르며 말했다.

파커는 라일이 그랬던 것처럼 문으로 몸을 수그렸다. 자물쇠와 열쇠를 잘 들여다보고 몸을 움직일 공간을 확보할 수 있게 등으로 바람을 막고 싶었다. 여러 열쇠를 넣어 봤지만 돌아가는 건 하나도 없었다. 그중 딱 한 개만 그럭저럭 들어맞는 것 같았다. 다시 그 열쇠를 끼워 보았다. 손발에 감각이 거의 없었다.

정신 차려 보니 라일이 다시 소리 지르고 있었다.

"후안! 후안! 대체 지금 뭐 하는 거야?"

파커가 힐끗 올려다보았다. 그에게 등을 보이고 계단에 선 라일은 눈 속으로 희미하게 사라진 픽업트럭과 트레일러를 향해 소리치며 팔을 휘젓고 있었다. 후미등이 희미한 분홍빛으로 깜빡였다.

그 순간, 파커가 오른손으로 열쇠를 돌리면서 왼손으로는 철문 손잡이를 잡아당기자 낡은 자물쇠가 부러졌다.

파커는 어깨로 문을 쾅 들이받고 컴컴한 집 안으로 들어가 문을 밀어 닫고 힘껏 빗장을 질렀다.

라일이 욕설을 퍼부으며 문 열라고 소리 질렀다.

밖에서 라일이 45구경 탄창을 다 비우는 동안 파커는 차디 찬 돌벽에 등을 대고 비켜섰다. 목재에 동전만 한 구멍 여덟 개가 뚫려 슬레이트 마룻바닥에 가느다란 하얀 빛살이 비쳐 들었다.

그는 몸을 부둥켜안고 덜덜 떨었다. 허연 입김이 머리 위로 후광처럼 떠돌았다.

파커는 따뜻한 피가 돌게 해 보려고 자기 몸을 껴안고서 앵글러의 도서관을 서성거렸다. 전등도 안 들어오고 여러 달 전에 전화도 끊겨 있었다. 두꺼운 커튼 틈새로 미약한 빛이 새어 들어왔다. 밖에서는 눈보라가 포효하며 낡은 집으로 돌진했으나 라일이 그렇듯 더는 들어오지 못했다. 도서관의 유일한 창문은 손바닥만 한 틈만 남기고 전부 눈에 뒤덮였다. 그 작은 틈으로 밖에 라일이나 라일의 시체가 보이는지 둘러보았지만 어느 쪽이든 보이지 않았다. 라일을 밖에 버려둔 지 20분이 지났다.

어느 순간 울부짖는 소리가 들린 듯했지만, 걸음을 멈추고 귀 기울이자 창문을 쩌렁쩌렁 울리는 바람 소리밖에 들리지 않았다.

고서를 불쏘시개 삼아 벽난로에 불을 지피고, 아래층 거실에서 찾은 망가진 가구와 장식용 통나무를 땔감으로 던져 넣었다. 불꽃이 뿜는 주황색 빛이 서가에 빼곡한 책등 위로 어른어른했다.

파커는 몸만 따뜻하게 하는 정도가 아니라 폭풍이나 바깥에 내릴 어둠에 방패막이가 되어 줄 끝장나는 불을 피우고 싶었다.

자정이 지나자 땔나무가 떨어졌다. 이젠 앵글러의 책들을 던져 넣어 불길을 유지했다. 주로 독일어 책들을 넣었다. 바깥의 폭풍이 약간 누그러든 것 같았다.

땔감을 더 얻으려고 선반에 손을 뻗치며 『나의 투쟁』에 손가락이 닿지 않게 피했다. 설명할 순 없지만 그 책을 실제로 만지기는 뭔가 섬뜩했다.

그러다가 문득, 땔감이 필요하다면『나의 투쟁』이야말로 태워 버려 마땅하다는 생각이 들었다. 불길에 책을 내던지니 책장에 끼여 있던 네모난 종이가 팔랑팔랑 바닥에 떨어졌다.

파커는 종이를 주워서 불에 튕겨 넣으려고 허리를 굽히다가 그게 오래된 사진임을 알아보았다. 난로 불빛에 비친 사진을 들여다본 그는 숨이 턱 막혔다.

파커가 어둠 속에 잠긴 계단을 뛰어 내려가 현관문에 걸었던 빗장을 홱 열어젖혔다. 거센 바람에 양쪽 문이 안으로 열렸다. 그는 흩날리는 눈발에 눈을 찡그리며 허옇고 검은 거대한 소용돌이 속을 들여다보려고 했다.

"라일!" 그가 헛되이 소리쳤다. "라일!"

작가의 말

이 이야기는 허구이지만 사진은 그렇지 않다.

현대 미국 서부에서 손꼽히게 기묘한 일화로, 1936년 와이오밍
의 목장주이자 유명한 사진가인 찰스 벨든이 자기 목장에서 잡은
프롱혼 영양 새끼들을 라이언 단엽비행기에 싣고 전국의 동물원
에 배달한 일이 실제로 있었다. 그중 뉴저지 레이크허스트로 가
서 베를린 동물원행 독일 비행선 LZ 129 힌덴부르크 호에 배달
한 적도 있었다.

이 사진은 와이오밍 대학교 미국 문화유산 센터의 찰스 벨든 컬
렉션에서 제공한 것이다.

프롱혼 영양이 그 뒤로 어찌 되었는지에 대한 정보는 찾을 수가
없다. 영양은 아돌프 히틀러가 유치했던 1936년 베를린 올림픽
이 폐막한 직후에 도착했으리라.

— CJB, 2011.

유령의 책

2011년 뉴욕 퀸스

강제수용소 다섯 곳을 전전하며 3년을 버텨 낸 야코프 바이젠은 마치 쌍둥이가 서로를 훤히 알듯 죽음을 속속들이 알았다. 그러나 죽음에 대해 배웠던 시간은 이미 70년 전에 끝났다. 이제 죽음과 관련해 깨우칠 것은 마지막으로 딱 하나 남았고, 그 깨달음도 머잖아 찾아올 터였다. 바이젠은 죽음을 두려워하지 않았지만 그렇다고 딱히 반기지도 않았다. 온갖 죽음을 다 보았기에 그 안에 일종의 평화가 깃들어 있다는 점을 이해하는 한편, 지옥 같던 시절 어떻게든 살아남으려고 너무도 고군분투한 나머지 이제 와 늙고 지쳤다 하여 순순히 죽음을 받아들일 수만도 없었기 때문이다.

"*자이데* 이디시어로 '할아버지'를 뜻한다. 이디시어란 고지 독일어에 히브리어, 슬라브어 따위가 결합된 언어로서, 유럽과 미국의 일부 유대인들이 사용한다, 무슨 생각해요?" 바이젠의 손녀 레아가 할아버지의 떨떠름한 표정을 살피며 물었다.

"죽는 생각."

"*아으* 'Oy'. 이디시어로 놀라움이나 비통함을 나타내는 표현, 또 이러기예요?"

"아가야, 언젠간 말이지, 비가 올 거다. 그러면 난 시궁창에 고인 기름때처럼 둥둥 떠서 하수도로 씻겨 내려가겠지. 어느 날은 여기 있다가, 다음엔 영영 사라질 게다. 누구도 기름때 한 점 없어졌다고 애석해하면 안 돼. 우리는 그저 그뿐인 거야…… 어쩌면 그보다도 못하지."

"*자이데*, 제발 그만해요. 할아버지가 이런 식으로 나오는 거 진짜 싫어요." 레아가 케네디 공항을 빠져나와 밴 위크 고속도로로 차를 몰며 말했다.

"내가 진실을 말하는 게 싫다고?"

"할아버지한테만 진실이죠, *자이데*. 모두에게 진실이 아니라요."

그가 재킷 소매를 밀어 올리고 셔츠도 걷어붙이더니 처진 팔뚝 살에 새겨진 희미한 숫자들을 쭈글쭈글한 검지로 톡톡 두드렸다. "아니야, 아가. 나만의 진실이 아냐. 그야말로 진실이지. 하루는 이 세상에 있다가 다음 날엔 사라지고, 그다음엔 잊히고 마는 기름때와 잿더미의 진실을 나는 똑똑히 봤다. 그리고 일단 잊히고 나면…… 돌이킬 수 없는 거야.”

“모두가 잊히는 건 아니에요.” 레아가 짜증스런 목소리로 말했다.
“할아버지와 할아버지 친구 아이작 베커도 있잖아요. 두 분은 잊히
지 않을 거예요. 두 분 다 영원히『유령의 책』과 이어져 있을 테니까
요.”

정말이지『유령의 책』이라니! 이 무슨 귀신 씻나락 까먹는 소리인
가. 레아 말마따나 두 사람이 한데 이어져 있다는 건 사실이었으나,
야코프 바이젠과 아이작 베커는 거미와 파리가 붙어 다니기 어렵듯
이 친구로 지내기 힘든 관계였다. 끝도 없는 세월 억눌린 울화와 죄
책감이 통째로 왈칵 쏟아져 나올까 봐 두려워서, 그는 경매장에 도
착할 때까지 입을 꾹 다물기로 마음먹었다. 극악무도한 잔혹 행위가
코앞에서 벌어져도 잠자코 보고만 있는 법을 억지로 터득한 지 벌써
수십 년이나 흘렀다. 소리 높여 말했다가는 그저 총알을 맞거나 '박
멸'될 뿐인 세상에서는, 알아서 침묵하는 것이 필수적인 생존 기술이
었다. 거짓말 또한 제2의 천성이 되었다. 거짓말은 비르케나우 수용
소<sub>아우슈비츠 제2수용소로 불리는 최대 규모의 나치 강제 수용소이자 대량 학살 시설. 유대인, 폴란드인, 집시 등
을 대상으로 강제 노역과 고문, 대학살이 자행되었다</sub> 가스실로 가는 대기실에서 특히나 요
긴한 기술이었다.

그는 “샤워 후 옷을 찾아갈 수 있게 옷걸이 번호를 기억하시오”라는 거
짓말을 확신에 찬 말투로 빠르게 읊는 법을 터득했다. 그것도 아주
다양한 언어로 말이다. 이디시어, 독일어, 러시아어, 우크라이나어,
폴란드어, 헝가리어, 체코어, 네덜란드어…… 많기도 많았다. 야코

프는 아직도 가끔씩 밤중에 그 거짓말을 여러 나라 말로 중얼중얼하다가 잠에서 깼다.

교도관 중에 하일만이라는 개새끼가 있었다. 속이 시커멓고 얼굴은 비행기에서 추락해 으깨진 것처럼 생긴 놈으로, 시체 무더기가 소각장으로 실려 나갈 때마다 야코프에게 똑같은 농담을 반복하곤 했다. "너희 유대인들은 하나같이 기억력이 형편없는 모양이군. 당최 자기 옷을 가지러 돌아오는 법이 없더라. 전부 어디로들 가셨는지 모르겠네?" 하일만은 번번이 웃어 댔고, 그 칼날 같은 웃음은 번번이 생채기를 냈다. 이렇게 많은 세월이 흘렀는데도 어째서 하일만을 떠올려야 하는지 의아했다. 얕게 찔린 수천 군데 상처에서 이제야 피가 흘러나오는 걸까?

그러니 야코프 바이젠이 그냥 입을 다물지 못한 것은 꽤나 아이러니한 일이었다. 엄청나게 어리석고 쓸데없는 거짓말을 꾸며 내는 바람에, 전쟁 이후의 삶이 아이작 베커와 놈의 저주받은 책에 사로잡히게 된 것도 마찬가지다. 베커라는 멍청이 녀석이—야코프와 공모하여—자기 목숨을 바친 책 말이다. 바이젠이 늙어 갈수록 아이러니의 쓴맛은 입속에서 점점 심해져만 갔다. 너무도 씁쓸해서 숨이 턱 막힐 지경이었다. 레아의 차가 롱아일랜드 고속도로 위를 달리며 맨해튼의 고층 건물들을 스쳐 지나고, 그렇게 점점 희귀 도서 경매가 눈앞에 닥쳐오는 지금, 그는 숨이 턱턱 막히는 걸 느꼈다. 그리고 사람들이 흔히 그러듯 스스로에게 똑같은 질문을 계속해 던졌으니, 붉은 군대의 손에 수용소가 해방된 뒤로 이미 천 번, 만 번, 백만 번은 던진 질문이었다. 왜? 세 개의 자모, 두 개의 음소, 하나의 음절이지만 사람의 마음에 대해서라면 우주에서 가장 복잡한 질문, '왜WHY'. 유대인 재정착 기관 사람들이 병원으로 면담하러 왔을 때 왜 그냥 아가리를 닥치고 있지 않았을까? 가만히 있어도 미국으로 가게 됐을지 모르는데 왜 쓸데없이 아이작 베커와 『유령의 책』 이야기를 늘어놓았을까?

변명거리가 아주 없는 건 아니었다. 때로는 발 뻗고 푹 잠을 청할 만큼 그럴듯한 변명도 떠올려 볼 수 있었다. 우선 소련과 엮이고 싶은 마음이 조금도 없었다. 소련의 만행을 직접 목격한 바로는 나치보다 별반 나을 것도 없었으니까. 피로 물든 유럽의 우울한 폐허에서 새 삶을 꾸려 나갈 희망도 없었고, 팔레스타인 땅에 고국을 세우기 위해 영국과 싸울 열의도 없었다 유대인들은 1948년 이스라엘을 건국하는 과정에서, 그때까지 팔레스타인 지역을 위임 통치했던 영국과 많은 갈등을 빚었다. 미국. 야코프 바이젠은 너덜너덜해진 자신 안에 뭐가 남아 있든 그걸로 무엇이든 이뤄 볼 수 있는 신세계로 가고 싶었다. 스스로를 영웅으로 조명하고자 한다면 대서양을 건너가는 쪽이 한결 유리할 터였다. 미국인들은 영웅이라면 사족을 못 쓴다고 하니 말이다. 그래서 그는 사실을 끌어와 거짓말을 섞고 살을 덧붙여서 자기만의 구원 신화를 창조했다. 맨해튼까지 몇 분밖에 남지 않은 지금이야 구원보다는 천벌에 훨씬 더 가깝게 느껴졌지만.

"성함이 야코프 바이젠 씨 되시죠?" 기관에서 나온 검은 머리의 미국 여자는 그의 신청서를 띄엄띄엄 읽었다. 그녀는 상당히 아름답고 섬세했으며 이디시어도 그럭저럭 잘 구사했다. "미국이나 캐나다에 재정착하고 싶다고 쓰셨네요."

"미국만입니다. 보세요, 2지망도 미국이라고 적었습니다만, 사람들이 줄을 그어 지우더니 캐나다를 적으라고 시키던걸요."

그녀는 자기도 모르게 미소 지었다. "왜 미국만인가요, 야코프 씨?" 이 물음에 그가 바라 마지않던 대화의 물꼬가 트였다.

그래서 바이젠은 어린 시절부터 친구였던 아이작 베커, 나치 친위대원들조차 이야기꾼이라 불렀던 그 용감한 친구가 어떻게 1년 반동안 비르케나우와 다른 보조 수용소들에서 책을 썼는지 들려주었다. 베커가 쓰던 책은 그저 집시라고만 알려진 주인공이 등장하는 소설이었다.

"그 책에서는 말이지요." 야코프가 미국 여자에게 설명했다. "수용소에서 만났던 사람들이 가스실로 끌려간 뒤 유령이 되어 집시 앞에 나타납니다. 유령들은 집시에게 자기 이야기를 들려주지요. 집시는 하나하나 마음에 깊이 새기며 만약 자기가 살아남는다면 이 모든 이야기를 온 세상에 전하리라 다짐합니다. 아이작이 자기 책 제목을 말해 준 적은 한 번도 없었지만, 난 그게 『유령의 책』이라 생각하게 됐답니다."

"정말 흥미로운 얘기네요, 야코프 씨. 하지만 이게 야코프 씨 본인이나, 미국에 재정착하시겠다는 요청 사항과 무슨 관계가 있는지 잘 모르겠는데요—."

바이젠이 말을 끊고 자기 이야기를 계속했다. "그게 말이죠, 아이작이 워낙에 탁월한 이야기꾼이어서, 뭐랄지 클라인만 중위의 사유 재산처럼 되었거든요. 클라인만의 애완동물이랄까요. 애초에 아이작이 소설을 쓸 수 있도록 메모장과 펜을 준 게 바로 클라인만이었죠. 아이작이 정말로 그 메모장에다가 『유령의 책』을 쓰고 있었다는 사실은 클라인만 놈이 알 턱 없었지만요. 아이작은 돼지 같은 나치 새끼를 살살 달래기 위해 책에 적힌 이야기를 읽는 척만 했을 뿐입니다. 이야기를 해 준 대가로 중위는 아이작이 샤워실로 가지 않게 손써 주었고요. 그러던 어느 날 이야기에 너무 푹 빠져든 중위가 그만 자기가 줬던 메모장을 도로 가져가겠다고 요구하면서 이런 속임수도 끝장났습니다. 아이작은 잠시 저항했지만, 사실 그 친구가 뭘어쩔 수 있었겠습니까? 결국 아이작은 클라인만에게 책을 넘겨주었는데, 놈은 헝가리어가 적혀 있는 첫 장만 그냥 흘끗 보고는 책상 서랍에 넣고 잠가 두었습니다.”

“마음을 사로잡는 이야기긴 하지만, 그래도 이게 어떻게 야코프씨 주장을 뒷받침하는지 모르겠네요.” 그녀는 이렇게 말했으나, 말과는 달리 떨리는 목소리에 속마음이 드러났다.

“가엾은 아이작이 반쯤 정신이 나가서 내게 와 자초지종을 말했습니다. 또 자기의 경솔한 행동 때문에 우리 막사 전체가 처벌받게 될까 봐 얼마나 두려운지 모른다고요. 아이작은 이렇게 말했죠. ‘만약 우리 모두가 그 책에 대해 알고 있으면서도 알리지 않은 거라 생각하면 어쩌지? 놈들이 우리한테 무슨 벌을 줄지 모를 일이잖아?’”

여자는 이야기에 푹 빠져든 나머지 탁자 건너편으로 손을 뻗어 야코프의 손을 잡았다. "그래서요? 그다음에 어떻게 되었는지 얘기해 주세요."

"베커와 나는 어둠을 틈타 책이 숨겨져 있는 클라인만의 좁은 사무실로 몰래 들어갔습니다. 우린 자물쇠를 비틀어 열다가 클라인만 한테 현장에서 딱 걸렸지요. 그래서 내가 날카로운 유리 조각으로 그 괴물의 목을 찔렀습니다. 여기를요." 야코프는 팔을 뻗어 미국 여자의 보드랍고 하얀 목을 만지며 속삭였다. "하지만 그 자식이 벌써 아이작의 다리에 상처를 입힌 뒤였죠. 난 거기 남아서 친구를 돕고 싶었지만 아이작 본인이 말을 듣지 않았어요. 아이작은 오로지 책 생각뿐이었습니다. '몸을 사리도록 해.' 아이작이 말했어요. '그리고 무슨 수를 써서라도 여기서 책을 몰래 가지고 나가라. 이 안에서 무슨 일이 있었는지 반드시 세상에 알려야 해.' 나는 친구가 부탁한 대로 했습니다. 경비 한 명과 물물 교환을 해서 얻은 헝겊과 고무 시트로 그 책을 꽁꽁 싸 놨다가, 다음 날 아침 근처 농장 중 한 곳으로 가는 유골 수레에 책 꾸러미를 슬쩍 넣었지요. 폴란드 레지스탕스 일원이 그 농장을 소유하고 있다고 들었거든요. 폴란드 사람들이 우리 뼛가루를 비료로 썼다는 거 아십니까? 우린 산 채로는 그들에게 아무 쓸모가 없었지만, 죽어서는……."

"세상에!" 그녀가 가쁜 숨을 토했다. 눈물이 볼을 타고 흘러내렸다. "그럼 베커는요. 아이작 베커는 어떻게 되었나요?"

"고문당하고, 십자가에 못 박혔습니다. 죽는 데 사흘이 걸렸어요. 놈들은 아이작의 시신이 새들에게 쪼아 먹히는 것을 모두가 볼 수 있도록 내버려 두었죠."

"책은요. 책은 어떻게 됐어요?" 그녀는 뒷얘기를 알고 싶어 혈안이 되었다. 야코프 바이젠이 떡 벌어진 어깨를 으쓱했다. "어느 폴란드 농부의 밭에 처박혀 있을지도 모르지요. 아무래도 영영 알 수 없지 않을까요." 이쯤에서 끝낼 수도 있었건만, 야코프는 그러지 못했다. 여자의 손길과 눈물, 미모에 힘을 듬뿍 얻어서는 선을 넘고 말았다. "이제 아시겠죠— 미안합니다, 제가 실례를 했네요. 성함이 어떻게 되세요?"

"에이바 레빈스키예요." 그녀가 살짝 얼굴을 붉히며 답했다.

"아시겠죠, 에이바 레빈스키 양. 나는 미국으로 가서 우리 민족에게 이 이야기를 들려주어야 합니다. 그 사람들도 수용소 사진을 보겠지만, 유럽에서 간신히 살아남은 우리가 느낀 공포는 절대 알 수 없을 겁니다. 다 죽고 몇 남지도 않은 유대인들이 겪은 공포 말이에요. 그 책은 사라졌지만, 미국에 있는 우리 민족은 유대인들이 전부 온순한 양처럼 죽지는 않았다는 것을, 어떤 이들은 자존심을 지켰다는 것을 알아야만 합니다. 사람들은 가련한 아이작의 용기와 그의 책에 대해 알아야 합니다. 잊지 마세요, 내가 아이작을 클라인만의 시체 옆에 남겨 두고 떠나기 전에 그 친구가 이렇게 말했다는 것을요. '이 안에서 무슨 일이 있었는지 반드시 세상에 알려야 해.'"

그렇게 아이작 베커의 전설과 『유령의 책』 신화가 탄생했다. 진실은 전혀 달랐지만, 바이젠이 각색한 역사에 이의를 제기할 사람은 한 명도 남아 있지 않았다. 같은 막사에 있던 마지막 수감자는 붉은 군대가 수용소로 진격하기 전날 티푸스로 사망했고, 전후의 혼란을 틈타 간신히 정의의 심판이나 죽음을 모면한 나치 친위대 떨거지들은 누구도 사실을 바로잡겠다고 나서려 들지 않았다. 그래서 야코프 바이젠은 소원을 성취했고 불과 몇 달 뒤 미국에서 새 삶을 얻었다.

그는 브루클린 포스터가에 자리 잡았다. 빅토리아 시대 주택 1층의 침실 한 개짜리 아파트였다. 거기서 32번가로 통근하며 **슈마터** 'schmatte'. '누더기', '의류'를 뜻하는 이디시어. 영미권에서도 같은 뜻으로 통용된다 사업체, 즉 의류 공장에서 재단사로 일했다. 어쩌면 그는 평범한 사람으로서 지극히 평온하고 생산적인 삶을 살 수도 있었으리라. 어쩌면 아내를 맞아들여 아이를 낳을 수도 있었으리라. 과거와 더욱 거리를 두기 위해서 그는 자신을 잭 와이즈라 부르기 시작했고, 법적으로 개명 절차를 밟으려고 변호사를 찾아가기까지 했다. 전쟁이 끝난 뒤 병원에 있던 시절 다른 사람이 그와 면담했더라면 모든 일이 아주 다르게 풀려 갔을지도 모른다.

외로울 때면 비단결 같은 검은 머리에 이디시어를 곧잘 하던 아름다운 미국 여자를 떠올렸다. 하기야 그는 언제나 외로웠다. 그녀는 그가 새로운 삶을 실현하는 데에 큰 도움을 주었다. 그녀가 그의 손을 따뜻하고 보드랍게 어루만졌던 순간, 그리고 그가 그녀의 몹시도 새하얀 목에 손끝을 살짝 댔던 순간의 촉감이 떠올랐다. 시끄럽고 붐비는 지하철을 타고 출근할 때나 검소한 아파트로 돌아올 때 이따금 자장가를 부르듯 그녀의 이름을 머릿속에서 되풀이했다. 에이바 레빈스키 양…… 에이바 레빈스키 양…… 에이바 레빈스키 양…… 마음이 허할 땐 탐정을 고용해 그녀를 찾아내 보면 어떨까 고민도 들었다. 하지만 그러지 말자고 생각했다. 그래 봐야 별로 좋을 게 없을 터였다. 두 사람 사이에 무엇이 싹텄든 거짓말이라는 젖은 모래를 토양으로 삼았을 테니까.

그러다 어느 화창한 봄날의 일요일 아침, 잭 와이즈는 일요일 아침마다 그랬듯 코니아일랜드 부두로 낚시를 하러 갔다. 등 뒤에선 패러슈트 점프 코니아일랜드의 랜드마크인 붉은 색 타워형 고공낙하 놀이기구가 구름 한 점 없는 파란 하늘로 날아오르고 있었다. 그는 날씨가 어떻든 상관없이 낚시를 했다. 수용소 시절을 거치며 덥든 춥든, 습하든 건조하든, 날씨에는 도통 무감각해졌다. 새벽같이 일어나, 지하철을 타고 시프스헤드 만이나 노선 맨 끝인 코니아일랜드까지 가서 낚싯줄을 던졌다. 낚시는 그가 스스로에게 허락한 유일한 호사이며 고독한 즐거움이었다. 또한 폴란드에 묻어 두고 왔으나 때때로 떠올라 숨을 틀어막는 죄책감과 공포의 영향을 벗어난 곳에 있는 활동이었다. 일요일 아침은 그가 머리통과 콧구멍에서 사람 살이 타는 악취를 완전히 몰아낼 수 있는 유일한 시간이었다.

그 일요일은 유난히 아름다웠다. 바다에서 미풍이 불어왔고 네이선스의 감자튀김 냄새가 짭조름한 공기에 섞여 들었으며 아이들이 웃는 소리가 들렸다. 그가 상어를 낚아 올리는 바람에 사람들이 몰려들지 않더라도 기억에 남을 만한 날이었으리라. 갓 잡은 상어를 들고 카메라 앞에 포즈를 잡고 있는 동안 꼭 한 시간은 지난 것 같았는데 실제로는 고작 몇 분 정도 지났을 따름이었다. 그러고 나서 그

거대한 물고기를 용왕님에게로 돌려보내 주자 군중은 흩어지고 다른 낚시꾼들도 자기 낚싯대 앞으로 돌아갔다. 잭 역시 자기 낚싯대 앞으로 돌아갔다.

그러다 그녀의 목소리를 들었다. "야코프 바이젠 씨!"

그는 그 목소리를 못 들은 척하려고, 전부 자기 마음의 착각인 양 굴려고 무진 애를 썼다. 그러나 그녀라는 걸 알고 있었다. 눈을 질끈 감고 그녀가 그냥 가 버리기를 기도했다. 그가 기도하는 건 1933년 신이 귀가 먹은 뒤로 처음이었다. 그러나 마음으로는 아주 다른 소원을 빌고 있었다.

"야코프 씨." 그녀가 다시 말했다. 이번에는 그의 팔뚝을 와락 부여잡았다.

그는 더 이상 뻗댈 수가 없었다. 마음의 기도가 이루어진 것이다. 냉담한 신이 아니라 흠이 있고 외로운 한 인간에게 간절히 호소한 기도였기에.

"에이바 레빈스키 양." 그가 지난 3년 동안 꿈꿔 온 얼굴을 돌아보며 말했다. 잠깐 가슴이 철렁 내려앉았다. "아직 성이 레빈스키 양인 거죠, 네?"

"네. 하지만 그렇게 불릴 날이 얼마 남지 않았으면 좋겠는걸요."

"그건 좀 두고 봅시다, 아가씨." 그가 몸을 기울여 그녀의 입술에 부드럽게 입맞춤하며 말했다.

그 입맞춤과 함께, 아이작 베커와 『유령의 책』, 그리고 끊임없이 마음을 어지럽히는 삶으로 가는 문을 다시 열어젖혔다. 그는 자기가 이름을 바꾸었다는 것이나 노동력을 착취하는 공장 바닥에서 어떻게 그렇게 빨리 '베커먼 앤드 선스' 고급 남성복 매장으로 옮겨 갔는지 설명하는 대신, 자신의 죄를 그 자리에서 바로 고백했어야 한다는 것을 알고 있었다. 이런 행운이 다 있나 얼떨떨하게 그녀를 바라보면서도, 머릿속으로는 중얼중얼 고백하고 있었다.

들어 보세요, 에이바 레빈스키 양. 방금 키스한 남자가 어떤 인간인지 이야기해 드릴게요. 이자는 거짓말쟁이에 살인자이고 위선자입니다. 자기 친구와 책에 대해 이 남자가 들려 준 이야기 기억나요? 뭐, 얼마만큼은 사실이에요. 책은 있었으니까요. 또 이 거짓말쟁이는 폴란드 국경 지대의 작은 독일인 마을에서 어릴 때부터 아이작 베커와 알고 지냈고요. 그러나 친구가 아니라 적이었지요. 둘은 처음 만났던 순간부터 서로를 끔찍이도 싫어했어요. 이자는 항상 베커가 몽상가에 멍청이라고 생각했습니다. 베커는 상대가 멋대가리 없고 타산적이라고 생각했고요. 두 남자가 같은 수용소에서 딱 마주치자 서로를 혐오하는 감정이 심해졌을 뿐이에요. 당신이 결혼할 이 남자는 말이죠, 막사의 앞잡이였고, 배급된 식량을 훔친 사람을 제 손으로 죽이는가 하면 나치 친위대에 밀고하기도 했답니다. 한편으로 이자가 술술 내뱉은 거짓말 때문에 죽은 자기 민족이 적어도 뉘른베르크에서 목매단 나치의 절반보다는 더 많을 거예요. 아, 베커 역시 성인은 아니었답니다, 레빈스키양. 그래요, 천부적인 이야기꾼이긴 했죠. 하지만 유골 무더기를 처리하는 고된 노동에서 빠지기 위해 그는 클라인만과 거래를 했어요. 클라인만 중위에게 이야기를 들려줄 때마다 휴식 시간을 얻고 식량도 추가로 배급받았던 겁니다. 그 여분의 식량은 어디에선가 덜어내야 했지요. 어떤 날은 모두에게 조금씩 부족하게 되었지만, 보통은, 유대인 한두 명이 추가로 죽어 나가게 되는 결과를 낳았죠.

클라인만이 메모장을 가져간 대목 역시 거의 사실입니다. 그러나 이 남자, 당신 눈앞에 있는 거짓말쟁이는 아이작 베커와 함께 책을 되찾으러 가지 않았습니다. 그건 미친 짓거리였을 테니까요. 그래요, 베커 혼자서 갔습니다. 클라인만 중위를 날카로운 유리 조각으로 찌른 건 이 거짓말쟁이가 아니라 베커였습니다. 목이 아니라 간 쪽이었지요. 당신이 방금 키스한 남자 말이에요, 이 자식이 어떻게 했는지 아십니까? 빵 조각과 쥐 고기 수프를 조금 더 얻어 내려고 베커를 고발했습니다. 또, 맞아요, 집시가 있었지요. 하지만 베커의 책 속 주인공이 아니었습니다. 집시는 다른 막사에서 온 수감자였어요. 나치 친위대와 어울리며 수용소 안팎으로 물건을 밀수하면서 목숨을 부지했고요. 유골 수레에 책을 집어넣은 건 집시였습니다. 그 책의 실제 내용에 대해서는, 이 거짓말쟁이, 살인자는 전혀 모릅니다. 베커는 자기가 아는 요리법이나 시, 헝가리 욕설을 잔뜩 적어 놨을지도 모르죠. 『유령의 책』이라! 유령이야 차고 넘쳐서 전 세계 모든 책에 싹 채우려 해도 자리가 부족했겠지요. 또, 그래요, 베커는 고문당하고 십자가에 못 박혔고 새들이 눈알을 쪼아 먹었답니다.

그는 이 중 무엇도 그녀에게 말하지 않았다. 대신 폴란드에서의 시간을 떠올리는 게 얼마나 힘들었는지 가식을 떨었다. 수용소 시절 이야기를 하는 데에 본인이 흥미가 없다는 점을 깨달았다고도 했다.

"그래서 이름을 바꾸었고, 미국인이 되기 위해 이렇게 열심히 일하고 있는 겁니다." 그가 말했다. "과거는 지나갔어요. 죽은 자들과 함께 묻어 둡시다."

에이바는 그의 설명을 수긍하는 것 같았다. 해외에서 유대인 재정착 기관 업무를 담당하는 동안 수많은 생존자들에 대해 보았기에, 열성적으로 자기 얘기를 하려는 사람이 얼마나 드문지 잘 알고 있었던 것이다. 짧은 연애 기간 동안 에이바는 베커나 그 책에 대해 한 번도 언급하지 않았지만 샴페인을 아주 많이 마신 다음 결국 입 밖에 내 버렸다. 에이바가 결혼 피로연에서 잭의 상사인 베커먼과 대화를 나누는 순간, 올 것이 오고야 말았다.

"생존자라고요! 재키가! 누가 알았겠어요?" 베커먼이 물었다. "나한테 그런 얘기는 한마디도 안 했는걸요."

"그이가 『유령의 책』 얘기를 한 번도 안 했다고요?"

"일언반구도 없었어요."

"우리가 처음 만났던 날 얘기했던 게 바로 그거예요. 그이는 아직 그쪽 병원에 있었죠." 그녀가 말했다. "당시 잭의 이름은 야코프였고……."

피로연장 건너편에서도 베커먼의 표정이 보였다. 잭은 자기가 망했다는 걸 알았다. 나이아가라 폭포로 신혼여행을 다녀온 지 이틀 지나고서 잭 와이즈는 사장실로 불려 갔다.

"들어 봐요, 재키. 당신 부인이 그 책 이야기를 이미 해 주었습니다. 그리고 내가 랍비께 얘기했는데 말이에요. 랍비 반응이 어떠셨는지 짐작도 못할걸요. 아주 바늘방석에 앉은 듯 'shpilkes'. 이디시어에서 유래한 표현. 바늘 위에 앉은 듯 불안하다는 의미 안절부절못하시더라고요." 늙은 베커먼은 외국인 억양이 심한 영어로 말했다. "재키, 그분은 현명한 분이십니다. 우리 랍비 그린스펀 님이요. 랍비 말씀이 그 친구와 책 이야기를 꼭 들려주어야 한답니다. 이야기를 하는 게 아무리 고통스러워도, 우리 민족과 함께 나누지 않는다면 수치스러운 일이라고 말씀하셨어요. 샨다 'shanda' 이디시어로 '수치', '불명예'를 뜻함라고요. 랍비께서 나더러 당신이 잘 알아듣게 타이르라고 부탁하셨어요. 일요일부터 일주일간 교단 신도회 특별 회의를 소집했는데 랍비께선 당신이 직접 와서 이야기를 들려주길 바라십니다."

잭은 구태여 이의를 제기하지도 않았다. 언제가 되었든 이런 날이 오리라는 것을 알고 있었다. 더욱이 상사의 청을 받아들이자는 결정에는 현실적인 이유도 있었다. 베커먼은 발 뻗고 잘 집과 입에 넣을 음식을 마련해 주는 인물이었다. 수용소에서 살아남은 경험이 그에게 가르쳐 준 게 뭐라도 있다면, 안식처와 음식을 구하는 문제에 절대로 소홀해서는 안 된다는 것이었다. 여기서 상사를 실망시킨다면 직업적으로도 자살 행위나 다름없을 터였다. 게다가 그는 이 노인네를 아주 좋아했다. 그래서 모임에 나가 이야기했는데, 다행스럽게도 거기선 그 정도로 거의 마무리되었다. 다음 한 해 동안 이런저런 유대인 모임에서 한 번씩 요청이 들어오면 그는 다시금 그 전설을 읊어 주러 갔다. 《포워드》 뉴욕에 본사를 둔 유대계 미국인 신문가 이 이야기를 다루고서야 비로소 영웅적인 이야기꾼 아이작 베커의 전설과 그의 어린 시절 친구 야코프 바이젠, 그리고 『유령의 책』에 대한 사연이 널리 퍼졌다. 뉴욕 타블로이드 신문들과 《타임스》가 기사로 싣기까지는 그리 오래 걸리지 않았다.

잭 와이즈가 달리 어쩔 수 있었을까? 그는 깨져 버린 달걀 무더기 같은 거짓말을 원상태로 되돌릴 수가 없었다. 또 일찍이 역사의 거스를 수 없는 힘에 휘말린 적이 있기에 시류를 거역할 순 없다는 것도 잘 알고 있었다. 그러니 만약 다른 모든 사람들이 시대의 흐름을 따르려 든다면, 그 흐름을 탈 수 있는 한 자기도 함께 따를 심산이었다. 그런데 공교롭게도, 그는 아주 멀리까지 흘러가게 되었다.

그는 전력을 다했다. 다시 야코프 바이젠이라는 이름을 사용하며, 아르헨티나와 새로 수립된 이스라엘 정부에서 주최하는 강연들을 포함하여 돈벌이가 되는 연설이라면 모조리 다 수락했다. 에이바가 첫 아이를 임신한 데다 롱아일랜드에 집을 사려고 저축하는 중이었기 때문에 그 같은 수입은 쏠쏠한 도움이 되었다. 베커먼도 야코프에게 필요하다면 언제든 휴가를 주는 식으로 도움을 보탰다.

그의 이야기를 뒷받침해 주거나 이의를 제기하는 목격자들도 없고 책도 발굴되지 않은 채로 1952년쯤이 되자, 그의 인생은 행복하고 대체로 평온무사한 일상으로 돌아갔다. 에이바는 또 임신했다. 세 살 난 아들 데이비드는 아주 말썽꾸러기였다. 부부는 롱아일랜드 남부 원토 시에 단층 주택을 구입했고 이제 야코프는 지하철 대신 롱아일랜드 철도를 타고 일주일에 닷새 출퇴근했다.

1946년 폴란드 오시비엥침(아우슈비츠)

브론카 카치마레크는 오시비엥침 폴란드 남부 도시로 독일어 이름은 아우슈비츠이다. 도시 근교에 나치 독일의 아우슈비츠 강제 수용소가 세워졌다 외곽의 농가에서 후딱 도망치려 발버둥 쳤다. 도망가서 얻을 게 있다면 모를까 잃을 건 아무것도 없었다. 나치는 이웃에 전하는 작별 인사 삼아 브론카의 부모와 오빠를 죽였다. 그동안 그녀는 발터 권총이 뿜는 탕탕탕 소리를 들으며 건초 다락에 숨어 있었다. 채 일주일도 지나지 않아, 독일군이 도망친 빈자리를 붉은 군대 군인들이 채웠다. 소련군은 도착하자마자 브론카네 집에 마지막 남은 측은하게 생긴 소 한 마리를 훔치고 그녀를 내리 이틀 동안 거의 쉬지 않고 강간했다. 놈들이 자기를 취급하는 태도로 보건대, 러시아인들은 거의 독일인을 증오하는 만큼이나 폴란드인도 증오하는 것 같았다. 하여간, 이쪽이든 저쪽이든 죄다 신물이 났다. 맞춰 입은 옷만 빼고는, 이 괴물이나 저 괴물이나 똑같았다.

지난 여덟 달 동안 브론카는 이웃 농부들이나 암시장에 잡혀 있지 않은 세간을 전부 팔았다. 의심을 사지 않도록 느긋하게 행동했다. 이런 예방 조치는 불필요했을지도 모른다. 볼셰비키가 폴란드를 집어삼켰고 사유재산을 가진다는 건 우민들이 저지르는 자본주의적 죄악으로 간주되었으며, 모두가 어떻게든 살아남기 위해 악다구니하고 있었으니 말이다. 전후 폴란드에서 제일 돈이 되는 작물을 꼽는다면 밀이 아니라 절박감이었다. 브론카가 유일하게 팔지 않은 건 사실 애초에 알고 싶지도 않았던 물건이었다. 그건 넝마가 된 옷, 유

대인들이 입는 줄무늬 파자마나치 강제 수용소의 세로줄무늬 죄수복로 둘둘 싼 작은
꾸러미였다. 어떻게 알았느냐고? 비록 노란 별 유대교를 상징하는 '다윗의 별'. 나치
독일은 유대인들을 사회에서 격리시키기 위해 반드시 노란색 다윗의 별을 가슴에 달도록 강요했다은 떨어졌
지만 육각형의 윤곽은 남아 있었기 때문이다. 브론카도 아버지도 유
대인을 그리 좋아하지 않았지만, 아버지는 미신을 믿는 사람이었다.
어느 날 수용소에서 유골 수레가 도착한 직후 아버지가 브론카를 살
짝 불러내 그 꾸러미를 보여주었다.

"이게 뭐예요, 아버지?"

"저들의 비밀스러운 물건이지." 아버지는 가축들이 엿듣기라도
하는 양 속닥거렸다.

"돈이나 다이아몬드가 들었을지도 몰라요. 제가 가질래요. 매듭
을 끌러서 한번 볼게요."

아버지가 꾸러미를 자기 가슴으로 끌어당겼다. "안 돼, 브론카. 절
대로 안 돼!" 그러더니 성호를 긋고 땅바닥에 침을 뱉었다. "내가 이
걸 떠안게 됐으니, 이제 잘 지키지 않으면 우리는 저주받을 거야. 그
래, 저들은 그리스도를 죽였지. 하지만 신의 선택을 받은 민족이야.
저들에겐 힘이 있단 말이야."

브론카는 아버지를 비웃었다. "힘이라고요! 대체 무슨 힘인데요.
하늘에 퍼런 연기를 피워 올리는 힘이요? 뭘 하려고 선택받았는데
요? 소처럼 도살되려고요?"

아버지가 뺨을 하도 호되게 갈겨서 브론카의 왼뺨엔 며칠이나 굵
은 손가락 자국이 남아 있었다. 지금까지도 아버지를 추억하자면 그

날의 손찌검이 가장 또렷이 기억난다는 게 몹시도 싫었다. 하지만 아버지가 그토록 소중히 여긴 물건이니, 누더기 꾸러미는 이제 그녀가 아버지를 붙잡을 유일한 방법이 되었다. 심사숙고를 하는 기질도 아니었고 천지만물에 대해 곰곰이 생각해 볼 시간도 없었으므로, 브론카 카치마레크는 코트 안감에 꾸러미를 꿰매 넣은 다음 어둠을 틈타 감자 트럭 뒤에 타고 오시비엥침을 영영 떠났다.

머릿속에 아이러니를 들어앉히는 건 브론카의 천성에 맞지 않았다. 그래서 2년 뒤 대니얼 엡스타인이라는 영국 남자와 결혼해 서베를린에 살게 되었을 때도, 괜한 걱정에 시간을 낭비하는 일은 없었다. 남편은 BBC 국제방송에서 일하는 강단 있고 잘생긴 남자였고, 명목상으로만 유대인이어서 브론카에게 개종을 요구하지 않았다. 사실 남편은 그녀에게 거의 아무것도 요구하지 않았다. 아침에 집을 나서며 키스 한 번, 저녁에 돌아와 또 한 번 하는 게 다였으니, 아내라기보다는 가정부에 가까웠달까. 그리고 이런 생활은 브론카에게 그럭저럭 잘 맞았다. 전에 러시아인들에게 이틀 내리 끔찍한 짓을 당한 이후로, 잘생기고 정중한 사람이든 아니든 간에 남자만 떠올리면 식은땀이 났다. 브론카는 3년 동안 그리 지내다가 동네 시장 바깥에서 감자 트럭 바퀴에 깔려 죽었다. 그녀의 영혼이 어디를 떠돌든, 본인조차도 이렇듯 아이러니한 해방을 맞은 데 감탄하는 마음이었으리라.

대니얼은 아내의 유품을 살펴보다가 옷장 뒤에 감춰진 코트 한 벌을 찾았다. 브론카가 오시비엥침을 떠나던 날 밤 입었던 코트였다.

만약 그가 옷 안에 혹시 값나가는 게 들어 있나 싶어 주머니를 톡톡 두드려 보지 않았더라면, 야코프 바이젠의 여생은 상대적으로 평화롭게 흘러갔을지도 모른다. 그러나 대니얼 엡스타인은 기어이 주머니를 두드려 보았고 다 해진 코트 안감에 꿰매어 둔 누더기 꾸러미를 기어이 찾아냈다. 그는 이걸로 뭘 어떻게 해야 할지 전혀 몰랐지만, 이런 걸 잘 다룰 만한 사람을 알고 있었다. 그렇다, 그 사람과는 꽤 잘 아는 사이였다.

막스 바움가르텐은 전시에 육군 정보 장교로 복무하며 주로 노획된 문서를 번역했고, 전후에는 미국으로 돌아와 몇 년 지내다《헤럴드 트리뷴》1924년 뉴욕에서 발간되던《트리뷴》이《헤럴드》지를 흡수·합병함으로써 창간된 일간신문으로 1966년 폐간되었다 특파원으로 베를린에 파견되었다. 그는 기자라는 직업의 모든 부분이 마음에 쏙 들었다. 대중이 엿보기 힘든 데를 콕 집어 속 시원하게 긁어 주는 자기 능력 역시 흡족했다. 막스는 위장용으로 아내를 앉혀 둘 필요성을 못 느꼈지만, 자신과 달리 영국인 대니얼은 체면치레를 하려는 기이한 욕구를 지니고 있었다. 젠장, 대니얼은 브론카가 죽은 뒤로 충실한 남편 연기까지 하며, 충분한 기간 존중을 담아 애도를 표할 때까지 막스를 '보는' 것도 거부했다. 그러니 시골뜨기 폴란드 여자가 묻히고 일주일이 지난 시점에 수화기 너머로 대니얼의 목소리가 들린 것은 뜻밖의 일, 게다가 기쁜 일이었다.

막스와 대니얼은 '둘만의' 아파트에서 만날 약속을 잡았다. 둘은 밀회를 위해 이 집을 마련해 놓았다. 계약은 가명으로 했고 월세도

현금으로만 지불했다. 전쟁이 끝난 지 7년이나 지났지만, 영국 파운
드나 미국 달러는 여전히 잘 먹혔고 귀찮은 질문도 덜 따라붙어 좋
았다. 계약 기간은 이달 말까지였다. 그다음엔, 막스 생각으로는 더
이상 그곳을 유지할 필요가 없을 듯했다. 이제 대니얼의 폴란드 시
골뜨기 아내가 죽은 마당이니까. 막스는 일찍 도착해서 양초를 세워
놓고 전쟁 전 생산된 고급 뵈브 클리코 와인 한 병을 얼음에 담가 두
었다. 그리고 차게 식힌 흑진주 빛 캐비어 통조림, 사워크림, 얇게 썰
어 구운 바게트를 차려 놓았다. 그렇지만 대니얼이 너덜너덜한 파자
마로 감싼 꾸러미를 들고 나타나자, 한껏 달아올랐던 욕정이 싹 증
발해 버렸다. 막스는 간신히 자제력을 유지했다. "이런 미친! 이거
『유령의 책』이잖아."

대니얼은 어리둥절한 강아지처럼 고개를 갸웃했다. "뭐라고?"

"브론카가 폴란드 어느 지방 출신인지 말해 줬어?" 막스가 대니얼
의 질문에 반문으로 답했다.

"글쎄, 처음엔 말 안 했어. 그 여자도 거북스러웠겠지. 하지만 어
느 날 밤 보드카를 엄청나게 마셔 대더니 자기가 어느 농장에서 자
랐다고 고백하더라. 거기는—."

"—오시비엥침 근처지." 막스가 애인이 하던 말을 마저 끝냈다.

"네가 그걸 어떻게 알아?"

"전쟁 끝나고 집에 돌아갔을 때, 부모님이 나를 예전 교회에 끌고
갔어. 웬 터무니없는 강연을 들으라고 말이지. 아우슈비츠 생존자
인 남자가 연설을 했는데, 자기 친구가 어떤 사람이었는지, 또 어떻

게 나치 중위를 죽이고 친구의 책을 비르케나우 수용소 밖으로 몰래 빼 냈는지 뚱딴지같은 이야기를 늘어놓았어. 근처 농부들이 희생자 유골을 비료로 쓰려고 수레에 실어 갈 때 몰래 넣어 보냈다는 거야. 놀랍게도 꽤나 흥미로운 이야기였지만, 난 그저 순 헛소리라고 생각했지. 알다시피 수많은 생존자들이 이렇게 끔찍한 죄책감을 품고 있고, 다른 사람들이, 특히 다른 유대인들이 자기네를 비난한다고 느끼지. 당시에 너무 순한 양처럼 고분고분했다는 이유로 말야. 마치 이 딱한 사람들이 게토로, 그다음엔 샤워실로 즐겁게 행진해 들어가기라도 한 것처럼. 그래서 나는 이 남자가 제 죄책감을 덜어 내고, 자기 눈앞에서 나치 손에 죽어갔던 이들을 옹호하기 위해서 그런 이야기를 지어냈을 거라고 생각했어. 그런데 내 생각이 틀렸나 봐."

"그럴 만했겠네. 어디 열어 볼까?"

막스는 대니얼의 손을 꽉 감싸 쥐었다. "아니. 이 물건의 잠재적 가치와 역사적 의의에 대해 몇 가지 확인 좀 해 볼게. 이 꾸러미의 가치를 손상시킬지 모르는 일은 무엇도 하고 싶지 않으니까. 여기 안전하게 보관해 두자." 막스가 꾸러미를 받아들고 말했다. "아, 하나더. 집에 가면, 브론카의 서류 중에 가족이나 그 지역 농장과 관련된 기록이 있는지 잘 찾아봐. 출처가 아주 중요하거든."

대니얼은 자기가 역사의 변두리를 얼쩡거리는 게 아니라 역사의 한 부분이 된다는 생각에 너무도 흥분한 나머지, 제대로 된 애도의 절차도 생략하고 무릎을 털썩 꿇었다.

1952년 뉴욕 롱아일랜드 원토

에이바는 데이비드를 데리고 스카스데일에 사시는 부모님 댁에 갔다. 야코프 바이젠은 트윈 레이크스로 가볍게 일요일 아침 낚시를 다녀와 신문을 읽으려고 막 자리를 잡은 참이었다. 그때 초인종이 울렸다. 딱히 찜찜할 것 없는 계절이요 시간이요 초인종 소리였다. 낚시를 다녀오면 늘 기운이 솟았기 때문에, 야코프는 거의 명랑하다고 해도 좋을 기분으로 일어나 문을 열러 나갔다. 하지만 유리 덧문 너머에서 땅딸막하고 투실투실한 남자가 《헤럴드 트리뷴》의 칼 올슨이라고 자기소개를 건네 오자 그의 기분은 순식간에 달라졌다. 올슨은 몸에 맞지 않는 정장을 입고 납작하게 찌그러진 페도라를 쓰고 있었다.

"제가 뭐 도울 일이라도 있나요, 올슨 씨?"

"그게 아닙니다. 바이젠 씨. 아니면 와이즈 씨인가요?"

"바이젠입니다."

"말씀드렸듯이, 도움을 받으러 온 게 아닙니다. 선생님께서 잘못 아셨어요. 제가, 더 정확히 말하면 저희 신문이 선생님을 도와드릴 일이 있어서 찾아온 겁니다."

"무슨 말씀이신지 이해가 안 가는데요, 올슨 씨."

올슨은 상대가 물러나려는 기색을 바로 알아챌 만큼 오래 기자 생활을 해 왔기에 플랜 B로 나갔다. 더구나 바이젠을 놓칠 수가 없는 입장이었으니까. 그가 왼손에 들고 있던 얇은 서류철을 열어 가로 20센티미터, 세로 30센티미터 크기 사진을 꺼내 들더니 유리 덧문에 대고 보여 주었다.

"사진에 찍힌 물건 알아보시겠어요, 바이젠 씨?"

바이젠은 한마디도 답할 필요가 없었다. 올슨이 그의 얼굴만 보고도 답을 얻었으니 말이다. 눈이 휘둥그레진 바이젠의 얼굴엔 저 멀리 내리꽂힌 번갯불에 밤하늘이 번쩍 빛나듯 충격 받은 표정이 번뜩 떠올랐던 것이다. 2교대로 가스실에서 시체를 끌어내는 작업을 하다 실신했던 이후 처음으로, 야코프 바이젠은 거의 졸도할 뻔했다.

그러다 금세 정신을 다잡고 말했다. "잠깐 충격을 받았습니다. 죄송합니다."

"그러니까, 선생님 생각으로는 이게―."

"아이작의 책, 『유령의 책』 말입니까? 그게 당신이 원하는 대답인 건 알지만, 확실히 단언할 수는 없습니다." 그는 거짓말을 했다. "벌써 8년이나 지났어요. 8년 동안 나는 기억과 망각 사이에서 전쟁을 계속해 왔습니다. 게다가 누구든, 그 책 얘기를 들은 파렴치한 사람이라면 누구든지, 어떻게 하면 진짜처럼 그럴 듯하게 위조품을 만들어 낼 수 있을지 알 겁니다. 보세요, 올슨 씨, 분명 지금도 저 끔찍한 줄무늬 파자마가 수백, 수천 개는 굴러다닐 겁니다. 나는 연설 중에 하일만이라는 개 같은 교도관한테서 얻은 검은 고무 시트로 어떻게 책을 쌌는지 늘 자세히 이야기합니다. 그다음에 책을 헝겊으로 한 겹 싸맸죠." 바이젠은 눈에 보이지 않는 헝겊을 단정히 포개는 것처럼 손을 움직였다. "그날 밤 자다가 죽은 가엾은 막사 동료의 파자마를 사용했고요. 소매 부분의 기다란 옷감으로 꾸러미를 단단히 동여

매고 매듭을 꽉 묶었어요." 그는 매듭 묶는 시늉을 했다. 보이지 않는 끈 끄트머리를 잡아당기며 감아올리기까지 했다. "그러니, 아시겠죠, 누구든 가짜를 만들어 낼 수 있었을 거란 말이죠."

이렇게 얼버무리긴 했지만 마음속으로는 분명 그 책이 틀림없다고 생각했다. 제 손으로 직접, 방금 보여준 것과 똑같이 책을 싸서 집시에게 넘겨주었으니 말이다. 집시는 유골 수레에 몰래 책을 실어 수용소 밖으로 나갔다. 사진 속에는 야코프가 늘 빼 먹었던 한 가지 세부 사항, 즉 육각형의 별 모양 윤곽도 선명히 보였다. 사진을 보니 그 모든 공포가 다시금 밀려들었다. 그는 사진 속 꾸러미에서 나는 소각장 악취를 아직도 확실히 맡을 수 있었다.

"올슨 씨, 이만 실례해야겠습니다. 저처럼 심한 일을 겪은 사람이라면 저런 사진을 보는 것만으로도 마음이 얼마나 불안해지는지 이해하시죠."

저 생존자는 좀 이상할 정도로 현실을 부정하려 드는걸. 기자는 이렇게 생각했지만 바이젠과 정면으로 맞붙지 않기로 결심했다. 대신 이렇게만 떠보았다. "왜 그런 짓을 하려고 들겠습니까? 그러니까, 위조품을 만드는 짓 말입니다."

야코프가 어깨를 으쓱했다. "사람들이 왜 날조극을 벌이느냐고요? 어쩌면 그냥 고약한 장난으로? 어떻게든 돈벌이를 하려고? 신빙성을 떨어뜨리려고? 저야 모르죠. 그건 그렇고, 저 물건은 어디에 있죠?"

"서베를린에 있습니다."

"희한하네요. 어떻게 거기까지 간 거죠?"

올슨은 말했다. "자세한 내막을 다 알지는 못하지만, 듣자 하니 몇 년 전 어떤 여성이 폴란드에서 도망쳐 나올 때 몸에 지니고 왔답니다."

"여자가요?"

"네, 아우슈비츠 외곽의 농가에서 자란 여자라고 하더군요."

다시금 야코프의 얼굴에 번개가 번쩍 내리쳤다. "그럼 꾸러미를 누가 갖고 있는데요?" 야코프가 귀에 거슬리는 목소리로 물었다.

"유감스럽지만 선생님께 그 정보를 알려드릴 수는 없습니다, 바이젠 씨. 그저 이 책이 진짜 『유령의 책』일지도 모른다는 제 의견을 따라 주시면 좋겠습니다."

또 한 번, 야코프는 자기가 쳐 놓은 거미줄 같은 거짓말에 걸려들었다. 잠시 생각할 시간을 벌어야 했다. "그러면 뭐, 그 얘기를 기사로 쓰시게요?"

"아직은 아니고요." 올슨이 말했다. "지금은 그냥 사실 검증을 하고 있는 단계입니다. 일단은 이게 명백한 위조품이 아닌지만 알면 되거든요. 제 생각엔 조만간 선생님께 진위 여부를 가려 달라는 요청이 갈 겁니다."

"조만간이요?"

이 남자가 시간을 끌고 있군. 올슨은 생각했다. 사진을 접한 바이젠의 반응을 관찰해서 얻은 그 나름의 판단이 더욱 굳어졌다. 그래도 그는 어디까지나 기자였으니, 주관적인 판단이나 인상에만 기대는 데는 한계가 있었다. 바이젠이 제 입으로 말해야만 했다. 그래서 올슨은 채근했다. "바이젠 씨, 죄송하지만 제 질문에 답을 안 해 주셨는데요. 저게 명백한 위조품인가요?"

"아뇨." 야코프는 어느새 이렇게 대꾸하고 있었다. "명백한 건 아니에요. 그렇다고 제가 이 물건이 정말로—."

"고맙습니다, 선생님." 올슨은 말을 자르고 벌써 바이젠에게서 돌아섰다. "지금으로선 거기까지면 충분하니까."

1952년 독일 연방 공화국(서독) 서베를린

꾸러미가 진품일 수도 있다고 JW_{Jacob Weisen(야코프 바이젠)의 머릿글자}에게 확인받음—올슨

올슨이 막스 바움가르텐에게 보낸 비밀스러운 메시지가 도착한 날 《헤럴드 트리뷴》 사무실의 인쇄 전신기 앞에는 에른스트 플레슈가 앉아 있었다. 그는 애초에 막스가 조회한 내용을 뉴욕 지국으로 보낸 인물이기도 했다. 플레슈는 왼팔 겨드랑이 쪽에 작은 화상 흉터가 있었다. 전쟁 중에 입은 화상은 아니고, 전쟁이 끝난 직후 생긴 상처였다. 독일 연방 공화국과 독일 민주 공화국, 즉 서독과 동독의 많은 남자들에게 그런 상처가 있었다. 돌이켜 생각해 보면, 이런 식으로 자기 살을 태우는 건 바보 같은 짓이었다. 그 결과 생긴 흉터는 그들이 그토록 필사적으로 지우고자 했던 흔적, 즉 무장친위대 혈액형 문신_{나치 무장친위대에서는 부상자에게 신속히 수혈할 수 있도록 대원들의 왼쪽 어깻죽지에 작은 혈액형 문신을 새겼다}만큼이나 분명하게 그들의 정체를 폭로하기 때문이었다.

만약 막스 바움가르텐이 자기 연인인 대니얼과 조금만 더 닮았더라면, 한때 무장친위대 대원이었던 자가 그날 인쇄 전신기를 조작하고 있더라는 사실이 그렇게 끔찍한 일은 아니었을지도 모른다. 신중하고 좀처럼 속을 터놓는 법이 없는 대니얼이라면 절대로 인쇄 전신기 기사에게 부탁하는 일 없이 자기가 직접 단신을 보냈을 테니까. 그러나 막스는 육군 정보부에서 활동했는데도 불구하고 종종 부주의하게 일을 처리했다. 하긴, 과거 친위대원 중에서도 막스 바움가르텐과 칼 올슨이 주고받은 메시지가 무엇을 뜻하는지 이해할 수 있는 자는 에른스트 말고는 거의 없거나, 아예 없었을지도 모르지만 말이다.

　그러니 에른스트 플레슈 상병이 잠시 비르케나우에서 복무했던 게 막스에게는 불운인 셈이었다. 당시에 거기 있던 클라인만이라는 이름의 중위는 그를 살뜰하게 챙겨 주었다. 클라인만이 살해당한 뒤 아이작 베커의 손목과 발목을 철도용 대못으로 십자가에 박은 장본인이 바로 플레슈였다. 플레슈는 기계에서 메시지를 확 뜯어 낸 다음 공처럼 구겨서 쓰레기통에 던져 버렸다.

　나머지도 거의 이만큼이나 쉬웠다. 바움가르텐의 주소를 얻고, 뉴욕에서 온 중요한 메시지를 전해야 한다며 집에 들어가서, 장갑 낀 손에 피아노 줄을 꽉 쥐고 그 유대인을 목 졸라 죽이는 일 말이다. 다른 남자가 샤워를 끝내고 젖은 몸으로 화장실에서 나오자 그제야 일이 조금 복잡해졌지만, 플레슈가 처리하지 못할 정도로 꼬인 건 아니었다. 남자는 바로 앞에 바움가르텐의 시체가 널브러져 있다는 충격보다도 낯선 사람 앞에 나체로 서 있다는 사실에 더 당황하는 듯 보일 지경이었다. 헐벗은 남자가 정신을 차렸을 때쯤엔 이미 너무 늦은 뒤였다. 플레슈가 장갑 낀 오른손 손바닥 아래쪽으로 남자의 코밑을 탁 쳐서 부러뜨렸다. 대니얼은 바닥에 쓰러진 채 앞이 안 보여 비틀거렸다. 플레슈는 오래된 발터 권총을 쥐고 베개로 감싼 다음 상대의 얼굴에 베개를 대고 방아쇠를 힘껏 잡아당겼다. 플레슈는 숨을 죽이고, 이웃들 중 하나라도 반응을 보이진 않는지 기다려보았다. 다행히 아무도 반응하지 않았다. 경찰을 부르는 고함 소리도, 비명도, 복도를 달려오는 발소리도, 아파트 문을 쾅쾅 두드리는 소리도 들리지 않았다. 에른스트 플레슈는 숨을 내쉬고 침착하게 아파트를 뒤지기 시작했다. 서랍 밑바닥마다 전부 확인하고 음식물 통까지 모조리 비웠다. 이날 저녁 대니얼 엡스타인의 아파트에 가서도 이와 똑같은 과정을 반복했다. 그러나 두 곳 어디서도 꾸러미를 찾아내지 못했다.

1952년 뉴욕 롱아일랜드 원토

흔히 그렇듯이, 마음속에 분명한 목적을 품고 취한 행동은 정반대의 결과를 초래하곤 한다. 에른스트 플레슈가 벌인 짓도 마찬가지였다. 두 사람이 한꺼번에 살해당한 사건은 서베를린 신문에 대서특필되었고, 심지어 런던과 뉴욕 신문에는 더 크게 실리며 주목을 끌었다. 물론 막스 바움가르텐과 대니얼 엡스타인이 어떤 성격의 관계를 맺었는가에 대해서는 단지 에둘러서 암시되었을 뿐이지만, 사람들은 그리 어렵지 않게 속뜻을 읽어 낼 수 있었다. 어떻든지 그 이야기는 칼 올슨과 시대적 분위기 덕에 거침없이 멀리 퍼져 나갔다. 『유령의 책』과 서베를린의 살인 사건이 연관되어 있을 것이라는 올슨의 기사는 미국 뉴욕에서 영국 요크셔까지, 일리노이 피킨에서 중국 북경까지 뉴욕(New York)과 요크셔(Yorshire), 피킨(Pekin)과 북경(Peking, 베이징의 구칭)의 발음 유사성을 활용한 언어유희 모든 신문에 보도되었다. 여태껏 아이작 베커나 야코프 바이젠, 그리고 그 책에 대해 들어 본 적 없었던 사람들도 이제는 훤히 알게 될 만큼 말이다.

바이젠의 인생에 비르케나우 이후로 최악의 시기가 찾아왔다. 칼 올슨의 기사에 곧바로 뒤따른 난리법석이 지나간 뒤에도 야코프는 평화를 되찾지 못했다. 냉전이 맹위를 떨치고, 로젠버그의 사형 집행 1953년 유대계 미국인 로젠버그 부부가 자국의 원자폭탄 제조 기밀을 훔쳐 소련에 제공했다는 이유로 처형된 사건. 그들이 최후까지 무죄를 주장하였고 유죄를 입증할 명백한 증거도 나오지 않았기에 세계 각지에서 구명 운동이 일어났으나 결국 사형이 집행되었다 이 임박하고, 빨갱이 공포가 감기처럼 만연하면서, 『유령의 책』 이야기는 기이한 반전을 맞았다. 영웅적으로 삶을 예찬하는 듯했던 그 전설은 하룻밤 사이에 어쩐지 사악하고 수상쩍은 느낌으로 바뀌었다. 아이작 베커가 실제로 소련 첩보원이었고 그 책은 암호화된 기밀로 빼곡히 채워져 있었다는 별의별 설이 난무했다. 러시아 측이 아우슈비츠 수용소들을 전부 해방시키던 시절 바이젠을 첩보원으로 포섭했다는 설도 있었다. 『유령의 책』 자체가 러시아에서 꾸며 낸 거짓말이라는 설조차 떠돌았다. 서독과 새로이 동맹을 맺은 미국 내에 서독인들에 대한 불신감이 싹트게 만들려는 수작이라는 것이다. 이 중 일리가 있거나 가벼운 검증이라도 통과할 만한 설은 아무것도 없었는데, 1952년 당시에야 그게 무슨 상관이었겠는가?

바이젠에게 가장 끔찍한 순간은 반미 활동 위원회 나치 활동을 조사하기 위해 1930년대 창설된 미국 하원 산하의 위원회. 1945년 상설 위원회가 되어 공산주의자 혐의를 받는 이들을 집중적으로 조사하였다 조사관이 집에 찾아와 자신과 아내를 면담했을 때였다. 재수 없는 모범생 같은 새끼가 집에 쳐들어와서 게슈타포 나치 독일 정권의 비밀 국가 경찰 나 KGB 구소련의 비밀경찰 및 첩보 조직 심문관이 물을 법한 질문을 해 대는 것만으로도 충분히 불쾌했지만, 이 시건방진 새끼가 에이바까지 못살게 굴었다는 점이 정말로 야코프를 격분시켰다.

"레빈스키, 결혼 전 성이 레빈스키 맞죠. 그렇지 않나요, 바이젠 부인?" 조사관은 대답을 기다리지도 않고 따져 물었다. "소매업자 노동조합 변호사를 맡고 계신 사울 레빈스키 씨의 따님이시죠. 맞습니까?"

"다 맞습니다."

"조합장이 뉴욕 사회주의 노동자 위원회와 연루되었다는 의혹이 있다는 걸 알고 계셨습니까?"

"아뇨."

"부인 생각에 부친께서 이런 혐의를 알고 계셨을까요?"

에이바는 침착했다. "그건 제 아버지께 물어보셔야겠는데요."

상황은 그렇게 계속되었다. 야코프는 시종 짤막하게 대답했고, 좌절감이 차올라도 이를 악물고 참아 냈다. 왜냐하면 아무리 분노가

치밀어도, 또 조사관이 반유대주의를 얄팍하게 감춘 채 근거 없이 몰아간다 해도, 자신과 아내에게 이런 일이 닥친 원인이 바로 자신한테 있음을 잘 알기 때문이었다. 자신에게 책임이 있었고, 오롯이 자기 혼자서 책임을 져야 했다. 실제로 밝혀진 혐의는 아무것도 없었지만, 그 시절엔 소문과 숙덕공론만으로도 사람을 파멸시킬 수 있었다. 특히나 외국 억양으로 말하는 유대인이라면. 어쨌든, 대대적으로 대중 선동이 되어 있는 판에 진실을 알리려는 자가 있기나 하겠는가?

야코프와 에이바 바이젠은 파멸하지 않았으니 운이 좋은 편이었다. 사실, 올슨의 기사는 반미 활동 위원회보다도 훨씬 더 심한 타격을 입혔다. 『유령의 책』 전설이 온 세상에 알려졌고 막스 바움가르텐이 찍은 너덜너덜한 꾸러미 사진도 널리 퍼졌기 때문에, 야코프는 평화를 거의 잃어 버렸다. 유대인 단체들은 조사관들을 고용해 『유령의 책』을 찾겠다고 기금을 모았다. 독일 연방 공화국은 속죄의 행위이자 이스라엘 국민들에게 보내는 제스처로서 요원들을 두고 책의 행방을 추적했다. 이스라엘 정부가 나치 사냥꾼_{나치 전범들을 끝까지 추적하고 정보를 모아 법정에 세우는 사람들을 일컫는 말. 천 명이 넘는 나치 전범을 잡아들인 지몬 비젠탈이 그 대표적인 인물이다} 출신인 모사드_{이스라엘 정보기관. 주로 나치 전범이나 아랍 국가를 상대로 한 비밀 작전을 수행한다} 요원 몇 명에게 책 수색 임무를 맡겼다는 소문도 있었다. 잠시 동안은 지구상의 모든 모험가, 프리랜서 기자, 외국 정부가 그 지긋지긋한 책을 찾아다니는 것만 같았다. 그리고 물론 모두가 야코프 바이젠과 인터뷰하고 싶어 했다. 설상가상으로 책의 행방에 대한 소문은 끊임없이 솟아났다. 『유령의 책』은 거짓말에서 시작해 성배와 몰타의 매 대실 해밋의 소설에 등장하는 가상의 보물가 합쳐진 전설로 완전히 바뀌어 버렸다. 무슨 보도가 나거나 소문이 날 때면 꼬박꼬박 바이젠의 현관문에 노크 소리가 나거나 전화벨이 울리게 마련이었다.

그렇다. 몇 달간, 가끔은 몇 년간 그런 움직임이 아주 미미하게 뜸해지는 때도 찾아왔다. 그러면 야코프와 에이바는 자녀들과 화목한 한때를 보낼 수 있었고, 마침내는 손주들도 함께했다. 하지만 그 넌더리나는 책은 야코프 가족의 삶에서 완전히 사라져 주는 법이 없었다. 도망쳤던 나치 잔당이 한 명 붙잡힐 때마다―아이히만 오토 아돌프 아이히만. 악명 높은 나치 전범으로 유대인 박해의 실무 책임자였다. 전후 도피 행각을 벌이다 1960년 모사드에 체포되어 공개 재판을 거쳐 1962년 교수형에 처해졌다이 재판을 받던 해는 지옥 같았다―아니면 〈전당포〉 시드니 루멧 감독의 1964년 작품, 〈쉰들러 리스트〉 스티븐 스필버그 감독의 1993년 작품, 〈쇼아〉 클로드 란즈만 감독의 1985년 작품, 〈마라톤 맨〉 존 슐레진저 감독의 1976년 작품, 〈오뎃사 파일〉 로널드 님 감독의 1974년 작품, 〈브라질에서 온 소년〉 프랭클린 J. 샤프너 감독의 1978년 작품 같은 홀로코스트 관련 영화가 개봉되거나 심지어 〈프로듀서〉 멜 브룩스 감독의 1968년 작품. 위에 언급된 영화들과 달리 홀로코스트 자체를 주제로 삼지는 않는다. 일확천금을 노리는 브로드웨이 연극 제작자가 회계사와 공모하여 기상천외한 사기극을 벌이는 희극 영화로, 히틀러를 풍자하는 뮤지컬 〈히틀러의 봄〉이 극중극으로 등장한다가 나왔을 때도, 야코프는 자기가 만들어 낸 지옥으로 다시 끌려 들어가야만 했다. 인터넷은 상황을 더 악화시키기만 했을 뿐이다. 그나마 그때쯤엔 직장에서 은퇴해 보인턴비치 미국 플로리다주 팜비치 카운티에 있는 도시로 이사할 수 있어 다행이었다. 2002년에 에이바가 세상을 떠난 뒤, 야코프 바이젠은 잠시간 매사에 대해 명상

수런하는 시간을 보내기도 했다. 일어난 일을 되돌릴 수는 없었다. 끝난 일은 끝난 일이었다. 그러나 이 일은 끝나지 않았다. 절대로.

2009년 독일 베를린

처음에는 알 카에다가 저지른 폭탄 테러라고 추정되었다. 강력한 폭발의 중심이 지하철 입구에서 불과 몇 미터 떨어져 있었기 때문이다. 그러나 다음 날, 구조대가 낡은 건물 잔해에서 생존자들을 구출하고 장치 파편들을 수집하고 나서, 이번 폭발은 오랜 시간이 걸린 사건임이 밝혀졌다. 227킬로그램이 나가는 폭탄은 B—17이나 B—24 폭격기가 밑으로 떨어뜨렸을 테고, 60년도 넘게 도로로 덮여서 인도 아래 잠복하고 있었다. 철거와 복구를 담당하는 팀이 와서 잔해를 자세히 점검하자 잠들어 있던 또다른 폭탄의 도화선에 불이 붙었다. 바로 벽돌 무더기, 뒤틀린 금속, 작살난 목재, 가루가 된 석고 무더기 속에 강제 수용소에서 쓰던 파자마 누더기로 감싼 꾸러미가 묻혀 있었던 것이다. 법원 명령으로 조사가 이루어졌고, 그 결과 공표된 보고서에서는 이 책이 바로 『유령의 책』이라는 잠정적 가설을 제기했다. 즉 연달아 살해된 브론카 카치마레크와 대니얼 엡스타인이 이 물건과 연관되었다는 결론을 내린 것이었다. 인터뷰에서 수석 조사관은 붕괴된 건물에 한때 대니얼 엡스타인과 막스 바움가르텐이 임대했던 아파트가 포함된 게 확실하다고 말했다. 조사관이 추측하는 바로 그 책은 마룻장 밑이나 옷장 벽 뒤에 숨겨져 있었을 텐데, 확실히 알 길은 없었다. 그 뒤로 아파트를 임대했던 수십 명의 사람들 중 누구도 그 꾸러미를 우연히 발견하지 못했다는 점만이 분명할 따름이었다.

그들은 결국 도착했다. 그렇게 심판의 날이 왔다. 킨비의 경매장 연석 앞에는 야코프 바이젠의 입장을 도울 사람이 기다리고 있었지만, 백발의 구부정한 남자는 퉁명스럽게 고개를 젓고 툴툴거리며 제안을 거절했다.

"*자이데, 점잖게 행동해 줘요.*" 레아가 잔소리했다.

"늙은이를 너그러이 봐주시오." 그는 자신을 맞으러 나온 날씬한 금발 여인을 감탄하며 바라보았다.

"물론입니다, 바이젠 씨. 자, 저를 따라와 주실까요."

금발 여인이 야코프와 레아를 위해 문을 잡아 주는 동안, 킨비의 다른 직원은 레아의 차를 주차하러 갔다.

2년 전에 베를린에서 꾸러미가 발굴된 이래, 야코프가 그 물건을 처음으로 보는 건 아니었으리라. 그렇다. 그는 진짜인지 감정하기 위해 이미 한 번 베를린으로 날아갔고, 한 번만 더 거짓말을 함으로써 영원한 악몽을 끝내 버릴 수 있겠다고 생각했다. "가짜입니다. 잘 만들었지만, 위조품이에요"라고만 말하면 되었다.

원래는 그렇게 말할 작정이었다. "이게 바로 내가 1944년 유골 수레에 넣었던 꾸러미입니다"라고 말해 버리기 직전까지도, 정말로 그렇게 말할 생각이었다. 그러나 그는 너무도 죽음에 가까워졌기에,

또 스스로 만들어 낸 인생의 혼돈에 너무도 길들여져 있었기에 이제
와 거짓말을 할 수가 없었다. 게다가 다른 모든 이들과 마찬가지로,
그 옛날 아이작 베커라는 멍청이가 대체 무엇을 지키려고 자기 목숨
을 바쳤는지도 궁금했다. 그는 별 모양의 윤곽을 곧바로 알아보았고
그 모습에 곧장 심장이 두방망이질했다. 그 책을 수레에 넣은 지 65
년이나 지났는데도, 거기서 아직도 뼛가루 냄새가 난다고 똑똑히 맹
세할 수 있었다.

이 발견물을 어떻게 처리할지를 놓고 보존 전문가, 역사학자, 박
물관 큐레이터, 종교 지도자, 생존자들의 의견이 서로 달랐다. 일각
에서는 꾸러미가 조심스럽게 개봉되어야 하며, 포장지로 쓰인 의
복, 고무 시트, 책 자체 등 발견물을 이루는 각각의 부분들은 심층 분
석과 보존 작업을 거쳐야 한다고 주장했다. 다른 쪽에서는 꾸러미
를 분리한다면 그 가치와 역사적 의의가 손상될 거라고 주장했다.
또 다른 쪽에서는 꾸러미에 무슨 짓을 하든 그 영적인 본바탕이 망
가지리라고 주장했다. 그러나 독일 정부의 판단에 따르면 결정을 내
릴 주체는 그들이 아니었다. 아이작 베커의 혈연관계 중 가장 가까
운 친척을 찾기 위해 철저한 수색 작업이 이뤄졌다. 거의 1년이 지
난 뒤, 열두 살 때 가족들과 트레블링카 폴란드 바르샤바 북동쪽에 있던 나치 강제 수용소
로 끌려갔다가 살아남은 베커의 육촌 히만 야블론스키가 브루클린
미드우드 지역에 살고 있다는 사실이 확인되었다. 그는 자기 육촌인
아이작을 한 번도 만난 적 없고 『유령의 책』에 얽힌 전설을 들어 본
적도 없었지만, 아무튼 그 책의 적법한 주인이라고 결정되었다.

야블론스키는 자신의 육촌과 성질이 비슷했다. 수입이 변변치 않으니 그 꾸러미를 팔아 수익을 얻을 필요가 있었지만, 꾸러미에 복합적인 의의가 담겨 있다는 점 또한 헤아렸다. 이에 따라 사전 합의가 이루어졌으니, 경매에 앞서 우선 입찰에 나선 이들 모두가 향후 이 꾸러미를 취급할 방법으로 정해진 엄격한 조항에 동의해야만 했다. 책을 두른 조그만 헝겊 띠, 고무 시트, 책 한 페이지는 매년 6개월씩 이스라엘 야드 바셈 홀로코스트 박물관, 워싱턴 D.C. 홀로코스트 박물관, 폴란드의 아우슈비츠 박물관, 독일 홀로코스트 박물관에 상설 전시용으로 기증되어야 했고, 꾸러미는 전 세계의 박물관과 기념관에 전시되어야 했다. 나아가, 새 소유주가 사망할 시 『유령의 책』은 사전 협의된 금액으로 야드 바셈에서 매입한다는 조건이 붙었다.

킨비의 내실은 매우 떠들썩했다. 언론사에서 대거 몰려들었고, 미국, 이스라엘, 독일, 폴란드 외교관들도 모였다. 홀로코스트 기념관과 박물관 큐레이터들도 와 있었다. 경매 참가자들도 전부 참석했다. 혹시 홀로코스트 부정론자나 혐오 단체, 혹은 계약 조건을 위배하고 꾸러미를 훼손하려 들 법한 부류에게 판매될 가능성을 차단하기 위하여 전화 입찰은 금지되었다. 꾸러미는 플루토늄을 취급할 때 쓰는 것과 별반 다르지 않은, 특수 설계된 진공 글러브 박스의 플렉시 글라스 벽 안에 전시되어 있었다. 합의에 따르면 낙찰이 결정되자마자 꾸러미를 풀게 될 터였다. 책에 쓰인 글을 해석하기 위해 전문 언어학자들까지 대기하고 있었다. 내실 안에는 정치인, 고위 인사, 그 밖에도 부유하고 박학다식한 인물들이 가득했지만, 야코프 바이젠이 들어설 때처럼 커다란 동요가 일 수는 없었다. 처음에 한 사람이 박수를 쳤고, 다음엔 또 한 사람, 또 한 사람, 그리고 또 한 사람이 이어서 박수를 쳤다. 모든 사람들이 일어서서 온 방에 박수 소리가 울려 퍼질 때까지. 노인은 압도되었다. 그러나 그 이유는 자기 혼자만 알고 있었다. 야코프는 잠시 양해를 구하고 화장실로 들어갔다.

그는 세면대에 차가운 물을 받고, 거기 얼굴을 담갔다. 다시 일어서자 거울 저편에서 젊었을 적 자신이 되돌아보고 있었다. 눈이 있던 자리에 검은 구멍이 뚫리고 성흔에서는 피가 콸콸 쏟아지는 아이작 베커가 그의 오른쪽 어깨 옆에 지키고 섰다.

"그래, 베커." 야코프가 고개를 끄덕이며 거울을 향해 말했다. "어떻게 해야 하는지 알아."

그 말과 함께 주머니에 손을 찔러 넣었다. 잠시 후 야코프는 두 손에 물을 받아 마신 뒤 내실로 돌아와 글러브 박스와 레아 사이에 자리 잡고 앉았다. 2백만 달러로 시작한 입찰은 그가 예상했던 것보다 훨씬 더 금방 끝났다. 5백만 달러가 되었을 때, 여러 헤지 펀드를 운영하며 개인적으로도 전 세계 숱한 대기업의 주식을 대량 보유하고 있는 제프리 마이어가 가진 걸 다 쏟아 넣겠다고 나섰고 1천 2백만 달러까지 갈 의사가 있음을 내비쳤다. 다른 입찰자들이 나가떨어지자 꾸러미는 그에게 돌아갔다.

"낙찰되었습니다!" 경매인이 망치로 연단을 두들기며 선언했다.

야코프는 마이어와 글러브 박스 옆에 서서 사진을 찍고 다시 앉았다. 점점 더 다리가 휘청거렸다. 60년도 넘게 두려워해 온 순간이 바로 지금 닥쳐왔다. 보존 전문가가 앞으로 나와 글러브에 손을 밀어 넣자 북적이는 방에 으스스한 정적이 드리워졌다. 이 글러브는 위험물을 취급할 때 사용하는 종류보다 좀 더 부드럽고 탄력 있었다. 보존 전문가는 상자 안에 준비되어 있던 정교하고 섬세한 도구들로, 꾸러미를 한데 묶고 있던 기다란 파자마 조각의 매듭을 조심스럽게 풀었다. 다음으로 고무 시트를 떼어 내 책을 꺼내 놓았다. 아이작 베커가 그토록 귀중하게 생각하여 기꺼이 자기 목숨을 바친 책 말이다. 좌중은 그야말로 숨을 죽였다. 묵직한 눈꺼풀 너머로, 야코프 바이젠은 책을 바로 알아보았다. 모서리가 약간 닳았고 더 낡은 듯했지만, 정말 그 책이었다. 물론, 누더기 안에서 그 책이 나온 건 놀랄만한 일이 아니었다. 일이 이렇게 되기 한참 전에 독일에서 이미 꾸러미를 엑스레이로 정밀 촬영했다. 아주 감도 높은 촬영이어서 베커의 필체까지 부분부분 식별될 정도였지만, 알아볼 수 있는 글자는 하나도 없었다.

보존 전문가가 극히 조심스럽게 표지를 젖혔고, 첫 페이지의 희미하게 바랜 글자가 드러나자 언어학자들이 앞으로 걸어 나갔다. 연단 뒤의 대형 스크린과 청중을 위한 텔레비전 모니터에 글자가 띄워졌다.

"헝가리어입니다. 분명히 헝가리어네요." 죽어 가는 야코프 바이젠은 누군가 말하는 소리를 들었다. 화장실에서 꺼내 삼켰던 약이 이제 온몸에 퍼지면서 눈이 파르르 떨렸다. 죽음이 닥치기 직전이었다.

"뭐라고 쓰여 있습니까?" 언론사 사람이 외쳤다.

"『유령의 책』." 언어학자가 말했다.

야코프 바이젠은 이 모든 아이러니에 고개를 저었다. 그러니까, 저건 시나 요리법이나 다채로운 헝가리 욕지거리로 채워진 책이 아니었던 것이다. 60년 넘는 거짓말의 세월에 파묻혀 있던 진실을 어떻게 받아들여야 할지 알 수가 없었다. 그에게는 곰곰이 생각해 볼 시간이 없으리라. 야코프 바이젠은 이미 숨이 끊어진 채 앞으로 고꾸라졌다. 어떤 이들은 그가 웃고 있더라고 주장했다.

죽음은
책갈피를
남긴다

트로이 펠링햄은 대학 시절부터 줄곧 책을 읽지 않았다. 인생에는 그보다 더 매력적인 일이 수두룩했으니까. 그러나 지금까지 손대서 짭짤하게 재미를 본 일은 하나도 없었다. 아이러니하게도 그의 삼촌인 로드니 해버포드는 멜로즈 가 _{세련된 상점, 전시관, 레스토랑 등이 즐비한 로스앤젤레스의 거리}에 고급 매장을 두고 희귀 서적을 판매하는 골동품 수집가였다. 로드니 삼촌이 어찌나 거만하고 콧대가 높은지, 저래서야 대체 코는 어떻게 푸는 걸까 실없는 궁금증을 품게 될 정도였다. 그 늙은이는 여든 살이 넘었는데도 황소처럼 튼튼했고 코감기 한 번 걸린 적이 없었다. 트로이에겐 이 점이 골칫거리였다.

　삼촌은 항상 런던의 새빌 로고급 맞춤 양복점들이 모여 있는 영국 런던의 거리에서 수입한 맞춤 정장을 차려 입었다. 타는 듯이 더운 여름날에도 조끼며 시계 넣는 주머니까지 갖춘 트위드 정장만을 고집했다. 그러고도 땀한 방울 안 흘리는 모양이었다. 하긴, 늙다리 속물이 보기에 땀을 흘린다는 건 볼썽사나운 일일 터였다. 블루칼라 노동자들, 뭐가 됐든 육체노동을 하는 천한 계급이야 땀이 뻘뻘 나도 별수 없이 참아 내야겠지만 말이다.

　당연한 말이지만 로드니 삼촌은 아버지의 신탁 기금을 보유하고 있었다. 작고한 어머니께 언젠가 듣기로는 그 양반 역시 만만찮은 속물이었다나.

　로드니는 제 아버지와 같은 틀로 찍어 낸 듯 고스란히 오만함을 물려받았다. 부전자전으로, 자기보다 신분이 낮은 사람과 악수를 하고 나면 꼭 향이 나는 손수건으로 손가락을 닦아야 직성이 풀리는 꼴사나운 엘리트주의자 놈들이었다.

　트로이는 삼촌에게 낯 뜨거울 정도로 알랑방귀를 뀌었다. 매일 똥구멍을 핥듯이 아첨을 떨었고 일요일엔 곱절로 출랑거렸다. 비유적으로 말해서 그는 부자들에겐 항상 무릎을 꿇었다. 더욱이 상대가 편안한 침대에서 꼴까닥 숨넘어갔을 때 그 어마어마한 재산 중 일부를 상속받게 될 상황에서라면야 말해 무엇하랴.

　로드니 삼촌에게 남은 가족이라고는 처조카 하나와 트로이뿐이었다. 조카딸 마르셀라는 매력적인 여자였고, 언제든지 지폐를 찍어 낼 수 있기라도 한 것처럼 돈을 펑펑 쓰고 다녔다. 자기 이모부가 바로 지폐 제조기라는 것을 알기 때문이었다. 마르셀라는 어린 시절 제 엄마와 함께 이모부네 집에서 여름철을 보내면서 이모부와 돈독한 관계를 맺었다. 더 커서는 UCLA에 다니는 동안 베벌리힐스에 있는 로드니의 집에서 같이 살게 됐다. 둘의 유대감이 하도 끈끈한 나머지 마르셀라는 대학을 졸업하고도 거기 눌러 앉았다.

트로이가 책벌레와는 거리가 멀며 사업을 벌이다 실패까지 한 것을 알게 되자, 노인네는 이 칠칠치 못한 사내자식을 포기해 버렸다. 손해만 나는 투자를 딱 끊어 내듯 말이다. 유언장에서 이름을 빼 버리겠다며 트로이를 위협한 적도 있었지만, 트로이는 분명 삼촌이 아직 거기까지 손쓰진 않았으며 아마 앞으로도 그러지 않으리라는 사실을 알고 있었다. 어쨌든, 로드니 삼촌에게 가족 간 유대란 신성불가침의 영역이었으니까.

또 한 가지 아는 게 있다면 저 속물 노인네가 아늑한 침대에서 평화롭게 죽진 못하리란 점이었다. 트로이는 그렇게 내버려 둘 생각이 없었다. 굽실거리는 의사와 간호사가 떼로 몰려와 노인을 둘러싸고서 죄다 탐욕스러운 마수를 뻗칠 텐데, 그리 되면 시간을 너무 오래 잡아먹으리라. 자, 그렇다면 어떻게 손을 쓴다? 그것이 문제였다. 지금껏 손댔던 사업이란 사업은 죄다 신통치 않았으니, 이번 건만큼은 결코 실패해선 안 된다는 점을 자각하고 있었다. 자기 인생을 통틀어 최고로 신중하고 면밀한 계획을 짜내야만 했다. 탄탄한 살해 계획을 아주 멋들어지게 풀어놓은 미스터리 소설도 더러 있다는 얘기를 들어 보았지만, 트로이는 책하고는 담을 쌓은 사람이었다. 책을 좀 읽는 척이나 해 볼까 생각한 적도 있었으나, 삼촌이 질문 몇 가지만 쏙쏙 골라 물어 봐도 트로이가 거짓말쟁이라는 게 금세 탄로 날 게 뻔했다.

로드니는 조카딸을 애지중지하는 듯했다. 마르셀라는 약간 방정맞고 이기적이었지만, 트로이로서는 삼촌 재산을 반씩 나눠 가져도 상관없었다. 어쩌면 둘이 결혼하게 될지도 모르고, 그러면 전부 다 자기 차지가 되는 셈이었다. 아니, 꿈 깨자. 그는 스스로를 타일렀다. 롤스로이스를 몰면서 색종이처럼 돈을 뿌리고 다니려면 아직 갈 길이 멀었다. 우선은 실패할 리 없는 계획이 필요했다.

트로이는 삼촌네 서점에 나가 미국과 유럽 각지의 책 애호가들에게 보낼 소포를 포장한 다음 우체국에 가서 부치고, 매장을 반듯하게 정리정돈하고, 새로 구입한 품목을 검사하는 일을 맡았다. 로드니 삼촌이 그를 잡역부로 전락시킨 것이다. 본인이 경멸하는 노동자계급이나 다를 바 없는 상태로 말이다. 얼마 전 가게에서 일하던 트로이는 자기도 모르게 살해 계획을 궁리하고 있었다. 꼬리를 밟힐 리 없는, 빈틈없는 알리바이를 갖춘 계획이어야 했다. 조금 우스운 생각이지만 저 늙은이야말로 지금 트로이에게 딱 필요한 계획을 짜내 줄 만한 사람 아닌가 싶었다.

그런데 뜻밖에도, 계획을 세울 필요조차 없었다는 게 밝혀졌다. 어느 지루한 오후였다. 로드니 삼촌은 가게 뒤편의 자기 자리에 앉아 책을 읽고 있었다. 트로이는 대체 시간을 어떻게 때워야 할지 몰라 그저 발길이 뜸한 거리를 멍하니 내다볼 수밖에 없었다. 행인들은 대개 자기만큼이나 따분해 보였다.

삼촌이 독서에 열중하는 동안 가게를 쭉 훑어보자니, 서쪽 벽 커다란 책장 뒤의 좁은 공간이 눈에 들어왔다. 책장엔 대형 예술 서적이며 범죄 소설, 법률서 등이 뒤죽박죽으로 꽂혀 있었다. 세상에, 엉망진창이구만. 곧 저 책을 몽땅 다시 배열해야겠다. 잠깐, 만약에 책장 뒤로 슬그머니 미끄러져 들어가 삼촌보고 이리 와 달라고 한다면, 어쩌면 이참에…….

하지만 그러려면 팔과 어깨 근력이 엄청 세야 할 터인데, 트로이는 돈 문제 때문에 헬스클럽에 진작 발길을 끊었다. 혹시 영 좋지 않은 순간에 누가 가게에 들어온다면 어쩔 텐가? 그래도 한번 시도해 볼 만한 일이리라.

충동적으로 정문에 블라인드를 치고는 높다란 책장 뒤쪽 공간으로 들어갔다. 이런 세상에, 정말 저질러 버리는 건가?

트로이는 기를 모은 다음 "로드니 삼촌!" 하고 크게 외쳤다.

"왜 또 그러냐?" 로드니가 툴툴거렸다.

"잠깐 이쪽으로 와 주실래요?"

가게 앞쪽으로 다가오는 발소리가 들렸다. 늙은이가 짜증난 목소리로 물었다. "도대체 어디 있는 거야?"

트로이는 책장 뒤에 두 팔을 대고 한껏 힘이 들어간 다리로 버티고 섰다. 이제껏 안일하게만 살아온 인생이니 이렇게 어려운 일에 도전해 봤을 리 만무했다. 책장을 한 번 움직여 본 뒤 확 밀어서 노인네의 몸 위로 넘어뜨렸다. 어쩌면 덜커덕하는 소리가 바로 옆 가게 나 길거리에까지 들렸을지도 모른다.

곧바로 빠져나와 텅 빈 선반 틈으로 내려다보니, 노인네가 간신히 목숨이 붙은 채 아직 꿈틀거리고 있었다. 마저 끝장내는 게 좋을 거다. 그것도 무진장 빨리!

트로이가 초조하게 두리번거렸다. 커다란 예술 책 몇 권이 바닥에 펼쳐진 채 나뒹굴었다. 손을 아래로 뻗어 가장 묵직한 책을 잡다가 거의 떨어뜨릴 뻔했던 트로이는 겨우 다시 더듬더듬 집어 들어 표지를 닫았다. 이거면 딱 좋겠네. 책방 주인이 아이러니하게도 자기 책에 맞아 죽는 거지. 그다음 책 선반 사이로 팔을 휘둘러 노인네의 머리통을 내리쳤다. 로드니가 죽은 걸 보고 흡족해진 트로이는 손수건을 꺼내 책 표지 앞뒤에 묻은 피와 지문을 닦아 냈다. 혹시 모르니 책등도 닦았다. 그리고 희생자의 머리 바로 옆에다가 책을 내동댕이쳤다. 이따가 잊지 말고 손수건도 없애 버려야 할 터였다.

숨을 헐떡이며 가만히 서서 잠시 귀를 기울였다. 덜커덕거리는 소리를 누가 못 들었기를, 또 너무 가까이에는 아무도 없었기를 하고 실낱같은 희망을 품어 보았다. 숨을 깊이 들이쉰 다음 잠시 참았다. 얼어붙은 채로 기다렸다. 천만다행으로 밖에서는 여전히 아무런 반응도 없었다.

책장 뒤편에 지문이 전혀 안 남았음을 확인한 뒤, 그는 오늘 부쳐야 할 소포 두 개를 움켜쥐고 가게 뒷문으로 달려갔다.

좁은 주차장으로 나와 로드니의 롤스로이스를 지나친 트로이는

11년 된 닷지 _{세계적인 자동차 회사 크라이슬러그룹의 자동차 브랜드}인 자기 차에 올라탔다. 골목으로 내려온 차는 단 한 대뿐이었는데, 그는 아슬아슬하게 방향을 틀어 피했다. 지금은 행운의 날개를 타고 날아가는 중이었고 이보다 더 좋은 운송 수단은 없었다. 페덱스 특급 배송도 이보다 빠르진 못할걸!

미끄러지듯 멜로즈 가를 내려가 우체국으로 가는 길, 마음속으로 자신의 미래를 그려 보았다. 네온 불빛처럼 환하게 반짝였다. 로드니 삼촌의 재산이 수백 만 달러는 되는데, 그중 절반은 자기 차지일 터. 게다가 앞으로 마르셀라와 어떤 사이로 발전할지 또 누가 알겠는가? 아무튼, 트로이도 이제 결혼할 때가 되었으니 말이다.

피 묻은 손수건은 서점과 멀리 떨어진 쓰레기통에 던져 버리고 주변에 쌓여 있던 쓰레기로 덮어 두었다.

그날 밤 텔레비전에는 삼촌의 '이상한 사고' 이야기가 전혀 나오지 않았다. 밤 11시쯤 마르셀라가 전화를 걸어 왔다. 이모부가 아직도 집에 돌아오지 않아 걱정되어 죽겠는데, 가게로 전화를 해 봐도 자동응답기만 돌아갈 뿐이라고 했다. "경찰에 알려야 할까?" 그녀가 물었다.

"물론이지. 나한테 진작 전화하지 그랬어?"

"그게 말이지…… 이모부가 저녁 먹고 친구랑 한잔하러 갔나 보다 생각했어. 아, 이걸 어쩌지. 트로이, 지금껏 한 번도 이런 적 없었거든!"

"경찰에 신고해. 내가 그리 갈까?"

마르셀라가 망설였다. "음…… 응. 그럴래?"

"금방 갈게."

그는 전화를 끊자마자 머리를 빗고 가장 아끼는 재킷을 걸쳤다. 마르셀라가 몹시 연약해진 상태이니, 서로 교감하며 천천히 관계를 시작하기엔 딱 좋은 시점일지도 몰랐다. 로맨틱한 관계 말이다.

이런, 욕심꾸러기 돼지 같으니라고. 속으로 빙긋 웃으며 생각했다. 재산 절반으로는 만족을 못 하겠어? 젊고 예쁜 여자가 날라다 주는 파이 한 판을 통째로 잡수시겠다? 응, 그럴 거야.

조지 왕조 양식인 대저택은 집주인 로드니의 사치스럽고 고상한 취향에 딱 맞았다. 이 집 또한 트로이와 친척 앞으로 굴러들 자산이었다. 지금은 거실 블라인드 사이로 새어 나오는 빛을 빼고는 전부 컴컴했다.

마르셀라는 우느라고 눈이 빨개져 있었지만 그렇다고 타고난 미모가 가려지지는 않았다. 그녀는 딱 트로이가 좋아하는 스타일대로 하얗게 빛나는 금발 머리를 길게 늘어뜨렸다. 푸른 눈과 창백하고 도발적인 입술에 그의 아랫도리가 요동치기 시작했다. 정말이지 끝내주는 계집애야.

트로이는 마르셀라의 날씬한 몸을 안고 그저 토닥토닥 두드려 주었다. 가슴은 좀 작았지만 뭐 괜찮았다. 그는 큰 가슴을 밝히는 취향이 아니었으니까.

"경찰에 얘기했어?" 트로이가 여전히 마르셀라를 안은 채 말했다.

"응. 혹시 이모부가 늦게까지 일하고 있을지도 모르니까 일단 가게로 사람을 보냈대."

"하지만 네가 거기로 전화해 봤다면서."

마르셀라는 평정을 되찾으려 애쓰며 천천히 몸을 뗐다. "그래. 그런데 이모부는 한창 일하고 있을 땐 전화를 안 받기도 하거든. 너도 거기서 일하니까 무슨 말인지 알겠지만."

"그렇지. 맞아."

마르셀라는 폭신하고 안락한 대형 소파에 앉았다. 트로이는 사심 없이 적당히 거리를 두고 앉았다. 아까는 잘못 생각했다. 아무래도 지금은 마르셀라에게 접근하기 좋은 때가 아니었다. 하지만 어쩐지 그 어느 때보다도 욕망이 꿈틀거렸다. 마르셀라는 청바지에 수수한 회색 스웨터를 입고 있었다. 마음속으로 그녀에게 어깨가 훤히 드러나는 이브닝드레스를 입혀 볼 수도 있었겠지만, 그럴 필요도 없이 지금 이대로가 오히려 더 자극적이었다.

트로이가 마르셀라에게 걱정하지 말라고 말하던 중에 초인종이 울렸다. 마르셀라가 벌떡 일어나 문으로 나갔다.

안으로 들어온 남자는 간단히 말해 그냥 평범했다. 남자가 신분증을 내 보이며 자신을 콜럼보 경위라고 소개했다. 폭풍우를 백만 번은 받아 낸 듯한 레인코트 차림에, 방 안으로 들어오는 걸음걸이를 보니 약간 안짱다리인 듯싶었다.

"저희 삼촌은 찾으셨습니까?" 트로이가 물었다. 마르셀라는 여전히 서 있었다.

콜럼보는 표정이 어두워지더니 머뭇머뭇했다. "좋은 소식은 없습니다." 마침내 마르셀라를 바라보며 입을 뗐다. 그녀는 놀라서 말을 잃었다.

"어떻게 된 거죠?" 트로이가 일부러 숨죽인 목소리로 물었다.

"서점에서 해버포드 씨를 발견했습니다. 커다란 책장이 그분 몸 위로 쓰러졌어요……."

"세상에!" 트로이가 외쳤다. 그러고는 다시 일어서서 마르셀라의 몸에 팔을 둘렀다. 충격을 받은 그녀는 형사를 쳐다보고만 있었다.

"이런 말씀 드리기는 싫지만." 콜럼보가 말했다. "그것뿐만이 아닙니다."

트로이는 마르셀라의 몸이 잔뜩 긴장하는 것을 느꼈다.

"누가 책 한 권으로 그분의 머리를 세게 내려쳤더군요." 콜럼보가 덧붙였다. "이런 말씀을 드려야 해서 정말 유감입니다." 마치 자기 삼촌에게 일어난 일인 것처럼 애석한 기색이었다.

마르셀라는 몸서리치며 트로이의 품에 맥없이 몸을 맡겼다. 이거 원, 깜찍하기도 하지. 그는 생각했다. 샤넬 향수가 풍기는 여름날의 장미 정원 같은 향이 코끝을 맴돌았다. 마르셀라의 궁둥이를 움켜쥐지 않도록 의식적으로 꾹 참아야 할 정도였다.

"경위님…… 뭐라 할 말이 없네요……." 그는 깊은 슬픔을 내보이려고 했지만 절대 과장해선 안 된다는 것도 알고 있었다.

콜럼보가 말했다. "밤 시간이라 지금은 할 수 있는 일이 별로 없습니다. 다른 가게들은 전부 문 닫은 지 한참 지났고요. 선생 성함이 어떻게 되시죠?"

"트로이 펠링햄입니다." 마르셀라에게 고개를 끄덕여 보이며 덧붙였다. "마르셀라와 저는 먼 친척뻘입니다." 자기가 서점에서 일하고 있다는 말은 하지 않았다. 내일 아침이면 이 남자도 알게 될 테니까.

콜럼보는 수첩을 찾느라 잠시 미적거리다 마침내 바지 뒷주머니에서 꺼내 들고는 뭔가 끄적거리기 시작했다. 아마 우리 이름이겠지. 트로이는 생각했다. 마르셀라가 몸을 덜덜 떠는 게 느껴졌다. "얘, 마르셀라." 그가 다정하게 말했다. "너 좀 앉는 게 좋겠다."

다시 소파로 데려가 앉혀 주자, 마르셀라는 더 이상 끔찍한 소식을 듣고 싶지 않다는 듯 고개를 떨구었다.

콜럼보가 메모를 마쳤다. 그러더니 수첩을 다시 집어넣을 빈 주머니를 찾느라고 애를 먹었다. "이 정도면 된 것 같군요." 그가 다시 어두운 표정을 지으며 말했다. "두 분이 어떤 심정일지 잘 압니다. 그래서 다시 말씀드리지만, 여기 와서 이런 소식을 전하게 되어 죄송스럽습니다."

트로이가 고개를 끄덕였다. "정말 감사합니다, 코스텔로 경위님…… 맞나요?"

"콜럼보입니다." 콜럼보가 말했다. 그는 약간 비틀비틀 발을 끌며 문 쪽으로 향하다가, 마르셀라를 힐끗 돌아보았다. 안짱다리는 아니었지만 하루 종일 서 있었는지 다리가 좀 피로해 보였다. "제가 가자마자 아가씨가 바로 잠자리에 들도록 하는 게 좋겠어요."

"알겠습니다, 경위님. 그러겠습니다."

"혹시 집에 수면제가 있습니까? 오늘 밤 아가씨한테 필요할지도 몰라요."

"모르겠습니다만, 꼭 확인해 보겠습니다."

콜럼보는 문 앞에서 말했다. "그럼 두 분 모두 안녕히 주무십시오."

"살펴 가세요, 경위님." 트로이가 말했다. 마르셀라는 알아들을 수 없는 말을 뭐라고 웅얼거렸다.

콜럼보가 나가자 트로이는 소파로 돌아왔다. 이번에도 역시 마르셀라와 적당히 떨어져 앉았다.

저 녀석은 만만해 보이는걸. 하지만 경찰들이란 속을 알 수가 없는 법이지. 트로이는 경찰을 상대해 본 적이 전혀 없었다. 하지만 어쩌면, 혹시 말이지만, 운 좋게 저 깜빡깜빡하는 녀석을 만난 건지도 몰랐다. 이게 아주 흥미로운 경험이 되리라는 예감이 들었다.

마침내 마르셀라를 계단으로 이끌 시간이었다. "올라가는 거 도와줄까?" 트로이가 말했다.

가냘픈 미소. "아냐. 혼자 할 수 있어. 우리 언제 또 봐?"

"내일. 전화해서 네가 일어났는지, 몸은 괜찮은지 확인할게."

마르셀라의 뺨에 살짝 키스를 해 보았다. 그녀는 별로 꺼리지 않고 또 한 번 가냘픈 미소만 지어 보였다. 그러더니 천천히 계단을 올라갔다.

다음 날 아침 트로이는 마르셀라에게 전화를 걸어 상태가 '괜찮다' 는 것을 확인했다. 그리고 같이 점심 먹으러 나갈 생각이 있으면 데 리러 가겠다고 말했다.

전화를 끊자마자 다시 벨이 울렸다. 어제 본 형사, 콜럼보였다.

"선생 삼촌분 가게에서 만나 뵐 수 있을까요?" 형사가 물었다.

"언제요?"

"최대한 빨리요."

트로이는 주저했다. "외식할 겸 집 앞으로 데리러 가겠다고 친척 이랑 약속했거든요. 약속을 지키는 것도 중요한데."

콜럼보가 말했다. "이해합니다, 선생. 한데 유감스럽지만 이 일이 우선되어야 할 것 같군요. 친척분께 조금 늦게 데리러 간다고 말씀 하시면 어떨까요?"

짜증이 나서 말이 꼬였다. "그래 보겠습니다. 제가 꼭 보탬이 된다 면 좋겠네요."

"거야 모를 일이죠. 그럼 가게에서 기다리겠습니다. 지금 와 있거 든요."

"알겠습니다." 이 녀석한테 협조해 주는 척하는 게 상책이었다. 마 르셀라에게 다시 전화 걸었다. 수사를 도와야 해서 좀 늦어질 거라 고 말하니 이해해 주었다. 인형처럼 고분고분하기도 하지. 그는 생 각했다.

30분 후 트로이는 서점에서 콜럼보와 만났다. 아마 과학수사대인 듯한 사복 경찰들도 와서 가게를 샅샅이 뒤지는 중이었다. 책장은 여전히 바닥에 엎어진 채였고, 살해 도구로 쓴 책은 로드니의 책상 위에 놓여 있었다.

"무슨 단서라도 나왔습니까?" 그가 콜럼보에게 물었다.

형사는 반쯤 꺼진 시가를 손에 들고 있었다. "살인범은 책상 위에 있는 저 책으로 선생 삼촌분의 머리를 내려쳤습니다. 그분이 책장에 깔린 다음에요."

트로이는 몸을 움찔해 보였다. "정말 끔찍하군요!"

"그래요. 좋지 않죠. 살인자가 삼촌분께 책장을 민 겁니다. 그렇게밖에는 설명이 안 돼요."

"책장 뒷면에 지문은 안 남았나요?" 아주 무난한 질문을 던졌다.

"아뇨. 아직은 아무것도 안 나왔습니다. 당연히 살인범이 닦아 냈겠지요."

트로이는 잠시 이 문제를 골똘히 생각해 보는 듯했다. "저 책도 벌써 확인해 보셨고요?"

"예. 지문을 찾아내는 새 전자 기기가 도착하길 기다리는 중입니다. 우리 관할에 아직 안 들어왔거든요."

"말도 마세요. 하, 요즘 세상은 뭐든지 다 전자식으로 넘어간다니까요."

콜럼보가 애매하게 고개를 끄덕였다.

"무슨 책이 사용된 거죠?"

"크고 두꺼운 예술 서적입니다. 그런데 제 생각엔 놈이 아무거나 집은 것 같군요. 무슨 책인지도 모르고 말이지요."

트로이는 그게 정답이란 걸 알고 있었다. 그냥 크고 무겁기만 하면 그만이었으니까. 다시 책상 위에 놓인 예술 책을 슬쩍 되돌아보았다. 과학수사대 녀석이 책을 거기 올려 두었다. 책 표지를 보니 르네 마그리트『전작 도록 제1권』이었다.

"음, 경위님은 이런 데에 빠삭하시겠죠. 엇비슷한 살인 사건들을 많이 수사해 보셨을 테니까요."

콜럼보가 얼굴을 찡그렸다. "피해자에게 책장이 쓰러지는 사건 말인가요? 아뇨, 전혀요. 이런 상황은 또 처음입니다…… 참, 그건 그렇고, 펠링햄 씨……."

"뭐죠?" 그가 마음을 다잡았다.

"여기서 일하신다는 말씀을 안 해 주셨더라고요." 겉보기에는 별다른 저의가 느껴지지 않는 무덤덤한 말이었다.

"죄송해요. 간밤에 경위님이 찾아와 자초지종을 알려 주신 다음엔 저희 둘 다 충격을 받았어요. 마르셀라나 저나 뭘 또렷하게 생각할 수 있는 상태가 아니었던 것 같습니다."

"여기서 일하신 지는 얼마나 되셨습니까?"

"한 일 년 정도요. 삼촌이 연로해지시니 소포를 부치고, 가게를 깨끗이 정돈하고, 고객을 상대하고, 그런 소소한 일들을 도와 드릴 필요가 있었죠."

콜럼보는 목뒤를 긁적거리고 있었다. "아 참, 듣다 보니 생각났는데요. 사건이 벌어진 시점에 어디 계셨지요? 여기 계셨을 리는 없고, 그럼 정확히 어디 계셨을까요?"

트로이는 이 질문에 만반의 준비를 해 둔 상태였다. "우체국에서 수집가 몇 분께 책을 발송하고 있었지 싶은데요. 오하이오 주 데이턴, 메인 주 뱅고어, 그런 데로요."

긁적긁적. "그럼 몇 시에 우체국으로 출발하셨죠?"

"세 시쯤 여기서 출발했을 겁니다. 아무 때고 우체국에 확인해 보시면 될 거예요."

"혹 궁금하실까 해서 말씀드리자면, 살인범이 여기 들어온 시간을 알아내려고 조사 중입니다. 놈은 분명 선생이 주변에 있는 걸 원치 않았을 겁니다."

트로이가 더없이 진지한 표정으로 고개를 끄덕였다. "젠장, 그렇죠, 정말 그랬을 겁니다. 제가 더 말씀드릴 게 남았나요?"

"현관문 위의 블라인드요." 콜럼보가 블라인드를 돌아보지도 않고 말했다.

"블라인드가 왜요?" 뜬금없이 변죽을 울리는 질문이라니. 그게 대체 그와 무슨 상관이기에?

"선생을 귀찮게 하려는 건 아닙니다만, 우리가 도착했을 땐 블라인드가 내려진 상태였습니다."

빌어먹을. 허겁지겁 튀느라고 저 망할 블라인드 올려 두는 걸 까먹었다. "살인범이 더러운 짓을 하기 전에 블라인드를 내린 거 아닐까요. 분명 길가에서 누가 안을 들여다보는 게 싫었을걸요."

"저 역시도 그렇게 생각했습니다, 펠링햄 씨. 선생 생각도 확인하고 싶었을 뿐이에요." 형사가 뭔가 생각하며 머뭇거렸다. "그런데 말입니다…….."

이 자식이 슬슬 사람을 미치게 만드네. 그나마 짜증나게 목을 긁적거리는 짓은 이제 멈추었다. "뭔가요?"

"그자가 영리한 놈이라면 뒷문으로 나갔을 겁니다. 앞으로 나갔다가는 놈이 빠져나가는 걸 누군가 보고 기억에 담아 둘지도 모르잖습니까."

"일리가 있네요. 이제 친척을 데리러 가야겠는데, 또 뭐 남은 게 있나요?"

콜럼보가 다시 곰곰이 생각하며 입을 오므렸다. "아뇨. 선생께 여쭤 보려던 건 다 된 거 같네요."

트로이가 재빨리 몸을 돌려 뒷문으로 향하려는데 콜럼보가 말했다. "아, 선생, 한 가지만 더요."

"뭐죠?"

"떠나시기 전에 지문을 좀 채취하겠습니다."

"그거야 가게 사방에 묻어 있을걸요. 아무튼 여기서 일했으니까요."

"알고 있습니다. 하지만 우리는 선생 지문을 다른 사람들 지문과 구별해야 돼요. 혹시 살인자가 조금 부주의해서 지문 한 개 정도는 남겨 놨을지도 모르거든요." 콜럼보가 악의 없는 눈으로 빤히 쳐다보았다.

"알겠습니다. 그런데 빨리 해 주세요. 마르셀라가 지금 위태위태한 상태여서, 다시 무너지기 전에 데리고 나가 바람 좀 쐬게 해 주고 싶어요."

"밖으로 데리고 나간다는 건 좋은 생각입니다. 금세 끝나니 걱정 마세요."

사복 경찰 중 한 명이 지문을 떴다. 곧 트로이는 거기서 나왔다.

저택 앞에서 마르셀라를 태우고 베벌리힐스에 있는 스파고 _{유명 요}
_{리 연구가 볼프강 퍽이 운영하는 로스앤젤레스의 고급 레스토랑}로 데려갔다. 오늘 마르셀라는
공들인 화장과 멋들어진 옷차림 덕택에 훨씬 더 나아 보였다. 트로
이는 둘이서 사적인 대화를 나눌 수 있게 뒤쪽 벽 근처 자리로 예약
해 두었다.

"추천해 줄 만한 거 있어?" 마르셀라가 메뉴판 너머로 허물없이 쳐
다보며 물었다. 트로이는 상대의 미모에 또 한 번 홀딱 반했다.

"여기 음식은 전부 훌륭해. 샐러드든 생선이든 고기든, 뭐든지 당
기는 걸로 골라."

마르셀라는 북미 가자미 요리를 먹겠다고 말했다. 듣도 보도 못한
생선이었다.

눈치 빠른 웨이터가 그 순간 딱 맞춰 나타났다. "두 분은 어떤 메
뉴로 준비해 드릴까요?" 웨이터가 물었다.

트로이가 두 사람이 먹을 메뉴를 불러 주었다. 본인은 스테이크를
먹기로 했다.

"알겠습니다." 웨이터가 말했다. "스테이크는 어떻게 익혀 드릴까
요?"

"아, 미디엄 레어로 해 주세요."

"전채 요리도 좀 드시겠어요?"

마르셀라를 쳐다보자 고개만 도리도리 저었다.

"괜찮습니다." 트로이가 말했다.

"알겠습니다." 웨이터는 레스토랑 안의 붐비는 손님들 사이로 스르륵 녹아들었다.

"훨씬 나아 보인다." 트로이가 말했다.

"그런 거 같아. 하룻밤 푹 자고 났더니 많이 나아졌어. 하지만 난 이모부의 죽음을 절대 잊어버릴 수 없을 거야. 살인 사건이라고 해야겠지."

"나도 그래." 그가 거짓말했다. "네가 보기에 콜럼보 경위는 어떤 사람인 거 같아? 일을 잘 해낼 수 있을까?"

"고작 몇 분 본 게 전부라서 뭐. 네 생각은 어때?"

트로이가 어깨를 으쓱했다. "말하기가 어려운데. 경찰을 상대해 본 적이 한 번도 없어서 말이지. 내 생각엔 그냥 보통 수준인 거 같아. 그런데 좀 산만하고 부주의하긴 하더라. 수첩을 어디다 쑤셔 넣을지 몰라서 쩔쩔매는 거 봤어? 어찌해야 할지를 모르는 것처럼 여기저기 뒤적거리는 꼴도 그렇고. 로드니 삼촌 살인범 수사를 그 형사가 총지휘하는 거라면, 글쎄 잘 해결할 거라고 장담은 절대 못 하겠다."

마르셀라가 미소 지었다. "별로 힘이 나는 말은 아니네."

"뭐, 범인은 꼭 잡힐 거야. 그렇지 않겠어?" 테이블 너머로 손을 뻗어 마르셀라의 손을 잡고 싶었지만 꾹꾹 참았다. "지금은 맛있는 거 먹으면서 잠깐이라도 잊으려고 노력해 보자."

마르셀라가 알았다는 듯이 고개를 끄덕였다.

음식이 나오자 둘은 말없이 먹기만 했다.

식사를 끝내니 웨이터가 갑자기 나타났다. "디저트를 좀 권해 드려도 될까요?"

다시 마르셀라가 고개를 저었다.

"다음에요." 트로이가 말했다.

"알겠습니다, 선생님. 모쪼록 맛있게 드셨기를 바랍니다."

트로이가 고개를 끄덕였다. "맛있었어요. 조만간 또 올게요."

웨이터가 흡족해하며 가벼운 걸음으로 멀어졌다.

"드라이브나 할까?" 트로이가 물었다. "몇 시간 정도 집이랑 떨어져서 머리를 좀 비우는 거지."

마르셀라가 골똘히 생각해 보더니 말했다. "좋아. 그러자. 기분 전환 삼아서."

트로이는 태평양 해안 도로 북쪽으로 방향을 잡고 바다를 따라 차를 몰았다. "산타바바라까지 가고 싶어?" 마르셀라에게 물었다.

"아니. 반쯤만 갔다가 되돌아올까 봐."

"분부대로 하겠습니다, 대장님."

얼추 반쯤 갔을 때 그는 차를 돌렸다.

"누가 이모부를 죽였을까?" 마르셀라가 생각에 잠겨 나직이 말했다.

"좋은 질문이야. 삼촌한테 적이 있었던 것 같진 않아."

몸 옆에 편히 얹힌 손을 흘낏 보니 마르셀라는 매니큐어를 전혀 바르지 않은 채였다. "사람들이 이모부를 참 좋아했지. 고객들은 특히 그랬고. 내가 알기로는 항상 깨끗하게 거래하셨으니까."

"우리가 전부 다 알 수는 없지." 트로이가 말했다. "어떤 사람들은 정중하게 대해 줘도 불만을 품거든."

"트로이, 네가 어떻게 알아? 넌 사업을 굴려서 성공해 본 적도 없잖아, 안 그래?" 그녀가 비난조를 누그러뜨리려고 미소 지었다.

무슨 말을 하고 싶은 거지? "그건 그렇지. 그래도 잘해 보려고 무진장 애썼거든. 너라면 절대 비위를 못 맞춰 줄 사람들도 상대해 봤고."

"하지만 이모부 재산을 처분하면 너한텐 큰돈이 들어오겠지."

도대체 어쩌자는 거지? 내가 로드니를 죽였다고 생각하는 건가? "너도 마찬가지지. 그래도 이런 식으로 유산을 물려받게 되는 건 최악이지 않아?"

"내 기억엔 말야, 로드니 이모부는 단 한 번도 네가 제대로 노력한다고 생각한 적이 없으셨어."

"글쎄, 삼촌이 나한테는 아무 말씀도 안 하셨는데." 실제로는 트로이에게도 그렇게 말했다. 그것도 수도 없이. 천만다행히도 마르셀라가 그 자리에 있었던 적은 한 번도 없었다. 하지만 왜 이딴 말을 꺼내는 걸까?

대체 뭔 소리든 간에 정면 돌파하기로 작심했다. "왜 지금 이런 얘기를 꺼내는 거야?"

"아니 그냥. 이모부가 죽으면 네가 땡잡는 것처럼 보여서 그러지 뭐. 그러니까, 유산 상속 말야."

"유언장에 내 이름이 있는지조차 확실히 몰라. 그런 얘기는 절대 입도 뻥긋 안 하셨거든."

마르셀라는 창문을 살짝 내렸다. 바람에 머리카락이 거칠게 나부꼈다. "이모부가 남긴 재산이 수백 만 달러는 될 것 같아. 곧 갑부가 될지도 모르는데 소감이 어때?"

"전혀 모르겠는걸. 하지만 삼촌이 나한테 유산을 좀 남겨 주셨다면, 이 덜그럭거리는 똥차 할부금을 싹 갚으리란 것만은 확실하지. 물론 일단은 해야 할 일부터 해야겠지만."

마르셀라가 혼자 웃음 짓고는 핸드백에서 스카프를 끄집어내 흩날리는 머리카락에 둘렀다. 그러니까 더욱 더 사랑스러워 보였다.

트로이는 배짱을 좀 부려 보기로 했다. "마르셀라, 넌 어때? 너야말로 살면서 일해 본 적이나 있어?"

그녀는 그 질문에 조금도 당황하지 않는 듯했다. "아니, 없어. 로드니 이모부가 돌봐 준 후로 쭉 귀하게 대접받으면서 버릇없는 계집애로 살았지. 물론 이모부가 그러고 싶어 해서 그런 거고. 우린 서로 사랑했거든."

"어지간히 팔자도 좋으셔." 트로이가 마르셀라를 훑어보며 말했다. 너무 나가지는 않는 게 좋겠어. 그는 생각했다. 대체 어떻게 하면 저 여자가 나한테 반하려나? 마르셀라는 꼭 그를 헐뜯을 생각뿐인 것 같았다.

"그래. 어지간히 편하게 살았지. 평생 온실 속 화초로 지냈어. 그런데 그게 바로 이모부가 바랐던 바야. 난 대학에서 정치학을 전공했는데, 사실 먹고사는 데 도움이 되는 학문은 아니거든."

둘의 눈이 마주쳤다. "그럼 로드니 삼촌은 네가 돈 많은 남자를 만나 홀딱 빠져들 거라고 생각한 거야? 음, 뭐냐, 너 되게 예쁘잖아."

마르셀라가 더 환하게 웃었다. "우와, 고마워, 트로이. 네가 그렇게 생각할 줄은 몰랐어."

"나도 눈이 있다고, 안 그래?"

"넌 나랑 사랑에 빠질 수 있을 거 같아?"

세상에, 이 여자 때문에 정말이지 난처하기 짝이 없었다. "왜 내가 아직 너한테 빠져 있지 않을 거라 생각하는 거야? 네가 땅꼬마였던 시절부터 널 사랑했던 걸 모르겠니?"

"전혀 몰랐는걸." 마르셀라가 말했다. 진심인지 아닌지 구별하기가 어려웠다.

"뭐, 이제 알겠지."

"어째서 전엔 이런 얘기를 전혀 안 했던 거야?"

"왜냐면 나는 잘 숨기거든." 살인을 저지르는 것과 마찬가지로 말야. 그는 생각했다.

"진짜 놀라운데."

도로를 주시하는 동시에 마르셀라도 흘끔거리느라고 애를 먹었다. 마르셀라의 얼굴에 화색이 도는 듯했다. 와, 나 때문에 몸이 달아오르는 건가?

"뭐, 이제 너도 알겠지." 트로이가 말했다. 위험천만하게 또 옆자리를 흘끔대느라 도로에서 한눈을 팔았다. "그러면 이제 어떻게 되는 거지? 넌 나한테 조금이라도 관심이 있어?"

"너도 자기가 꽤 잘생겼단 거 알지." 마르셀라가 말했다. 살짝 놀리는 듯했던 말투가 쏙 들어갔다. "마음 가는 대로 막 해 보고 싶어?"

"무슨 소리야?" 심장이 콩닥콩닥했다.

"어디 차 세우고 모텔 방을 잡을 수도 있잖아. 오후 동안만."

이런 세상에나, 혹시 농담하는 건가? 이게 꿈인가 생시인가? 트로이는 한참 전에 제 행운의 별이 창공 저 어딘가에서 사라져 버렸다고 생각했는데 말이다.

바다를 마주한 길에 모텔이 줄줄이 서 있었다. "하나 골라 봐." 트로이가 말했다.

"다 비슷비슷해. 요 앞에 있는 데로 가 보자."

차 몇 대가 빠르게 지나갈 때까지 기다렸다가 모텔 진입로로 휙 꺾어 들어갔다.

"방이 있는지 확인해 볼게." 마르셀라가 차에서 내리며 말했다.

기다리는 동안 심장 박동이 미친 듯이 빨라졌다. 오늘이 인생 최고의 날인가, 아닌가? 때로는 먼저 쳐다보지도 않았는데 행운의 여신이 미소를 지어 주기도 하는 법.

마르셀라가 관리사무실에서 나와 엄지를 척 세워 보이자 그는 주차장 빈칸에 차를 댔다.

트로이는 마치 마법의 양탄자에 올라탄 것처럼 차 밖으로 둥실 떠오르다시피 했다.

마르셀라가 번호표 달린 열쇠를 가져오더니 4호실 문을 열었다. 트로이는 뒤따라 들어갔다. 눈멀고 귀도 안 들리는 게 아니고서야 마르셀라도 트로이의 끓어오르는 욕망을 알아채지 못할 리 없었다.

실내는 틀에 박힌 모양새였다. 곰팡내 나는 초록빛 커튼이 큰길 쪽으로 열려 있고 벽돌색 침대 커버를 씌운 더블베드가 자리 잡았다. 하지만 알 게 뭐란 말인가?

마르셀라가 커튼을 치더니 침대 커버와 이불을 침대 발치로 끌어내렸다. 시트는 산뜻하고 깨끗해 보였다.

어느새 마르셀라는 스웨터를 벗고 치마를 끌어 내리고 있었다. 브라와 팬티가 벗겨지고 눈부신 알몸이 드러났다. 너무도 감탄한 나머지 일을 잘 치를 수나 있을까 싶었으나 곧바로 신호가 왔다.

30분에 걸친 섹스는 기막히게 좋았다. 마르셀라는 심지어 핸드백에 콘돔을 넣고 왔다! 트로이는 자기가 어디에 있는지도 까맣게 잊어버리고 풍만한 육체를 흠뻑 즐겼다.

절정이 지나간 뒤 진이 쭉 빠져 침대에 눕자 문득 담배 생각이 간절했다. 끊은 지 몇 년이나 되었는데도 말이다. 마르셀라가 마치 풍요의 뿔그리스 신화에 나오는, 음식과 재물을 마음껏 꺼낼 수 있는 화수분 같은 핸드백에서 담배한 갑과 라이터를 꺼냈다. 놀랍고도 반가운 노릇이었다. 그녀는 담배 한 대를 톡톡 털어 건넸다.

"이럴 수가." 트로이가 담배를 입에 물고 말했다. "이거 전부 다 준비한 거야? 남자들이 섹스하고 나면 꼭 담배 한 대 태우고 싶어 한다는 걸 알고?"

마르셀라는 그저 미소 지으며 담배에 불을 붙여 줄 뿐이었다. 그러고서 옆에 눕더니 깊이를 알 수 없는 파란 눈으로 트로이를 응시했다.

"알았던 모양이군." 그가 보답처럼 크게 웃으며 말했다.

"내가 무슨 생각 하는지 알아?"

"아니. 뭐 생각해?"

"네가 이모부를 편하게 보내 드린 거 같다는 생각." 미소는 전혀 사그라들지 않았다.

"뭐라고? 이런, 무슨 그런 끔찍한 말을 해. 난 그 노인네를 좋아했어. 그런 짓은 절대 못 한다고."

"못 해? 이모부의 그 많은 재산을 나눠 받게 되는데도?"

트로이는 한 팔을 괴고 앉아 마르셀라를 쳐다보았다. "아냐! 절대로 아니야! 나한테는 감히 그런 짓을 저지를 배짱이 없을 거야." 배짱이 없을 거라고? 얼마나 멍청한 말인가.

"당연히 할 수 있고말고. 우린 방금 섹스했잖아, 트로이. 난 네가 진짜 강한 남자란 걸 알아, 이 아래까지도." 마르셀라가 장난스레 그의 몸을 콕콕 찔렀다.

"뭐, 하여간 난 안 했어. 그 형사가 진범을 찾아낼 테고, 단언컨대

나일 리는 절대 없다 이거야."

"살짝 얼굴 빨개졌어, 자기야. 왜 그런 거야?"

트로이는 마르셀라의 양쪽 가슴을 살짝 눌렀다. "너 때문이지, 자기야. 넌 송장도 벌떡 일으켜 세울 수 있는 여자야. 본인도 그걸 알 테고."

"그럴지도 모르지. 한 번도 시도해 본 적은 없지만."

"글쎄, 나를 또 흥분시킨 것만큼은 확실하지."

이제 마르셀라도 몸을 일으켜 팔을 괴었다. "이렇게 심각한 대화를 나누는 중인데도?"

"심각한 게 아니라 바보 같은 거지. 내가 그런 짓을 했다는 터무니없는 생각은 네 예쁜 머리에서 얼른 지워 버려. 콜럼보가 반드시 살인범을 체포할 거야."

"네 입으로 그 사람이 일을 잘 할지 긴가민가하다고 말한 것 같은데."

"우리가 생각하는 것보다는 좀 더 예리할지도 몰라. 저번에도 말했지만 난 경찰을 겪어 본 적이 없다고. 그 사람이 살인자를 찾아낼지 모르는 일이잖아?"

마르셀라는 싱글싱글 웃고 있었다. "그 살인범이랑 방금 내 인생에서 손꼽히게 끝내주는 섹스를 했는데."

"난 진짜 살인범이 아니라고! 알았어?"

마르셀라가 다시 브라를 주워 입고 있어서 안타깝게도 탐스러운 가슴을 더는 볼 수 없었다. 어쩌면 마르셀라가 그를 살인범이라고 생각하더라도 섹스는 또 할 수 있을지도 몰랐다. 게다가 저 애는 정말로 그렇게 생각하는 것 같았다. 빌어먹을.

매혹적인 두 다리를 팬티에 차례로 넣어 스르륵 올리는 마르셀라를 보니 다시 미칠 지경이었다. 기필코 한 번 더 해야만 했다. 곧 죽어도 해야 했다. 자기가 죽였다고 시인해야 하나? 어느 쪽이든 간에 마르셀라가 신경 쓰지 않으리라는 느낌이 강하게 들었다. 세상에, 어찌나 저 여자애를 잘못 판단했는지! 핸드백에 콘돔을 넣어 다니는 순진무구한 꼬마 아가씨.

마르셀라는 꼭 트로이의 마음을 읽고 있는 듯 이렇게 말했다. "네가 그 꼰대 새끼를 죽였대도 상관 안 해. 그 인간은 지금처럼 놀고 다니지도 못하게 몇 년이나 날 집구석에 가둬 놨는걸. 이제야 난 자유를 얻은 거야. 너무 좋아."

"무슨 말인지 알아."

마르셀라가 다시 말없이 쳐다보다 갑작스레 따발총처럼 질문을 쏟아냈다. "콜럼보가 찾아낼 만한 게 뭐라도 있을까? 네가 사용한 책은 어때? 지문을 전부 지운 게 확실해? 대답해 봐. 네가 했어, 안 했어?"

"응, 물론 내가 했지."

마르셀라가 그를 쳐다보며 만족스레 미소 지었다.

제기랄, 이제 자백해 버렸군. 잠깐만, 발을 뺄 수도 있었나? 어떻게 그럴 수 있단 말인가? 저 여자는 정치인조차 술술 불게 만들 수 있을 텐데. "이봐, 잠깐만, 그냥, 음, 가만있어 봐."

이제 자기가 범인이라는 게 정말 확정된 거라고 트로이는 생각했다. 경찰이 자백을 받아내라고 마르셀라를 보냈나? 설마. 마르셀라가 자기만큼이나 능청스러우며 어쩌면 더 교활할지도 모른다는 점을 알게 됐지만 그래도 별 탈은 없을 듯했다.

침묵.

"우리가 유언장 내용을 언제 보게 될지 알아?" 마르셀라가 물었다.

"아니."

마르셀라는 생각에 푹 빠져 있었다. "있잖아, 넌 지금 날 목 졸라 죽인 다음에 돈을 독차지할 수도 있을걸. 그런 생각 안 해 봤어?"

"농담해? 그럴 리가 없잖아."

"체크인할 때 차량 번호도 다르게 적고 이름도 가짜로 지어냈어. 사무실에서만 날 봤을 뿐이야. 그리고 창밖으로 네 차량 번호판을 확인하러 지나가는 사람이 아무도 없다는 것도 확인했어."

트로이는 다시 한 번 놀랐다. "우리가 한창 하는 도중에 말이야?"

"그럼 언제겠어? 그렇다고 내가 짜릿한 순간을 온전히 즐기지 못했다는 건 아냐. 난 멀티태스킹이 된다고, 트로이 도련님."

트로이가 고개를 절레절레 저었다. "너 진짜 보통이 아니구나. 제가 모자 벗어 경의를 표하겠습니다."

"방금 전엔 모자만 벗은 게 아닐 텐데." 마르셀라가 섹시한 미소를 지으며 말했다.

"두 손 두 발 다 들었어. 집에 돌아갈까?"

"아니. 차 타고 해변에 있는 해산물 레스토랑으로 가서 또 맛있는 거 먹자. 격하게 섹스하고 나면 입맛이 돈단 말야."

트로이는 침대에서 뛰어내려 옷을 입기 시작했다. "아주 좋은 생각이야. 혹시 돌아갈 때쯤이면 다시 한판 할 만큼 달궈질 수도 있겠지."

"으음. 구미가 당기는걸."

다음 날 아침 콜럼보는 마르셀라의 메시지를 받았다. 만나서 얘기하고 싶으니 이모부 집으로 와 달라는 것이었다.

그는 과연 무슨 얘기를 듣게 될지 영문을 모르는 채로 경찰서에서 차를 몰고 나왔다. 고인과 원한 관계가 있는 사람을 생각해 낸 건가? 자체 조사로는 지금껏 아무것도 찾아내지 못했지만, 이제 막 시작한 참이었으니 두고 볼 일이었다.

초인종을 누르자 마르셀라가 직접 맞으러 나왔다. 저번보다 훨씬 더 침착해 보였다. 오늘은 산뜻한 블라우스와 풍성한 치마를 입고 있었다. 참 예쁘장한 아가씨였다.

마르셀라는 손님을 거실로 들이고 의자에 앉으라고 권했다.

"날씨 좋네요." 그녀가 말했다.

"좋군요. 그런데 왜 보자고 하셨는지요?"

"트로이가 제게 실토했거든요."

콜럼보는 여전히 밍밍한 표정이었다. "삼촌을 죽였다고 말입니까?"

"그럼 뭐겠어요?"

"그 사람이 자백을 그냥—." 콜럼보가 손가락으로 딱 소리를 내며 말했다. "딱 그렇게 했습니까? 아니면 당신이 쥐어짜야 하는 상황이 었나요?"

"트로이랑 잤어요, 경위님. 한 번 하고 난 다음에 걘 물렁물렁한 상태가 된 거죠. 게다가 그 바보는 저를 순순히 믿었고요."

콜럼보가 곰곰이 생각해 보고 말했다. "잠자리를 했군요. 원래 두 분이 지속적으로 관계를 해 왔나요?"

"아뇨. 처음이었어요. 걔는 그냥저냥 쓸 만한 수준이었는데, 자기가 밤의 황제라도 되는 줄 알던데요. 전 멋대로 착각하게 내버려 뒀어요. 당신네 남자들이란 참 조종하기 쉬워요. 트로이는 어찌나 몸이 달았던지 곧바로 또 하고 싶어 하더라고요."

콜럼보는 한시도 눈을 떼지 않고 마르셀라를 지켜보았다. 그거야 별로 어려운 일은 아니었다. "왜 저한테 이런 얘기를 하시는 거죠?"

"왜냐면 저는 이모부를 사랑했고 이모부를 죽인 살인범이 처벌받길 원하니까요. 그게 제 친척이라 할지라도 말예요. 이해하기가 그리 까다롭진 않을 텐데요, 그렇지 않나요?"

콜럼보는 점점 깊이 파고들었다. "예, 전혀요. 특히나 그런 큰돈이 걸려 있다면야. 왜 당신 친척을 처리하고 싶은지 딱 봐도 알겠는데요."

"유산 말씀이신가요? 제가 절반만이 아니라 전부 다 챙기려 한다는 말씀이에요?"

"그래요. 제가 에둘러 말하고 있던 게 바로 그겁니다."

"경위님이 정말 꿰뚫어 보는 듯한 눈을 갖고 있다는 말을 누가 해 준 적 있나요?"

"아내가 언젠가 그런 말을 한 거 같네요. 한데 제 질문에 대답을 해 주시는 게 어때요?"

"질문이 뭐였죠?"

"돈 때문에 그 사람을 고발하는 겁니까? 그래야 절반이 아니라 전부 다 챙길 수 있으니까?"

"솔직히 말씀드리면, 그런 면도 있기야 하죠. 사실 그 이유가 클지도 몰라요. 또 트로이가 제 이모부를 죽여 놓고 무사히 빠져 나가는 꼴도 보기 싫고요. 그딴 건 제 사전에 절대로 있을 수가 없는 개념이 거든요."

"사전이라." 콜럼보가 생각에 잠겨 말했다. "아가씨 이모부는 사전처럼 큰 책으로 살해당했죠."

"복잡하게 생각할 게 뭐가 있어요?" 마르셀라가 물었다. "제가 지금 떠먹여 주듯이 그놈을 갖다 바치잖아요. 그런데 웬 책 얘기를 꺼내고 있냐고요. 트로이가 경위님보고 한 말이 맞나 봐요."

"무슨 말인가요?"

"경위님 일하는 게 영 변변치 않다고 그러던데요. 맞는 말 같아요?"

콜럼보는 어깨를 으쓱했다. "보는 사람마다 생각이 다를 겁니다. 다 그런 거죠."

"경위님은 정말 본인에 대해 남들이 뭐라고 하든 신경 안 쓰세요?"

"그런 것 같네요. 전 그냥 제가 아는 대로 할 일을 할 뿐입니다."

마르셀라는 영 마뜩잖은 기분을 느꼈다. 형사가 내보이는 안일한 태도에 점점 짜증이 났다. "트로이가 실제로 제게 자백했다는 걸 안 믿으시는 건가요?"

콜럼보는 레인코트의 단추를 풀기 시작했다. "아, 사실일 가능성이 꽤 높다고 믿습니다. 제 생각에 아가씨는 제법 엉큼한 인물 같긴 합니다만. 음, 그게, 어떻게 그 남자가 자백하게끔 조종했는지 본인 입으로도 말했잖아요."

"그러니까 왜 당장 그 자식을 탈탈 털러 가지 않으시는 거냐고요?"

콜럼보는 들어 올린 무릎을 양손으로 감싸 쥐었다. "그렇게 간단한 일이 아니기 때문입니다. 그가 당신에게 자백했을 수도 있고 안 했을 수도 있지만, 나한테는 뭐 하러 자백을 하겠습니까? 이런 게 말하자면 '카더라'식의 상황이죠. 아가씨가 녹취를 하지도 않은 것 같은데요. 그렇죠? 아니면 사실을 확인해 줄 사람이라도 있나요?"

"혹시 누가 나한테 자백할 경우에 대비해서 핸드백에 소형 녹음기를 챙겨 다니기라도 할 거 같아요?"

콜럼보가 미소 지었다. "바보 같은 질문을 했군요. 미안합니다. 다만 아가씨가 밀회라는 전략을 짰으니, 녹음기를 지참해야겠다는 생각도 같이 하지 않았을까 싶었지요."

그녀의 웃음은 이쯤에서 거의 빈정거림에 가까워졌다. "게다가 말이죠, 경위님. 경위님은 사실을 확인해 줄 사람들이 죽 둘러서 있는 데서 아내분과 잠자리를 가지시나요?"

딱 걸렸지. 마르셀라는 형사의 목부터 귀 뒤까지가 희미하게 붉어지는 것을 놓치지 않았다. 자기가 허를 찔렀단 걸 대번에 알고 반짝 기분이 좋아졌다.

"아, 아뇨, 아뇨, 말도 안 되죠! 거듭 죄송합니다. 하지만 어떤 상황인지 알 수가 없는 노릇이니 저는 확인해야만 했습니다."

이제 마르셀라는 그냥 순수하게 웃어 젖혔다. "그래서 그 녀석 심문 안 하실 거예요? 그런 건가요?"

"아, 샅샅이 심문할 겁니다. 하지만 트로이는 당신과 공모한 거라고 말할 수도 있습니다." 잠시 쉬었다가. "실제로 그랬을지도 모르고요."

마르셀라는 형사의 추측에도 동요하지 않고 말했다. "걱정 마세요. 그놈이 뭐라 하든 잘 감당할 수 있어요. 그런데 언제까지 무릎을 움켜쥐고 계실 작정이신가요?"

"아, 맞아요. 그러네요." 콜럼보가 다리를 바닥에 내렸다.

"일에 너무 사로잡히다 보면 지금 뭘 하고 있는지 까먹을 때가 왕왕 있습니다."

마르셀라는 재미있다는 표정을 숨길 수 없었다. "좋아요. 그놈이 저랑 관계를 한 뒤 자백했다는 사실 자체를 부인하리란 거 아시죠. 놈이 그렇게 나오면 어쩌실 생각이세요?"

"끈덕지게 갈겨 대야죠."

"그게 정확히 무슨 뜻인가요?"

콜럼보가 일어섰다. "옴짝달싹하지 못하게 박힐 만한 걸 들이대야 한다는 뜻이죠. 게다가 당신들 누구라도 유산을 차지하기 전에 해내야 하고요."

마르셀라는 흥미가 동했다. "그건 왜죠?"

"돈이 생기면 이 나라 최고의 변호사를 고용할 수 있을 테니까요. 지방 검사는 그런 사람들이랑 맞붙는 걸 별로 좋아하지 않아요. 검사 탓을 하시렵니까?"

"네, 그래요. 칼퇴근하고 저녁 먹으러 가게 전부 다 쉽고 편하게만 흘러가길 바란다고요? 제가 생각하는 완벽하고 근면한 공무원하고는 전혀 딴판이네요."

콜럼보가 또 한 번 어깨를 으쓱했다. "뭐, 현실이 그렇습니다. 오늘 이렇게 말씀해 주셔서 고맙습니다. 진심으로요."

마르셀라도 따라 일어섰다. "별 말씀을요. 트로이를 떼어 놓는 데 도움이 필요해지면 얘기할게요."

콜럼보는 할 말이 아직 남았다. "제가 추측하기론 말이죠. 만일 아가씨가 범죄를 꾸몄다면 다른 사람을 시켜서 실행했을 겁니다. 살인 청부업자나 친구, 친척이 될 수도 있고요."

"뭐예요, 그랬다가 협박에 시달리게요? 진짜 제가 그렇게 멍청할 거라고 생각하세요?"

"아유, 아닙니다, 아니에요, 아가씨. 그렇게 생각하지 않습니다, 정말로." 그가 문 쪽으로 슬슬 다가갔다. "좋은 하루 보내십시오."

그러더니 단추를 푼 레인코트를 온통 펄럭이며 떠났다.

그날 오후 3시쯤 트로이는 경찰서로 불려 와 콜럼보 앞에 앉았다.

점심 식사를 마쳤을 즈음 경찰에서 다시 한 번 보자는 연락이 왔던 것이다.

"경위님, 이번엔 무슨 일입니까?" 트로이가 물었다.

"선생 친척분과 얘기를 했습니다."

트로이가 긴장했다. "그래요?"

"그분이 선생에 대해 아주 흥미로운 얘기를 해 주더군요. 두 분이 성관계를 하신 뒤에 선생께서 살인을 자백하셨다고 말입니다."

마르셀라의 배신에 분노가 치솟았지만 함박웃음을 지으며 본심을 숨겼다. "맞습니다. 제가 말했어요."

콜럼보는 놀란 표정이었다. "그러셨다고요?! 본인이 범인이라고 시인하시는 겁니까?"

트로이는 의자에 더없이 느긋하게 앉아 있는 듯 보였다. "우리가 사랑을 나눈 뒤에 마르셀라는 다른 무슨 말보다도 그 말을 듣고 싶어 했습니다. 그걸 눈치채고 마르셀라가 바라는 대로 맞춰 준 거예요. 문득 이게 우리의 성적인 유희여야 한다는 걸 깨달았어요. 마르셀라가 원하는 건 바로 유희였고, 그렇다면 놀고 싶은 대로 놀아야죠. 아무래도 그 정도로 대담하게 장단을 맞춰 주면 마르셀라도 분명히 좀 더 원하며 돌아올 것 같았고요. 보아하니 마르셀라는 내가 삼촌을 죽였다고 생각하면 짜릿하게 흥분이 되는 모양이더군요. 조금 불건전할지도 모르지만, 아무튼 그게 범죄는 아니잖아요."

콜럼보는 놀란 듯했다. "이거 원, 세상에나, 진짜 대단한걸. 재미있네. 내가 봐도 참신하달까. 덫에서 빠져나오려고 그런 소리를 가져다 붙이는 건 처음 들어 보네. 두 사람은 정말이지 괴짜로군요."

콜럼보는 책상에 양손을 받치고 그 힘으로 몸을 쭉 펴고 일어섰다. "그거 아십니까? 저는 그게 전혀 거짓말이 아니라고 생각합니다, 펠링햄 씨. 마르셀라는 당신이 살인자라고 지목했고 당신도 시인했어요. 아니면 마르셀라가 당신을 꾀어 삼촌을 죽이게 시켰거나."

트로이는 화가 나서 바닥에 발을 쾅쾅 굴렀다. "엿이나 잡수시지. 그 계집애를 몇 번 더, 아니 수도 없이 자빠뜨리려고 거짓말한 것뿐이라고. 어디 증거 비슷한 거라도 있으면 어떻게 생겨 먹었는지나 한번 봅시다. 분명 아무것도 없겠지만."

"선생, 그렇게 무례하게 굴다가는 아주 곤란해질지도 모르는데."

트로이를 누그러뜨릴 수는 없었다. "내가 기다리고 있을 테니 증거 좀 대 보시라니까. 이 따위로 질질 끌지 말고."

콜럼보가 사건 기록부에서 종이 한 장을 집어 들었다. "내가 그냥 장난삼아서 널 살인죄로 기소할 거 같아?"

트로이는 누가 자기를 밀치기라도 한 것처럼 의자 뒤로 몸을 젖혔다. "어디 한번 보자고요." 약간 자신감을 잃은 목소리였다.

"넌 네 삼촌에게로 책장을 밀어 버리고 그걸로는 목적 달성이 안 되니까 저 책으로 때려 죽였지."

"상상은 자유죠. 뭐가 됐든 비웃음만 살 겁니다."

콜럼보가 종이를 들여다보았다. "이 감식 보고서는 단순 추측이 아니야."

"그래서 빌어먹을 보고서에 뭐라 나오는데요? 별거 아니기만 해 봐요."

콜럼보가 보고서를 다시 책상에 툭 던졌다. "살인에 쓴 책이 네가 범인이란 걸 가르쳐 줬지."

분노에 찬 트로이가 믿기지 않는다는 듯 물었다. "뭐라고?"

"봐, 넌 책 표지에 묻은 지문을 지웠어. 그런데 딱 한 군데는 그대로 남겨 놓았더군."

"어디에?"

콜럼보가 책상에서 책 한 권을 집어 들었다. "책 옆면에 모든 페이지들이 완벽하게 한 면을 이루고 있는 게 보이나?"

책을 처다본 트로이는 손바닥에 땀이 배어나는 것을 느꼈다.

"그래서 네 지문을 채취할 수 있었던 거야. 모서리에 부분적으로 남은 지문이지만 그럭저럭 충분히 쓸 만했거든. 책이 펼쳐져 있다면 지문은 보이지 않지." 콜럼보가 책장을 휙휙 넘겼다. "책이 닫혀 있을 때, 즉 흉기로 썼을 때, 넌 부주의하게도 촘촘한 책배 면에 지문을 남겼어." 형사가 책을 집어 들었다. "자, 이 책에다가도 한번 해 보라고."

트로이가 쭈뼛쭈뼛 팔을 뻗어 책을 건네받았다. 그는 평평한 책장 부분을 처다볼 뿐 아무 말도 없었다.

"제목 한번 보시지." 콜럼보가 말하며 전화기를 들고 내선 번호를 꾹꾹 눌렀다.

트로이는 제목을 보았다. 『캘리포니아 형법』. 이제 콜럼보를 올려다보는 얼굴은 소름끼치는 가면과 다를 바 없었다.

"1급 살인으로 20년형 받고 감방에 들어가면 그 책 읽어 볼 시간은 충분할 거야." 콜럼보는 이어서 수화기 너머로 말했다. "들어오게, 파가노. 체포를 부탁하네."

트로이가 묵직한 책을 책상에 다시 내던졌다.

"이제 유산은 네 섹시하고 인정사정없는 친척이 몽땅 쓸어가겠군." 콜럼보가 덧붙였다.

"그 못된 년이." 트로이가 중얼거렸다.

"펠링햄 씨, 그 아가씨는 네가 한 짓이란 걸 알고 있었어. 우리 과학 수사 연구소의 도움 없이도 말이야."

"당신 도움도 없이." 트로이가 씁쓸하게 말했다.

콜럼보는 언제나처럼 겸허하게 어깨를 으쓱하며 말했다. "내 도움도 필요 없었지."

망자들의
기나긴
소나타

애덤을 안 만난 지가 20년도 넘었다. 물론 텔레비전에서야 보았다. 오히려 그를 안 보기가 점점 더 힘들어졌으니까. 하지만 우리가 마지막으로 마주친 건 둘 다 학위를 따던 날이었다. 메리도 그 자리에 있었다.

"휴우." 애덤이 내 팔뚝을 가볍게 한 대 치며 말했다. "드디어 해방이네. 마실 것 좀 찾아보자. 우린 진탕 퍼마셔야 돼."

"아니." 내가 말했다. "그러고 싶지 않아."

메리는 아무 말도 없었다.

이제 와서 애덤을 보게 되어 깜짝 놀랐다는 점도, 또 그 놀라움이란 게 그리 유쾌하지 않았다는 점도 부정하지는 않겠다. 그날 오후 세 번이나 연달아 충격을 겪었는데, 이게 첫 번째였다.

나는 열람실 창가에 서 있었다. 높다란 창문 밖으로 성 제임스 광장이 한눈에 내려다보였다. 점심시간이 막 지난 2월의 어느 화요일 오후였고 비가 내리고 있었다. 나는 젖은 딱정벌레처럼 보도 위에서 종종걸음 치는 둥그런 우산들과 광장을 빙 둘러 시계 방향으로 흐르는 자동차들의 물결을 지켜보고 있었다. 애덤은 정원 한가운데로 가로질러 온 게 분명했다. 북쪽 철책에 난 문으로 나타난 그는 잠시 가만히 서서 차들이 멈출 때를 기다렸다.

그 순간 나는 애덤을 알아보았다. 비가 오는데도 모자나 우산 없이 그저 버버리 레인코트를 걸쳤는데, 그나마 단추도 안 잠근 채였다. 그는 머리를 뒤로 젖히고 다리는 약간 벌린 자세로 서서, 날씨가 성가시기는커녕 자기편이라도 되는 양 미소를 짓고 있었다.

처음 보았던 때도 애덤은 딱 저렇게 비를 맞고 서 있었다. 그날은 우리가 대학교에 입학하고 맞는 첫날이었다. 나는 내 방에서 저 아래 자갈이 깔린 교정을 내려다보며 내가 아직 집에 있는 거라면 얼마나 좋을까 생각하던 중이었다. 거기 애덤이 있었다. 마치 전부 제 세상인 듯한 모습이었다. 30초 뒤 나는 그가 내 새 룸메이트라는 걸 알게 됐다. 그 친구 역시 영문학을 공부하고 있었기에, 우리는 방학만 빼고는 1년 내내 매일 대부분의 시간을 같이 보냈다.

애덤 앞에서 자동차들이 홍해 _{아프리카 동북부와 아라비아반도 사이에 있는 바다. 모세가 이}

끄는 이스라엘 민족이 이집트를 탈출할 때 이곳이 둘로 갈라졌다는 전승이 있다처럼 쫙 갈라졌다. 그는 가방을 흔들며 한들한들 길을 건넜다. 나는 그가 여기, 런던 도서관으로 다가오고 있다는 것을 깨달았다.

애덤이 열람실 창문을 올려다보았다. 내가 자기를 내려다보고 있다는 건 알 수 없는 각도였다. 난 유리창에서 한참 멀찍이 떨어져 있었으니까. 그러나 나는 나쁜 짓을 하다 걸린 것처럼 몸을 돌려 자리를 떴다.

✦

이야기를 계속하기 전에 런던 도서관에 대해 설명을 해 두는 게 좋겠다. 우선 이곳은 오래된 타운하우스교외에 저택을 가진 영국 귀족들이 도시에 머물 때 사용하던 연립주택 형태의 별장였다가 1841년에 회원제 사설 도서관으로 바뀐 건물이다. 디킨스와 새커리, 칼라일, 조지 엘리엇도 이곳의 회원이었다. 오랜 세월에 걸쳐 이 도서관은 위아래로, 옆으로 뒤로 확장되다 끝내는 문학의 미로가 되었다.

기둥이 세워진 2층 열람실은 여전히 잘 정비된 상류층 도서관 같은 분위기가 감돈다. 벽난로 앞에는 가죽 안락의자가 여럿 놓였고, 최신 정기 간행물도 선반에 갖춰 놓았으며, 머리 위 한참 높은 곳의 회랑에는 책장이 가득하고 말이다. 내가 이 도서관에 드나든 지난 세월 내내, 단 한 번도 여기서 누가 언성 높이는 소리를 들어 본 적이 없다.

이곳에는 100만 권도 넘는 책이 있다고 한다. 50가지도 넘는 언어로 쓰인 책들이 24킬로미터도 넘는 책꽂이에 가지런히 꽂혀 있는 것이다. 요즘에는 정보의 바다에 장서를 백업할 전자 시스템도 갖추고 있다. 하지만 중요한 건 진짜 책, 인쇄되어 나온 책이다. 나는 이따금씩 그 모든 종이, 모든 잉크, 모든 글자, 거기 담긴 모든 의미의 순수한 무게를 생각한다.

런던 도서관은 그 자체로 하나의 문학계를 이루고 있다. 회비를 내고 몇 가지 규칙을 준수하는 한, 모든 회원은 동등한 권리와 특전을 누린다. 그래서 내가 이곳을 그렇게나 소중하게 여겼던 것 같다. 런던 도서관 안에서라면 나도 다른 누구 못지않게 괜찮은 사람이었으니. 3년 전 결혼 생활이 파탄 난 뒤로, 나는 내 아파트보다 도서관에 있을 때 마음이 더 편했다.

해가 갈수록 도서관의 장서도 점점 늘어났다. 책이 불어나면서 그 많은 책을 보관하는 데 필요한 공간도 그만큼 더 넓어졌다. 도서관 건물들은 성 제임스 광장과 맞닿은 정면부 뒤로 산처럼 뻗었다. 그리고 회원들은 건물 안 깊이 더 깊이 파고드는 서고에 자유로이 드나들 수 있다. 여기, 엄격하게 공리적인 문학의 전당 안에서 높다란 책꽂이들이 행진하듯 오르락내리락 줄짓는다.

도서관은 수많은 층의 높이와 바닥면에 대한 제 나름의 내밀한 논리에 따라 수십 년에 걸쳐 발달해 온 유기체이다. 은신처와 좁은 철제 계단, 발길이 거의 닿지 않는 후줄근한 벽감이 곳곳에 있는데, 버지니아 울프 시대부터 벽에 페인트를 새로 칠하지도 않았다. 가끔은 이 도서관이야말로 정말이지 위대한 두뇌이고, 우리, 즉 오랜 세월 동안 오고 가는 회원들은 단지 그 두뇌의 일시적인 생각과 변덕에 지나지 않는다는 생각마저 든다.

당신이 서가에서 무엇을 찾아내게 될지는 스스로도 결코 모를 일이다. 도서관에 도착한 이후로 그 누구도 들춰 본 적 없지 않을까 싶은 잊힌 책도 숱하게 많다. 이를테면 내가 달리 어디서 『천사들의 목소리』를 발견하거나 망자들의 기나긴 소나타를 접했겠는가?

이제 책이 빼곡한 나의 에덴동산에 뱀 한 마리가 들어왔으니, 그 이름은 애덤이었다.

✦

나는 패널로 장식된 계단을 내려가 1층 출구 복도로 갔다. 그 순간 애덤이 보안용 개찰구를 통과해 들어오며 플라스틱으로 코팅된 회원 카드를 지갑에 집어넣고 있었다. 단순 방문객이 아니라 회원이란 얘기였다.

애덤은 오른쪽으로 돌아 사물함이 있는 좁은 측면 복도로 들어갔다. 나는 상대가 나를 알아보지 못하리라고 꽤나 확신했다. 녀석은 사람들을 알아보는 법이 결코 없는 인간이었다. 어쨌든 애덤과 달리, 우리가 마지막으로 얼굴을 봤던 때 이후로 나는 상당히 많이 변했다. 살도 쪘고, 희끗희끗한 수염이 지저분하게 자란 데다 대머리가 되어 가고 있었으니 말이다.

나는 지붕창 열람실이 내려다보이는 창가에서 서성댔다. 노트를 열어 아무 페이지나 살펴보는 척했다. 컴퓨터 도서 목록에서 프랜시스 욜그리브의 이름을 처음 검색했을 때 나온 제목들을 옮겨 적어 둔 페이지가 펼쳐졌다. 목록에 있는 저서는 딱 두 권뿐이었다. 『이방인들의 심판』글쓴이인 앤드루 테일러가 1998년에 출간한 소설 제목이기도 하다과 『천사들의 혀』. 둘 다 1950년대 재판본이었다.

애덤이 복도를 지나 직원과 회원의 경계를 가르는 기다란 카운터 앞으로 걸어가는 모습이 내 시야 끄트머리에 잡혔다. 그는 반납할 책 두 권을 내려놓았다. 가장 가까이 있던 직원이 유명인과 마주쳤을 때처럼 살짝 놀라며 그를 다시 쳐다보고 미소 지어 보였다. 애덤의 얼굴은 보이지 않았지만 자세가 바뀐 건 포착할 수 있었다. 키가 약간 더 커지고, 몸도 더 건장해진 듯 보였다. 마치 깃을 고르는 공작새 같달까.

애덤이 돌아서서 내 뒤로 지나가 복사기와 도서 목록이 비치된 방으로 들어갔다. 두 권의 책은 일단 그 자리에 그대로 있었다. 나는 그 앞으로 가서 맨 위에 놓인 책을 집어 들었다. 19세기말 영국 시 개론서였다. 《타임스 문예 부록》에 많은 서평을 실었던 저자가 1930년대에 쓴 책이었다. 나도 욜그리브 연구를 하려고 이 책을 살펴본 적이 있었는데, 별로 건질 만한 내용이 없었고 욜그리브 자체도 거의 언급되지 않았다.

직원이 올려다보았다. "죄송하지만, 그 책은 아직 반납 처리가 안 되었어요. 대출하시겠어요?"

"글쎄요. 혹시 좀 봐도 될까요? 그리고 이 책도요."

직원이 라벨을 스캔한 다음 건네주었다. 나는 책 두 권을 들고 위층 열람실로 돌아가서 내 책상 앞에 자리 잡았다. 나머지 한 권은 오브리 비어즐리 오스카 와일드와 함께 유미주의 운동의 핵심 인물이었던 영국의 삽화가(1872~1898). 섬세

하고 장식적인 선묘와 강렬한 흑백 대조로 독특한 스타일을 만들어 내 아르누보 및 포스터 양식에 많은 영향을 주었다

일대기였다. 이 역시 내가 전에 펼쳐 봤던 책이었다. 욜그리브의 시 중 상대적으로 유명한 〈네 가지 종말〉이 또한 앤드루 테일러가 1997년 출간한 소설 제목이다.의 1897년 소장판에 비어즐리가 삽화 작업을 맡았기 때문이다. 비어즐리가 욜그리브와 밀접한 관계였다는 얘기는 거의 없었다. 다만 두 사람이 당시 런던의 어느 퇴폐적이라 할 문화 집단에서 함께 활동했다는, 통상 검증되지 않은 주장이 실려 있었을 뿐. 비어즐리가 욜그리브의 출판사에서 보수를 받아내려고 고생했다는 이야기와 함께 말이다. 그런데 그 일화가 언급되어 있는 페이지의 왼쪽 상단 모서리가 접혀 있었다. 책을 읽을 때 이런 고약한 버릇을 보이는 사람들이 있는데, 바로 애덤이 내 책에 그런 짓을 해 놓아서 신경을 긁곤 했다.

순간 이게 단순한 우연의 일치일 리가 없다는 것을 깨달았다. 그날 오후 두 번째로 찾아든 충격이었다. 애덤이 프랜시스 욜그리브를 조사하고 있는 게 거의 확실했다. 저런 개자식이 다 있나. 나는 생각했다. 놈은 이미 원하는 걸 충분히 얻지 않았나? 나한테서 뺏어갈 만큼 다 뺏어가지 않았냐고?

나는 무의식적으로 계속 페이지를 넘겼다. 눈부신 노란색이 시선을 사로잡았다. 욜그리브의 작업 의뢰에 관한 출처를 참고하려고 붙여 둔 노란색 포스트잇이었다. 그 또한 애덤 특유의 습관이었다. 녀석은 항상 다른 사람들 책에다 표시를 남겨 놓았다. 한번은 내가 소장하고 있던 스턴로런스 스턴(1713-1768). 『신사 트리스트럼 샌디의 생애와 의견』이라는 진기한 미완성

소설을 남겨 20세기 소설 작법에 많은 영향을 끼친 영국 작가의 『풍류 여정기』에 비계와 살코기가 얼룩덜룩한 얇은 베이컨 조각이 말라붙어 있는 것을 발견한 적도 있었다.

포스트잇에 연필로 뭔가 적혀 있었다. 넌 진짜 완전히 쓰레기야. 그냥 빠져나갈 수는 없을걸.

그것이 세 번째 충격이었다. 나는 그 필체를 알아볼 수 있었다. 들여다보자면, 획이 밑으로 뻗는 소문자를 둥글리고, 글자를 살짝 뒤로 기울여 쓰는 것이나, 'i' 위에 점 대신 왼쪽부터 시계 방향으로 조그맣고 불완전한 동그라미를 그리는 버릇 말이다. 시간이 흐르면서 필체가 상당히 달라지긴 했다. 예를 들면, 글자들은 형태가 더 지저분해져서 이제는 교도소 담벼락 위에 뒤엉킨 철조망처럼 이어져 있었다.

그러나 틀림없었다. 고문서학에 대한 실용적 지식이 이럴 때 도움이 된다. 나는 그 손 글씨가 메리의 필적이라는 것을 곧바로 알 수 있었다.

✦

메리는 내가 감히 넘볼 수 없는 상대였다. 나보다는 한 학년 아래였는데, 학교 안 곳곳에서 그녀의 존재를 의식할 수밖에 없었다. 나는 강의를 들으러 가거나 교내 커피숍에 앉아 있는 메리를 눈여겨보았고, 한번은 그녀가 이글 역사가 깊은 케임브리지의 펍의 특실에서 어떤 대학원생의 무릎 위에 드러누워 있는 것도 보았다. 하버드 출신에 포르쉐를 몰고 다니는 학생이었다. 내가 아는 한 메리는 내 존재조차 전혀 몰랐다.

그러나 친구의 친구가 나를 어느 파티에 데려갔던 5월 밤, 모든 게 바뀌었다. 우리는 펍에 있다가 그리 넘어갔다. 거기 도착했을 때 누군가 앞마당에 토하고 있었다. 음악이 너무나 시끄러워서 온 집 안 창문이 창틀에서 덜거덕거릴 지경이었다.

우리 일행은 복도에서 복작거리는 인파를 헤치고 들어가 뭘 좀 마시려고 부엌을 찾았다. 거기도 사람들이 꽉 차 있었다. 들어갔더니 누군가 내게 마리화나를 건네주었다. 모두가 음악 소리에 제 목소리가 묻히지 않게 꽥꽥 외치고 있었다. 20분 뒤 마리화나가 생각보다 세다는 것을 깨달았다. 그 많은 인간과 열기와 소음에서 벗어나야만 했다.

뒷문이 열려 있었다. 나는 비틀비틀 밖으로 나갔다. 시원한 공기가 피부에 닿았다. 작은 정원에는 잡초와 녹슨 고철이 수북했다. 한 쌍의 연인이 낡아 빠진 매트리스 위에서 서로의 몸을 더듬고 있었다. 집 안에서 빛과 음악이 흘러나왔지만 이제 은은한 정도여서 좀 더 참을 만했다. 별을 보고 싶어서 하늘을 올려다보았다. 도시의 밤하늘에는 혼탁한 노란 빛만이 감돌 뿐이었다.

버려진 냉장고 하나가 옆으로 고꾸라진 채 울타리에 처박혀 있었다. 나는 그 위에 걸터앉았다. 마리화나 약효 때문에 여전히 머릿속이 핑핑 돌았지만 이제 아까보다는 천천히 돌았고, 거의 즐거울 정도였다. 시간이 흘러갔다. 매트리스 위의 한 쌍이 자기 둘만의 내밀한 세계에서 들썩이며 신음했다. 그때, 거기 나 말고 누가 있음을 깨달았다.

빛의 결이 바뀌길래 올려다보았다. 메리가 부엌 문간에 서 있었다. 오늘은 몸에 딱 달라붙는 레드와인색 벨벳 원피스를 입고 있었다. 검은 머리칼이 풍성했고 얼굴은 그늘에 가려진 상태였다. 뒤에서 비치는 불빛이 메리 주위로 일종의 후광을 둘러 주었다.

나는 메리가 내 시선을 알아차리지 못하기를 바라며 눈길을 돌렸다. 발소리가 들렸다. 그녀만의 체취와 향수가 섞여 발산되는 독특한 향기를 살짝 맡을 수 있었다.

"넌 왜 맨날 그렇게 슬퍼 보이니." 메리가 말했다.

나는 깜짝 놀라 올려다보았다. "뭐라고?"

"왜 그렇게 슬퍼 보이는 거야?"

"모르겠네." 내가 말했다. "딱히 슬픈 것 같진 않은데."

"표현을 잘못 골랐네." 그녀가 말했다. "슬프다기보다는…… 꼭 비극적이고 심오한 생각에 빠져 있는 것 같거든."

"겉만 봐선 알 수 없는 법이지."

"담배 있어?"

한결 대답하기 쉬운 질문이었다. 나는 갖고 있던 담배를 찾아서 메리에게 한 개비 건넸다. 라이터를 대 주자 그녀가 몸을 앞으로 숙였다. 라이터 불빛 속에서 그녀의 반짝이는 눈과 도드라지는 광대뼈, 깊고 매혹적인 가슴골이 어른거렸다.

"좀 옆으로 당겨 앉아 봐." 나도 담배 한 대를 물고 불을 붙이던 차에 메리가 말했다. "같이 앉을 수 있겠네."

하지만 겨우 끼여 앉을 정도였다. 나는 냉장고 옆으로 어기적어기적 움직였다. 메리가 허벅지로 내 허벅지를 밀며 자리에 앉았다. 청바지를 뚫고 그녀의 온기가 느껴졌다.

"제기랄, 춥다."

"내 재킷 덮고 있어." 내가 권했다.

다시 자리 잡고 앉아서 우리는 잠시 동안 조용히 담배를 태웠다. 집 안에서 들려오는 소음과 매트리스 쪽에서 들리는 좀 다른 종류의 소음을 들으면서.

"아무튼." 메리가 말했다. "넌 항상 슬퍼 보여야 되겠다."

"왜?"

"너는 슬플 때 아름다워 보이거든. 감성이 풍부해 보인달까."

나는 아무 할 말이 떠오르지 않았다. 혹시 이 애가 약에 취한 건 아닐까 하는 생각이 들었다. 아니면 혹시 나 자신이 생각보다 더, 훨씬 더 취해서, 지금 이 상황이 전부 다 환각 같은 게 아닐까 싶기도 했다.

"학교에서 널 봤는데 말야. 그렇지?" 메리가 말을 이었다. "우리가 실제로 만난 적이 한 번도 없다는 게 웃긴다. 그러니까, 지금까지는 말이지. 이름이 뭐야?"

"토니." 내가 말했다.

"나는 메리야." 그녀가 말했다. 그러고는 내게 키스했다.

✦

넌 진짜 완전히 쓰레기야. 그냥 빠져나갈 수는 없을걸.

그 문장을 읽자 달콤하면서도 예리하게 찌르는 듯한 쾌감이 느껴졌다. 메리의 필체가 확실했다. '너'는 분명 애덤을 가리키는 것이리라. 두 사람이 함께 지내 온 지도 이제 거의 20년쯤 되었다. 둘은 대학을 졸업하고 2년쯤 뒤에 결혼했다.

수년 동안 『후즈후』나 데브렛의 『오늘날의 사람들』 『Who's Who』 와 『People of Today』 모두 영국의 인명사전이다 에서 몇 번이나 애덤의 이름을 찾아보았기에 날짜까지 알고 있었다. 나는 그의 주요한 이력도 다 꿰고 있었다. 애덤은 《뉴스테이츠먼》 지식인을 대상으로 하는 영국의 정치 및 학예 주간지 에서 문예부 부편집장을 거쳐, BBC에서 여러 해 일하며 책 몇 권을 펴내고, 최근 저서들과 연관된 네 개의 다큐멘터리 시리즈를 냈다. 다큐멘터리는 대개 BBC2 채널에서 방영되었으나 마지막 시리즈는 BBC1로 올라갔다.

애덤은 내 또래였지만 나보다 10년, 심지어 15년은 젊어 보였다. 그는 너무 바빠서 책을 집필할 짬을 내기도 힘들어 보이는 유명 작가였다. 나는 《선데이 타임스》와 《업저버》에 실린 그의 글을 쭉 훑어보았고, 라디오에서 끝도 없이 그의 목소리를 들었으며 텔레비전에서도 그를 보았다. 2년 전에는 맨부커상 심사위원장을 맡기도 했다. 애덤은 언제나 이런저런 것을 심사하거나 논평하고 있었고, 심지어 그의 친교 활동조차 전문적이거나 문학적인 향기를 풍겼다. 예를 들면 그는 베스트셀러 작가와 테니스를 쳤고, 움브리아에 있는 별장을 일류 출판사의 최고 경영자와 공동으로 소유했다.

나는 반납용 손수레에 책을 올려놓으려고 일어섰다. 그리고 내 자리로 돌아가려던 찰나 애덤이 북쪽 문을 통해 열람실로 들어오는 것을 보았다. 그가 나타난 문은 도서관의 척추 역할을 하는 새 계단으로 통했다. 서로 완전히 동떨어져 보이는 각 부분과 각 층, 오래 묵거나 새로 지은 곳을 그 계단이 한데 묶고 있었다.

극심한 공포가 엄습했다. 애덤이 방 안을 흘끗 돌아보았다. 이 모든 일이 너무도 빠르게 일어났기 때문에 돌아설 틈도 없었다. 그는 책 서너 권을 들고 있었다. 애덤과 내 눈이 잠깐 마주쳤다. 나를 알아보는 기색이 전혀 없는 얼굴이라, 안심이 되는 동시에 짜증났다. 애덤은 방 끄트머리 창가 쪽에 빈자리가 있는 걸 보고 그리 걸어갔다.

주술에서 풀려난 나는 유리문을 빠져나가 낡은 건물의 중앙 계단 층계참으로 향했다. 그러고는 부랴부랴 아래층으로 내려가 세상을 떠난 저명한 회원들의 초상화를 스쳐 지나갔다. 열 맞춰 늘어선 면면이 침묵하는 목격자들의 행렬처럼 느껴졌다.

그렇지만 일단 계단으로 나오자 더 명료하게 생각해 볼 수 있었다. 내가 얼마나 우스꽝스럽게 굴고 있었는지가 똑똑히 보였다. 왜 나는 무슨 잘못이라도 저지른 것처럼, 어쩐지 애덤이 나를 잡으러 쫓아올 것처럼 굴고 있었던가? 한편으로는, 애덤과 메리 사이에 도대체 무슨 일이 있는 거지? 또 놈이 정말로 프랜시스 욜그리브에 대해 뭔가 하려는 계획인가? 나는 당연히 호기심이 생길 만한 일이라고 되뇌었다.

게다가 애덤은 한동안 열람실을 떠날 것 같지도 않았다.

나는 천천히 계단을 내려가 출구 복도로 들어섰다. 그리고 사물함이 있는 통로로 방향을 틀었다. 사물함은 왼편에 있었고, 오른편에는 높은 붙박이장이 일렬로 줄지었다. 항상 열려 있는 그 붙박이장에는 코트를 거는 공간과 가방을 놓아둘 수 있는 선반이 마련되어 있었다.

버버리 코트는 네 번째 벽장 안 트위드 코트와 닳아빠진 가죽 재킷 사이에 걸려 있었다. 그 아래 선반에 놓인 애덤의 가방도 보였다.

그 순간 나는 선을 넘어 버렸다. 당시에는 그렇게 생각하지 않았지만 말이다. 나도 욜그리브에 대한 책을 준비 중임을 감안하면 제법 당연한 행동이라 생각했을 정도다. 경쟁자일 가능성이 있는 상대라면 조사해 봐야 하는 법이니.

나는 어깨 너머를 흘끔거렸다. 아무도 내게 신경 쓰지 않았다. 애덤의 가방은 캔버스와 가죽이 섞인 재질이었는데, 저런 가방 안엔 꼭 피투성이 꿩고기나 죽은 송어가 들어 있을 것만 같았다. 가방 덮개를 들어 올리고 제일 넓은 칸과 옆 주머니들을 뒤졌다. 가방에서 찾아낸 건 《가디언》과 《스펙테이터》, 구깃구깃한 화장지 쪼가리밖에 없었다.

이제 몸을 펴고서 코트를 더듬었다. 한쪽 주머니에 폴로 사탕 한 통과 봉투 뒷면에 적은 장보기 목록이 들어 있었다. 목록에는 휘갈겨 쓴 애덤의 필체로 '부르고뉴 와인, 꽃, 우유, 샐러드 채소' 등이 적혀 있었다. 다른 쪽 주머니에는 아무것도 없었다.

나는 코트 안쪽에 단추 채워진 세 번째 주머니를 깜빡 놓칠 뻔했다. 그 안에 손으로 만져도 구부러지지 않는 작고 네모난 것이 들어 있었다. 주머니 속으로 손을 슬쩍 넣으니 핸드폰의 윤곽이 느껴졌다.

그 물건은 아이폰이었다. 공교롭게도 나 역시 아이폰을 쓰고 있었다. 내 건 더 구형이긴 했지만. 벨소리는 꺼진 상태였다. 제어 버튼을 눌렀다. 화면에 불이 들어왔다.

핸드폰은 잠겨 있었다. 하지만 누군가 문자 메시지를 보내 놓은 내용이 화면 위에 일부 표시되었다.

우리가 떨어져 있는 매 순간 점점 더 당신이 그리워져. J xxxx

메시지에 이름은 뜨지 않고 전화번호만 표시되었다.

그렇다면 포스트잇이 설명되는군. 나는 생각했다. 저 영락없는 쓰레기가 바람을 피우고 있는 거야.

✦

새로울 건 없다.

그래서 나는 다시 메리를 떠올린다. 그녀는 파티에 갔던 밤 정원에서 왜 내게 키스했었는지 나중에 이야기해 주었다. 그즈음 헤어진 남자친구가 부엌 창문으로 우릴 지켜보고 있길래 그 남자에게 경멸감을 똑똑히 보여 주기 위해서였다는 것이다. 하지만 일은 다른 양상으로 전개됐다.

집 안에서 쿵쿵대며 파티가 이어지는 동안 우리는 정원에 앉아 이야기하며 술 마시고 마리화나도 더 피웠다. 우리가 무슨 이야기를 나눴는지는 기억나지 않는다. 하지만 매력적인 여자애들과 말을 터 보려 시도할 때면 늘 수줍어 쭈뼛대던 내가 생애 처음으로 그 한계를 뛰어넘은 느낌이었다는 건 기억한다. 또 딱히 뚜렷한 노력을 기울이지 않고도 우정에 가까운 단계에 이르렀다는 것 역시 기억한다.

그 뒤 나는 메리를 집에 바래다주었고, 작별 인사를 할 때 그 애는 다시 내게 키스했다. 다음 날 우리는 수업이 비는 시간에 만나 커피를 마셨다. 덕분에 나는 메리가 하룻밤 사이에 나를 완전히 잊어버렸을지 모른다는 뒤숭숭한 두려움을 떨쳐 버릴 수 있었다. 하루가 끝날 무렵 우리 둘은 침대에서 뒹굴었다.

마치 나 자신이 아주 새롭고 훨씬 더 나은 사람으로 변해 버린 것만 같았다. 공주에게 키스를 받은 개구리처럼 말이다. 메리는 너무나 아름답고 생기가 넘쳤다. 또 자기가 원하는 바를 늘 알고 있었고 아주 단도직입적으로 원하는 걸 얻어 낼 줄 알았다. 그만큼 메리가 부러웠다. 다만 그 애가 왜 나를 원했느냐가 수수께끼였다. 그 수수께끼는 아직도 풀리지 않았다.

우리는 거의 한 학기 내내 얼마쯤 무심한 연인으로 지냈다. 애덤이 메리를 독차지하기로 작정하기 전까지는 그랬다. 애덤과 나는 이제 1학년 때처럼 방을 같이 쓰지는 않았다. 하지만 여전히 꽤 자주 만났다. 나는 녀석에게 쓸모 있는 인간이었다. 내가 체계적인 사람이었으니까. 즉, 개인 지도와 강의가 언제인지, 어느 도서관 책들이 우리에게 필요한지, 성적을 B에서 A로 끌어올릴 수 있는 자료를 어떻게 찾아낼지 꿰고 있었으니 말이다.

어떤 의미에서는 메리와 애덤을 이어준 게 바로 프랜시스 욜그리브였다. 어머니가 로징턴에서 자라셨기 때문에 나는 그때도 욜그리브에 대해 좀 알고 있었다. 욜그리브는 20세기 초반 로징턴 대성당의 참사회원이었다. 어머니는 욜그리브의 시집 중 하나인 『이방인들의 심판』을 소장하고 계셨다. 원래 조부모님이 가지고 계시던 책이었다. 나는 이 책을, 마지막 학년에 제출해야 하는 길고 집약적인 논문의 토대로 삼고 있었다. 학위를 따려면 반드시 이수해야 하는 요건이었다. 난 세상에 잘 알려지지 않은 문인을 연구하는 게 여러모로 유리하다는 점을 깨우쳤다. 우선 참고해야 할 2차 자료가 적고, 심사 위원이 작성자의 독창성에 감명받을 가능성이 평균 이상은 되었으니까.

어느 날 저녁 메리가 내 방에서 나를 기다리고 있을 때 애덤이 나타났다. 녀석은 자기도 나를 기다리겠다고 했고, 기다리는 동안 메리와 잡담을 나누며 내 책상 위에 있던 문서들을 살펴보았다. 애덤은 욜그리브 관련 자료 몇 가지를 발견했고 메리에게서 더 많은 이야기를 들었다.

내가 인도 음식 2인분을 싸 들고 돌아왔을 때쯤 둘은 막 더 가까워질락 말락 하는 친구들처럼 마리화나를 피우며 떠들고 있었다. 메리는 물을 빨아들이는 식물처럼 애덤의 매력에 감응했다. 녀석은 상대에게 관심이 있는 것처럼 연출하는 귀한 요령을 터득한 인간이었다. 포장해 온 음식이 우리 셋 사이에 널려 있었다. 애덤과 메리는 한껏 약에 취해 들떴고 나는 부루퉁해졌다.

그다음 주에 메리와 나는 공식적으로 헤어졌다. 점심시간 펍에서였다. 메리는 이 일을 요령 있게 해치우려고 최선을 다했다. 그렇지만 내게 친절하게 대해 주는 동안에도, 마치 속에 촛불을 밝혀 놓은 핼러윈 호박 등처럼 애덤 생각에 흥분하여 발갛게 달아올라 있었다.

메리는 자리를 뜨면서 말했다. "토니, 너무 기분 나쁘게 받아들이진 않았으면 해, 알았지? 있지, 나는 항상 뭔가 찾아다니는데, 도무지 딱 찾아낼 수가 없네. 어쩌면 언젠가 완전히 한 바퀴 둘러 원점으로 돌아올지도 몰라. 아님 결국 찾아낼지도 모르고. 내가 찾아다니는 게 뭐든지 말이야."

✦

나는 둘 중 무엇이 더 내 마음을 어지럽히는지 알 수가 없었다. 애덤이 바람을 피우고 있으며 놈과 메리의 결혼 생활이 파탄 나고 있다는 정보일까, 아니면 놈이 나한테서 욜그리브를 빼앗아 가리란 의혹이 점차 커지는 상황일까. 정작 애덤은 자기가 무슨 짓을 하는지조차 모르건만.

프랜시스 욜그리브라는 작가가 애당초 '내 것'이 아니니 빼앗기고 말고 할 문제가 아니라는 점은 지극히 잘 알고 있었다. 욜그리브는 오래 전에 죽은 성직자요 기벽이 좀 있던 사람이며, 가끔 선집에 실리는 그리 대단치 않은 시를 몇 편 썼을 뿐이다. 나조차도 그가 쓴 시 대부분이 별 볼 일 없다는 점을 인정했다. 만약 전해지는 이야기 중 절반이라도 사실이라면, 그는 브랜디와 아편에 너무 빠져드는 바람에 무슨 일도 잘 해낼 수가 없었던 것이다.

그렇다 해도 욜그리브는 흥미로운 인물이었다. 언제나 자기 손에 닿지 않는 것을 얻으려고 애를 썼기에 말이다. 또 그는 문학사라는 더 넓은 맥락에서 보아도 흥미로웠다. 빅토리아인이라기에도, 근대인이라기에도 딱 들어맞지 않았고, 그 둘 사이를 거북스레 맴도는 존재였으므로.

곧 욜그리브 탄생 150주년을 앞두고 있었다. 출판사들은 기념일을 아주 좋아하는 법이다. 그래서 나는 예전에 일했던 출판사 편집자에게 욜그리브의 전기를 짤막하게 펴내며 작품성 높은 시를 추려 수록하면 어떨까 하는 아이디어를 던져 보았다. 놀랍게도 편집자는 내 제안을 마음에 들어 했고, 끝내 작업을 맡겨 주었다. 선금은 약소했다. 그래도 제대로 된 책이었고 고상한 출판사에 어울리는 책이기도 했다.

욜그리브에 대해서라면 쓸 만한 자료가 그리 많지 않다는 것을 나도 알고 있었다. 사실, 좀 이상할 정도로 남아 있는 자료가 적었다. 욜그리브가 죽은 뒤 가족이 그의 문서를 깨끗이 내다 버린 게 아닐까 하는 생각이 들었을 정도다. 하지만 편집자와 상의할 때는 오스카 와일드 아일랜드의 소설가이자 시인, 극작가(1854~1900). 19세기 말 유미주의를 대표하는 작가로서 『도리언 그레이의 초상』으로 문학적 명성을 떨쳤다. 그러나 동성애 혐의로 2년의 실형을 받고 영국에서 영구 추방된 뒤 비참하게 삶을 마감했다 나 알레이스터 크롤리 잉글랜드의 오컬티스트이자 시인, 화가(1875~1947). 현대의 '오컬트' 문화를 체계화한 인물 같은 사람들과의 친분이라든가 그가 후대 모더니스트들에게 끼친 영향력을 부풀려서 얘기했다. 욜그리브의 작품을 구성하는 요소가 T.S.엘리엇 미국에서 태어나 영국으로 귀화한 시인이자 극작가, 평론가(1888~1965). 현대 모더니즘 문학을 대표하는 작가이며 1948년 노벨문학상을 수상했다 의 〈황무지〉에 엿보인다고 주장하는 사람들도 있었다. 〈황무지〉는 보이는 것만큼 기발한 시가 아니라는 것이었다.

그 밖에도 우리에게 알려진 욜그리브의 삶은 흥미진진했다. 준남작의 둘째 아들로 태어난 욜그리브는 옥스퍼드 재학 시절 『마지막 시』라는 시집을 출간했다. 사제 서품을 받은 뒤에는 런던의 교구 목사로 1890년대를 보냈다. 그는 로징턴 성당 참사회원이 되었지만—혹자는 그가 대도시 런던 생활에 빠져들까 봐 가족이 연줄을 댄 거라고 말했다—건강이 좋지 못하여 일찌감치 물러났다.

욜그리브는 고작 사십 대 초반에 사망했다. 예전에 사망 진단서를 읽어 본 바로는 당시 형제의 집에서 살고 있었는데, 높은 창문에서 떨어진 사고사였다고 한다. 하지만 실제로 무슨 일이 일어났는지는 아무도 몰랐고, 아마도 결코 알 수 없을 것이다.

나는 편집자에게 한껏 부풀려서 말할 이점이 한 가지 있었다. 욜그리브는 성인이 되고부터 거의 줄곧 런던 도서관의 회원이었다. 그가 사망한 뒤 유족은 그의 책 여러 권을 런던 도서관에 기증했다.

욜그리브가 직접 소장하고 있던 자신의 저서 『천사들의 목소리』도 그중 한 권이었다. 1903년 출판된 욜그리브의 마지막 시집은 『천사들의 혀』라 불렸다. 『목소리』는 『혀』에 〈헤라클레스의 아이들〉이라는 시 한 편을 추가하여 자비 출간한 판본이었다. 카니발리즘적 색채가 짙은 그 시는 오늘날의 잣대로 보더라도 불편했기에, 욜그리브의 출판사에서 이 시를 『혀』에 수록하지 않겠다고 결정했을 공산이 컸다.

내 생각에 도서 목록을 작성하는 직원은 이 책이 얼마나 희귀한지를 인지하지 못한 게 아닐까 싶었다. 이 책은 영국 국립 도서관이나 보들리 도서관 영국 옥스퍼드 대학교의 도서관. 영국 국립 도서관에 이어 영국에서 두 번째로 규모가 큰 도서관이다 이나 케임브리지 대학교 도서관에는 없다. 내가 아는 한, 대중이 열람할 수 있는 『목소리』는 런던 도서관의 소장품 딱 한 권뿐이었다. 더러 개인 소장품도 소수 있겠지만 말이다.

『천사들의 목소리』는 희소성이나 추가된 시 때문에만 귀중한 게 아니었다. 이 책 여백에는 욜그리브 본인이 연필로 끄적여 놓은 메모가 있다. 그중 일부는 판독하기 어려웠지만, 어떤 부분은 알아볼 수 있었다.

특히, 욜그리브는 뒤쪽 면지에 몇몇 두서없는 시구들이나 파편적인 말 뭉텅이를 휘갈겨 두었는데, 나는 그게 욜그리브가 살아생전 다 쓰지 못한 시라고 확신했다. 처음 그 메모를 보자마자 한 구절이 곧바로 눈에 확 들어왔다. 망자들의 기나긴 소나타.

나는 그 구절을 대번에 알아보았다. 이 지점은 내가 쓰려는 전기에서 새로 공개될 핵심 내용 중 하나가 될 터였다. 사뮈엘 베케트 아일랜드에서 태어난 프랑스의 소설가이자 극작가(1906~1989). 1969년 노벨문학상을 수상했다 는 욜그리브 사후 거의 반세기나 지나 출간한 소설 『몰로이』에서 이와 똑같은 단어를 사용했다. 그저 우연의 일치라고 치부하기에는 너무 이례적인 일이었다. 이 문제를 결판내기 위해 〈헤라클레스의 아이들〉을 보면, 다음과 같은 시구가 등장한다. 언어, 그리고 죽은 것들은 무엇을 알고 있는가. 베케트는 『몰로이』에서 이와 거의 동일한 구절을 썼다.

그러니 결론은 단 하나뿐이다. 베케트는 어찌된 일인지 『천사들의 목소리』를, 그것도 내가 런던 도서관에서 발견한 바로 이 책으로 보았고, 욜그리브의 시구를 적어도 두 줄 이상 도용할 정도로 감명받았던 것이다.

이제 나는 애덤이 이마저도 내게서 빼앗아 가려고 들 가능성을 직시해야 했다.

✦

애덤의 핸드폰을 손에 쥐고 서 있는 동안 이 모든 생각이 뇌리를 스쳤다.

여전히 내게 한 가지 유리한 점이 있었다. 『천사들의 목소리』는 내 집 안 책꽂이에 안전하게 꽂혀 있었으니까. 그 책은 아직 도서관 컴퓨터에는 장서로 등록되지 않은 상태였고 예전에 작성된 목록에만 올라가 있었다. 예전 목록이란 제목을 인쇄해 풀로 붙인 종잇조각을 엮은 방대한 합본이며, 한 장 한 장 여백마다 오래 전에 죽은 사서들이 손으로 적어 둔 주석이 빼곡한 물건이다. 하지만 만약 애덤이 욜그리브를 본격적으로 파고든다면, 조만간 책의 행방을 추적해 대출을 신청할 것이다. 그러면 나는 그 책을 도서관에 반납해야만 하겠지.

제목이 다르다는 점을 애덤이 눈치채지 못할 가능성도 있었다. 어쩌면 놈이 욜그리브에 관해 진지하게 무슨 일을 벌이는 게 아닐 수도 있었다. 내가 정말로 알아내야 하는 게 바로 그 지점이었다.

나는 곧바로 메리를 떠올렸다. 그녀는 다큐멘터리 연구자로서, 또 저술 활동으로도 유명하니 일이 어떻게 되어 가는지 알고 있을 터였다. 그리고 이 핑계로 한번 만나 볼 수도 있을 테고. 어쨌든 나는 메리를 보고 싶었다.

하지만 내가 메리를 보고 싶은 게 맞나? 그런 생각이 들자 겁이 덜컥 났다. 애덤이 런던 도서관으로 걸어 들어온 뒤로, 내 인생을 떠받치고 있던 모든 안정된 확실성이 무너져 내렸다. 이렇게 많은 세월이 지난 지금 과연 메리가 나랑 이야기를 나누기나 할까? 내가 메리에게 애덤의 핸드폰에 온 메시지를 보여 주며 남편이 바람을 피우고 있다는 사실을 밝힌다면 무슨 일이 벌어질까?

우선 해결해야 하는 실질적인 문제가 있었다. 나는 어디서 메리를 찾을지조차 몰랐다. 애덤은 『후즈후』에 개인 주소를 기재하지 않았다. 도서관에서야 주소를 알겠지만 회원 주소는 기밀이었다.

그때 버버리 코트에서 발견한 구겨진 봉투가 떠올랐다. 봉투를 다시 꺼내 보았다. 애덤 앞으로 온 회보였다. 거기 주소가 적혀 있었다. 로언가 23.

뒤를 흘끗 돌아보았다. 나를 쳐다보는 사람은 아무도 없었다. 난 애덤의 핸드폰을 바지 주머니에 슬쩍 집어넣었다.

도서관에는 『알파벳순 런던 지도책』이 있었다. 로언가는 리치먼드로 가다 보면 나왔고, 큐 왕립 식물원과 멀지 않았다.

더 생각해 볼 겨를도 없었다. 코트를 집어 들고 도서관을 나섰다. 폴몰가와 더몰 거리를 가로질러 세인트 제임스 공원으로 들어갔다. 비가 내리는 바람에 공원엔 사람이 거의 없었다. 퀸 앤스 게이트 거리에 이르렀을 때쯤엔 머리카락과 어깨가 흠뻑 젖은 상태였다. 잠시 후 나는 지하철역에 도착했다. 추위 때문에, 그리고 아마도 흥분 때문에 몸이 덜덜 떨렸다.

프루스트 공쿠르상을 수상한 프랑스의 소설가(1871~1922). 장편소설 『잃어버린 시간을 찾아서』를 통하여 '의식의 흐름' 기법을 창시하였다의 마들렌 『잃어버린 시간을 찾아서』의 주인공은 홍차에 적신 마들렌 과자를 먹는 순간 유년의 기억을 환기하게 된다 이야기는 실로 옳았다. 뭔가가 한번 기억의 문을 열면 갖가지 기억이 거침없이 쏟아져 나오게 마련이다. 런던 도서관 바깥에서 비를 맞고 서 있는 남자를 본 것만으로도 나 자신의 기억에 풍덩 빠져 죽을 지경이었다.

내 생각에 애덤은 지금껏 쭉 개자식이었다. 사람들은 그다지 변하지 않는다. 시간이 지날수록 자기 본모습에 가까워져 갈 뿐이다.

교외선에서 리치먼드행 열차를 금방 탈 수 있었다. 큐 왕립 식물원은 리치먼드 바로 전 정류장이었다. 때는 늦은 오후였다. 열차 맨 끝 객차에 탔는데 거의 텅 비어 있었다.

나는 앉아서 맞은편 검은 유리창에 비친 내 모습을 물끄러미 바라보았다. 추레하고 낯선 중년 남자가 보였다. 혹시나 몸이 호리호리하고 머리는 텁수룩하며 이목구비가 또렷한 학생이 비치지 않을까 반쯤 기대했건만.

열차에서 내려 주변을 살필 때에도 여전히 비가 내리고 있었다. 큐 지구는 애덤과 메리 같은 멋진 사람들한테 딱 어울리는 멋진 장소였다. 가난한 사람들이 거기 산다는 건 상상도 안 되는 일이다. 하지만 자기 부를 과시하며 돈다발로 남의 뺨을 때리는 갑부들이 살 만한 곳도 아니었다. 이상적인 세계에서라면 거기 사는 이가 다름 아닌 나였을 수도 있으리라.

역에서 5분쯤 걸어가자 완만하게 굽은 로언가가 나왔다. 이 근방의 가정집들은 연립주택이나 한쪽 벽이 옆집과 붙은 형태의 견고한 에드워드 시대 주택이었다. 하나같이 관리가 잘 되어 있었고, 야단스럽진 않아도 겉보기와는 달리 꽤 널찍할 듯싶었다. 집 밖에 세워 둔 차는 메르세데스벤츠나 BMW, 여러 명의 멋진 자녀들을 태우고 다니기 더 편하게 설계된 승합차 등이었다.

23번지는 반들반들하게 타일이 깔린 작은 현관에 초록 대문이 있고, 작은 스테인드글라스 창문 너머로 복도가 보이는 집이었다. 나는 초인종을 눌렀다. 애덤과 메리에게 자녀가 없다는 점은 『후즈후』에서 보아 알고 있었지만, 청소부든 비서든 아무튼 누군가가 집에 있을 테지. 메리는 아마 외출 중이리라. 기다리는 시간이 길어질수록, 점점 더 그녀가 집에 없기를 바랐다.

복도에 발소리가 울렸다. 유리창 너머의 색깔과 형체가 움직이면서 스테인드글라스가 잔물결처럼 일렁였다. 배 속이 울렁거렸다. 메리라는 걸 바로 알 수 있었다.

문이 달그락거리며 빼꼼 열리다가 멈췄다. 문에 체인이 걸려 있었다. 뜻밖에도 반가움을 느꼈다. 런던은 위험한 도시이고 매년 더 그런 문제가 심각해지고 있었기에, 메리가 조심성 있게 행동하는 걸 보고 마음이 놓였던 것이다.

"안녕하세요." 메리가 미심쩍다는 듯 살짝 말끝을 올리며 말했다.

"아마 내가 누군지 기억 안 날 거야." 나는 헛기침을 했다. "못 본지 아주 오래 됐으니까."

메리의 얼굴이 부분적으로만 보였다. 메리는 내 기억보다 약간 몸집이 작아 보였다. 세심하게 다듬은 머리는 전보다 훨씬 짧아졌다.

메리가 얼굴을 찌푸리며 말했다. "죄송하지만 저는……."

"메리, 나야. 토니." 절망이 나를 갉아먹었다. "기억 안 나?"

"토니?" 목소리는 전과 똑같았다. 살짝 숨 가쁜 듯하고 허스키한 목소리. 견딜 수 없이 섹시한 목소리라고 생각하곤 했다. 여전히 그랬다.

"토니?" 그녀가 얼굴을 찡그리며 되풀이했다. "대학 때 그 토니?"

"응." 내 대답은 생각보다 크게 울렸다. 나는 턱수염을 만졌다. "얼굴에 이게 없다고 상상해 봐."

"토니." 나는 메리의 얼굴에 알아보는 기색이 천천히 퍼지는 것을 지켜보았다. "토니, 그래, 물론 알고말고. 들어와."

메리가 체인을 풀고 문을 열었다. 여전히 메리, 나의 메리였다. 지금 보니 청바지와 초록빛 셔츠를 입고 스웨터를 걸치고 있었다. 캐시미어인 것 같았다. 메리가 나를 쳐다보고 있었다. 문득 나는 지금 내 꼴을 몹시 예민하게 의식했다. 그런 생각을 하는 경우는 거의 없는데 말이다.

그제야 나는 메리의 얼굴을 제대로 보았다. "어떻게 된 거야?" 나는 물었다. "괜찮아?"

메리의 윗입술 오른쪽이 벌에 쏘인 것처럼 부어올라 있었다. 아니면 누구한테 맞은 것처럼.

"괜찮아. 어젯밤에 욕실 문에 부딪혔어. 너무 바보 같지."

넓고 기다란 현관에는 마룻바닥 위로 양탄자가 깔려 있었다. 메리는 거대한 TV 화면이 우뚝 솟은 거실로 날 데려갔다. 가구는 최신식이었다. 거실 탁자 위에는 최근에 출간되어 평론에 오르내리는 하드커버 책들이 흩어져 있었고 꽃병도 하나 놓여 있었다.

"이거…… 멋지네." 나는 할 말이 궁해서 이렇게 말했다.

메리가 조명 두어 개를 켰다. "차 좀 마실래?"

"아냐, 괜찮아."

그녀는 실망한 듯 보였다.

"좀 앉아. 이렇게 오랜만에 보니까 반갑다."

말은 그렇게 했지만 속뜻은 이거였다. 여기 왜 왔어?

나는 소파에 앉았다. 메리는 내가 앉은 자리와 직각으로 놓인 소파를 택해 앉았다.

"진짜 오래간만이네, 그렇지?" 메리가 말했다. "잘 지냈니?"

"잘 지냈어. 나는―,"

"뭐 하고 지냈어?"

"이것저것 했지." 나는 대답했다. "비평을 하고 있어. 출판사들이 맡기는 잡다한 일을 하지. 원고 읽어 주고, 편집을 돕고, 책 홍보문도 쓰고 그래. 회고록 몇 권도 대필했고. 그런 일들을 해. 지금은 한 시인의 전기를 집필하는 중이야."

"누구?" 그녀가 물었다.

"프랜시스 욜그리브."

"아, 과연." 차츰 기억이 나는지 메리는 눈을 크게 떴다. "넌 늘 그 시인한테 관심이 많았지. 우스운 일이지만 애덤도 욜그리브에 대해 뭘 좀 해 볼까 하고 있어."

"곧 탄생 기념일이 다가오거든."

메리가 고개를 끄덕였다. "애덤한테는 시리즈의 일부야. 새 다큐 멘터리 말야."

"무슨 내용인데?"

"1890년대 문학계. 가제가 〈불온한 90년대〉인 것 같아. 책으로도 엮어 나올 테고."

"물론 그렇겠지." 나는 말했다.

"수정주의적인 작품이 될 거야." 메리가 이어서 말했다. "정말로 영향력이 큰 인물들은 오스카 와일드나 헨리 제임스 미국에서 출생하여 영국으로 귀화한 소설가 겸 비평가(1843~1916). 근대 사실주의 문학의 정점으로 일컬어진다 처럼 빤한 작가들 이 아니라고 주장한다는 점에서 말이지."

"그래서 욜그리브를 내세운다?"

"그런 거 같아. 난 잘 몰라. 토니, 당연히 너를 만나서 무진장 반갑 지만, 혹시 여기까지 찾아온 특별한 이유가 있니? 이런 식으로, 그러 니까 이렇게 느닷없이."

"얘기가 좀 복잡해." 내가 말했다. 메리에게는 정말로 솔직하게 말 하고 싶었다. "오늘 런던 도서관에서 애덤을 봤어. 나는 애덤이 거기 회원인지도 몰랐네."

"그럼 네가 여기 온 걸 애덤도 아는 거니?"

"아니. 애덤은 날 못 본 것 같아. 하지만 내가…… 그 친구 핸드폰을 우연히 보게 됐거든. 글쎄 아무렇게나 놔뒀길래 그만. 문자 메시지가 와 있었는데."

메리가 갑자기 자세를 고쳐 앉았다. 뺨이 핏빛으로 물들었다. "문자라니, 무슨 소리야? 내 남편한테 온 메시지를 읽고 있었단 말이니?"

"딱히 그럴 생각은 아니었는데." 내 뺨 역시 붉어지는 게 느껴졌다. "하지만 네가 그걸 봐야 할 것 같아, 메리. 그래서 여기 온 거야."

주머니에서 아이폰을 꺼내 메리에게 건네주었다. 메리가 화면을 들여다보았다. 얼굴 표정은 볼 수 없었다.

우리가 떨어져 있는 매 순간 점점 더 당신이 그리워져. J xxxx

"애덤이 외도를 하는 거지?" 내가 말했다. "알고 있었어?"

메리는 고개를 들지 않고 어깨만 으쓱했다.

"그 자식이 너를 때리기까지 한 거야?"

"정 알고 싶으면 말해 줄게. 맞아." 메리가 소파 팔걸이에 핸드폰을 내려놓고는 나를 물끄러미 바라보았다. "우리 곧 이혼할 거야. 우리는―누가 뭘 가질지 합의를 못 보고 있어. 흔해 빠진 얘기지."

"정말 유감이야."

메리의 표정이 누그러졌다. "네가 진심으로 하는 말이란 거 알아. 자상하기도 하지."

"어떤 기분일지 나도 알아. 전에 잠시 결혼 생활을 했는데 얼마 못 갔거든. 'J'가 누구야? 너도 알아?"

"재닛이라는 여자야. 예전에 애덤의 개인 비서였어. 나보다 열 살쯤 어리고." 그녀가 마른침을 삼켰다. "좋은 여자야."

"그다지 좋진 않은걸."

메리가 갑자기 일어났다. "차를 좀 끓여야겠어. 이제 너도 좀 마실래?"

"내가 여기 있어도 괜찮아? 애덤이 돌아오면 어쩌지?"

"애덤은 9시에 월턴스에서 에이전트랑 저녁 약속이 있어. 어쨌든 수첩에는 그렇게 적혀 있더라. 그때까진 도서관에서 작업할 생각이었고."

메리를 따라 부엌으로 갔다. 메리는 찻주전자를 올려놓은 다음 팔짱을 끼고 서서 창밖의 뒷마당을 내다보았다.

"일이 진짜 지랄 맞게 끔찍해질 거야." 메리가 말했다. "애덤은 우리 자산 대부분을 회사 두어 군데에 묶어 놓았어. 그중 하나는 해외에 있어서 더욱이 일을 복잡하게 만들고 말이야. 게다가 애덤이 그 회사들을 좌지우지하거든. 그게 진짜 골칫거리지. 너는 안 믿을지 몰라도 내가 너무 순진했어. 회사를 차릴 때 애덤이 나보고 여기저기 사인하라길래 그냥 사인만 했지 뭐야."

나는 애덤이 반납한 도서관 책에서 발견한 포스트잇 메모를 떠올렸다. 넌 진짜 완전히 쓰레기야. 그냥 빠져나갈 수는 없을걸. 하지만 그 자식은 그냥 **빠져나갈** 것처럼 보였다.

"변호사랑은 얘기해 봤어?"

"응. 도움이 될지는 모르겠지만. 만약 내 몫을 놓고 애덤이랑 맞붙으려면 엄청난 돈이 들 거야. 하지만 내겐 그런 거금이 없어. 나는 거의 아무것도 얻지 못했다고. 토니 너한테 이런 얘기까지는 하지 말아야 하는데—네가 신경 쓸 문제가 아니니까."

"괜찮아."

"아무튼, 소송까지 가면 내가 질 공산이 커."

"어떻게 할 작정이야?" 내가 말했다.

"난들 알겠니."

메리가 내 얼굴을 마주보았다. 창문을 등지고 선 데다 겨울 오후가 이미 어둑어둑 저물어 가고 있어서 얼굴이 또렷하게 보이지 않았다. 우리 둘 다 한동안 아무 말도 하지 않았다. 주전자가 처음엔 조용히 쉿 소리를 내다 점점 급박하게 쉭쉭댔다. 마침내 달칵 소리를 내며 저절로 스위치가 꺼졌다.

"오후에는 보통 녹차를 마셔." 메리가 마치 평범한 날 평범한 대화를 나누듯이 말했다. "하지만 그냥 홍차도 있고, 아님 허브차도 있으니까 혹시 네가 더 좋아하는 게 있으면—."

"녹차면 돼." 내가 말했다.

메리가 차 통과 숟가락을 집어 들었다. 그러다가 동작을 멈추었고, 우리 대화는 이제 더 이상 평범하지 않았다. "내 실수였어, 토니. 그렇지 않아?" 그녀가 말했다. "나한테 소원이 있다면……."

"네 소원이 뭐야?" 내 목소리는 거의 속삭임처럼 잦아들었다.

"시간을 되돌릴 수 있다면 좋겠어." 메리가 말했다. "너랑 나 둘이서만 정원에 있었던 순간으로. 기억나니? 그 시시한 파티 생각나? 그

때는 전부 다 정말 단순해 보였는데."

✦

런던 도서관은 화요일에 저녁 9시까지 열려 있다. 내가 도서관으로 돌아갔을 때는 6시 무렵이었다. 버버리 코트는 여전히 벽장에 걸려 있었다. 그 옆에다 내 코트를 걸었다.

아까 나는 애덤의 핸드폰을 원래 자리에 도로 갖다 놓아야 할지 메리에게 물어 보았다. 메리는 군이 그럴 것 없다고 답했다. 수시로 자기 핸드폰을 집에 놓고 가거나 엉뚱한 데 두고 못 찾는 인간이니, 코트 주머니에서 핸드폰을 못 찾더라도 놀라지 않을 거라고 말이다. 메리는 녀석이 사람들에게 무신경한 것만큼이나 자기 물건에도 무신경하다고 말했다.

그사이에 도서관은 훨씬 더 한산해져 있었다. 나는 특히 겨울 저녁에, 여기 남은 사람들이라고는 오로지 사서 몇 명과 나 같은 회원들 소수뿐인 듯 느껴질 때의 도서관을 좋아했다. 이곳에선 서고들이 대부분의 공간을 차지하며 서고 안 책꽂이마다 따로 조명이 설치되어 있다. 지금 사용하지 않는 조명은 회원이 알아서 끄는 게 도서관 권장 사항이다. 그래서 오늘 같은 2월 저녁이면, 도서관 안은 대개 드넓은 어둠에 둘러싸여 섬처럼 둥둥 뜬 빛 웅덩이들로 이뤄진다. 소리도 거의 들리지 않는다. 수많은 책등이 무한한 지식의 세계로 끝없이 이어진다.

애덤은 어느 열람실에도 없었다. 아마 책을 찾고 있거나 서고 여기저기에 흩어져 있는 작은 책상 하나에 앉아 작업하고 있겠지. 놈을 찾고 싶지 않았기 때문에 아무 상관없었다. 나는 그 인간을 다시는 보기 싫었다. 목소리도 듣기 싫었다. 그 인간이라면 생각도 하기 싫었다.

자리에 앉아 일을 하려고 했다. 애초에 바로 이렇게 오늘 저녁을 보내기로 마음먹었던 것이다. 하지만 머릿속이 메리로 가득 차서 집중할 수가 없었다. 손에 쥐고 있던 연필로 공책 표지 안쪽에 '망자들의 기나긴 소나타'라고 적었다. 나는 한참 동안 그 글자를 바라보다가 과연 프랜시스 욜그리브든 사뮈엘 베케트든 그게 무슨 의미인지 알고나 있었을까 궁금해졌다.

8시 15분이 조금 지나 오늘은 이만해 두기로 했다. 일감을 챙겨서 아래층으로 내려갔다. 출구 복도에 다다른 순간 애덤과 거의 부딪칠 뻔했다. 놈은 도서 목록실에서 나오던 참이었다.

완전히 부딪치기 직전에 우리 둘 다 가까스로 물러섰다. 우리는 피차 사과의 말을 웅얼거렸다. 그러나 애덤이 뱉은 말은 그저 의례적인 반사 행동에 지나지 않았다. 놈의 시선이 나를 스쳐 지나갔다. 놈에게 나는 존재하지 않는 사람이었다.

애덤이 안내 데스크로 갔다. 나는 비켜서서 벽에 붙은 도서관 안내도를 살펴보는 척했다.

"옛날에 인쇄된 도서 목록에서 책 한 권을 발견했는데 서가에서 찾을 수가 없군요." 그가 사서에게 말했다. "대출 중인지 확인해 주시겠습니까?"

"무슨 책이죠?" 사서가 물었다.

"프랜시스 욜그리브가 쓴 책입니다." 애덤이 욜그리브의 철자를 불러 주었다. "제목은 『천사들의 목소리』고."

잠시 후 사서가 말했다. "유감스럽지만 대출 중이네요. 반납일은 3월 6일이에요. 예약해 드릴까요?"

"네, 그렇게 해 주세요."

그러고 나서 애덤은 손목시계를 흘끗 보며 위층으로 올라갔다. 조금 뒤 나도 뒤따라갔다. 나는 운동화를 신고 있어서 발소리가 거의 나지 않았다. 애덤은 오래된 서고 한 군데로 꺾어 들어가 쭉 뒤편으로 걸어갔다. 늘어선 책장들에 가로막혀서 애덤의 몸이 보이지는 않았다. 하지만 철제 격자로 된 바닥에 울리는 발자국 소리가 들렸다. 여기는 바닥을 통해 아래층을 내려다보고 위층을 올려다볼 수 있는 구조다. 이 모든 책의 무게를 지탱하기 위해 바닥을 쇠로 만들어야만 했으리라.

역사 부문에 속한 이곳을 지나면 서고가 더 있었다. 불은 거의 꺼져 있었다. 나는 뒤쪽 서고로 통하는 아치길 근처에서 기다렸다. 원예에 관한 책이 꽂혀 있는 책장을 은신처 삼아서 말이다.

오래 묵은 서고 층은 내부적으로 좁고 가파른 철제 계단과 연결되어 있다. 마치 문헌학적인 뱀과 사다리 같은 형상이다. 일부 계단엔 아직도 원래의 표지가 남아 있다. '상단 역사 분야'나 '하단 사회 분야' 같은 설명과 함께 우아하게 한쪽을 가리키는 손가락 모양 실루엣이 그려져 있는 것이다. 계단 하나가 바로 곁에 있어서, 누군가 내 뒤로 다가올 경우 슬그머니 내뺄 수 있겠다는 안도감이 들었다.

나는 애덤의 발소리가 멈출 때까지 거기 귀를 기울이고 있었다. 그다음 몇 분 동안은 기다란 형광등 지지직거리는 소리와 멀리 떨어진 지붕창이나 창문에 듣는 빗소리인 듯 희미하게 타닥거리는 소리 말고는 아무 소리도 들리지 않았다.

드디어 애덤이 나타났다. 나는 선반 한 칸에 쭉 늘어선 책 위쪽으로 드러난 빈틈을 통해 놈이 다가오는 것을 주시했다. 놈은 묵직한 책 네다섯 권과 공책들이 든 서류철, 얇은 은색 노트북을 양팔 한가득 들고 있었다. 또 독서용 금테 안경을 쓰고 있어서 학구적인 분위기를 풍겼다. 놈은 그럴 자격이 없는데도 말이다.

놈이 내 곁을 아주 가까이 스쳐갔다. 그러고는 철제 계단을 내려가기 시작했다. 발걸음이 급했다.

처음에는, 그저 놈을 만졌을 뿐, 녀석의 어깨에 손을 얹었을 뿐이었다.

내 손이 닿자 애덤은 돌아서려 했다. 하지만 몸을 너무 빨리 돌렸다.

그게 사달이었다. 일은 무척이나 순식간에 일어났다. 가속도가 붙은 몸이 아직도 앞으로 쏠린 채였다. 놈은 두 팔에 무거운 짐을 지고 있었다. 책과 노트북이 충격에 약하다는 걸 알고 있어서 더욱 자기 몸을 보호하기 어려웠을지도 모른다.

그때 내가 어깨를 밀었다. 별로 세게 밀지는 않았고, 겨우 가볍게 쿡 찌르는 정도였다. 옛 친구를 만났을 때 보일 법한 몸짓 말이다. 그 몸짓을 말로 옮긴다면 '이야, 이렇게 오랜만에 보니 참 좋구나'쯤이 되리라.

단, 녀석을 만나서 좋지 않았다는 점만 빼고. 내게도 놈에게도 전혀 좋지 않았다.

애덤은 휘청거리다가 끔찍하게 우지끈뚝딱 소리를 내며 쓰러졌다. 노트북이며 이런저런 물건들이 덜그럭거리며 계단 밑으로 데굴데굴 굴러떨어졌다. 그 소리는 마치 귀에 거슬리는 무조 음악의 한 종류인 것도 같았다.

망자들의 기나긴 소나타.

나는 계단을 뛰어 내려갔다. 애덤은 엎어진 채였고 그 주위로 책과 공책이 흩어져 있었다. 놈은 움직임이 없었다. 아무 소리도 내지 않았다. 머리에서는 피가 흐르고 있었다. 과연 저 피가 격자 바닥으로 흘러 아래층으로 뚝뚝 떨어질지 궁금했다. 책은 한 권도 상하지 않기만을 바랐다.

다른 데서 무슨 소리가 나는지 귀를 기울여 보았다. 달려오는 발소리나 목소리가 들리지나 않는지. 지지직거리는 소리와 타닥거리는 소리밖에 들리지 않았다. 그중에서도 가장 시끄럽게 울리는 것은 나 자신의 가쁜 숨소리였다.

노트북은 바닥을 쭉 미끄러지다 책장 밑에 부딪혀 멈췄다. 기계는 멀쩡해 보였다. 애덤의 안경은 머리 옆에 떨어져 있었다. 안경 역시 부서지지 않았다. 돋보기안경 벗는 걸 깜빡하면 발을 헛디디기가 얼마나 쉬운가 하고 생각했던 기억이 난다. 특히나 층계를 내려가는 중이라면 말할 것도 없다.

애덤의 손 가까이에 핸드폰 하나가 떨어져 있었다. 이 물건도 손에 들고 있었던 듯 보였다.

나는 핸드폰을 주워 들었다. 이것도 아이폰이었다. 화면은 박살이 났다. 무심결에 전원 버튼을 눌렀다. 아무 반응이 없었다. 핸드폰은 먹통이었다. 하지만 애초에 왜 핸드폰이 여기 있는 걸까?

죽은 전화기라. 나는 생각했다. 죽은 것들은 무엇을 알고 있는가.

✦

도서관에서 나와 비를 맞으며 오늘 세 번째로 공원을 지나갔다. 그리고 큐로 가는 열차를 탔다.

이 시간에, 더구나 이런 밤에는 열차가 붐비지 않았다. 누가 내 옆 자리에 석간《메트로》한 부를 놓고 갔길래 서쪽으로 터덜터덜 지겹게 달리는 동안 신문을 읽는 척했다.

같은 칸에는 나 말고 네 명이 더 타고 있었다. 우리 모두 눈길이 마주치지 않게 피했다. 나와 대각선 방향에는 얼굴이 파리한 여자가 앉아 있었다. 나보다는 젊었고, 아마 삼십 대 초반 정도로 보였는데, 러시아 소설 속 인물 같은 인상을 풍겼다. 그 여자는 사실 킨들인터넷 서점 아마존이 발매한 전자책 단말기로 뭔가 읽는 중이었지만, 그렇다 하더라도 런던 지하철보다는 러시아식 삼두마차를 타고 이동하는 게 더 어울릴 듯한 모습이었다.

열차가 큐에서 정차했을 때 나는 다른 승객들이 먼저 역을 나서도록 뒤에 머물렀다. 승객 세 명이 모틀레이크 도로 방면의 동쪽 출구로 나갔다. 나는 적당한 간격을 두고 따라갔다.

비가 한층 더 세차게 쏟아지고 있었다. 앞서 가던 한 명이 옆길로 빠졌다. 다음 사람은 길 오른편의 어느 집으로 들어갔다. 이제 얼굴이 야윈 여자만 남았다. 기다란 검은 코트에 검은 장화를 신은 여자는 우산을 받쳐 들고서 빗물로 미끄러운 보도를 성큼성큼 걸어갔다. 그녀는 로언가로 접어들었다.

그 여자가 혹시라도 미행당한다고 느끼게 하고 싶지 않았기에, 나는 따라가기 전에 잠시 기다렸다. 나무 밑에서 비를 피했지만 별 의미가 없었다. 이미 흠뻑 젖은 상태였다.

잠시 뒤 나는 모퉁이를 돌았다. 23번지는 길 건너편에 있었다. 복도에도, 퇴창을 낸 1층 앞면 방 블라인드 너머에도 불이 켜져 있었다. 메리에게 뭐라고 말을 해야 할지 도무지 알 수 없었다. 아니, 감히 초인종을 누를 수나 있을지조차 알 수 없었다. 하지만 그건 아무래도 상관없었다. 메리가 저기, 저 집 안에 있다는 걸 알면 마음이 놓이리라. 그녀가 살아 있다는 걸 확인하면 안심이 되리라.

앞서 걷던 여자가 길을 건넜다. 나는 머뭇거렸다. 여자는 메리의 집 대문으로 다가가고 있었다. 그리고 문을 열었다.

나는 그녀를 급히 뒤쫓아 검은 SUV 차량 옆에 숨었다. 터무니없을 정도로 거대해서 코끼리라도 숨길 만한 차였다. 옆으로 조심조심 움직였다. 이제 문 옆 작은 현관에 서 있는 그 여자를 볼 수 있었다. 그녀는 우산을 접어 타일 깔린 바닥에 내려놓았다.

여자의 머리 위에 조명이 켜져 있어서 마치 장난감 무대 위에 서 있는 듯 보였다. 그녀가 힐끗 뒤돌아보았다. 나는 그 얼굴, 모든 골격과 음영과 눈부시게 하얀 피부를 보았다.

문이 열렸다. 메리가 나왔다. 그사이에 남색 원피스로 갈아입은 모양이었다.

"재닌." 메리가 말했다. "재닌."

두 여자가 껴안았다. 그러나 친구 간의 포옹은 아니었다.

"정말 미안해." 메리가 말했다. "그 인간이 내 핸드폰을 가져갔어. 믿어지니?"

"그럼 그 사람도 아는 거야?" 재닌이 말했다.

"문자를 봤을 거야. 아무튼, 이리 와."

메리가 더 어린 여자를 안으로 이끌었다. 메리는 웃음 짓고 있었다. 다시는 그 웃음을 멈추지 않을 것처럼. 문이 닫혔다.

나는 눈을 감았다. 비가 내렸다. 검고 번들번들한 SUV 지붕 위로 빗방울이 타닥타닥 떨어졌다. 차 한 대가 모틀레이크 도로에서 경적을 울렸다. 자동차들이 신경질적으로 그르렁거렸다. 타이어들이 젖은 아스팔트 위에서 쉭쉭 소리를 냈다. 길 아래쪽에서 문이 열렸다가 다시 닫히기 전 잠깐 동안, 세상에서 가장 슬픈 곡조를 연주하는 피아노 소리가 들려왔다.

눈이 감겼다. 나는 망자들의 기나긴 소나타에 귀를 기울였다.

이방인을
태우다

아버지는 서서히 죽음에 이르렀다.

평생을 건강하고 원기 왕성하게 살던 아버지는 육십 대 초반에 차츰차츰 사람을 말려 죽이는 희귀 신경 질환에 걸렸다. 우선, 걸을 수가 없어졌다. 곧이어 혼자 옷을 입지도, 식사를 하지도 못하게 됐다. 결국엔 성인용 기저귀를 차고 누워 지냈다. 간호사가 와서 전문 의료인답게 초연하고 숙련된 손길로 이쪽저쪽 돌려 눕히며 하루에 몇 번씩 아버지의 기저귀를 갈아 주었다.

그러나 눈빛은 여전히 날카롭고 총명했다. 아버지의 내면은 그대로였다. 우리 모두 그 사실을 알고 있었다. 하지만 마치 전지가 나간 전기 장치처럼 아버지의 육신은 당신을 저버렸다. 아버지는 움직임과 통제력을 잃어 가며 서서히 작동을 멈추었다. 천천히 흐트러지는 과정이었다.

마지막으로 허물어진 것은 말하는 능력이었다.

몇 달에 걸쳐 아버지의 목소리는 탁한 속삭임으로 변해 갔다. 한 마디 한 마디 내뱉는 데도 안간힘을 써야 했다. '응'처럼 간단한 말을 하는 것조차 5분은 걸리는 데다, 아버지에게 거의 남지 않은 귀중한 에너지를 앗아갈 듯 위태로웠다.

내가 더 자주 찾아뵈었더라면 좋았을 텐데. 나는 부모님 댁까지 네 시간 정도 걸리는 작은 대학가에 살며, 켄터키 중심부의 공립 대학교에서 고만고만하고 덜떨어진 중산층 애들 떼거리에게 영문학을 가르쳤다. 괜찮은 직업이었고 보통은 성취감도 느꼈다. 일을 하다 보면 정기적으로 고향에 방문해 병원 침대에서 쇠약해져 가는 아버지를 뵐 시간까지 내긴 빠듯하다고 스스로를 합리화하기도 했다. 사실을 고백하자면 내가 아버지를 위해 뭘 해 줄 수 있을지 알 수가 없었다. 아버지가 가장 건강하고 목소리가 괄괄했을 때조차도, 우리는 서로 할 얘기가 별로 없었다. 아버지와 나는 정치적으로 뜻이 맞지 않았다. 아버지는 폭스 뉴스로, 나는 MSNBC로 세상 돌아가는 물정을 파악했다 전자는 보수, 후자는 진보 성향을 대표하는 미국 뉴스 채널. 아버지는 평생 러스트 벨트 미국의 대표적 공업 지대로 호황을 누렸으나, 제조업이 쇠퇴하며 급격히 몰락하게 된 중서부와 북동부 지역을 일컫는다 주변의 유통업체에 자동차 부품을 파는 일을 했다. 반면 나는 평생을 상아탑 속에서 보냈다.

우리는 책에 관해서도 합의를 볼 수 없었다. 나는 피츠제럴드, 더 구체적으로 말하자면 『위대한 개츠비』로 학위 논문을 썼다. 아버지의 독서 습관은 더 진부한 수준에 머물렀다. 아버지는 베스트셀러 목록에 오른 책은 아무거나 마구잡이로 읽었다. 내가 어렸을 때, 아버지는 앨리스터 매클린과 잭 히긴스를 탐독했다. 나중에는 톰 클랜시와 제임스 페터슨으로 갈아탔고. 나와 마찬가지로 영문학 교수였던 내 전처는 그런 책들을 엄청나게 좆같은 책이라 부르곤 했다. 엄청나게 좆같은 책.

그중에서도 아버지가 가장 좋아하는 엄청나게 좆같은 장르는 서부물이었다. 서부극. 서부 활극. 쉴 새 없이 펼쳐지는 총격전. 아버지는 서부극이라면 모조리 읽었다. 맥스 브랜드. 윌 헨리. 루크 쇼트. 그리고 그중에서도 아버지가 가장 좋아하는 작가는 루이스 라무르였다. 아버지는 루이스 라무르가 펴낸 책이란 책은 전부 다 읽었다. 읽고 또 읽었다. 심지어 같은 책을 여러 권 샀다. 읽고 또 읽어서 한 권이 닳아빠지면 나가서 같은 책을 또 한 권 산 다음 그 책도 닳아빠질 때까지 읽고 또 읽곤 했다. 버몬트주에서 자라고 오하이오주에서 인생 대부분을 살았으며 단 한 번도 미시시피 강 서쪽으로 진출해 본 적이 없는 남자의 행태로서는 이상해 보였다.

그래서 우리는 책을 화제로 올릴 일도 없었다.

하지만 아버지가 생애 마지막으로 남긴 말을 들은 사람은 나였다.

아버지가 돌아가시기 3주 전쯤의 일이었다. 나는 또 한참 만에 방문한 참이었다. 내가 강의하는 대학이 가을방학을 맞았고, 어머니가 전화해 아버지한테 시간이 얼마 남지 않았다고 완곡하게 알려주기도 했다. 어머니는 "음, 네 아버지는 이제 전처럼 강하시지가 않아"라든가 "음, 우리 모두는 그저 할 일을 해야만 해"라는 식으로 말했을 테지만, 나는 알아들었다. 어머니 말씀은 작별 인사를 하러 오라는 뜻이었다.

그래서 고향으로 갔다. 나는 부모님의 침실, 내가 잉태된 곳이며 지금은 커다란 병원 침대로 좁아진 방으로 들어갔다. 시트로 꽁꽁 싸맨 아버지는 아픈 아이처럼 작아 보였다. 아버지는 체중이 거의 27킬로그램이나 빠졌고, 그날 내 눈에는 실체나 중량이 없는 것처럼, 마치 아버지의 스케치나 윤곽에 불과한 것처럼 보였다.

나는 침대 옆에 앉아 아버지의 손을 잡았다. 아버지 손을 잡는 게 그리 유쾌하진 않았다. 아버지는 이부자리 아래로 손을 뻗어 자기가 입고 있는 기저귀를 만지작거리거나 심지어 벗어 버리려고 하는 버릇이 몸에 붙었다. 이게 불편해서 하는 행동인지 아니면 기저귀를 찬다는 발상 자체에 반항하려는 건지 전혀 알 수 없었다. 그러나 아버지의 손은 종종 시트 밑에서 바삐 움직였고, 손에 역겨운 게 묻어 있던 적은 없었지만 그래도 늘 미심쩍었다. 내가 똥을 만진 건가? 아니면 더 심한 거? 그리고 아버지의 병상을 떠날 때면 손을 씻지 않고는 배길 수가 없었다.

늙은 아버지가 내 눈을 똑바로 쳐다보았다. 나와 똑같이 파란색 눈이었다. 약간 옅지만 밝은 파란색. 또한 눈빛은 총명했다. 의심할 여지도 없이 한 사람이—내 아버지 조지프 헨리 커트우드가—나를 빤히 응시하고 있었다. 아버지는 그 안에 있었다. 나는 그 사실을 알 수 있었다.

"아버지, 좀 어떠세요?" 내가 물었다.

아버지는 아무 말도 없었다. 아버지께 아무 말도 할 필요 없다고, 너무 지쳐서 말하기 힘드시리라는 걸 잘 알고 있으니 기력을 좀 아껴 두시라고 얘기해 주었다. 아버지가 기력을 아껴서 어디다 쓸지 알 길이 없었고, 그야 아버지도 마찬가지일 게 틀림없지만, 그렇게 말 하는 수밖에 없었다. 집 안의 고요한 여백, 죽어 가는 사람이 깃든 집 에 내려앉는 이와 같은 고요함을 채우려면 말이다.

어머니는 주변을 서성였다.

"돈, 얘야, 아버지한테 종신 재직권 투표 얘기 좀 해 드리지 그러 니?" 어머니가 언제나처럼 명랑하게 말했다. "조, 돈이 대학에서 종 신 재직권을 얻었어."

"나보고 얘기해 드리라는 줄 알았는데요?"

"버릇없이 굴지 말렴." 어머니가 말했다. "그 얘기 좀 해 드려."

"물론이죠." 나는 말했다. "아무렴요."

나는 아버지에게로 얼굴을 돌렸다. 정말이지, 아무렴 어떤가? 사 실상 아버지는 그다지 신경 쓰지 않았다. 나 또한 신경 쓰지 않았다. 남부의 고만고만한 공립 대학에서 종신 재직권을 얻는다는 건 딱히 대단한 업적이 못 되었다. 논문을 몇 편 발표하고, 몇몇 학회에 나가고, 시간 맞춰 회의에 얼굴을 비치고, 학과에서 여는 연휴 파티에 참석해 과음은 피하되 술기운이 알딸딸할 정도로만 마시고, 더구나 내가 종신 재직권을 따는 거야 애초에 거의 확정된 일이었다. 학과에서는 만장일치로 승인했다. 사람들은 리베카와 내가 이혼했다는 점엔 개의치 않았다. 제기랄, 리베카도 나한테 찬성표를 던졌으니.

하지만 이야기할 만한 일이긴 했다. 다 큰 어른이 할 수 있는 일 중에선 윤리 시험에서 높은 점수를 받아 오거나 C보다 B가 많은 성적표를 들고 집에 오는 것과 맞먹는 성과라고나 할까.

"저 종신 재직권 얻었어요, 아버지." 나는 말했다. "저 이제 영문학과 부교수예요."

아버지가 내 손을 꽉 쥐었다.

이런 식으로나마 축하해 주는 듯해서 나는 "고마워요" 하고 말했다.

아버지는 다시금 손을 꽉 쥐었다. 더 세고 우악스럽게.

"좋아요." 나는 말했다. "투표는 만장일치였고요—."

이번엔 손을 꽉 쥐기보다는 세게 홱 끌어당기는 바람에, 의자에 앉아 있던 몸이 약간 앞으로 끌려 나왔다. 나는 놀랐다. 늙은이에게 저만한 힘이 남아 있는지는 몰랐다.

"무슨 일이에요, 아버지?"

아버지는 이제 손을 쥐어짜거나 잡아당기지 않았다. 얼굴은 긴장한 듯 보였고, 핏기도 좀 가셨다. 어깨가 매트리스 안으로 더욱 깊이 푹 꺼졌고, 그렇게 아버지라는 존재는 조금 더 사그라들었다.

아버지의 입술이 움직였다. 그러나 달그락거리기만 할 뿐 아무 소리도 나지 않았다.

"왜 그러세요, 아버지?"

"목이 마르시다니?" 어머니가 물었다. "그 양반은 항상 목이 바싹 말라. 약 때문이야."

"목마르세요, 아버지?" 나는 물었다. 하지만 갈증 때문이 아니라는 걸 알았다. 아버지의 머리가 거의 알아차리기 어려울 정도로 다시 움직였다. 딱 6밀리미터 정도 움직였을 뿐이었다. "혹시 뭐 필요하신 게······?"

나는 일어섰다. 아버지의 입술이 좀 더 움직였다.

"그이가 뭐라고 말하는 거니?" 어머니가 물었다.

"모르겠어요. 어머니가 계속 말씀하고 계시잖아요."

"버릇없게 굴지 말래도."

"쉿."

나는 몸을 앞으로 숙이고, 늙은이의 입술에 귀를 바싹 갖다 댔다. 내 피부에 닿는 아버지의 뜨겁고 축축한 숨결이 느껴졌다. 죽어 가는 숨결. 아버지에겐 이제 몇 주밖에 남지 않은 귀중한 숨.

나는 오랫동안 그렇게 서 있었다. 중대한 순간이 지나갔고 이제 아무 말도 나오지 않으리라 생각하면서.

하지만 그때 아버지가 말했다. 딱 한마디였다.

내 생각에는 그랬다.

아버지는 "선의"라고 말했다.

＋

임종은 3주 뒤에 찾아왔다.

아버지가 죽기까지 너무 오래 걸렸기 때문에, 계획을 짤 시간도 아주 넉넉했다. 그날 전화 통화할 때, 어머니는 아무 도움도 필요 없다고 말했다.

"다 준비되어 있어." 어머니가 말했다. "그냥 장례식에 몸만 오면 돼."

수화기 너머에서 뭔가 바스락거리는 소리가 났다. 그다음엔 쫙 찢어지는 소리.

"괜찮으세요?" 내가 물었다.

"나 말이니?" 어머니가 되물었다.

나까지도 그런 질문을 하니 놀란 듯했다. 지난 몇 년 동안 수많은 사람들이 어머니에게 물어 봤을 거다. 처음에는 아버지가 병에 걸렸을 때 그랬을 테고, 마침내 작고한 뒤에는 한층 더 심하게 다들 질문을 던졌으리라.

"네, 어머니. 괜찮으신 거예요? 어떻게 견디고 계세요?"

"난 괜찮아." 찢어지는 소리가 다시 들렸다. "네 아버지 물건을 정리하고 있어. 이걸…… 그러니까, 음, 시작하기는 전에 시작했지. 진작 상자 여러 개를 내다 버렸단다. 그런데 왠지 옳지 않은 일 같더라. 있잖니…… 아버지가 아직…… 여기 계실 때는 말야. 하지만 이젠, 정리할 게 엄청 많아."

어머니의 말투는 사무적으로 들렸다. 냉정하기까지 했다. 나는 어머니에 대해 부정확한 인상을 전하고 싶지 않다. 어머니는 스트레스가 가장 극심한 상황에서도 사무적으로 행동할 수 있었지만, 동시에 아주 다정하기도 했다. 내가 어렸을 적에 어머니는 노상 책을 읽어주었다. 또 내가 학자의 길로 가도록 격려해 주었다. 참 훌륭한 어머니였고 여전히 그랬다. 하지만 어머니와 아버지는? 이걸 어떻게 말해야 할까? 두 분은 사실 사랑하지 않았다. 어머니와 아버지는 동료이자 동거인이었고, 엄밀한 의미에서 파트너였다. 두 사람은 아들 하나를 함께 키웠다. 같은 방향으로 노를 저었다. 그러나 열렬한 사이는 아니었다. 어머니는 분명 아버지의 죽음을 자기 인생의 한 시기에서 다음 시기로 가는 이행으로 보았으리란 생각이 든다. 아버지가 죽자 어머니는 내게 전화해서 그저 "끝났어"라고만 말했다.

"이제 거기 혼자 계시는데 괜찮으세요?" 나는 물었다. "집에서 말이에요."

"혼자 있는 게 괜찮냐고?" 어머니가 물었다. "돈, 네가 이사 간 뒤로 난 쭉 이 집에 혼자 있었는걸. 네 아버지와 나는 둘 다 여기서 혼자 지냈어. 아무렇지도 않아." 찢는 소리가 또 났다. "네 아버지는 책이 많기도 하구나. 너무 많아."

문득 저 찢어지는 소리의 정체가 뭔지 알아챘다. 테이프였다. 어머니는 아버지 책을 상자에 넣어 테이프로 붙이고 있었다. 아마 도서관에서 여는 책 판매 행사에 보내려는 것이겠지. 어머니는 도서관에서 일 년에 두 번 봉사 활동을 했다. 어머니가 각별히 좋아하는 활동이었다.

어머니에게 물어 보고 싶은 게 너무도 많았다. 왜 아버지와 결혼했는지 묻고 싶었다. 왜 결혼 생활을 유지했는지도 묻고 싶었다. 아버지의 마지막 말에 대해서도 묻고 싶었다. '선의.'

그리고 나는 전부 통틀어 가장 중요한 질문도 하고 싶었다. 어머니는 아버지를 아셨어요? 어머니든 다른 누구든, 정말로 아버지란 사람을 알았나요?

하지만 어머니는 빨리빨리 넘어가 버렸다.

"그러면―," 어머니가 말했다. 쫙 째지는 포장 테이프 소리가 다시 들렸다. "화요일에 볼까? 늦지 마."

장례식장에서 조문객들이 고인을 마주하는 동안, 나는 방 뒤편에 머물렀다. 관은 열려 있었다. 아버지가 돌아가시기 불과 3주 전에 앙상하게 야월 대로 야윈 모습을 보았건만, 아버지 시신 가까이에 있다고 생각하니 견딜 수가 없었다. 어머니 말로는 장례식장에서 시신을 잘 처리해 주었다고도 했고, 그러니 아버지가 평화로워 보이리라고, 뭐가 됐든 이런 경우 사람들이 던질 만한 상투적인 표현에 들어맞게 보이리라고 생각은 했지만, 그렇다 하더라도 아버지는 영 못마땅히 여겼을 게 분명했다. 이 행사 전체가 어쩐지…… 거북스럽게 느껴졌다. 살아생전 한 번도 입은 적 없는 코트와 넥타이 차림을 하고 관에 누운 노인. 아버지는 까발려져 있었고, 무방비해 보였다.

그리고 아주, 아주 죽은 사람처럼 보였다.

어머니의 지인뿐 아니라 사촌, 고모, 삼촌 등등 일가친척이 뒤쪽에서 꾸물거리고 있는 나를 기어이 발견했다. 사람들은 악수를 하고, 볼에 뽀뽀하고, 끌어안고 호들갑을 떨며 내게 관심을 보였다. 나는 외아들이었고 아버지를 잃은 입장이었으니까. 어머니는 앞쪽에 버티고 서서 조문객을 맞으며 간간이 미소 지었다.

끝났어.

어떤 남자가 내게 다가왔을 때, 처음엔 어머니가 교회에서 알게 되었거나 지역 학교에서 자원 봉사를 하다 사귄 친구일 거라고 짐작했다. 아무리 봐도 어머니와 어울려 다니는 사람들처럼 보이지는 않았지만. 남자는 150센티미터나 간신히 넘을까 싶게 키가 작았다. 그리고 가로로 재도 자기 키와 엇비슷할 정도로 뚱뚱했다. 옷깃과 소매 가장자리가 닳은 갈색 재킷을 입었는데, 한때 흰색이었을 와이셔츠는 칙칙한 회색으로 보였다.

"아드님이시겠군요." 남자가 말하더니 악수를 했다. "아버지 일은 정말 유감입니다."

그의 목소리에서는 동부 해안에서 온 듯한 억양이 살짝 묻어났다.

"네, 제가 아들입니다." 나는 그날 밤 모든 이를 대할 때와 똑같이, 그 사람이 누군지 아는 척 행동했다. "잘 오셨습니다."

남자가 미소 지었다. "내가 누군지 생각해 내려고 애쓰고 있군요."

"아뇨, 저는…… 음, 솔직히 말씀드리면, 여기 친척들이 워낙 많아서 말이죠—."

"난 친척이 아닙니다." 그가 말했다. "그리고 사실 친구도 아니고."

"친구분이 아니세요?"

남자는 미소를 띠고 있었다. "아직은 선생 일가의 친구가 아니지요." 그가 말했다. "하지만 곧 그렇게 되면 좋겠네요." 그러더니 누가 엿듣는다고 생각하는 듯 양쪽 어깨 너머를 살폈다. 조문실은 텅 비어 가고 있었다. 늦게 온 사람들 몇 명만 남아서 앞쪽에서 어머니와 이야기하고 있었다. 그리고 물론, 아버지가 자리를 지켰다. 아버지는 자기 자리에 가만히 있었다.

남자가 재킷 안에 손을 넣어 약간 구깃구깃한 명함을 꺼냈다. 나는 그가 내민 명함을 받아 들지 않았다.

"변호사나 뭐 그런 분이신가요?" 내가 물었다. "어머니가 이미 전부 다 처리하셔서—."

"명함 읽어 봐요." 그가 손을 조금 더 앞으로 내밀어 내 손에 명함을 거의 억지로 쥐여 주었다.

명함을 받아서 읽었다. '루 칼레도니아, 희귀 서적상'.

이름 아래 적힌 주소를 본 기억이 났다. 나는 그곳을 알고 있었다. 시내 거리에 면한 작고 갑갑한 상점이었다. 수년 전에 그냥 한 번 둘러보려고 거기 가 본 적이 있었다. 하여튼 나는 그곳을 기억했다. 그 책방은 싸구려 통속 소설, 미스터리, 남성용 모험 잡지 등의 장르 소설에 특화된 것 같았다. 내가 흥미를 느낄 만한 읽을거리가 아니었기 때문에 두 번 다시 찾아가지 않았다.

"제 아버지와 알고 지내셨나요?" 나는 물었다.

"그랬으면 했죠." 루 칼레도니아가 말했다. "그런데 그분이 날 알고 싶어 하지 않으셨어요."

그러자 슬슬 감이 잡혔다. "사업차 여기까지 오신 건가요? 그러시다면 정말 경우가 아닌 것 같거든요. 지금은 아버지 조문을 받는 중입니다. 책 문제라면 다음 주에 전화 주시면 될 텐데요."

루 칼레도니아는 상처받은 듯 보였다. 입꼬리가 축 처지며 몇 번인가 눈을 깜빡거렸다.

"그런 말 마세요." 그가 말했다. "아닙니다. 난 그런 인간이 아니에요. 내가 선생이나 선생 가족의 마음을 상하게 했다면 깊이 사과하고 가겠습니다."

그러더니 양손을 앞으로 내밀며 뒷걸음질하기 시작했다.

하지만 그 사람은 뭔가 심상치 않았다. 어쩌면 그가 무척이나 빨리 사과를 해서였는지도 모른다. 어쩌면 풀죽은 개처럼 생겨서였는지도. 아니면 혹시, 그냥 혹시나 해서 말이지만, 이 남자가 왜 내 아버지에게 관심을 보이는지 알고 싶어서였을지도 모른다.

"좋아요." 내가 말했다. "나쁘게 받아들이지 않겠습니다."

남자가 뒷걸음질을 멈추었다. 얼굴에 다시금 미소를 띠었다.

"신사로군요." 그가 말했다. "딱 보니 알겠어요." 그러고는 다시 가까이 다가왔다. "이런 엄숙한 자리에서 영업을 하면 안 된다는 건 선생 말씀이 맞아요. 하지만 이 일이 나한테 얼마나 중요한지도 이해해 주십시오. 그리고 전에 선생 부친께도 얘기를 꺼내 보았는데요…… 뭐, 그 전에도 그렇고. 그런데 늘 퇴짜를 맞았지요."

"왜죠?"

"부탁 하나만 합시다." 그가 명함을 가리키며 말했다. "가족을 챙기세요. 어머니 도와드리고. 하지만 이 넌더리나는 일이 전부 다 끝난 다음에 조금만 시간 내 줄 수 있으면 내 가게로 와 줘요. 잠깐 들러서 이야기 좀 해요. 그래 주면 안 될까요?"

나는 다시 명함을 들여다봤다. 가게는 내가 이 동네에서 빠져나가는 길목에 있었다.

"알겠습니다." 내가 말했다. "매장은 내일이고, 전 그다음 날 떠나요. 그날 낮에 잠깐 들를게요."

루는 벌써부터 고개를 흔들고 있었다. 머리를 흔들자 늘어진 턱살도 같이 흔들렸다. 눈은 감은 채였다. 수도사만큼이나 엄숙해 보이는 모습이었다.

"오늘밤." 그가 말했다. "오늘밤에 들러요."

"오늘밤이요? 안 돼요. 제 어머니가 있잖아요. 친척들도 들를 테고요. 벌써 8시입니다."

"밤새도록 가게에 있을 거예요." 그가 걸음을 떼기 시작했다. "그냥 와요. 부탁이에요."

"그런데 대체 무슨 일입니까?"

루는 발을 끌며 방을 나갔다. 색 바래고 닳은 코듀로이 바지 뒷단이 내 눈에 마지막으로 들어왔다.

"저랑 얘기하던 남자 보셨어요?" 나는 어머니에게 물었다. "장례식장에서요."

어머니와 나는 부엌에서 음식을 먹고 있었다. 9시가 조금 넘은 시간이었고, 집으로 돌아왔을 땐 우리 둘 다 배가 고팠다. 어머니는 누가 주고 간 라자냐 한 냄비를 오븐에 데웠다. 어머니나 나나 많이 먹었다. 나는 한 그릇 다 비우고 두 그릇째 먹기 시작해서야 질문을 던졌다.

"어떤 남자 말이니?" 어머니가 물었다. "거기 사람들이 수두룩했잖아. 예상보다도 더 많이 왔어."

"끝날 때쯤에 온 남자인데." 내가 말했다. "이름은 루 칼레도니아예요."

"루 칼레도니아?" 어머니가 노래 한 구절처럼 그 이름을 부르더니 고개를 흔들었다. "들어 본 적 없는걸. 그리고 말야, 그런 이름이라면 내가 기억하겠지. 정말이야. 그 사람은 어떻게 네 아버지를 안다니?"

"정말 알았는지는 모르겠어요."

"뭐라고?"

"그 사람은 책방을 하는데요. 시내에 있는 헌책방이요."

어머니는 음식을 씹다 멈추고 냅킨으로 입술을 톡톡 두드렸다. "그럼 말 되네. 책, 네 아버지와 책이라면야. 아버지 편찮으신 동안 내가 여기서 책 상자를 얼마나 많이 끌어냈는지 아니? 그이가 보고 발작을 하길래 결국 관뒀다."

"아버지가 어떻게 발작을 할 수가 있어요? 꼼짝없이 누워 계셨는데요."

"내가 뭘 하고 있는지 알았던 거지. 물컵을 탁자에서 쳐서 떨어뜨리더니 '그만'이라고 말하지 뭐니. 딱 한 마디였어. 난 무슨 뜻인지 알아들었지. 책. 책들 좀 그대로 놔두라고. 아직도 내보낼 책이 엄청 많아. 그거 하나는 부자가 꼭 닮았어. 책에 환장하는 거."

"아버지랑 저를 그런 식으로 비교하지 마세요."

"어떤 식으로 말이야?" 어머니가 물었다. "너나 네 아버지나 책에 미친 듯이 집착하는 건 사실이잖니? 아버지는 집 안을 책으로 가득 채웠고, 내가 켄터키에 있는 네 집에도 가 봤잖아. 그렇게 나가다간 금방 아버지랑 맞먹겠더라."

"전 영문학 교수잖아요." 내가 말했다. "그게 제 인생이라고요. 아버지는 싸구려 소설을 엄청 읽으셨죠. 저는……."

학자라고 말하고 싶었지만, 정말 그런가? 단지 박사 학위가 있고 책을 펴냈다고 해서 내가 학자라는 뜻은 아니었다. 사실, 이 세상의 지적이거나 문화적인 생활에 내가 정말 뭐라도 보탬이 되는 게 있을까?

"네가 뭐?"

"아무것도 아니에요."

어머니가 그릇을 옆으로 밀어 치웠다. 그리고 손을 뻗어 내 팔뚝 위에 얹었다. 살에 닿는 감촉은 보드라웠지만 손등에 난 검버섯이 보였다. 어머니는 여전히 결혼반지를 끼고 있었다.

"요즘 어떻게 지내니? 켄터키에서 말이야."

"계속 일하고 있죠뭐."

"누구 마음에 두고 있는 사람은 있고?" 어머니가 물었다. "리베카

다음에?"

"아뇨."

"있잖니, 저번에 네 아파트로 전화한 적이 있는데. 토요일 아침에
말야. 웬 아가씨가 받더라."

"어머니. 제발요."

"목소리 들으니 아주 젊은 거 같던데. 그 아가씨가 넌 샤워를 하고
있다나 뭐라나 대답하더라고."

"어머니, 그만하세요."

"걱정이 돼서 그래. 넌 내 하나뿐인 자식이야. 네가 혼자 지낸다
고 생각하기 싫어. 너도 이제 마흔이잖아. 혹시 아이를 낳고 싶다
면······ 엄마는 그냥 네가 책으로 꽉 찬 집에 사는 게 걱정이 되는구
나. 거기 들어오고 싶어 하는 여자가 있을까? 그리고 결혼도 안 하면
어떻게 후대에 뭔가 남기고 떠날 수가 있겠니? 네 아버지와 나는, 우
리한텐 네가 있잖아. 너는 우리가 남긴 유산이야."

"저는 일이 있어요, 어머니. 제 일이 있다고요."

어머니는 고개를 끄덕였다. "알아. 논문을 쓰고, 발표도 하고."

"가르치기도 하죠." 내가 말했다. "사람들의 삶에 영향을 끼치기도
한다고요."

어머니가 미소 지었다. 나는 그 얼굴에 떠오른 능청스러운 표정을
알아보았다. 날 공격할 건수가 하나 있는 거지. "분명 그 여자애의
삶에 영향을 끼치고 있었겠구나. 토요일 아침에 네 집 전화를 받은
아이 말야."

"세상에. 우리 어머니가 이렇다니깐."

어머니가 웃었다. 나 역시 조금 웃을 수밖에 없었다.

"좀 이따가 나갔다 올 거예요." 내가 말했다.

어머니는 몸을 돌려 시계를 쳐다보았다. "뭐, 옛 친구들 만나러 가니?"

"그 책방에 가 보려고요. 루 칼레도니아란 사람 좀 만나 보게."

"도대체 뭐하려고?" 어머니가 일어나 접시들을 치우기 시작했다.

"그 사람이 날 보고 싶어 하데요." 나는 말했다. "아버지에 대해 뭔가 알고 있는 것 같아요."

"얘야, 네 아버지에 대해 알아야 하는 건 딱 하나뿐이야. 그 양반은 일하는 것보다는 의자에 앉아 책 읽는 걸 더 좋아했다는 거. 그 정도면 충분해. 9시도 넘었고 내일은 일찍 일어나야 해. 우리 둘 다. 게다가, 혹시 그치가 미친 사람일지도 모르잖아? 연쇄 살인마 같은 거면 어쩌려고 그래?"

"연쇄 살인마요?" 내가 말했다. "그보단 호빗에 더 가까워 보이는데요."

"뭐라고?"

"아무것도 아니에요." 나도 접시를 싱크대에 갖다 놓았다. "헌책방 주인이 말썽을 부려 봐야 얼마나 부리겠어요?"

루 칼레도니아 책방 앞에 차를 세웠을 때는 거의 9시 45분이었다. 시내 거리는 조용하고 한산했다. 차 한 대 지나가지 않았고, 가로등은 전부 노란 빛으로 단조롭게 깜박였다. 가게 안이 어두컴컴해 보였다. 명함을 확인했다. 가게 이름은 적혀 있지 않았다. 진열창 위쪽에 금박으로 붙인 '책방'이라는 글자는 군데군데 깨져 있었다. 다른 시대에서 온 듯한 간판이었다.

차에서 내려 가게 문 앞으로 갔다. 초인종이나 인터폰이 있나 찾아보았지만 아무것도 없었다. 유리창에 얼굴을 들이댔다. 어슴푸레한 빛 속에 곧 무너질 듯한 나무 책꽂이들이 보였다. 선반마다 셀 수 없이 많은 페이퍼백이 빼곡히 들어찼다. 통로 바닥에도 책이 더 널렸고, 복도 끝에는 훨씬 많은 책이 무더기로 쌓여 있었다. 바닥에 놓인 판지 상자마다 책이 넘쳐 났다. 그 책들이 내게 재미있을 거란 생각은 안 들었지만, 책이 그득그득한 광경에 짜릿한 흥분을 느꼈다는 점만은 인정해야겠다. 이 책방은 독서의 정수로 꽉 들어찬 것만 같았다―바로 책 말이다. 책꽂이에서 그냥 무심히 책 한 권을 꺼내 들고 재미나게 읽은 지가 얼마나 되었을까? 비평가의 입장으로 손에 빨간 펜을 쥐지 않은 채 책을 읽은 지 얼마나 오래 되었을까? 냉정하고 초연한 이론가의 눈으로 문장을 읽으며 전문 용어가 가득한 논지를 체계화하는 대신에?

어떻게 해야 할지 알 수가 없어서 노크를 했다. 그리고 기다렸다. 바람이 약간 세게 불었다. 선선한 가을밤이었고, 하늘은 청명하고도 칠흑같이 캄캄했다. 주위를 둘러보았는데 여전히 거리엔 아무도 없었다. 이제 시내로 오는 사람은 하나도 없었다. 다들 집에서 영화를 스트리밍하거나 TV를 보거나 문자메시지를 보내는 모양이었다. 내가 꼬마였던 시절에는 시내로 와서 영화를 보거나 놀거나 레스토랑에 갔는데, 그런 시설은 대부분 사라졌다.

다시 문을 두드렸다. 그다음 문을 한번 밀어 보았다. 문이 열렸다. 또 한 번 주위를 둘러보았다. 무슨 생각에서였는지는 모르겠다. 텅 빈 거리의 존재감 없는 책방, 문도 잠겨 있지 않은 이 가게에 무단 침입했다는 이유로 경찰이 체포라도 하러 올까 봐? 나는 문을 밀어 열고 안으로 들어섰다.

"칼레도니아 씨?" 나는 말했다. "루 씨?"

뒷걸음질해 나가는 건 어떨까 생각해 보았다. 루가 아무 때나 들르라고 말하긴 했지만, 지금은 그저 너무 늦은 시간일지도 몰랐다. 그 사람을 만날 생각이 든다면, 애초에 내가 제안했던 대로 이 동네를 떠나는 길에 다시 한 번 들를 수도 있겠지. 아니면 전혀 신경 쓰지 않을 수도 있고. 내 아버지에 대해 아들인 나도 모르는 부분을 이 사람이라고 뭐 얼마나 알겠는가? 그러다 불현듯 내가 아버지에 대해 아무것도 모른다는 생각이 들었다.

문 쪽으로 한 걸음 내딛는데 방 뒤편에서 뭔가 바스락거리는 소리가 났다. 나는 그 자리에 얼어붙었다.

"칼레도니아 씨?"

다시 소리가 났다. 이번에는 똑똑히 구별할 수 있는 소리, 책 더미가 무너지는 소리가 이어졌다. 누군가 방 안에 있었다.

가게 중앙의 통로를 따라 조심조심 걸어갔다. 바닥에 놓인 많은 책을 넘어가는 동안, 삭아 가는 종잇장과 두꺼운 표지 종이가 풍기는 퀴퀴한 냄새가 콧속을 가득 채웠다. 나는 이 냄새가 좋았다. 책 냄새를 맡으면 편안해졌다. 내 아파트에서도 이런 냄새가 났으면 싶었다.

"루 씨? 접니다. 돈 커트우드예요. 기억나시죠? 장례식장에서 뵀었는데요?"

통로 끝에 다다랐다. 눈앞에 문이 있었다. 칼레도니아의 사무실로 들어가는 문인 듯했다. 문은 살짝 열린 채였고, 탁상용 전등의 희미한 빛이 길고 가느다랗게 새어나오고 있었다.

"루 씨?"

나는 발을 앞으로 뻗으며 문 쪽으로 천천히 조심스레 한 걸음 다가갔다. 그 순간 조금 아까 들었던 바스락거리는 소리의 정체를 알아냈다. 뚱뚱한 회색 고양이가 내 앞으로 껑충 뛰어들어 바짓가랑이를 스치고 지나갔다. 나는 중심을 잃고 한 걸음 물러났다. 그러다 등 뒤의 책 더미를 무너뜨리고는 균형을 잡으려고 선반을 꽉 움켜잡았다.

"이런."

쿵쾅거리는 심장이 진정될 때까지 기다리며, 필요 이상으로 오래 가만히 버텼다. 마침내 내려다보니 고양이가 나를 빤히 보고 있었다. 어둑어둑한 가게 안에서 고양이 눈만 노랗게 번쩍였다. 녀석은 불안하고 초조한 듯 보였다. 등줄기를 따라 털이 곤두서 있었다.

"너 때문에 간 떨어질 뻔했잖아, 고양아." 나는 말했다.

고양이가 한 번 야옹 울더니 살짝 열린 사무실 문틈으로 미끄러져 들어갔다. 내가 따라오기를 바라는 것 같았다면 미친 소리일까?

어쩌면 하나부터 열까지 미친 짓이었을지 모르지만, 아무튼 난 그렇게 했다. 사무실 문까지 천천히 두 걸음 내디뎌 문을 열어젖혔다. 바닥에 드리워진 탁상용 전등 불빛이 루 칼레도니아가 누워 있는 자리를 훤히 비췄다.

그는 죽어 있었다. 관자놀이에 입은 총상에서 흐르는 가느다란 핏줄기만 보아도 충분히 알 수 있었다. 루 칼레도니아는 확실히 죽었다.

나는 휴대폰으로 경찰에 전화를 걸어 방금 무엇을 발견했는지 알렸다. 담당자의 목소리는 차분하고 침착했다. 경찰은 내가 안전한 상황인지 물었고, 나는 그런 것 같다고 대답했다. 그러나 확신할 순 없었다. 어떻게 안전하다고 느낄 수 있겠는가?

담당자는 혹시 내가 손댄 게 있는지, 시체를 옮겼는지도 물었다. 나는 아니라고 답했다.

"좋습니다." 담당자가 말했다. "건물 밖에 나와서 경찰을 기다리시겠습니까? 현장을 훼손하시면 안 됩니다."

일리가 있는 말이었다. 유명 TV 프로그램을 많이 보지는 않았지만, 최소한 어떤 증거도 건드리면 안 된다는 것을 알 만큼은 보았다. 그러니 굳이 그 얘기를 해 줄 필요도 없었다.

"경찰관들이 그리로 곧 갈 겁니다." 담당자가 말했다. "도착할 때까지 전화를 끊지 않고 같이 기다릴까요?"

"아뇨." 나는 말했다. "괜찮습니다."

전화를 끊고 사무실에서 나가려 했다. 정말로 나갈 생각이었다. 내가 뭐 좋다고 잘 알지도 못하는 사람 시체가 있는 좁아터진 사무실에 어정쩡하게 서 있겠는가? 몇 시간 전에 살해당했을 남자 옆에?

하지만 그때 다른 생각이 머릿속을 스쳤다. 루 칼레도니아가 나한테 뭘 원했는지 대체 어떻게 알 수 있을까? 그 사람이 아버지와 무슨 관계가 있는 건지, 또 아버지 장례식엔 왜 나타났는지 대체 어떻게 알 수 있단 말인가?

가장 가까운 경찰서는 열 블록 떨어져 있었다. 아마 거기서 형사를 보낼 테니, 내게 10분 정도 시간이 있다는 얘기였다. 책방 바로 근처에 순찰차가 없다고 가정한다면 말이다. 경찰이 언제든 바로 불쑥 나타날 수도 있었다.

하지만 그저 잽싸게 훑어보기라도 하고 싶었다. 나는 루의 시체에 최대한 가까이 붙되 닿지는 않도록 발을 디디며 앞으로 움직였다. 그의 책상 위에 뭐가 놓여 있는지 보려면 아주 가까이 가야만 했다. 책상에 흩어져 있는 종이와 펜, 책 같은 물건에서는 눈에 띄는 규칙을 발견할 수 없었다. 종잇조각 대부분은 그가 판매한 책이든 구입한 책이든 손으로 쓴 계산서였다. 골동품 판매 광고 전단지가 두어 장 있었고, 책상 오른쪽 상단에는 『희귀 서적 수집 안내서 1979년판』이라는 제목의 닳아빠진 두꺼운 페이퍼백이 놓여 있었다.

방 안을 두리번거렸다. 책상 위나 옆 책꽂이엔 더 많은 책과 서류가 그득그득 들어찼는데, 여기도 역시 되는 대로 뒤죽박죽 섞여 있었다. 바닥에는 종이가 차고 넘치는 아코디언 형태의 파일과 책 상자 무더기가 루의 시체를 둘러싸고 흩어져 있었다.

가게 앞쪽에서 무슨 소리가 들렸다.

"계세요? 경찰입니다. 안에 누구 계십니까?"

"빌어먹을." 나는 중얼거렸다.

고양이가 책상 위로 풀쩍 뛰어올라 나를 빤히 쳐다보았다. 녀석은 눈을 동그랗게 뜨고 노려보면서, 꼬리를 앞뒤로 휙휙 움직여 책상 위 종이들을 스쳤다. 나는 한 번 더 책상을 들여다보았다. 고양이가 한쪽 발을 종잇조각 위에 얹고 있었다. 지역 신문에서 찢어 낸 종이였다. 신문지 위쪽에 굵은 활자로 찍힌 한 단어가 눈에 들어왔다. 커트우드. 종이를 집어 들었다. 아버지의 부고 기사였다. 위쪽에다 누군가가, 아마도 루 칼레도니아가 이렇게 적어 놓았다. '이방인. 이럴 수가?'

바지 주머니에 신문지 조각을 쑤셔 넣었다. 바로 다음 순간, 제복을 입은 젊은 경찰이 내 뒤로 나타나 말했다. "선생님? 밖으로 나가 주셔야겠습니다."

경찰을 상대하고 살인 사건 수사까지 협조하려면 시간이 더 오래 걸릴 것 같았다. 나는 제복 입은 경찰들과 함께 추운 데서 5분쯤 서 있었다. 경찰들은 추워서 덜덜 떠는 내게 인적 사항을 묻고 내 운전면허증도 살펴보았다. 이윽고 형사가 나타났다. 셔츠에 넥타이를 맸지만 어떤 종류가 됐든 재킷은 아예 걸치지 않은 중년 남자였다. 바람이 불자 숱 많고 희끗희끗한 머리카락이 제멋대로 휘날렸다. 하지만 결코 머리를 매만지려고 손을 뻗지는 않았다. 그와 악수하는 건 어쩐지 나쁜 짓처럼 느껴졌다.

"필 하일랜드입니다." 형사가 자기소개를 했다. "여기서 무슨 일이 있었는지 말씀해 주시죠?"

그래서 난 얘기했다. 하일랜드는 메모를 하지 않았다. 집중한 표정으로 내가 하는 모든 말에 귀를 기울일 따름이었다. 나는 루 칼레도니아가 아버지 장례식에 나타나더니 이야기 좀 하게 최대한 빨리 자기 책방에 와 달라고 졸랐다는 얘기를 했다.

"문이 열려 있었고, 저 뒤쪽에서 그 사람이 죽어 있는 걸 발견했습니다."

"부친께서 막 돌아가셨다고요?"

"며칠 전에요."

"사망 경위가 어떻게 되죠?"

"자연사하셨습니다." 내가 답했다. "신경 질환을 앓고 계셨어요."

"유감입니다." 하일랜드가 말했다. "그럼 이 칼레도니아라는 사람하고는 전에 한 번도 만난 적이 없으신 거고요?"

"전혀요."

"그런데 칼레도니아 씨가 부친께 무슨 볼일이 있었던 걸까요?"

"모르겠습니다." 내가 말했다. "아마 책과 관련된 일이 아닐까 짐작하는데요. 아버지께선 책을 아주 많이 가지고 계셨거든요. 하지만 책 때문에 장례식에 찾아온 것 아니냐고 말했더니 칼레도니아 씨는 기분이 상한 기색이었습니다." 칼레도니아가 정확히 뭐라고 말했는지 기억해 보려고 머리를 쥐어짰다. "전에 제 아버지와 이야기해 보려 했지만 번번이 퇴짜를 맞았다고 말하더군요. 그분이 딱 이렇게 말했습니다. '퇴짜 맞았다'고. 저는 칼레도니아 씨가 제 아버지에 대해 뭘 알고 있는지 확인하려고 여기 올 결심을 했던 것 같아요. 뭐가 됐든 말이죠."

"아버지라는 게 좀 성가실 때가 있긴 하지요." 하일랜드가 말했다. "저는 아버지를 그다지 잘 알지 못했습니다만."

"맞습니다." 내가 말했다. "과연 아버지를 정말 잘 아는 사람이 있기나 할까요?"

하일랜드와 연결고리가 막 이어질 것 같았지만, 그 순간은 금세 휙 지나가 버린 듯했다.

형사가 물었다. "경관들이 선생님 신상 정보는 받아 뒀습니까?"

"네."

"추가로 필요한 사항이 있으면 연락드릴 겁니다." 그가 말을 이었다. "여기서 강도 사건이 벌어진 게 아닌지 생각하고 있습니다. 이 근방도 예전 같지가 않습니다."

하일랜드가 루 칼레도니아의 가게로 걸어가다 말고, 문 안으로 들어가기 전에 다시 내게로 돌아섰다.

"커트우드 씨, 정말 다른 건 없습니까?" 그가 물었다. "저 안에서 더 본 건 없으십니까?"

바지 주머니 속 신문지가 살에 닿는 게 느껴졌다. 허벅지에 스쳐 가렵고 따끔거렸다. 돌려줘야 한다는 건 알고 있었다. 하지만……

그 신문지를 넘겨주고 싶지가 않았다. 말이 안 된다는 건 나도 알지만, 그게 꼭 아버지의 유물처럼 여겨졌던 것 같다.

"없습니다." 내가 말했다.

하일랜드는 안으로 들어갔고 나는 부모님 댁으로 돌아왔다.

조간신문에는 루 칼레도니아의 사망에 대한 기사가 실려 있지 않았다. 너무 늦은 시각에 일어난 일이라 기사를 싣지 못했거나, 대수롭지 않은 사건이라 언급하지 않았을 수도 있다. 아침에 옷을 갖춰 입는 동안 어머니는 어젯밤 책방에 잘 다녀왔는지 물어 보지도 않았다. 장례식 때문에 정신이 없었든지 깜빡 잊어버린 모양이었다. 나 역시 그 얘기를 꺼낼 생각이 없었다. 어머니는 이미 걱정거리가 충분히 많으니 스트레스 받을 일을 보태고 싶지 않았다.

우리는 둘 다 장례식 동안 평정심을 유지했다. 어머니도 나도 감정을 표출하는 일을 즐기지 않았고, 성당에서 치르는 장례식은 진실한 감정은 드러낼 여지가 거의 없을 만큼 엄숙하고 체계적이기도 했다. 성당 앞좌석에 어머니와 나란히 앉은 나는 기억을 되살려 응답송과 찬송가를 암송했다. 성당에 얼씬도 안 한 지가 15년은 되었지만 말이다.

머릿속으로는 딴생각을 했는데, 나쁜 기억으로 샌 건 아니었다. 어린 시절 추억이나 아버지와 함께 보낸 시간을 생각했다. 아버지는 나를 도서관에 자주 데려가 주었다. 그 안에서 어디든 자유롭게 돌아다니게 해 주었고, 내가 우연히 집어 든 책이 무엇이든 흔쾌히 읽으라고 했다. 『파리대왕』과 『위대한 개츠비』뿐만 아니라 『길 위에서』도 그렇게 처음 읽었다. 아버지는 항상 베스트셀러 목록에 있는 책을 찾았는데, 내가 읽는 책에 대해서는 이러쿵저러쿵하는 법이 없었다. 딱 한 번을 빼고는. 열네 살쯤, 『죄와 벌』을 집어 들었더니 아버지는 "그래. 나도 아주 오래 전에 읽었지"라고 퉁명스레 말했다.

"이걸 읽으셨다고요?" 내가 물었다. "학교에서요?"

"학교 때문이 아니라, 읽고 싶어서 읽은 거다." 아버지가 안경 너머로 나를 쳐다보았다. "명작이란 명작은 너 혼자만 독점하고 읽는 줄 아냐?"

오랫동안 그때를 떠올려 본 적이 없었다. 그러나 성당에 앉아 있으려니, 그 노인네한테도 의외의 구석이 있었다는 걸 기억하게 되었다. 내가 아버지든 다른 누구든 잘 안다고 선뜻 단정해서는 안 된다는 점도. 아버지는 내게 여러 모로 낯선 사람이었다. 어쩌면 어머니에게도 그랬을지 모른다. 하지만 그게 살해된 책방 주인이랑 대체 무슨 상관이란 말인가? 앞으로 내가 알 수나 있을지 의문이었다.

몇 사람만 모여 묘지까지 이동했다. 날씨가 선선해지기 시작했고, 제법 거센 바람과 함께 서쪽부터 먹구름이 짙어졌다. 신부는 조금도 지체하지 않고 기도와 의례를 해치웠다. 나는 조금 이따 식사하러 돌아갈 성당 지하에 줄줄이 차려진 음식을 떠올리기 시작했다. 매콤한 치킨 샐러드, 커피, 복숭아 파이. 성찬식 제병 한 조각 말고는 하루 종일 먹은 게 없었다. 장례식을 마친 뒤 차를 대 놓은 곳으로 돌아가다가, 먼발치에 한 여자가 서 있는 것을 보았다. 그 여자는 날이 어둑어둑한데도 큼지막한 선글라스를 쓰고 있었고, 작업용 외투와 장화 차림이었다. 몇 살쯤 되었는지는 알 수 없었다. 어쨌든 몸을 돌려 픽업트럭 운전석에 올라타는 움직임은 느긋하고 우아해 보였다. 여자는 우리보다 먼저 떠났다.

"방금 저 사람 누군지 아세요?" 나는 어머니에게 물었다.

그러나 어머니는 대꾸도 하지 않았다. 어머니가 이모 한 명과 이야기하는 사이 픽업트럭은 사라져 버렸다.

"애야, 뭐라고 했니?" 어머니가 물었다.

"누굴 봤는데 혹시 어머니께서 아는 사람인가 해서요."

"너무 피곤하네." 어머니가 말을 이었다. "지금은 내가 누구인지도 헷갈릴 정도야. 가족이랑 친구들이 있어 정말 든든하지만, 좀 피곤하기도 하거든."

나도 간밤에 잠을 설쳤기에 "이해해요" 하고 말했다.

"그런데 혹시 생각 있으면 말인데, 이따가 아버지 물건 정리 좀 도와주면 좋겠다. 다락방에 오래된 상자들이 있는데 내 힘으로는 내릴 수가 없어. 네가 정리까지 할 필요는 없고 그냥 밑으로 옮겨 주기만 하면 돼. 엄마가 살펴볼 테니까."

"급할 것 없어요, 어머니."

"알아." 어머니가 답했다. "치유되는 기분이 들어서 그래. 우리 엄마 돌아가셨을 때도 똑같이 했단다. 낸시 할머니 말이야. 엄마 옷이나 사진을 전부 찬찬히 살펴보았지. 그 덕분에 잘 극복해 나갈 수 있었어."

"어머니?" 내가 물었다. "어젯밤에 제가 책방에 간 거 아시죠."

"맞다. 내가 곯아떨어졌나 보다. 네가 들어오는 소리도 못 들었네. 그 사람이랑 어떻게 됐어? 뭐라든?"

"그게, 얘기하자면 긴데요. 그런데 그 사람이 아버지 부고 기사를 오려서 책상 위에 놓았더라고요." 잠시 말을 멈추었다. "제가 가지고 왔어요."

"왜?"

"왠지 기념품 같은 느낌이 들었어요." 내가 말했다. "바보 같아 보이겠지만요. 그런데 책방 주인이 기사 위에다 '이방인'이라고 적어 두었더라고요. 그게 무슨 소리인지 짐작 가는 거 있으세요?"

"생각나는 게 있냐고?" 어머니가 물었다. "네 아버지를 완벽하게 요약하는 말이구나. 그 사람 가운데 이름도 모르는 채로 2년이나 사귀었던 거 아니? 2년이나 말이야. 처음엔 가운데 이름이 없는 줄 알았어. 항상 H라는 이니셜만 썼으니까. 그러다가 그이의 출생증명서를 보고서야 가운데 이름이 헨리라는 걸 알았어. 아니 왜 나한테는 한 번도 그런 말을 안 해 줬을까?"

"여쭤 보셨어요?"

"굳이 물어 볼 것까지야 없었고." 어머니가 코웃음 치며 말했다. "보통 남편이라면 자기 아내에게 그런 얘기를 해 줄 텐데 말야. 하지만 네 아버지는 그러지 않았지. 그 사람은 어쩌면 우리 결혼 생활에 약간의 미스터리를 유지하고 싶었는지도 몰라."

"그럴지도 모르죠."

"까놓고 말하자." 어머니가 말했다. "난 그 남자를 끔찍이도 사랑했어. 정말이지 끔찍이. 하지만 나는 그이를 잘 몰랐어. 이제는 영영 알 수가 없겠지."

그날 오후 나는 다락방에서 판지 상자 여섯 개를 끌고 내려왔다. 상자들은 철골만큼이나 무거웠다. 짐을 다 옮기고 나서 거실 의자에 털썩 주저앉자 등짝이 찢어지는 것만 같았다. 아버지가 예언했던 대로 나는 책벌레로 사느라 운동하는 데는 영 시간을 들이지 않았다. 마흔이나 먹고 체질을 바꾸기는 늦었다고 판단한 뒤 어머니에게 진통제를 어디다 두었는지나 물어보았다.

그날 저녁 우리는 이웃이 챙겨 준 음식을 먹었다. 치킨 캐서롤에 이어 땅콩버터 파이까지. 우리 모두가 죽는다는 사실, 아버지를 비롯해 내가 사랑하는 사람들을 그토록 참혹하게 잃을 수 있다는 사실이 지독히 싫었다. 그러나 음식은 기막히게 맛있었다. 정말 순수한 의미에서 기운을 북돋는 음식이라 할 만했다.

식사하는 동안 어머니는 심란해 보였다. 나는 무슨 고민이 있으시냐고 끝내 묻게 되었다.

"그냥 아버지 생각에 슬퍼하시는 거예요?"

"꼭 그렇진 않고." 어머니가 말했다. "그냥 이제 곧 네가 여길 떠나 일상으로 돌아간다는 사실을 떠올리고 있어. 엄마도 네가 그러기를 바라. 하지만 이 집은 몹시 쓸쓸하게 느껴질 거야."

"알아요." 내가 말했다. "하지만 어머니는 친구분들이 많잖아요.

늘 바쁘게 잘 지내셨고요."

"그렇지." 어머니가 억지웃음을 지었다. "집을 팔아야 할지도 모르겠어."

"언젠가 그 문제를 고려해 볼 수 있겠죠." 나는 거실을 향해 손짓했다. "아버지가 저 상자에 전부 뭘 넣어 놓았을 것 같으세요?"

"네 아버지를 아니까 말인데, 또 책이겠지. 젠장, 혹시 또 알아? 예전 여자 친구한테 받은 연애편지를 잔뜩 모아 뒀을지도 모르고."

"아버지가요?"

어머니는 허공에 손을 휘저으며 내 질문을 일축했다. "그걸 자비 출판으로 엮어 내면 『그레이의 50가지 그림자』의 뒤를 잇게 될지도 모르지. 우리 나이를 생각하면 머리털이 회색이라 그레이 로맨스가 되겠지만."

대부분의 자식들이 그렇듯 나도 부모님의 성생활을 생각하기 싫었다. 그리고 나는 부모님이 서로 만나 결혼하기 전에도 누군가와 연애를 했던 성적인 존재였다고는 도무지 생각하기 어려웠다. 하지만, 당연히 그랬을 터였다. 내가 알기로 부모님은 이십 대 후반에 결혼했고, 1년 안에 어머니 배 속에 내가 들어섰다. 아버지와 어머니는 둘 사이에 있는 친구들을 통해 만났다. 어머니는 법률 사무소에서 비서로 일했고, 아버지는 그 변호사와 안면이 있는 사이였다. 둘은 가끔 같이 골프를 쳤다. 그러니 둘 다 고등학교나 대학교 시절, 그리고 사회 초년생 시기에 분명 다른 사람들과 사귀었을 터였다.

묘지에서 본 여자가 번뜩 떠올랐다. 정말로 아버지 장례식을 보려고 왔던 걸까? 사람들은 갖가지 이유로 묘지에서 시간을 보내는데, 그 여자가 꼭 아버지 때문에 왔다고 생각할 이유가 뭐란 말인가?

"상자 하나 열어서 뭐가 있나 보죠." 나는 말했다.

"그러렴. 어차피 전부 다 네 건데, 뭐. 네가 이 어마어마한 재산의 상속자잖니."

내가 거실로 나가 있는 동안 어머니는 식탁을 정리했다. 나는 상자 위에 붙은 테이프를 째려고 열쇠를 꺼내 들었다. 하지만 미처 뭘 해 보기도 전에 초인종이 울렸다.

"혹시 저 위쪽에 사는 히멀 부인이면, 내가 벌써 누웠다고 좀 말해 줘." 어머니가 말했다.

앞쪽 창문으로 가서 커튼을 옆으로 젖혔다.

"히멀 부인이 아니에요." 내가 말했다.

"누구야?"

나는 하일랜드 형사에게 문을 열어 주었다.

"누가 왔니, 얘야?" 어머니가 방으로 들어오며 말했다. "아, 안녕하세요."

"어머니, 이분은 경찰에서 나온 하일랜드 형사님이세요. 얘기가 좀 길어요."

지난밤에 무슨 일이 있었는지, 루 칼레도니아가 어떻게 죽었는지 내가 설명하는 동안 어머니는 잠자코 귀 기울였다. 시종 침착한 얼굴이었고, 충격이나 동요는 그다지 드러내지 않았다. 내가 이야기를 끝내자 어머니는 일단 자기 의견은 접어 두고 오직 어머니만 보여 줄 수 있는 눈빛으로 나를 바라보며 말했다. "대체 어젯밤엔 왜 이런 얘기를 안 한 거니?"

"어머니를 깨우거나 걱정 끼치고 싶지 않았거든요." 내가 말했다.

"앉으세요, 형사님." 어머니가 말했다. "저희가 어떤 도움을 드릴 수 있을까요?"

하일랜드가 방으로 들어오더니 방바닥 한가운데 놓인 상자들을 훑어보았다. 하지만 따로 무어라 언급하지 않고 날렵하게 그 주위를 돌아서 다가왔다. 어젯밤과 다른 셔츠와 타이 차림이었고 여전히 재킷은 입지 않았다. 소파에 앉아 무릎에 발목을 올린 자세로 다리를 꼰 모습을 지켜보니 머리카락은 어제만큼 헝클어지진 않은 듯했다.

"이렇게 힘든 시기에 쳐들어와서 죄송합니다." 하일랜드가 말했다. 하지만 자기가 방해를 하든 말든 전혀 신경 안 쓰는 것 같았고, 일어나서 자리를 뜰 기미도 보이지 않았다. 그는 소파에 아주 편히 자리를 잡은 듯했다.

그런 낌새를 눈치챈 어머니와 나는 각자 작은 탁자 양쪽에 딸려 있는 의자에 앉았다. 우리 사이의 바닥엔 상자가 한가득이었다.

"어젯밤에 선생께서는 칼레도니아 씨를 모른다고 말씀하셨죠." 하일랜드가 말했다.

"맞습니다."

"그 두 분 사이에 어떤 친분이 있었는지도 모르셨고요?"

"그걸 알아보려고 가게로 갔던 거였습니다." 나는 말했다. "루 씨는 두 분이 정말 친구였던 건 아니라고 했어요. 제 아버지를 알고 지내고 싶었는데 아버지가 안 내켜 했다는 식으로 얘기했거든요."

"네 아버지는 늘 좀 외톨이였어." 어머니가 말했다.

"칼레도니아 씨는 선생 아버님께 편지를 여러 통 보냈더군요. 적어도 열 통은 돼요. 서점 사무실에 있었는데, 전부 뜯지도 않은 채로 반송되었습니다."

"제 남편은 지난 반년 동안 몸져누워 있었답니다." 어머니가 말했다. "그러니 봉투를 열어 볼 수가 없었을 거예요."

"하지만 부인께서는 편지가 온 걸 보셨을 텐데요. 뜯어보실 수도 있었고 말이죠?"

"그런 편지를 본 기억은 없네요."

하일랜드가 눈을 가늘게 떴다. 어머니를 더 몰아붙이려는 게 아닐까 생각했으나, 그러지는 않았다.

"이 편지들은 모두 지난 오 년 동안 쓰였습니다." 하일랜드가 말했다. "그러다 일 년 전쯤에 끊겼어요. 이유는 잘 모르겠습니다. 계속 외면당하는 데에 지쳤을지도 모르죠."

"편지는 무슨 내용이었습니까?" 내가 물었다. "이 사람이 그렇게 오랫동안 꾸준히 편지를 쓸 만큼 제 아버지한테 바라는 바가 무엇이었을까요? 한마디 대꾸도 없는데 말입니다."

하일랜드가 대답 전에 뜸을 들였다. 나를 꼼꼼히 뜯어보는 것 같았다.

루 칼레도니아의 책상에 있던 종잇조각은 위층 내 침실 탁자 위에 놓여 있었다. 아버지의 이름과 '이방인'이라는 글자가 적힌 종이 말이다. 심장이 주책없이 두방망이질하기 시작했다. 만일 저 형사가 집 안을 기웃거리기로 작정한다면 그 종이를 찾아내고 말리라. 그리고 내가 범죄 현장에서 더 이상 알려줄 게 없다고 말한 게 거짓임을 알게 되리라.

망할, 저 인간이 벌써 다 아는데 그냥 날 갖고 놀면서 진땀을 빼게 만들고 있는지도 몰랐다.

마침내 형사가 말했다. "보아하니 칼레도니아 씨가 원하는 것은 아버님의 책이었던 것 같습니다."

"어떤 책이요?" 내가 물었다. "저런, 저한테 제목을 알려줬다면 어젯밤에 갖다줬을 텐데."

"제목이 뭔지 나한테 말해 줬더라면." 어머니가 말했다. "책을 몽땅 다 갖다줬을 거야."

하일랜드가 고개를 절레절레 흔들며 말했다. "이해를 못 하신 것 같군요." 그가 말했다. "칼레도니아는 아버님이 갖고 계신 책 중 한 권을 원한 게 아닙니다. 그 사람은 아버님이 쓴 책 한 부를 원했어요."

어머니가 웃었다. 웬만하면 나도 웃었겠지만, 내 아버지가 책을 썼다는 발상이 너무도 기묘한 나머지 아무 말도 할 수 없었다.

"아니에요." 어머니가 말했다. "그렇지 않아요." 그러고는 다시금 웃었다. "제 남편은 절대 책을 쓴 적이 없다고요. 그이는 장보기 목록도 제대로 못 썼어요. 한번은 주말 동안 낚시를 갔는데, 제게 쪽지 한 장 남겨 줄 생각을 안 했죠. 그이는 아무것도 쓰지 않는 사람이었답니다."

"제 아버지가 책을 많이 읽긴 하셨어요. 하지만 세일즈맨이었죠. 책을 쓰신 일은 없습니다."

하일랜드가 소파에서 자세를 고쳐 앉았다. 그리고 바지 뒷주머니에 손을 넣어 작은 수첩을 꺼내더니 자기가 찾던 페이지가 나올 때까지 휙휙 넘겼다.

"뭐." 하일랜드가 말했다. "선생은 그렇게 생각지 않으실지도 모르지만, 루 칼레도니아는 아버님께서 책을 쓰셨다고 아주 확실히 믿었습니다."

"그랬습니까?" 내가 물었다. "그래서 조문을 왔던 건가요?"

"그럴듯한 추측이지요."

"글쎄, 무슨 책이요? 지금 소설 얘기하는 거예요, 뭐예요?"

"책 같은 거 없다니까, 도니." 어머니가 말했다.

하일랜드가 어머니 말을 무시하고 말을 이었다. "소설책 얘기입니다. 칼레도니아 씨의 사무실에 있던 편지나 파일에서 얻은 정보에 따르면, 그 사람은 아버님께서 허버트 헨리라는 필명으로 『이방인을 태우다』라는 소설을 썼다고 생각하더군요."

"헨리." 내가 말했다. "아버지의 가운데 이름인데."

하일랜드가 말했다. "정말입니다, 루 칼레도니아는 그걸 알고 있었어요." 그러고는 자기 수첩을 들여다보았다. "칼레도니아는 아버님이 이 소설을 썼다고 생각한 모양입니다. 1972년에 우드워스 출판사에서 '군주' 시리즈 일부로 출간한 책이네요." 하일랜드가 우리를 훑어보았다. "'군주'는 미국 서부를 다룬 소설에만 집중한 시리즈입니다. 출판사에서 같은 시리즈로 20권을 펴냈는데, 『이방인을 태우다』는 제19권입니다."

이방인을 태우다? 칼레도니아의 책상에서 가져온 부고 기사. 이방인.

하일랜드가 다시 수첩을 살펴보았다. "한데 이 책들이 원래는 대량 인쇄된 다음 슈퍼마켓, 드러그스토어, 공항 등 여기저기 널리 유통되어 판매될 예정이었지만, 제19권은 뭔가 문제가 생겼습니다. 책을 제작한 공장에서 인쇄공들이 파업을 벌였던 거죠. 1쇄는 대체 인력이 찍어 낸 겁니다." 하일랜드가 재차 시선을 옮기더니 덧붙였다. "파업 훼방꾼들 말입니다. 더 적당한 표현을 찾기 어렵네요."

"그렇군요." 내가 말했다.

"그치들이 인쇄한 건 끔찍이 잘못됐습니다. 표지는 흐릿하지, 재단 상태는 들쭉날쭉이지, 아주 엉망진창이었죠. 그래서 그때 찍어 낸 물량은 전량 펄프로 다시 뭉개 버려야 했습니다. 아무짝에도 쓸모가 없으니, 싹 폐기할 수밖에요. 몇 주 뒤 파업이 끝나고 기존 인쇄공들이 돌아왔습니다. 그러고는 최근에 잘못 찍었던 판의 문제가 바로잡혔는지 확인하기 위해서 몇십 권 시험 삼아 인쇄해 보았지요. 문제는 해결된 상태였고요. 하지만 그때쯤엔 제19권이 출간 일정에서 너무 멀어진 탓에, 일단은 제20권부터 찍고 나서 나중에 제19권을 작업하기로 결정했습니다. 그런데 뭔 일이 생겼는지 아세요?"

"뭔데요?" 어머니가 물었다.

"그 책은 영영 출간되지 않았습니다." 하일랜드가 말했다. "제20권을 펴낸 뒤에, 우드워스 출판사는 사업을 접고 문을 닫았습니다. 제19권은 한 번도 정식으로 출판된 적이 없는 거죠."

"몇 권이나 찍은 건가요?" 내가 물었다.

"루 칼레도니아가 추측하기로는 얼추 50권쯤 찍었다더군요. 40년 전쯤에 싸구려 페이퍼백으로 50권 나온 책이란 말이죠. 당연한 얘기지만, 그 50권 중에 요즘까지도 시중에 돌아다니는 건 몇 안 돼요. 일부는 도서관으로 들어가 너덜너덜해졌고, 더러는 몇 군데서 팔렸고요. 하지만 대부분은 그냥 자취를 감췄습니다. 그 책 자체는, 그러니까 아버님 책 자체만으로 그렇게 값어치가 높진 않아요. 그게 말이죠, 진짜로 귀하게 치는 건 군주 시리즈 20권 전질이거든요. 대량 생산된 책 열아홉 권까지야 많이들 겨우겨우 수집했습니다만, 스무 권 전부 갖춘 세트를 찾기란…… 글쎄, 그건 정말 드문 경우죠. 수집가들 세계에서 군주 시리즈 전질은 값이 수천 달러는 나갑니다."

"그이는 책을 쓰지 않았대도요." 어머니가 말했다.

"이 책 세트가 왜 그렇게나 비싼 거죠?" 나는 물었다. "그러니까 제 말은, 20권짜리 구닥다리 서부극 페이퍼백이 뭐 대수라고요? 그런 책이야 널리고 널린 거 아닌가요?"

하일랜드가 수첩을 탁 닫았다. "그런 생각이 드실 겁니다, 그렇지요? 그런데 군주 시리즈에는 뜻밖에도 대어가 하나 포함되어 있거든요. 제8권이 『자정의 총잡이들』이라는 책인데요. 저자는 T.J. 터커라는 사람이고요."

하일랜드는 우리가 그 이름에 반응해야 한다는 듯이 어머니와 나를 번갈아 쳐다보았다. 모르는 이름이었다.

"T.J. 터커라는 남자가 뭐 그리 특별하길래요?" 내가 물었다.

"T.J. 터커는 남자가 아닙니다." 하일랜드가 말했다. "T.J. 터커는 어느 여성 작가의 필명입니다. 제 짐작에 출판사에선 주로 남자들이 서부물을 사서 볼 테니, 남성 독자의 경우 여성이 쓴 서부물이라면 손도 안 대리라고 판단한 것 같습니다. 그 책은 작가의 첫 번째 소설이었습니다. 그 후로 다른 서부물은 한 권도 출간하지 않았어요. 작가의 본명은 토냐 제인 후드입니다. 그게 누군지야 아시죠?"

"이름이 뭔가 익숙한데요." 내가 말했다.

"농담이시죠?" 어머니는 이렇게 말했다.

"아닙니다." 하일랜드가 답했다.

나는 어머니를 쳐다보았다. "이 사람이 누군데요?"

"토냐 제인 후드." 어머니가 말했다. "『번쩍이는 피』 시리즈를 쓰는 작가야. 거 왜, 책만이 아니라 영화랑 TV 드라마로도 나왔고, 『번쩍이는 피』 말야. 나는 전부 다 읽었는걸."

"맞습니다." 하일랜드가 말했다. "후드가 쓴 소설이라면 아주 매력적인 책이긴 한데, 그 책만 거의 10만 부 정도는 풀렸단 말이죠. 후드의 매력에다가 헨리의 희소성이 합쳐지면 귀한 시리즈가 딱 만들어지는 겁니다. 어마어마하게 귀한 시리즈요. 무려 사람을 죽일 만큼 귀할지도 모릅니다."

"말도 안 돼요." 어머니가 말했다. "내 남편이 죽었어요. 오늘 그이를 매장하고 온 길이라고요. 책이 어쩌고 하는 이런 미친 소리는 듣고 싶지 않네요. 우리하고는 아무 상관도 없는 얘기예요."

나는 어머니를 조금이나마 진정시키고자 손을 내밀었다. 하지만 나 역시도 어머니와 의견이 별로 다르지 않았다.

"형사님." 내가 말했다. "루 칼레도니아는 괴짜 같은 사람이었던 모양입니다. 그래서 제 아버지가 책을, 그것도 아주 희귀한 책을 썼다고 생각한 거지요. 그 사람이 이렇게 생각한 근거가 뭘까요? 전부 다 황당무계해 보이는데요."

"선생이 옳을지도 모릅니다." 하일랜드가 말했다. "칼레도니아는 그저 재수 없게도 강도를 당해 죽은 건지도 몰라요. 어쩌면 꿈을 꾸다가 문득 선생 아버님이 이 책의 작가라는 생각을 품게 됐을 수도 있죠. 하지만 가운데 이름 문제가 남습니다. 『이방인을 태우다』 책 속 작가 소개를 보면 저자가 오하이오주 신시내티에 산다고 밝혀져 있기도 하고 말입니다."

나는 말했다. "오하이오주 신시내티에는 헨리라는 사람이 수두룩할 텐데요. 대도시잖습니까."

"맞습니다." 하일랜드가 말했다. "정말 맞는 말씀이에요."

우리 사이에 정적이 감돌았다. 누구 하나 한 마디 말도 꺼내지 않았다. 하일랜드는 다른 얘기를 할까 말까 고민하는 듯, 잠시 생각에 잠긴 표정이었다. 그러다 끝내 그냥 자리에서 일어났다. "어쩌면 저도 그냥 단서가 얻어걸리길 바라는 것 같기도 합니다."

하일랜드는 자신을 따라 일어선 어머니와 내게 고개를 끄덕여 보였다. 그리고 나와 악수를 했다.

"조의를 표합니다." 하일랜드가 말했다. "이 문제와 관련해서 혹시 뭐든 생각나시면 제게 전화 좀 주십시오."

그러더니 밖으로 걸어 나갔다.

하일랜드가 간 뒤 어머니는 주방에서 조리대를 문질러 닦거나 식기 세척기에 그릇을 덜그럭덜그럭 집어넣으며 꾸물거렸다. 나는 몇 분 동안 문간에 서서 그 모습을 지켜보았다. 어머니는 분명 내가 거기 서 있다는 걸 알고 있었지만, 눈을 들어 나를 바라보지는 않았다.

"어머니?"

"응?"

"아까 들은 얘기 어떻게 생각하세요?"

대답을 듣게 되리란 기대는 별로 없었다. 어머니는 계속 청소를 했다. 하지만 문득 하던 일을 멈추더니 이렇게 말했다. "그다지 믿음이 가진 않아."

"아버지가 글을 쓰고 싶어 하셨다는 건 알고 계셨어요?"

"네 아버지는 참 많은 걸 하고 싶어 했지." 어머니가 말했다. "그 양반은 꿈이 많았어. 자기 사업도 하고 싶어 했고, 은퇴하면 플로리다에 갈까도 했고, 또 같이 유럽 여행도 가고 싶어 했고. 하지만 이 중에 정말로 한 건 아무것도 없지. 네 아버지는 몽상가였지 실천가는 아니었다. 거기엔 큰 차이가 있는 거라고."

"그것 참 맥 빠지는 소리네요."

"네가 아버지한테서 그런 기질을 물려받지 않은 걸 다행으로 생각하렴." 어머니가 말했다. "넌 박사 학위도 땄고, 직업도 번듯하잖니."

"아버지도 직업이 있었는걸요."

"아버지도 직업이 있었지. 바로 그거야. 그 양반은 자기 일을 싫어했고, 그래서 우울해했어."

"그럼 아버지가 정말로 작가를 꿈꾸셨을지도 모르겠네요. 어쩌면 한 번쯤은……."

문득 뭔가 떠오르는 바람에 말을 하다 말았다.

어머니는 눈치채지 못한 채 빨간색 수건으로 젖은 손을 닦고 싱크대 위의 전등을 껐다. 그러고 돌아섰을 때야 날 보고 말했다. "왜 그러니?"

"아까 하일랜드 형사가 그 책이 출판된 게 몇 년도라고 했죠?" 내가 물었다. "루 칼레도니아가 아버지 작품이라고 생각했다던 책 있잖아요? 기억나세요?"

어머니는 이마에 주름이 지도록 찡그렸다. 하지만 보아하니 기억이 나는 모양이었다.

"몇 년도였죠?" 다시 물어보았다.

"1972년."

"1972년이라고요. 내가 태어난 해네요." 나는 말했다. "아버지는 내가 태어나서 글쓰기를 관두신 거예요."

어머니가 잠든 뒤 나는 상자들을 뜯어보았다. 내가 뭘 찾는 건지

스스로도 잘 몰랐지만, 하일랜드 형사나 루 칼레도니아와 얘기했던 그 모든 사연과 관련된 무언가를 찾고 싶었다. 헌책 수집상이 내 아버지한테 정말로 원하는 바가 뭐였을까? 아버지가 소설책을, 그것도 희귀본을 써냈다고? 그 책이 너무도 희소하고 귀중한 나머지 그걸 얻겠다고 살인도 불사하는 사람이 나타날 만큼?

하지만 나 자신에게도 질문을 던져야 했다. 대체 책이 어쩌고 하는 소리에 내가 정말로 관심이 있기나 한가? 지금 내가 정말로 애써 이해하려는 게 과연 뭘까? 정말이지, 아주 간단했다. 만약 그 한 권의 책을 손에 넣을 수만 있다면, 아버지에 대해 뭔가 이해할 수 있으리란 생각이 들었다. 지금까지는, 난 아버지에 관해 정말 무엇도 이해하지 못했다. 아버지는 어머니와 어떻게 결혼을 했을까? 무슨 계기로 아버지는 바로 이 삶을 선택한 걸까?

또 아버지의 죽음과 루 칼레도니아의 죽음, 즉 피살은 더 많은 의문을 불러일으킬 뿐이었다. 아버지가 정말로 소설을 썼을까? 정말 썼다면, 왜 그만뒀을까? 그저 처자식이 생겼으니 창작 활동보다 더 벌이가 좋고 안정적인 일을 찾아야 했기 때문일까?

상자를 여럿 열어 봐도 책에 관해서는 답이 나오지 않았다. 원고라든가 출판 거절 편지, 책 계약서, 편집자나 에이전트와 주고받은 서신을 찾게 되길 바랐건만, 어느 상자 안에도 그런 건 없었다. 사실 그 상자들 속 내용물을 보자면, 누구든 내 아버지한테 문학적인 열망이라고는 전혀 없었다고 생각하리라. 나는 책이나 글쓰기에 관한 물건은 아무것도 찾지 못했다. 그런 건 전혀 없었다.

그래서 내가 무엇을 찾았느냐고? 사진이었다. 셀 수 없이 많은 사진들. 그리고 이 모든 사진은 내가 태어나기 전에 찍힌 것이었다. 아버지가 어머니를 만나 결혼하기도 전인 듯했다. 결혼하기 전에도 아버지에게 인생이 있었다는 점, 실로 그러했다는 점이 사진 속에 낱낱이 드러났다. 내 성장기를 떠올려 보면 아버지는 친구가 별로 없었다. 또 내가 장성하고 아버지는 은퇴한 뒤에도 우정이라고 할 만한 관계는 별로 이어지지 못했다. 어머니에게는 친구들이 있었다. 한편 아버지에게는 책과 스포츠 중계가 있었다.

하지만 상자에서 발견한 사진들은 다른 이야기를 들려주었다. 사진 속 아버지는 남녀를 불문하고 수많은 친구들과 정신없이 어울려 지냈다. 파티장으로, 술집으로, 나이트클럽으로 쏘다녔고, 해변이나 대도시에서 한때를 보냈다. 맥주 캔이든 샴페인 병이든 손에 들고 마셨으며, 정장도 입고 수영복도 입었다. 아버지에게는 인생이 있었다. 내가 한 번도 상상해 본 적 없는 인생이. 그 사내는 분명 내가 이제껏 살아온 것보다 더 정력적으로 살았다.

누구보다도 더 사진에 많이 등장하는 여자가 한 명 있었다. 그 여자는 아주아주 아름답고 날씬했다. 머리카락은 금발이었으며, 미소는 눈부셨다. 그리고 수많은 사진 속에서 아버지 곁에 꼭 붙어 서 있었다. 머리는 아버지 어깨에 기대고, 입 벌려 웃으면서 말이다. 아버지 역시 이 모든 사진 속에서 웃고 있었다. 아버지는 행복해 보였다. 그리고 젊었다.

사진 한 장을 뒤집어 이름을 찾아냈다. '메리 앤'. 똑같은 여자가 찍힌 다른 사진 뒤쪽엔 '땅콩'이라는 별명이 적혀 있었다. 메리 앤? 땅콩? 어머니를 만나기 전에 아버지는 어떤 여자 친구와 진지하게 교제한 것 같았다. 아버지가 사랑했던 여자, 아니면 적어도 어마어마한 애정을 느꼈던 여자 말이다.

그 노인네가 나보다도 훨씬 더 대단하게 살았을 줄 누가 알았으랴?

의자에 앉은 채 깜빡 존 모양이었다. 전화벨 소리를 듣고 눈을 뜨자 아버지의 사진들이 무릎 위에 담요처럼 덮여 있었다. 몸을 움직이자 사진들이 미끄러져 떨어졌다. 몇 장은 바닥으로 떨어져 내렸고 또 몇 장은 쿠션 사이나 의자 틈에 빠졌다.

벨이 울려 대는 전화기에 뜬 시간을 확인했다. 11시 35분이었다. 모르는 번호였지만 시내 번호였다. 전화를 받았다.

"커트우드 씨?"

"네."

"또 하일랜드 형사입니다. 쉬시는데 자꾸 죄송합니다."

"괜찮습니다. 저는 그냥……."

"내일 이야기 좀 나눌 수 있을까 하고 생각 중이었습니다. 선생이 여기서 떠나시기 전에요. 선생과 함께 아버님 건을 다른 각도로도 살펴보았으면 싶거든요. 한데 어머님께서 그런 이야기를 듣고 싶어 하실지 잘 모르겠습니다. 적어도 아직은 어떠실지 모르겠네요."

"책 이야기인가요?" 내가 물었다.

"그것도 그렇고요."

"9시까지 갈 수 있습니다."

"아주 좋아요." 하일랜드가 말했다. "그럼 내일 뵙겠습니다."

잠들기 전 사진을 전부 추려 상자에 다시 넣고 뚜껑을 닫아 두었다. 아침에 아래층으로 내려가니 어머니는 부엌 탁자 앞에 앉아 십자말풀이를 하고 있었다. 조리대 위 커피 메이커가 김을 내뿜었다. 어머니가 기다리고 있었다는 듯 올려다보며 말했다. "그래, 짐은 다 쌌니?"

"오늘 꼭 돌아갈 건 없겠다고 생각하고 있었어요."

"아."

"내일 강의가 하나밖에 없는 데다, 굳이 자리 지키고 있을 필요도 없거든요. 아무래도 하루 더 머물면서 고향집에서 시간을 보낼까 봐요."

"나야 뭐 이러쿵저러쿵하지 않을게." 어머니가 말했다. "보통 때 같으면 내가 너더러 집에 좀 오라고 사정을 해야지. 하루 더 머물고 싶으면, 좋을 대로 해. 너 상자들 좀 살펴봤니?"

"제가…… 음, 그냥 맨 위쪽에 뭐가 들어 있는지만 대충 봤어요."

"그래서?" 어머니가 안경 너머로 나를 올려다보았다. "그 안에 무슨 음험하고 심각한 비밀이라도 들어 있든? 네 아버지가 작가이자 간첩이라거나? 암을 치유하거나 달까지 날아가기라도 했다니?"

나는 머뭇거렸다. 어머니에게 뭐라고 말해야 할지 알 수가 없었다. 진실을 얘기하고 싶긴 했다. '아버지한테 여자 친구가 있었더라고요!' 하고 말이다. 하지만 어머니는 진작부터 그 사실을 알고 있는지도 몰랐다. 또 혹시 어머니가 모르고 있다면, 과거사를 괜히 들춰서 좋을 게 뭐 있단 말인가? 특히나 아버지 돌아가시고 며칠도 안 지난 마당에. 내가 지금 골몰해 있는 것, 즉 아버지가 썼다는 책이란 게 더 파고들 가치가 있는 문제인지조차 미심쩍었다. 어쩌면 정말 그냥 집에 돌아가 내 삶을 이어 나갈 필요가 있을지도 몰랐다. 비록 보잘 것없는 삶이긴 해도. 하지만 하일랜드 형사는 나를 봐 줄 생각이 없었다.

"제가 보기엔 오래된 잡동사니만 한가득인 것 같던데요." 내가 말했다. "아주 특별해 보이는 건 없었어요."

"내 그럴 줄 알았다."

"하지만 아무것도 내다 버리지는 마세요."

어머니가 다시 고개를 치켜들었다. "왜? 쓸데없는 잡동사니라면 내가 갖다 버려도 되는 거 아니니."

"그러지 마세요." 나는 말했다. "제가 너무 감상적으로 구는 건지 모르겠지만, 전부 다 가져갈 수도 있으니까요."

"마음대로 해라." 어머니가 다시 십자말풀이를 쳐다보며 말했다.

"그리고요." 나는 또 말했다. "어머니가 저번에 버리셨다는 책들 있잖아요?"

"무슨 책?"

"아버지 돌아가시기 전에 내버리신 책들 말인데요?"

"그게 왜?"

어머니의 목소리는 보도블록만큼이나 밋밋하고 흐릿했다.

"어디에 갖다주셨어요?" 내가 물었다. "도서관 책 판매에 넘기신 거예요?"

"굿윌 앞서 아버지가 마지막으로 한 말인 '선의(Good will)'와 발음이 같다." 어머니가 말했다. "굿윌 상점 말고는 아무데서도 그런 책들을 처분해 주지 않을걸."

나는 고개를 끄덕였다.

굿윌이라.

나는 경찰서에서 오랫동안 기다렸다. 하일랜드 형사가 먼저 와 달라고 부탁한 만큼, 당연히 나를 빨리 만나고 싶어 할 줄로 짐작했는데 말이다. 기다리는 동안 휴대폰으로 인터넷 검색을 하며 허버트 헨리의 『이방인을 태우다』를 구할 수 있나 찾아보았다. 판매 중인 게 몇 권 있었지만, 천 달러 밑으로 올라온 물건은 하나도 없었다. 40년 전에 출간된 통속적인 서부극 페이퍼백 한 권에 천 달러라니. 도서 수집 전문 게시판 여러 군데에서 그 책은 구매자들이 가장 손에 넣고 싶어 하는 수집품으로 꼽혔다. 어떤 이는 그 책을 '빈티지 페이퍼백 수집계의 흰 고래 허먼 멜빌의 소설 『모비 딕』에서 주인공이 쫓던 흰 고래에 비유하여, 간절히 원하지만 얻을 수 없는 것을 이른다'라 부르기도 했다.

만일 아버지가 그 책의 저자라면, 본인은 이 모든 일을 어떻게 생각했을지 궁금했다. 또한 어머니가 굿윌 상점에 실어 나른 책들이 뭔지도 궁금했다. 그중에 『이방인을 태우다』도 몇 권 끼여 있었을까? 그래서 아버지가 어머니에게 그만두라고 떼를 쓴 걸까? 그래서 돌아가시기 바로 몇 주 전에 그 한 마디를 내 귓가에 속삭였던 걸까?

선의. 아버지는 내게 뭔가 바라는 게 있었던 걸까? 혹시 어머니에게? 아니면 굿윌 상점을 얘기한 걸까?

하일랜드 형사는 나를 한 시간이나 기다리게 만든 다음에야 비로소 나타났다. 여전히 전날 밤과 같은 옷을 입은 것처럼 보였는데, 넥타이만 좀 느슨해지고 뻐딱해졌다.

"커트우드 씨." 하일랜드가 말했다. "기다리시게 해서 죄송합니다. 일이 생겨서 말이죠. 루 칼레도니아 사건과 관련된 일이요. 밤을 꼬박 샌 건 물론이고 오전까지도 꼼짝없이 붙들려 있었네요."

"이해합니다." 나는 일어서며 말했다. "다음에 다시 올까요?"

"아뇨, 아닙니다." 하일랜드가 말했다. "사실 뭐, 다음에도 또 와 주시면 좋지요. 들으면 흥미를 느끼실 만한 이야기가 좀 있습니다."

하일랜드의 좁은 업무 공간을 향해 걸어가는 동안, 나는 칼레도니아 사건 수사가 진전된 게 이날 아침 내게 말하고자 했던 내용과 연관이 있는지 물었다.

"사실 그렇습니다." 형사가 말했다. 우리는 깔끔하게 정돈된 책상 앞 의자에 자리 잡고 앉았다. 책상 위에는 종이 한 장 흩어져 있지 않았다. 그저 컴퓨터 한 대, 사인 받은 야구공을 넣어 둔 유리 케이스, 몇 분에 한 번씩 진동하는 휴대폰이 전부였다.

"말씀드렸듯이, 어머님 앞에서 이 문제를 의논하고 싶지 않았습니다. 조금 불편할지도 몰라 걱정이 되었거든요."

"남편이 비밀리에 작가로 활동했다는 소식에 깜짝 놀랐던 만큼 불편하지는 않을 거 같은데요."

"글쎄 과연 그럴지 모르겠군요." 하일랜드가 말했다. "아버님 책…… 뭐냐, 『이방인을 태우다』를 판매하고 있는 서적상이 한 명 있길래 온라인으로 접촉을 했단 말입니다. 이 사건을 풀어 가는 데 도움이 될 만한 정보라면 뭐든 찾고 있었거든요."

"그렇죠."

"알고 보니 문제의 책에는 헌사가 적혀 있었습니다."

나는 더 똑바로 고쳐 앉았다. "정말요?"

"그렇습니다. 그 책은 M.A.에게 헌정되었어요. 'M.A.에게 사랑을 담아'라고만 쓰여 있습니다. 무슨 뜻인지 아시겠습니까?"

"제 어머니 성함은 일레인입니다. 외할머니 성함은 낸시예요. 아버지에겐 누이가 없었고."

"여자 이름처럼 들리긴 하죠? '사랑을 담아'라고 한 걸 보면. 남자들이란 다른 남자한테 사랑을 담아서 말하는 법이 없잖습니까. 심지어 자기 아버지라고 해도요. 그렇지 않습니까?"

나는 동의할 수밖에 없었다. 내 경우 아버지가 돌아가실 때가 되어서야 사랑한다고 말했다. 유년기 이후로는 아버지가 그런 말을 해 주는 일도 거의 없었다. 그렇다 해도 별 상관없었다. 정말로 아무렇지 않았다. 남자들이란 원래 그런 식이었다.

"그래서, 우리가 살짝 운이 트였던 것 같네요. 우리는 칼레도니아 씨 사무실에 있는 물건들을 조사해 봤습니다. 달력, 주소록, 컴퓨터

할 것 없어요. 쉬운 작업은 아니었습니다. 신비로운 것을 수집하는 사람들이 대부분 그렇듯이, 칼레도니아도 좀 무질서하고 별 자질구레한 것까지 모아 놓는 사람인 것 같아요. 하지만 그 사람이 메리 앤 콤프턴이라는 여자와 적잖이 서신 교환을 하고 있던 게 드러났습니다. 그 이름을 듣고 딱 떠오르는 거 없으십니까?"

"모르겠는데요."

"하지만 머리글자는 아시겠죠?" 하일랜드가 물었다. 딱 봐도 흡족한 듯했다.

"꽤나 확실해 보이네요. M.A. 메리 앤."

"그런데 선생은 그 여자를 잘 모르십니까?"

"제가 알기로는 그렇습니다. 아버지와 관계가 있는 분이신가요? 아니면 이 책하고?"

"선생 어머님 앞에서 입에 올리고 싶지 않았던 부분이 바로 이건데요." 그가 말했다. "그게 말이죠, 이런 사건들은 루 칼레도니아와 관련된 거지, 선생과는 아무 상관이 없습니다. 직접적으론 그렇죠. 아버님은 물론 자연사하셨고요. 칼레도니아 씨 피살 사건은 다만 아버님의 삶과 살짝 스치듯이 연결될 뿐입니다. 만약에 아버님께서 그 책을 썼다손 치면 말입니다."

"만약일 뿐이죠."

"하지만 이제는 그분이 『이방인을 태우다』를 썼다고 해도 무방하다고 봅니다. 사실 아주 확실해요."

"어째서죠?" 내가 물었다.

"그분이 메리 앤 콤프턴에게 그 책을 헌정했기 때문이죠. 당시에는 메리 앤 게이츠라 불리던 여성입니다. 아버님이 책을 쓰고 출간했던 시기에 메리 앤과 아버님은 교제를 하고 있었고요. 그 여성은 그 뒤로 쭉 그 책을 손에 넣으려고 했습니다. 그러다 칼레도니아 씨를 통해서 아버님께 접근할 기회를 얻어 보려고 했지만 원하는 대로 되지 않았습니다. 결국 칼레도니아 씨가 최종적으로 딱 잘라 거절하자 메리 앤은 그 사람을 죽이고 말았던 거죠."

"죽였다고요?" 내가 말했다. 목소리가 살짝 떨렸다. "책 한 권 때문에요?"

"그냥 아무 책이 아니니까요." 하일랜드는 말했다. "선생 아버님께서 출간한 유일한 소설책이죠. 그녀에게 헌정된 책이고요."

"형사님은 이 모든 걸 어떻게 그리 확신하시는 거죠?"

하일랜드가 미소 지었다. "왜냐하면 우리가 메리 앤 콤프턴을 구금해 놓았기 때문이죠. 어젯밤에 잡아들였는데, 루 칼레도니아를 살해했다고 자백했습니다."

하일랜드 형사는 이게 얼마나 예외적인 특혜인지 적어도 다섯 번은 말해 주었다. 혹시 누구라도 알게 된다면 아주 골치 아픈 상황에 처하고 말 거라고 낮게 구시렁거리기도 했다. 그럼에도 하일랜드는 딱 몇 분 정도 나와 메리 앤 콤프턴이 독대할 수 있도록 좁은 면회실로 데려다주고는, 내가 그녀를 본다고 해서 누가 피해를 볼 일은 아마도 없으리란 점을 인정했다.

"그 여자가 이미 자백을 하기도 했고." 형사가 비좁은 방의 문을 당겨 열며 말했다. "게다가, 이 사건에 전반적으로 좀 마음이 약해지는군요. 아니, 정확히 말하자면, 선생이 여기 연루되어 있다는 데에 말이지요."

"왜죠?" 내가 물었다.

"우리 집 영감님은 책 읽기를 좋아했죠. 미키 스필레인나 도널드 해밀턴, 리처드 프래더. 가끔씩 아버지가 맨날 읽던 책 때문에 내가 형사가 된 게 아닐까 생각해 보곤 합니다."

"결코 알 수 없을 일이죠."

"언젠가 책을 써야겠다는 생각이 들어요." 하일랜드가 말했다. "거 왜, 내가 맡았던 모든 사건들, 내가 봐 온 온갖 터무니없는 짓거리나 정신 나간 인간들에 대해서 말입니다. 몇 번인가 시도해 보기까지 했습니다만, 책을 쓴다는 게 보기보다 쉽지 않더군요."

"네, 쉽지 않죠."

"그 여자가 곧 이리 올 겁니다." 하일랜드는 내가 들어가도록 문을 잡아 주며 말했다.

"선생께 딱 몇 분밖에 못 드립니다. 빨리빨리 끝내세요."

"감사합니다." 나는 말했다.

방 안에는 작은 나무 탁자와 의자 몇 개가 있었다. 탁자는 지옥에 라도 다녀온 듯 상태가 엉망진창이었다. 바닥엔 커피 자국, 사탕 포장지, 시커먼 먼지가 흩어져 더럽고 얼룩덜룩했다. 자리에 앉으니 엉덩이 밑에서 의자가 곧 부서질 듯 삐걱거렸다.

이제 곧 만날 여자에 대해 생각했다. 그 여자는 아버지의 옛 연인이었다. 그거야 대수롭지 않은 일이다. 다들 결혼 전에 다른 사람과 교제를 하니까. 하지만 아버지는 내가 태어나던 해에 펴낸 자기 책을 헌정할 정도로 이 여자를 몹시 각별하게 여겼다. 아버지가 그 당시에 어머니와 사귀고 있던 게 아니었나? 그때쯤엔 둘이 사실상 약혼한 상태 아니었을까?

나는 탁자 위에 상처처럼 깊게 파인 홈 하나를 엄지손톱으로 긁었다. 어쩌면 아버지는 책 같은 거 전혀 쓰지 않았을지도 모른다. 어쩌면 전부 다 오해일 수도 있었다. 어쨌든, 아버지가 정말로 책을 쓴 게 맞다고 날 완전히 납득시킨 사람은 없었다. 웬 괴짜 헌책방 주인과 버림받은 연인이 내 아버지를 지목했다. 그 사내와 함께 살며 누구보다도 그를 잘 알았던 가족은 그럴 리가 없다고 생각하는데도 말이다.

누가 가장 잘 알고 있었을까?

문이 열렸고, 그렇게 나는 메리 앤 콤프턴을 처음으로 보게 됐다. 하일랜드 형사가 그녀를 들여보냈다. 수갑을 차거나 죄수복을 입지는 않았지만 아주 지친 기색이었다. 하지만 육십 대의 나이인데도 몸매가 날씬하고 균형 잡혀서 매력적으로 보였다. 적갈색 머리카락에 드문드문 섞인 흰머리가 눈에 띄었다. 화장은 하지 않았는데, 얼굴 위의 주름살 때문에 야외에서 햇볕과 바람을 고스란히 받으며 많은 시간을 보낸 듯한 인상이 풍겼다.

"딱 5분입니다." 그러고서 하일랜드는 우리 둘만 남겨 두고 갔다.

나는 일어섰다. 그 여자, 메리 앤이 머리부터 발끝까지 나를 훑어 보았다.

내가 손을 내밀었다. "저는——,"

"누군지 알아요." 여자가 말했다. "당신은 아버지를 쏙 **빼닮았어** 요."

따스한 목소리지만 과장된 기색은 없었다. 메리 앤은 희미한 미소 를 지어 보이더니 방으로 들어와 탁자 앞에 앉았다. 나도 다시 앉아 탁자 위에 팔꿈치를 올렸다.

메리 앤이 말했다. "시간이 별로 없으니, 물어보고 싶은 게 있으면 어서 물어보는 게 좋겠어요. 분명 궁금한 게 아주 많을 텐데요."

"그렇습니다."

"그럼 얼른 해 봐요." 그녀가 말했다. "우리가 또 만나게 될 일은 없을 것 같으니까."

"그런데 우리 저번에 봤죠, 맞죠? 묘지에서요."

"그래요. 나도 거기 갔어요." 메리 앤은 눈을 내리깔고 손톱 거스 러미를 뜯었다. "최대한 가까이 용기 내어 다가갔죠."

"그러니까 아버지…… 제 아버지와는 연인 사이셨던 거죠."

"우린 운명이었어요." 메리 앤이 말했다. "그 사람이 바로 내 운명 의 짝이었고, 우리는 정말 잘 맞는 한 쌍이었어요. 조지프는 내 일생 일대의 사랑이었지요."

그 말은 너무도 기이하게 들렸다. 그 누가 내 아버지를 두고 이런 식으로 말을 할까? 우리 어머니는 아니란 건 확실했다. 누군가가 아버지를 그렇게 생각한다는 게 상상이 잘 안 갔다. 그러나 나는 이 여자의 말을 믿을 수 있었다. 그만큼 확신에 찬 말이었다.

시간이 별로 없었다. 그러니 주저 없이 물었다.

"그러면, 두 분이 왜 함께하시지 못한 건가요? 서로 그렇게나 사랑했는데도?"

"그 답은 당신도 알고 있을 것 같은데." 메리 앤이 나를 올려다보며 말했다.

나는 다시금 그 책의 헌사를, 또 출간일을 떠올렸다.

"어쩌다 그렇게 된 거죠?" 내가 물었다. "두 분이 함께였다면 어떻게 우리 어머니가 임신을 할 수가 있느냔 말이에요?"

"그 당시엔 우리가 붙어 지내지 않았어요." 그녀가 말했다. "우린 좀 만났다 헤어졌다 하는 관계였거든요. 그 사람이 당신 어머니랑 만났던 건 우리가 잠시 헤어졌던 시기였어요. 그분이랑 지내는 동안 조지프는 두 가지 사건이 자기 인생을 바꿔 놓았단 걸 알게 됐죠. 하나는, 자기 소설이 곧 출간될 예정이라는 것이었고요. 또 하나는, 곧 아버지가 되리란 것이었죠. 물론 두 가지 다 그 사람에게 큰 의미가 있었지만, 책보다는 아버지가 되는 것에 더 마음을 쏟았던 게 분명해요. 결국, 그런 심정이었던 거죠."

"그럼 메리 앤 씨가 그걸 아는 이유는……."

"내가 책의 헌사를 받았기 때문이죠." 메리 앤이 말했다. "그리고 당신과 당신 어머니는 그 사람을 얻었고요. 당연한 말이지만, 나는 조지프를 정말로 탓할 순 없어요. 아이가 태어난다는 건 중대한 문제이고, 그 사람은 당신이 아버지 없이 자라길 바라지 않았던 거예요. 어느 모로 보나 그게 옳은 길이었어요. 다만……."

"하지만 아버지는 내가 태어난 다음에도 계속 글을 쓸 수 있었을 텐데요." 나는 말했다. "가족이 있고 본업도 따로 가진 작가들이 얼마나 많은데, 그러고도 꾸준히 글을 쓰잖아요. 아버지는 왜 관둔 건가요?"

메리 앤이 선뜻 대답하지 못했다. 그러다 이렇게 말했다. "출판 계약이 수포로 돌아갔던 무렵에 우린 함께 있지 않았어요. 그 일은 알고 있죠?"

나는 고개를 끄덕였다.

"하지만 우리는 여전히 이따금 이야기를 나눴죠. 그런 일이 생기자 조지프는 망연자실했어요. 그 문제에 대해 얘기를 많이 하진 않았지만 나는 느낄 수 있었어요. 내 생각엔 그 사람이 그 일을 그냥 하나의 신호로 받아들인 것 같아요. 자기 과거와 깨끗하게 결별하고 새로 시작하는 계기로 삼은 거죠. 집필 활동에 쏟아부어야 하는 시간과 노력에 작별을 고한 거예요……. 그리고 나하고도요."

"세상에." 나는 뒤로 털썩 기대앉았다. "그 책 때문에 아버지가 얼마나 낙심했을지 상상도 못하겠어요. 애써서 책을 내려고 했건만 그게 그냥 싹 날아가 버리고, 끝내 자기 손에 책을 쥐어 보지도 못하다니."

"그 사람은 책을 손에 넣었어요."

"그랬나요?"

"당신 아버지는 저자 증정본을 전부 받았답니다." 메리 앤이 말했다. "최소한 한 상자는 통째로 받았어요. 한 20권에서 30권 정도 되려나요. 루 칼레도니아가 손에 넣으려던 게 바로 그거였죠. 그리고 결국 일이 이렇게 되어 버렸네요."

"루 칼레도니아가 죽게 된 일을 말씀하시는 거 맞죠?" 내가 물었다.

메리 앤이 고개를 끄덕였다. "칼레도니아는 당신 아버지가 그 책의 저자라는 사실을 알아냈어요. 오랫동안 누구도 작가가 누구인지 몰랐죠. 그 책이 희귀하다는 거야 모두 알았지만, 작가에게 무슨 일이 있었는지는 아무도 몰랐어요. 어떤 사람들은 유명한 작가가 필명을 썼을 거라고 추측했어요. 또 어떤 사람들은 혹시 편집자가 소설을 쓰고 가명을 사용한 게 아닐까 생각했죠."

"누가 이런 생각들을 하는데요?" 내가 물었다.

"희귀 서적 게시판에서 활동하는 사람들이요. 서적상이나 수집가가 모여 있죠."

"메리 앤 씨도 거기서 활동해요?"

"아뇨. 그렇지만 얘기가 어떻게 진행되는지 지켜봤어요. 나야 누가 그 책을 썼는지 알지만, 혹시 다른 사람도 알아낼지 어떨지 궁금했거든요."

"그런데 루 칼레도니아가 알아낸 거군요?"

"그랬죠. 그 작자는 게시판마다 자기가 허버트 헨리에 관해 뭔가 안다고, 조만간 그 책에 관해 중대한 발견을 할 것 같다고 넌지시 흘리기 시작했어요. 솔직히 칼레도니아는 입을 다물고 있었어야 해요. 하지만 내 생각에 그 작자는 그저 떠벌리고 싶어서 좀이 쑤셨던 거 같아요. 어쨌든, 사람들이 그 책을 일컬어—"

"빈티지 페이퍼백 수집계의 흰 고래라고들 불렀죠."

"조사 많이 했네요. 아무튼, 루 칼레도니아는 예전에 군주 시리즈를 펴내는 데 참여했던 사람을 찾아냈고, 그 책 저자에 대한 몇 가지 정보를 알아냈어요. 『이방인을 태우다』를 쓴 작가가 바로 자기랑 같은 동네에 산다는 사실을 알게 됐을 때 칼레도니아가 얼마나 놀랐을지 상상이 가요? 아마 그 땅딸보는 이제야 자기 숙명을 찾았다고 생각했을 걸요. 내가 바라던 건 그저 그 책 딱 한 권뿐이었어요. 딱 한 권이면 되는 거였다고요."

"한 권도 없으셨어요?"

"네. 아까도 말했듯이, 당신 아버지랑 나는 그 책이 나왔던 때쯤엔 안 만나고 지냈거든요. 내가 그 사람에게 편지를 쓰거나 전화를 걸 수도 있었겠지요. 우린 바로 여기, 같은 동네에 살기도 했고요. 하지만 나는 조지프가 아주 합당한 이유로 떠난 것이니 그대로 놓아 줘야 한다고 결심했어요. 그 사람에겐 처자식이 있잖아요. 나 역시도 결국 결혼을 하고 새로운 삶으로 나아갔어요. 지난 일은 전부 다 잊어버릴 작정이었고요. 정말 그랬어야 했는데, 그렇죠?"

"그런데 왜 그렇게 하지 않으셨어요?" 내가 물었다.

메리 앤이 심호흡을 했다. 그러자 얼굴의 주름살이 깊게 패였고, 잠깐이지만 딱 자기 나이로 보였다. 메리 앤은 숨을 내쉬고 마음을 가다듬었다. "당신 아버지가 죽어간다는 걸 알게 됐어요. 옛날에 같이 알던 친구랑 우연히 만났다가요. 존 콜팩스라고, 기억나요?"

어릴 적에 들어 본 듯한 느낌이 어렴풋이 드는 이름이었다. 하지만 얼굴까지 떠올릴 순 없었다. "모릅니다."

"상관없어요." 메리 앤이 말했다. "존은 가끔씩 당신 아버지와 연락을 했으니, 병에 걸렸다는 얘기도 들은 거예요. 존이 얘기를 해 줬고, 우리는 조지프에 대해서 시종 무심히 대화하려고 애썼어요. 그런 상황에서 누구나 할 만한 말만 했죠. '아직 그렇게 젊은데.' '정말 끔찍한 일이지.' '내가 그 사람을 기억할 거야.' 우리는 그런 얘기를 다 하고 나서 제 갈 길로 갔어요. 하지만 마음이 몹시 흔들렸어요. 끊임없이 그 생각이 났죠. 그런 감정은 오래 전에 묻어 두었지만, 그렇다 해서 다시 파낼 수 없을 정도는 아니었거든요." 메리 앤이 어깨를 으쓱했다. "그래서 나는 카드를 보냈어요. 아무 답도 없더군요. 그다음엔 전화를 걸었죠. 번호는 전화번호부에 다 나오고, 당신 부모님이 사는 동네를 알고 있었으니까요. 전화를 거니 어머니가 받으시더라고요."

"그래서요? 어떻게 됐나요?"

"그분은 전화를 끊어 버리다시피 했어요." 메리 앤이 말했다. "당신 아버지가 너무 아파서 전화를 받을 수 없다고 하시데요. 더 이상 전화 걸지 말고 자기들을 방해하지 않는 게 최선이라고도 했죠. 요컨대 딱 잘라 퇴짜를 맞은 거예요."

"제 어머니는 메리 앤 씨가 누군지 알고 있었나요?" 내가 물었다.

"한때 메리 앤 씨가 아버지에게 어떤 사람이었는지?"

"분명 알고 있었을 거라고 봐요." 메리 앤이 말했다.

"어머니는 그 책에 대해선 전혀 몰랐다고 얘기하세요."

"그럴 수도 있겠네요. 당신 아버지가 더 이상 작가의 길을 가지 않겠다고 일단 작심한 뒤로 그런 이야기를 누구하고 나눈 적이 있을지 모르겠어요."

"메리 앤 씨가 왜 칼레도니아 씨를 죽였는지 이해가 안 돼요." 내가 말했다. "정말로 메리 앤 씨가 죽인 게 맞는 거죠? 형사님이 그렇게 말씀하시던데요."

마침 기다렸다는 듯이 하일랜드가 문을 열고 머리를 빼꼼 들이밀었다. "시간 다 됐습니다."

"잠시만요." 내가 손을 들어 올렸다. "딱 몇 분만 더 주세요."

"그래요, 부탁이에요." 메리 앤이 말했다.

하일랜드가 우리를 죽 훑어보더니 전자시계 표면을 톡톡 두드렸다. "2분입니다. 더는 안 돼요." 그가 문을 닫았다.

메리 앤이 말했다. "나는 당신 아버지가…… 죽기 전에 책을 가지고 싶었어요. 그래서 루 칼레도니아한테 가서 혹시 내가 한 권 얻을 수 있을지 물어봤어요. 만약 당신 아버지가 가지고 있던 책 상자를 칼레도니아가 어떻게든 손에 넣는다면 말이에요." 그러고는 고개를 저었다. "처음에 칼레도니아는 나를 이용해 보려 했어요. 나보고 당신 부모님 집에 가서 재도전하라고 말했죠. 혹시 내가 집 안으로 들어가서 당신 아버지가 갖고 있던 책을 몇 권이든 얻어 낼 수 있다면 그걸 나와 나눠 갖겠다고요. 그게 중개 수수료 명목이라고 하더군요. 당신 아버지가 어디 있는지 자기가 찾아냈으니 말예요."

"하지만 메리 앤 씨는 아버지가 어디 사는지 그 사람한테 물어볼 필요도 없었잖아요."

"맞아요. 아무래도 나는 남의 하소연에 잘 넘어가는 인간인가 봐요. 난 칼레도니아더러 몇 권이건 가지고 싶은 만큼 가지면 된다고 말했어요. 내가 한 권만 가질 수 있다면요. 그게 다예요—. 난 그냥 그 책을 한 권 가지고 싶었어요. 그게, 당시에는 도무지 구할 수가 없었거든요."

"제 부모님 집으로 다시 찾아가셨나요?"

"그랬죠. 그리고 또 한 번 퇴짜 맞았어요. 이번에는, 당신 어머니가 저번처럼 예의 바르게 대해 주지 않았죠. 루에게도 이 얘기를 전했는데, 그러고 일주일쯤 뒤에 당신 아버지가 죽은 거예요. 나는 다시 루를 찾아가서 당신 아버지가 남긴 유산 일부라도 구입할 생각이 있는지 물어봤어요. 루는 그냥 얼버무렸죠. 그 작자 역시도 내게 퇴짜를 놓고 있는 거였어요. 하지만 나는 그놈 책상에 놓인 부고 기사를 보고 무슨 속셈인지를 알았죠. 그 작자는 장례식에 가서 누구한테 말을 붙여 볼 작정이었던 거예요. 아마 당신이었겠죠. 나는 자리를 떴어요. 그냥 걸어 나와 버렸어요. 다 끝났다고, 전부 다 끝난 일이라고 되뇌었죠. 당신 아버지는 죽었고, 그 관계는 한참 지나가 버린 일이고, 나는 정말 싹 잊어버릴 필요가 있다고. 제 자신한테 그렇게 말했죠."

"그런데요?"

"그런데 조문을 못 가고 집에만 처박혀 있는 게 너무 싫었어요. 한 번만 더 당신 아버지를 보고 싶었어요. 조문하러 가야겠다고 생각했지만, 그러지 않았죠. 대신 나는 그날 밤 루의 가게로 갔어요. 전남편이랑 갈라섰을 때 그가 총을 사 줬는데, 그걸 지니고 갔죠. 난 그냥 그 괴물 같은 땅딸보를 좀 겁주려던 것뿐이었어요. 내가 책 한 권을 꼭 갖고 싶다는 걸 알려 주고 싶었어요. 딱 한 권이면 된다고요." 메리 앤이 점차 언성을 높였다. "그게 그렇게나 무리한 요구인가요? 책 한 권만 달라는 게? 내게 헌정된 책인데도요." 그리고 잠시 말을 멈추더니 마음을 추슬렀다. 목소리가 다시 잦아들었다. "그 작자는 또 다시 나를 물리쳤어요. 자기한테는 그 책에 대한 정보가 있다고 하데요. 또 그걸 돈줄로 잡아 은퇴하고 플로리다에 가서 살 거라고요. 진짜 어떻게 된 건지 모르겠어요. 난 너무 많이 퇴짜를 맞았어요……. 살아오면서 너무 많이 거부당했다고요. 당신 어머니도 그렇고, 루도 그렇고요."

"제 아버지도?"

메리 앤이 고개를 끄덕였다. "난 그 비열한 족제비 녀석을 쐈어요. 다음 날엔 묘지에 갔고요. 죄를 지었다는 것도, 자수를 하리란 것도 아는 상태로요. 나는 관을, 당신 아버지 관을 봤어요. 내 입장에서는 최대한 가까이 간 거였죠."

"안타깝습니다." 내가 말했다. "이런 사연이 있을 줄은 몰랐어요."

"괜찮아요." 메리 앤은 말했다. "그건 치정 범죄였던 거예요…….

연애가 끝나고 40년이나 지난 다음에 저질러진 데다 엉뚱한 사람한테 분풀이를 한 셈이지만요. 내 인생이란 게 이렇답니다."

굿윌 상점에서는 다른 책방과는 다른 냄새가 난다. 루 칼레도니아의 가게도 그랬듯, 보통 헌책방에서는 종잇장과 책 표지, 속표지 냄새를 맡을 수 있었다. 책이 얼마나 오래되었든 상태가 어떻든 상관없이 그 냄새는 신선하고도 희망찬 느낌을 주었다. 하지만 굿윌 상점에서는 자포자기한 듯한 냄새가 났다. 이 안은 아무 상관도 없는 수천 명의 인생에서 빠져나온 쓰레기가 한데 쌓이고 뭉쳐서 포기와 상실과 패배의 냄새를 자아냈다. 굿윌은 다른 어디에다가도 갖다 버릴 수 없는 물건을 다 받아 주는 곳이다. 말하자면 위탁 판매점이나 골동품 상점에서 팔기는 어려운 모든 물건들의 집합소였다. 나는 고등학생 때 이후로 굿윌에 들어가 본 일이 없었다.

이곳은 부모님 집에서 1.6킬로미터쯤 떨어진 데에 있었다. 이 근방도 한때는 괜찮은 동네였다. 어린 시절 차를 타고 지나며 깔끔하게 잘 손질된 마당이 딸린 중산층 주택들을 본 기억이 났다. 이제는 그렇지 않았다. 가게 주변의 주택가는 더 우중충하고 황폐해진 듯보였다. 마당엔 장난감이 수북했고, 잔디는 쪼그라들어 시들어 갔다. 어쩐지 잘 어울리는 풍경이었다.

나는 가게로 들어가 퀴퀴한 냄새가 나는 옷 선반들과 조잡한 싸구려 가구를 지나쳤다. 가게 뒤편에 책들이 보였다. 높다란 책장 두 개가 나란히 서 있었다. 맨 위쪽에 하드커버 도서들이 꽂혀 있었다. 주로 책 커버가 없어졌거나 너덜너덜해진 북클럽판이었다. 페이퍼백이 진열된 맨 아래까지 쭉 살펴보았다. 책등을 대강 훑어보니 제임스 패터슨, 니컬러스 스파크스, 메리 히긴스 클라크 책이 아주 많았다. 책등은 대부분 구깃구깃했다. 롤로덱스_{회전식 명함 정리기의 상품명. 링에 철해진 명함을 넘기며 검색이 가능하다}로 명함을 넘기듯, 책등에 손을 대고 왼쪽부터 한 권씩 주르륵 훑으며 지나갔다. 미스터리와 로맨스 소설, 드문드문 보이는 에스에프 소설이나 판타지 소설을 지나쳤다. 서부물은 그리 많지 않았다. 루이스 라무르 책 몇 권이나 맥스 브랜드 한두 권뿐이었다. 그러나 허버트 헨리는 없었다.

혹시나 못 보고 지나친 게 있을까 봐 다시 한 번 책장을 살펴보았다. 하지만 놓친 건 없었다. 그 책들은 거기 없었다.

일이 너무 쉽게 풀리리라고 생각했나?

직원을 찾아 가게 앞쪽으로 돌아갔다. 가게 작업복을 입은 남자가 보였다. 기다란 머리에 다부진 체격이었다. 남자는 내 사정을 듣더니 매니저를 데리러 갔다. 매니저는 황금색으로 머리를 염색한 중년 여성이었다. 그 여자도 가게 작업복을 입었는데, '패티'라는 이름표를 달고 있었다. 손목에 열쇠 꾸러미가 달린 형광색 고무줄을 찬 걸로 보아 출입 권한이 있는 사람 같았다. 그녀가 있어야 일이 해결되겠다는 생각이 들었다. 나는 어떻게 내 사연을 설명할지 미리 준비해 왔는데, 사실 아주 거짓말인 것도 아니었다. 그녀라면 좀 더 마음을 열고 이야기에 귀를 기울여 줄 듯싶었다.

"뭘 도와드릴까요?" 패티가 물었다.

나는 아버지가 위중할 때 어머니가 책들을 내놓았다는 얘기를 했다. 그중 아버지가 쓴 책이 든 상자가 있다는 얘기도 했다. 그러나 그 책이 정말 희귀해져서 잠재 가치가 크다는 부분은 빼 놓고 말했다. 루 칼레도니아 피살 사건이나 메리 앤 콤프턴의 자백에 대해서도 일절 언급하지 않았다. 굿윌에서 그런 것까지 알 필요는 없다고 생각했다.

내가 이야기하는 동안 패티는 내내 덤덤한 표정을 유지했다. 내 말이 잘 안 통하는 건가 싶었다. 마치 내 말들이 벽돌담에 쏜 화살처럼 부딪혀 튕겨 나가는 것 같았다. 아무런 흔적도 영향도 남기지 못하고 말이다. 그래도 나는 계속 말을 이었다. 말을 많이 할수록 패티가 이해해 줄 가능성도 더 높아지기를 바라며.

내 이야기를 다 들은 뒤 패티는 잠시 침묵을 지켰다. 그러다 이렇게 말했다. "저는 진짜 누가 됐든 저 뒤로 들어가 기증품을 보게 허락해 줄 수 없어요. 저희가 물건을 분류하는 데만 며칠씩 걸려요. 그런데 저 뒤로 가서 뭐가 있는지 들여다보고 싶어 하는 사람들이 많단 말이죠. 저희가 바닥에 미처 펼쳐 놓기도 전에요."

"이해합니다." 나는 일단 이렇게 대답했다. 사실은 이해가 되지 않았지만. 정말로 사람들이 굿윌 상점 물건을 손에 넣으려고 그렇게나 안달을 한단 말인가?

"이런 일도 그리 드물지 않아요." 패티가 말했다. "가족들이 물건을 기부한 다음에 다른 가족 구성원이 찾아와서는 다시 돌려 달라고 하는 거예요. 적어도 일주일에 한 번은 꼭 일어나는 일이죠."

"물론 그렇겠죠. 하지만……."

달리 무슨 말을 해야 할지 알 수 없었다. 나는 내 이야기를 다 풀어 놓았고, 이젠 패티의 처분만 바랄 뿐이었다. 그런데 이 여자는 날 외면할 것만 같았다.

"손님 아버님이 쓰신 책이 서부 소설이라고 하셨나요?" 패티가 물었다.

"그렇습니다."

"음." 패티가 말했다. "할아버지 댁에 놀러 가면 그분은 항상 서부 소설을 읽고 계셨죠. 할아버지가 자기 자리에 앉아서 루이스 라무르나 제인 그레이 책을 읽는 모습이 눈에 선해요. 또 어떤 작가가 있더라? 다들 읽던 작가가 있었는데."

"맥스 브랜드요?"

"맞아요." 패티는 잠시 생각에 잠긴 듯 보였다. 나한테는 좋은 징조일 것 같았다. 혹시 패티가 조부모님 댁의 바닥에 엎드려 색칠 놀이를 하거나 인형을 가지고 놀던 어린 시절 언젠가의 기억을 더듬고 있는 게 아닐까 싶었다. 할머니는 부엌에서 요리를 하고 할아버지는 의자에 앉아 소몰이나 총싸움이나 술집에서의 드잡이질 이야기에 푹 빠져 있던 순간으로.

"그래서 어떻게 생각하시나요?" 마침내 나는 물었다. "잠깐만 봐도 될까요?"

패티가 상념에서 깨어났다. "그럼요." 그리고 덧붙였다. "하지만 내가 허락해 줬다는 얘기는 아무한테도 하지 마세요."

뒷방은 넓었다. 천장이 높고 철골빔과 대들보가 그대로 드러난 구조였다. 가게 앞쪽에서 감지했던 냄새가 뒤편에서는 더욱 짙어졌다. 아마 가게 앞쪽에 진열해 놓기엔 좀 품질이 떨어지는 물건들을 뒷방에 넣어 둬서 그런 듯했다. 그게 어떤 물건들일지는 별로 생각하고 싶지 않았다.

패티는 옷이나 장난감 선반, 잡동사니, 얼마나 많은 곳을 돌고 돌았는지 모를 폐품을 헤치고 날 안내했다.

"손님 물품이 언제 들어왔죠?"

"몇 주밖에 안 되었을 거예요."

"딱 책만 찾고 계신 거고요?"

"맞습니다."

"책 같은 경우엔 분류 작업을 하기 전에 이쪽에 두는 거 같아요."

우리는 창고 구석 깊이 들어갔다. 책 상자들이 넘쳐났고 상자에 담기지 않은 책들도 수두룩했다. 하드커버든 페이퍼백이든, 아동용이든 성인용이든.

"엄청 많네요."

"천천히 보세요." 패티가 말했다. "가게가 9시까진 열려 있으니까요."

플라스틱 간이 의자가 있길래 책 상자들 옆으로 끌어다 놓았다. 자리에 앉으니 어깨에서 힘이 좀 빠졌다.

내가 정말로 이 일을 하고 싶은 건가?

내가 아는 사실을 되짚어 보았다. 내 아버지가 책을 썼고, 출판했으며, 그 책이 이 나라에서 제일 희귀한 책이 되었다고 믿는 사람이 두 명 있었고 그중 한 명은 살인자였다.

하나라도 말이 되는 게 있나?

나는 이미 고향에서 하루를 더 머물렀다. 대학으로 돌아가 내 일과 생활을 이어가야 한다는 문제가 떠올랐다. 벌써부터 뒤처진 기분이 들고 부담감에 짓눌렸다. 헛수고가 될 게 거의 뻔한 일에 시간을 더 쓸 필요가 있을까?

하지만 나는 멈출 수 없었다. 책 상자들을 하나씩 바라보고 또 바라보았다……. 아버지의 물건이자 아버지의 창작물이 들어 있을지도 모르는 상자들을……. 나는 외면할 수가 없었다.

상자를 열어 살펴보기 시작했다. 허리가 뻐근할 때까지 들여다보다가, 결국 일어나서 기지개를 켜야 했다. 그사이 몇 가지 사실을 깨달았다. 리더스 다이제스트 선집을 구해서 봤다가 처분하는 사람이 많다는 것. 보아하니 자녀를 위해 구입한 배변 훈련 책을 집에 보관하지 않는 가족이 많다는 것. 또 미스터리와 로맨스 소설을 읽는 사람이 많다는 것. 그런 책이 산더미처럼 쌓이고 쌓였다.

패티가 확인차 한 번 들어왔다. 나는 얼마나 더 둘러보아야 할지 모르겠다고 말했다. 그러자 패티는 괜찮다고 재차 말해 주었다.

"직원 한 명을 불러서 손님을 도와드릴 수 있다면 좋겠는데, 일손이 모자라서요."

"괜찮습니다."

"우리 사업은 경기가 아주 나빠지니 더 잘 돼요. 점점 더 많은 사람들이 옷이랑 가구를 사러 여기로 오더라고요."

"사람들이 책도 좀 사 가면 좋겠네요." 내가 말했다.

"맞아요. 우리는 책이랑 CD랑 DVD 같은 걸 다 파니까요. 사람들은 어려운 시기에 오히려 오락거리를 찾지요."

"그럴 수 있겠네요."

"그럼." 패티가 말했다. "계속하시게 전 가 볼게요."

나는 패티가 나간 뒤로 또 한 시간 동안 계속 상자를 뒤졌다. 그러다 어머니가 옆면에 손으로 글자를 적어 놓은 상자를 보고도 그냥 지나칠 뻔했다. 어머니는 두꺼운 검정색 매직펜으로 '헌책'이라 휘갈겨 써 놓았다. 어머니는 'ㄴ'을 쓸 때 늘 끝부분을 동그랗게 말았는데, 소용돌이 모양이 워낙 독특해서 어머니만의 필체라 할 만했다.

나는 그 상자를 가까이로 끌어당겨 열었다. 아버지의 책들이었다. 엄청나게 좆같은 책들, 주로 첩보물이었다. 로버트 러들럼. 켄 폴릿. 프레더릭 포사이스. 에릭 앰블러. 어머니의 필체가 적힌 다음 상자로 넘어갔다. 똑같았다. 아버지가 읽던 책이지만, 아버지가 쓴 책은 아니었다. 상자 두 개를 더 열었는데 결과는 똑같았다. 전부 다 가져가고 싶었다. 패티에게 이 모든 게 내 거라고, 허락하든 말든 차에 싹 싣고 가 버릴 거라고 말하고 싶었다. 책들을 어디다 쓸지는 알 수 없었다. 정말로 읽고 싶은 건 아니었다. 단지 가지고 싶었을 뿐. 다른 누구도 아닌 내가 그것들을 가지고 싶었다.

그때 더 작은 상자가 눈에 띄었다. 거기에도 어머니의 손 글씨가 적혀 있었다.

상자 위에 테이프가 여러 겹 붙어 있었다. 상자는 낡고 닳았으며 약간 찌그러진 상태였다. 개봉하지 않은 채로 여러 번 실어 나른 듯했다. 테이프를 떼어 낼 수가 없었다. 열쇠를 찔러 넣어 두꺼운 테이프를 갈라야 했다. 꽤나 고생스러웠다. 나는 뚜껑이 열릴 때까지 열쇠로 긁고 찌르고 잡아당겼다.

상자 맨 위쪽은 비닐 완충재로 채워져 있었다. 그것을 끄집어내자 얇은 판지가 한 겹 나왔다. 판지도 내던졌다.

그러자 그 책이 보였다. 표지에는 강인한 카우보이가 말을 탄 모습이 그려져 있었다. 작은 서부 마을이 내려다보이는 산마루에 우뚝 선 자세였다. 엉덩이에 권총을 찼고, 말 위에 얹어 둔 총집에서는 소총 개머리판이 툭 튀어 나왔다. 카우보이는 마르고 까무잡잡하며 강인해 보였다. 그 사내가 가늘게 뜬 눈으로 저 멀리 마을을 내려다보았다. 유능하지만 고독해 보였다.

책 상단에는 서부풍의 두꺼운 글자체로 '이방인을 태우다 / 허버트 헨리 지음'이라 적혀 있었다. 위쪽에 있던 책 몇 권을 들어 올렸다. 아래에 책이 더 있었다. 아주 많았다. 이 상자 안에 어림잡아 20권쯤 들어 있는 듯했다. 오래된 책인데도 깨끗하고 새것처럼 바스락거렸다. 책들은 완벽하게 잘 보존된 상태였다. 책 수집가들과 하일랜드 형사의 말이 사실이라면, 나는 지금 2만 달러짜리 책 상자를 빤히 들여다보는 셈이었다.

나는 그 책을 찾아낸 것이다.

새알을 옮기듯 조심스레 책 한 권을 집어 들었다. 뒤쪽을 펼쳐 작가 소개를 찾아보았다. 아주 짧았다. 거기엔 그저 간단히 '허버트 헨리는 중서부에 사는 작가다. 이 책은 그의 첫 장편소설이다'라고만 적혀 있었다.

앞면으로 돌아와 헌사를 찾았다. 참 많은 말썽을 불러일으킨 헌사 말이다. 거기 하일랜드가 말했던 대로 'M.A.에게 사랑을 담아'라 적혀 있었다.

그게 다였다. 저자 사진도 없고, 감사의 말도 없었다. 그저 아무한테나 갖다 붙여도 되는 그 짧은 작가 소개뿐이었다.

아버지가 그 책을 썼다고 믿을 증거는 아무것도 없었다.

나는 책을 뒤집어 카피를 읽었다.

브릭 로건은 홀로 말을 몬다. 그는 오로지 자기 말과 콜트 권총만을 대동하고 서부의 황야에 난 길을 달린다. 그는 자기 과거를 잊기 위하여, 또한 사랑하던 여자를 잃은 비통함을 잊기 위하여 말을 몬다.

그러나 지금 브릭은 서부 황야의 어느 마을에 들어선다. 기다긴 여로의 도중에 들른 여러 마을 중 하나다. 그리고 이번에는 어느 결에 아름다운 미망인이자 어린 아들의 어머니인 채스티티 헤인스의 인생에 휘말리고 만다. 브릭은 무자비하게 위세를 떨치는 난폭한 목축왕으로부터 마을을 구해 내는 데 공을 세운다. 그러나 싸움이 끝난 뒤, 과연 브릭은 길바닥에 홀려 정처 없이 떠돌던 생활을 청산하고 가정적인 남자의 삶을 선택할 것인가, 아니면 영원히 홀로…… 이방인으로 남게 될 것인가.

"이런, 세상에." 나는 중얼거렸다. "아버지."

"원하시는 물건 찾으셨나요?"

나는 거의 펄쩍 뛸 뻔했다. 패티였다. 어느새 그녀가 곁에 와서 지켜보며 기대에 찬 미소를 지었다.

"그런 것 같아요." 그리고 『이방인을 태우다』 책을 상자에 도로 조심조심 넣었다. 그다음에 문득 생각이 바뀌어 말했다. "이것들 전부 다 가져갈게요." 나는 내 아버지 물건이 든 상자들을 가리켰다. 지갑을 꺼내 수중에 가지고 있던 현금을 몽땅 움켜쥐었다. 다 해서 77달러쯤 되었다. "여기요. 그냥 받으세요."

"저희는 이 책들을 한 권당 1달러씩 받고 팔 거였는데요. 페이퍼백은 50센트고요."

"그냥 다 받아 두세요." 내가 말했다. "번거롭게 시간 내 주셨으니까요."

"차에 싣게 도와드릴까요?"

"네." 나는 대답했다. 하지만 『이방인을 태우다』가 든 상자는 내가 직접 나르려고 집어 들었다. 상자를 들고 자리를 뜨기 전에, 상자 안에 손을 뻗어 맨 위에 있던 책 한 권을 꺼냈다. "이거 받으세요." 내가 말했다. "제 아버지가 쓴 책이에요."

"정말요?" 패티가 말했다. "와. 찾으셔서 다행이에요."

"하나 부탁드릴게요." 나는 말했다. "이거 다른 책들이랑 같이 꺼내 놓지 말고, 그냥 가지세요. 언제 기회 되면 인터넷에 검색해 보시고요."

"왜요?"

"이 역시 우리 가족이 드리는 기증품이라고 생각해 주세요."

패티는 어리둥절한 표정을 지었다. "알겠어요." 패티가 말했다. "우리 할아버지께서 아직 살아 계셨다면 이 책을 가져다 드렸을 텐데. 할아버지가 좋아하실 만한 책 같아요."

나는 고개를 끄덕였다. "아마 그럴 거예요."

굿윌 상점 문 앞에 차를 댔다. 아까 패티에게 나를 안내했던 수염 난 남자 직원이 와서 한때 내 아버지의 것이었고 이제는 내 것인 책 상자 다섯 개를 차 트렁크에 실어 주었다. 다른 상자, 귀중한 상자는 잘 지켜볼 수 있도록 내가 직접 조수석에 올려놓았다.

그 직원은 밖에 나온 김에 담배에 불을 붙였다. 내가 트렁크 속 상자들을 갈무리하는 동안 남자는 건물 옆에 등을 기대고 서 있었다. 나는 한 군데 들를 곳이 있었다. 경찰서로 돌아가 메리 앤 콤프턴에게 책을 한 권 줄 작정이었다. 경찰서에서 메리 앤이 책을 지닐 수 있게 허락해 줄지는 모르겠지만, 하일랜드에게 물어보면 될 터였다. 만일 받아들여 주지 않거나 확답해 주지 않는다면, 메리의 변호사를 찾아 그쪽에 넘겨줄 생각이었다. 어쨌든 메리 앤에게는 그 한 권을 꼭 건네주고 싶었다.

"이 근처에 사세요?" 직원이 물었다.

"어릴 때는 그랬죠." 내가 말했다. "부모님은…… 음, 어머니는 계속 여기 사세요."

내 어머니의 집. 어머니는 이 근처에 사신다. 이제 이렇게 말하는 데에 익숙해져야만 했다.

"동네가 많이 변했지요." 그가 말했다.

"그러게요." 나는 트렁크를 닫았다.

"집들이 이제는 헐어 빠졌어요. 사람들이 신경을 통 안 쓰니까요."

"글쎄 말이에요. 도와주셔서 감사합니다."

"우리 가족은 제가 자라나는 동안 내내 여기서 쇼핑을 하곤 했어요."

나는 직원을 쳐다보았다. "굿윌에서요?"

"아뇨." 그가 말했다. "손님도 이 근처에서 자란 줄 알았는데. 옛날에 여기 있었던 IGA마트 기억 안 나세요?"

나는 건물을 바라보았다. 차츰 떠오르기 시작했다. 저기에 어린 시절 가끔 들르던 슈퍼마켓이 있었다. 정확히 말하자면, 아버지와 내가 쇼핑하던 마트라고 해야 한다. 어머니는 그곳을 그다지 좋아하지 않았으니. 어머니가 보기엔 가게가 너무 조그맣고 상품도 별로 없었던 것이다. 어머니처럼 생각하는 사람들이 많았을 테니 한참 전에 그 슈퍼마켓이 망하고 굿윌이 들어섰겠지 싶다. 하지만 아버지는 그곳을 즐겨 찾았다. 어머니가 아버지에게 우유 한 통이나 빵 한 덩이를 사 오라고 시키거나, 아버지가 직접 쓸 면도 크림이나 신문 같은 게 필요할 때면―.

아버지는 IGA마트에 들어가서 항상 책 코너를 살펴보았다. 가게 전면부에 페이퍼백과 잡지 선반이 기다랗게 놓여 있었고, 우리는 계산하기 전에 늘 그 앞에서 잠시 머물렀다. 그리고 아버지는 꼭 책을 샀다. 첩보물, 미스터리, 그래, 서부물 역시도. 그 선반 앞에 서서 당신의 글쓰기에 대해서도 생각했을까? 어머니와 나 때문에 그 모든 것을 포기하지 않았더라면 어땠을지도 생각해 보았을까? 아버지는 아무것도 드러낸 적이 없었다. 언제나 완벽하게 만족하는 듯 보였다. 하지만 그 모든 책들을 바라보는 동안 아버지가 속으로 무슨 생각을 했는지 사실 누가 알겠는가?

"이 뒤편에 주차장도 있지 않아요?" 내가 물었다.

"맞아요."

"그리고 거기서 옆집 부지가 보이죠? 울타리가 있고, 그리로 옆집 땅이 내려다보이는 거 맞죠?"

직원이 고개를 끄덕였다. "맞아요."

"어렸을 적에 여기로 종종 왔다고 하셨죠. 저는 아버지랑 같이 오곤 했어요. 그런데 그거 아세요? 아버지는 저 뒤쪽에 있던 말들을 보여 주곤 했어요."

"말이라고요?"

"네. 옆에 멋대로 방치된 낡은 집이 있었어요. 늘 훌륭한 이웃만 있는 건 아니니까요. 그리고 그 집 뒤꼍에다가 누가 말 두어 마리를 풀어 키웠어요. 저쪽 마당에서 말들이 풀을 뜯든 어쩌든 하며 그저 어슬렁거렸지요. 그거 기억나세요?"

남자가 담배를 비벼 끄더니 고개를 저었다. "말은 전혀 기억 안 나는데요."

"저쪽에 있었습니다."

"그랬을지도 모르겠네요." 그가 이렇게 말하고는 돌아서서 가게 안으로 들어갔다.

하지만 나는 기억했다. 아주 또렷하게 기억했다. 아버지와 나는 IGA마트에 오곤 했고, 볼일을 보고 차로 돌아갈 때면 아버지는 나를 바라보며 말하곤 했다. "말 좀 보러 갈까?"

그러면 나는 언제나 그러자고 대답했다. 말들이 거기 있다는 걸 아버지가 안다는 사실이 마법처럼 느껴졌다. 그리고 아버지는 내가 말을 보고 싶어 할지 어떻게 알았을까?

아버지는 자기가 쓸 수도 있었던, 썼어야 했던 모든 서부 소설을 곰곰 생각하고 있었을까? 그 동네 한복판에선 너무도 뜬금없어 보이는, 너무도 외롭고 방치된 듯 보이는 그 말들을 쳐다보며 말이다.

차에 올라 뒤로 빠져나갔다. 아스팔트가 쩍쩍 갈라지고 얼룩진 주차장은 거의 비통한 느낌을 자아냈다. 녹슬고 금세 무너져 내릴 것 같은 철망 울타리가 아직도 서 있는 주차장 한구석까지 차를 몰았다. 나는 책 상자를 마지막으로 한 번 보고 차에서 내렸다. 그것은 내 아버지의 유산이었다. 나 말고도, 그는 이 세상에 가장 오래갈 흔적으로 이 책을 남겼다.

차에서 내려 걸어갔다. 울타리에 손을 대자 군데군데 벗겨진 금속이 울퉁불퉁하게 느껴졌다. 나는 울타리 건너편을 살폈다.

집의 잔해가 땅으로 폭삭 주저앉았다. 판자 한 무더기와 허물어진 굴뚝 말고는 아무것도 남아 있지 않았다. 그리고 아무리 오래도록 샅샅이 찾아보아도, 말들은 당연히 오래 전에, 아주 오래 전에 사라져 버린 뒤였다.

역자 후기

책 속에 길이 있다.

어쩌면 닳고 닳은 말이다. 책에서 인생의 교훈을 얻을 수 있다는 빤한 격언. 그러나 곰곰 들여다보면 새삼 수수께끼 같은 말이다. 그 길은 대체 어떤 길인가? 어디로 가는 길인가?

독서를 통해 얻고자 하는 게 교훈이든 재미든 다른 무엇이든, 책 속의 길은 기본적으로 미로다. 다음 장, 또 다음 장, 굽이치는 길목을 돌자마자 뭘 맞닥뜨리게 될지, 마침내 단단한 뒤표지에 다다라 어디로 나가게 될지, 내가 기대하던 출구에 안착할지, 아니면 대체 여기가 어디일까 분간이 안 되는 안갯속으로 떠밀릴지. 이에 대해 전혀 알 수 없는 채로 책을 펼쳐 들 때, 책 속의 길은 철저히 유희적인 미로가 된다. 미로, 다시 말해 미스터리의 구조물. 어떤 책이든 미로를 다 빠져나오기 전까지는 미스터리다.

원서의 제목 책―미스터리Bibliomysteries는 미로와도 같은 책의 속성을 한껏 끌어내 주는 매혹적인 표제다. 책 속의 책. 미로 속의 미로. 여기 8개의 이중 미로가 인쇄되고 재단되어 차분히 접혀 있다. 누군가 펼쳐 들기를, 그리하여 사각의 미로 한복판에 빠져들기를 기다리며.

독자는 우선 탐정이 되어 사라진 책의 행방을 찾아 나서야 한다. 두 편의 미로가 고단한 추적의 구조를 이루는데, 각각의 여정은—당연히도—뜻밖의 발견으로 끝난다. 「세상의 모든 책들」은 확고한 소신을 품은 책 도둑의 목소리를 통해 책의 가치와 효용에 대해 질문을 던진다. 그는 훔친 책을 한 장 한 장 뜯어 벽에 붙이는 게 책을 구원하는 길이라고 믿는다. "저 책들은 표지에 갇혀서, 책꽂이에 끼어서 죽어 가고 있었습니다. 누구도 쳐다봐 주지 않았고요. 이제 쟤들은 영원히 활짝 열려 있지요. 언제나 읽힐 준비가 된 채로요." 이제 독자가 자신의 책장을, 몇 년이고 거기 꽂힌 채 먼지 쌓여 가는 책들을 흘끔 돌아볼 시간이다. 「모든 것은 책 속에」에서는 세상을 떠난 마피아 보스의 비밀 장부를 손에 넣고자 정계 최고 권력층부터 마피아 조직들까지 안달이 나 있다. 상원 의원과 마피아 양쪽으로부터 의뢰를 받은 탐정은 고생 끝에 장부를 찾아낸다. 한데 늙은 두목이 이제껏 해 온 모든 부정한 짓, 수없이 많은 범죄가 전부 다 깨알같이 적혀 있다던 장부의 정체는 무려 1513년에 첫 선을 보인 스테디셀러, 『군주론』이다. 그러니 주변에서 아무리 비밀 장부에 대해 캐물어도 '모든 게 다 책 속에 있다'고만 의뭉스레 답하던 보스는 한 치의 거짓도 없이 사실을 밝혔을 따름이다. 클래식은 영원한 법이니까.

다른 갈래의 미로에서 독자는 왜곡된 욕망과 집착의 대상이 되어 버린 책이 어떻게 파괴적인 행위를 추동하는지 좇게 된다. 「제3제국의 프롱혼」에는 3대에 걸친 원한을 풀 길이 없어 광기에 사로잡힌 남자가 등장한다. 그는 법적 절차로 복수를 해낼 방도가 없자 상대가 끔찍이 아끼던 귀한 책들을 살풀이하듯 몽땅 털어 가기로 결심한다. 책 자체는 그에게 아무 의미도 없다. 다만 자기 가문이 응당 누렸어야 하나 빼앗긴 부와 명예와 긍지를 어떻게든 보상받고 싶을 뿐. 한편 「이방인을 태우다」의 여자는 결실을 맺지 못한 옛 사랑의 대체품으로서 책 한 권을 얻고자 광적인 집착을 보인다. 그녀 역시 진정 욕망하는 바는 책이 아니지만, 뭐라도 손에 움켜쥐지 않으면 살아갈 수 없다. 그런 그녀도 옛 연인의 유일한 저서, 더구나 바로 자신에게 헌정된 책 한 권이면 마음을 추스를 수 있을지 모른다. 그러나 하필 그 책이 도무지 구할 수가 없는 희귀 서적이라는 맥락이 끼어들며 그녀를 파멸로 몰아넣는다.

그런가 하면 책은 한 인간의 삶과 끈끈하게 접합되어 인생 전체를 뒤흔들기도 한다. 유대인 수용소 생존자인 「유령의 책」의 주인공은 죄책감과 울분과 영웅 심리가 뒤섞인 충동으로 실재하지도 않는 책 이야기를 지어낸다. 한순간의 거짓말에서 배태된 '유령의 책'은 한평생 그의 곁을 맴돌며 차츰차츰 목을 조여 온다. 그 유령은 끝내 그를 막다른 길로 끌고 간다. 유령의 책이라는 거대한 거짓말, 그리고 그 거짓말과 한 몸이 되어 버린 제 자신의 실체가 까발려질 순간이 목전에 다가온 것이다. 그는 죽음으로 수치를 모면하고자 한다. 그러나 진실이란 인간 인식의 한계를 넘어서기도 한다. 엄연히 실재하는 유령의 책을 코앞에 두고 숨을 거둔 그는 끝끝내 그 책을 넘겨 볼 수도, 혼란했던 제 삶의 진상을 이해할 수도 없으리라. 「망자들의 기나긴 소나타」는 널리 알려지지 않은 어느 작가에게 운명적으로 끌리는 남자의 인생 궤적을 따라간다. 그 작가는 그리 대단치 않은 시집 몇 권을 냈을 뿐인 데다 작품 또한 모호하고 암시적이라 온전히 이해하기도 어렵다. 그럼에도 남자는 어쩐지 이 작가의 기이한 삶과 저서와 미완의 시구들 근처를 자꾸만 서성인다. 비 내리는 저녁 미로와도 같은 런던 도서관의 서가를 굽이굽이 돌아 해묵은 감정을 분출하고 나서야 그는 오래도록 자신을 사로잡았던 기묘한 시구가 자기 생의 주제를 암시하는 가락이었을 깨닫는다. 저 멀리서 희미하게 울리는 구슬픈 소나타처럼.

때로 책은 무시무시한 살상 무기로 둔갑하기도 한다. 「죽음은 책갈피를 남긴다」의 경우, 책에 아무런 애정도 없는 살인자에게 단단한 책은 그 자체로 쓸 만한 둔기일 뿐이다. 책이라면 평생 거들떠본 적도 없기 때문일까, 범인은 어이없는 실수를 하고 만다. 모든 범행 흔적을 꼼꼼히 지웠다고 생각했으나, 딱 한 군데, 닫힌 책의 촘촘한 페이지들이 이룬 평평한 면에 지문 하나가 남아 있던 것이다. 존중받지 못한 책의 보복처럼 말이다. 「용인할 만한 희생」 속의 두 요원은 제거해야 할 악당이 애서가라는 점을 이용하여 치밀한 암살 작전을 짠다. 여기서 책은 달콤한 미끼이자 연막이자 강력한 폭탄이 된다. 무자비한 마약 카르텔 두목이 2만 2천 권의 희귀 서적을 집에 모아 두고 제 목숨보다 애지중지한다는 점도, 바로 그 책 욕심 때문에 요원들이 친 덫에 걸려든다는 점도 의외의 재미를 준다. 디킨스건 실러건, 다 삭은 종이 책 따위가 대체 무엇이길래?

이 책의 모든 이야기 속에는 공통적으로 책에 대한 강렬한 애착이 깔려 있다. 각각의 여정에서 독자는 책을 사랑하는 이들과 만난다. 그는 마음 따뜻한 탐정일 수도, 일견 평범해 뵈는 세일즈맨일 수도, 끔찍한 악당이거나 배신자일 수도 있다. 애서가라는 게 인품까지 담보하지는 않으니. 그러나 그 인물이 선하든 악하든, 주인공이든 주변 인물이든, 독자는 종종 그에게 감정 이입을 하고 말 것이다. 왜냐하면 독자 역시 그처럼 책이 그득그득한 광경만 보아도 짜릿한 흥분을 느끼며, 책으로 엮인 '모든 종이, 모든 잉크, 모든 글자, 거기 담긴 모든 의미의 순수한 무게를 생각'하는 사람일 테니까. 높고 낮은 책등으로 빼곡한 서가를 마주하거나 퀴퀴한 책 냄새를 맡을 때 즉각적으로 찾아오는 설렘, 두 손에 네모난 종이 책을 탐탁스레 쥐고 사그락사그락 책장을 넘기고 싶다는 갈망은 전 세계의 독서가가 공유하는 정서일 테다.

책 속에는 길이 있다. 독서가는 기본적으로 모험가요, 낯선 길을 따라 걷는 사람이다. 그리고 그 길은 혼자 걸어야 한다. 독서는 오롯이 혼자만의 체험이다. 같은 책을 통과한 모험 동지들은 책 바깥으로 무사히 나온 뒤에야 만나 볼 수 있다. 그러나 어느 경로를 거쳐 책 속의 미로를 뚫고 나왔는지, 거기서 무엇을 마주쳤는지, 어디서 환호하며 발을 굴렀는지 혹은 주춤주춤 도망쳤는지는 사실 지극히 개별적인 비밀이다. 그러니 공감하는 눈길과 맞장구의 실체 또한 영영 시원히 밝혀낼 수 없는 미스터리일지 모른다. 당신은 이 작은 미로들이 즐거웠는지? 어느 구간에서 특히 서성였는지? 우리는 서로의 감상이 궁금하다. 의견의 합치를 이루면 만족스레 고개를 끄덕일 테고 낯선 해석에는 잠시 귀를 기울이리라. 그리고 다음 책, 낯선 미로에 홀로 들어설 것이다. 셜리 잭슨의 문장을 살짝 빌리자면 '누구든 책 속을 걸어갈 때는 항상 혼자이다'.

역자 김원희

세상의 모든 책 미스터리

초판 1쇄 발행 2020년 11월 16일

지은이   제프리 디버 외
엮은이   오토 펜즐러
옮긴이   김원희

          발행편집인   김홍민·최내현
          편집   조미희
          독자교정   김은정 이진화 이은솔 임선경 이택주
          표지디자인   씨오디
          용지   한승
          출력(CTP)   블루엔
          인쇄 제본   현문

펴낸곳   도서출판 북스피어
출판등록   2005년 6월 18일 제105-90-91700호
주소   (121-826) 서울특별시 마포구 망원동 513 상암마젤란21 101-902
전화   02) 518-0427
팩스   02) 701-0428
홈페이지   www.booksfear.com
전자우편   editor@booksfear.com

        ISBN 979-11-91115-08-6 (03840)

        책값은 뒤표지에 있습니다.
        파본은 구입하신 곳에서 교환해 드립니다